U0840689

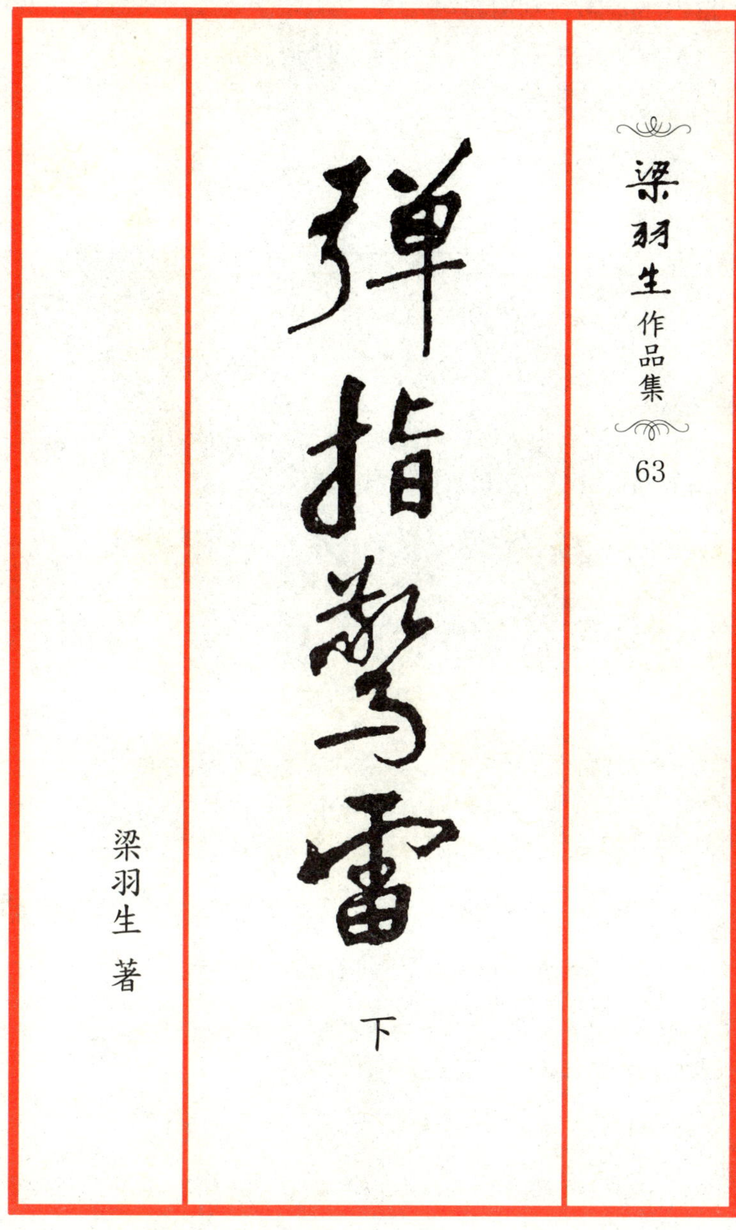

梁羽生作品集

63

弹指惊雷

下

梁羽生 著

中山大学出版社
·广州·

图书在版编目（CIP）数据

弹指惊雷/梁羽生著. --广州：中山大学出版社，2012. 12
（梁羽生作品集）
ISBN 978-7-306-04392-4

Ⅰ.①弹…　Ⅱ.①梁…　Ⅲ.①侠义小说－中国－当代　Ⅳ.①I247.5

中国版本图书馆CIP数据核字（2012）第300468号

广东省版权局版权合同登记图字：19－2012－075号

敬告读者

为了维护读者、著作权人和出版发行者的合法权益，本书采用了新型数码防伪技术。正版图书的定价标示处及外包装盒上均贴有完好的防伪标签。刮开涂层，可见到一组数码，您可以通过两种途径查验真伪。

1. 拨打全国免费电话4008301315，按语音提示从左到右依次输入相应数码并按#键结束。
2. 扫描防伪标上的二维码，按提示输入相应数码。

读者如发现盗版图书，可向当地“扫黄打非”办公室、新闻出版局、工商管理部门、公安机关、技术监督部门举报，或直接与我们联系。

联系电话：020-34297719　13570022400

我们对举报盗版、盗印、销售盗版图书等侵权行为的有功人员将予以重奖。

广州市朗声图书有限公司

目　录

第十一回　如此情怀谁可解　一般身世总堪怜

兄弟比剑

孟华看见杨炎这个样子，不觉又是气恼，又是痛心。“炎弟怎的会做出那些无耻的恶行，可叫我怎么办呢?”虽说他以天山派记名的弟子的身份前来替长老“清理门户”，是应该一见杨炎，就废了他的武功，把他押回天山的。但他怎可忍下这毒手?

这霎那间，两兄弟四目相投，大家都是咬着嘴唇，不知说些什么话好。终于还是丁兆鸣首先开口：

“杨炎，你还认得你的哥哥吗?他曾费尽心力找你，盼你成材，想不到你却变成了一个欺师灭祖、淫邪无耻的坏蛋，你能不愧对哥哥?你还不赶快跪下来向哥哥认罪，求他从宽发落!”

在丁兆鸣是好意给杨炎指出一条路走，不料反而激起杨炎的愤怒。“你们加给我什么罪名我都不管，我已经不是天山派的弟子，你们天山派的人也管我不住!”杨炎挺起胸膛，冷冷说道。

丁兆鸣这一气非同小可，喝道：“杨炎，你胆敢背叛师门，眼中没有我这个师兄也还罢了，难道你连亲哥哥也不认了么?”

杨炎强抑内心的激动，故意装作一副漠然的神态说道：“哥哥，谁是我的哥哥?”

孟华颤声喝道：“杨炎，你，你，我问你……”伤心气恼之下，几乎话不成声。

杨炎亢声说道：“你要问我?我也正想问你!”

孟华道：“好，你要问我什么，你先说吧！”

杨炎说道：“孟华，你来这里做什么？”

孟华怒道：“你自己做的事情，你自己应当明白！如今我只问你，你认不认罪？”

杨炎说道：“认什么罪？”孟华喝道：“石师叔是不是你打伤的？”杨炎说道：“不错，他要杀我，我只打伤了他，已经是手下留情了。”

孟华暂且沉住了气，再问：“石清泉的舌头是不是你割掉的？”

杨炎说道：“不错，谁叫他狗嘴里不长象牙，竟敢口出污言，辱骂了我不打紧，还辱骂冷姐姐！”

孟华哼了一声道：“石清泉决不会无缘无故辱骂你的，一定是你先做出了什么见不得人的事！你老实告诉我，你，你对冷冰儿干、干出了什么、什么……”他素来敬重冷冰儿，实是不愿意把石天行告诉他的杨炎污辱冷冰儿的“丑行”形之于口。

杨炎大声说道：“我和冷姐姐光明正大，有什么见不得人？我喜欢她，她也喜欢我，我要娶她做妻子又有什么不对？你们不喜欢，那是你们的事情！”他侃侃而谈，自以为“理直气壮”，却不知此言一出，孟华岂仅只是“不喜欢”而已。

俗语云：先入为主。石天行对杨炎的诽谤，孟华早已相信几分，此时从杨炎口中得到“证实”，他怎能相信冷冰儿当真是愿意嫁杨炎为妻，自是以为杨炎真的曾经有“逼奸”冷冰儿之事。

这一瞬间，他不禁心灰意冷，刷地抽出长剑，心里想道：“炎弟如此无行，目前年纪尚轻，已然如此，将来长大了，武功更好，还能不更加胡作非为？罢罢，我只好忍痛杀了他，免贻家门之辱！”

剑光耀目，杨炎仍是神色自如，嘴角挂着一丝冷笑，望着孟华。倒是孟华禁不住心中的伤痛，一颗晶莹的泪珠，滴在明晃晃的剑尖上。

丁兆鸣忙道：“孟贤侄，你毁掉他的武功，将他交给我吧！杨炎，你要性命，还不赶快跪下来向哥哥求情！”

杨炎没有求情，反而冷笑说道：“孟华，原来你是要来杀我的，并非是来认什么兄弟。多谢你没加掩饰，这下子我可全明白了！”

孟华含着眼泪说道："炎弟，你休怪我没有兄弟之情，就因为你是我的弟弟，我才宁愿你早死的好。炎弟，你有什么未了结的事，要我替你了结么？"

杨炎冷笑道："多谢了。你姓孟，我姓杨，你是名震武林的侠义道，我是无恶不作的'小畜牲'，我怎能是你的弟弟？不过，你要杀我，恐怕也没那么容易，要我引颈就戮，那是不行的！"刷的一声，他的青钢剑也拔出来了！

孟华的伤心和恼怒都是到了极点，但想起父亲叮嘱过他，若然找到了弟弟，务必要把弟弟带回柴达木的说话，他的父亲是还未曾见过这个弟弟的。思念及此，他的剑刚刚刺出，又硬生生地收了回来。杨炎仍然冷冷地盯着他的剑尖。

孟华要杀弟弟，可把丁兆鸣吓慌了，连忙抢先动手，说道："骨肉相残总是不好。孟贤侄，让我替你废掉他的武功吧！"

杨炎正憋着一肚皮子闷气，也不理会丁兆鸣是好意还为坏意，挥剑便即反击。这一肚子闷气发泄出来，虽然他的伤口刚刚停止流血，力道也是刚劲异常。

"当"的一声，丁兆鸣虎口发麻，长剑几乎脱手飞出。孟华吃了一惊，颤声喝道："丁师叔，你莫手下留情，要是废不了他的武功，就尽管杀了他吧！"

丁兆鸣刚才因见杨炎受伤，这一剑的确是未尽全力。但试了这招，他亦已知道，即使自己全力以赴，也未必胜得过杨炎了。他一咬牙根，剑招续发，心里想道："拼着让他伤上加伤，甚至变成残废，那也顾不了这许多了。总胜于让他哥哥杀他。"

丁兆鸣是天山派第二代弟子剑法最高的人，大须弥剑式使出，但见剑气纵横，四面八方都是他的影子。

杨炎接连变了几路剑法，兀是无法摆脱他的剑势笼罩，伤口又在隐隐作痛了。

杨炎心里想道："我若是不能和孟华决一死战，死了也不甘心。"当下吐气开声，啪的一掌打出。

丁兆鸣剑法虽高，功力可还是比不上虽然受了伤的杨炎。一股排山倒海的力道涌来，他不由自己地退了三步，喝道："好小子，想拼命么?”

孟华叫道:“师叔,让我来吧!”但丁兆鸣早已退而复上,继续与杨炎缠斗了。这一次改用追风剑式,快得难以形容,教杨炎无法腾空出掌。

杨炎恐怕支持不住,当下一手叉腰,单臂挥动长剑,剑式似甚拙劣,但丁兆鸣那么奇快精妙的剑法,竟是无法攻进他的剑光圈内。

他使出了“爷爷”悉心传授给他的“龙形十八剑”,这套剑法是要极强的内力相辅的,招式变化虽然远远不及天山剑法,但却刚猛得多。这一来变成了双方各以所长攻敌之短。不过丁兆鸣较高的剑法却抵消不了他较弱的功力。

孟华看得又是吃惊,又是痛惜,心里想道:“炎弟本来是个学武的奇才,我在他这般年纪远不如他,可惜他偏不学好!”

心念未已,只见剑光纠结,杨炎的剑尖上似乎有着一股粘劲,令得丁兆鸣怎也摆脱不开,身不由已地跟着他的脚步移动,恍似风中之烛,摇摇欲坠。

孟华大吃一惊,喝道:“小畜牲,在我眼前你还敢如此猖狂,丁师叔若有毫发之伤,我毙了你!”声到人到,长剑早已出鞘,在丁杨二人的剑圈之中轻轻一点。

这霎那间,两人各有不同的感受。丁兆鸣顿觉压力一松,身不由已便向后退。惊魂稍定,茫然自思:“长江后浪推前浪,世上新人换旧人,这两句老话当真说得不错。孟华固然远胜于我,连杨炎这小子,他受了伤,我也都已不是他的对手了!”

杨炎的感受却刚好和丁兆鸣相反,陡然觉得剑尖好像受了无形的束缚,竟然挥洒不开。原来孟华不但剑法精绝,内力的运用也到了出神入化的境界。他轻轻刺过来的一剑,竟能生出两种不同的力道,一招之间,攻“敌”救友,而且令得他们立即分开。

孟华喝道:“你居然还要跟我动手么。撒剑!”大喝声中,依样画葫芦的一招“三转法轮”使出,欲以其人之道还治其人之身,同样的以粘黏之劲把杨炎的青钢剑绞出手去。丁兆鸣不知孟华的用意,只道他是要取杨炎性命,连忙叫道:“孟贤侄手下留情,杨炎虽然可恶，请念他年幼无知……”

话犹未了，只听得“当”的一声，杨炎冷笑说道：“不见得！”两柄纠缠的剑已是倏地分开。原来杨炎的功力虽然不及哥哥，但他的“龙形十八剑”之中，却有一招能解粘劲的妙招，顺势把剑向前一送，立即反身跃出圈子。这“不见得”三字是针对孟华喝令他“撒剑”说的。

孟华冷冷说道：“丁师叔，你莫为他求情，他自恃武功高强，只怕连我也不放在眼内呢。你现在就给他求情，不嫌早点儿么？不给他一点教训，他如何能够知道地厚天高？”

说至此处，剑光一起，又把杨炎的身形圈住，喝道：“你莫以为能够解我一招，你想在我手下逃脱，那是决计不能！我如今给你考虑片刻，你若不扔剑认罪，我就要废你的武功了！”

此次孟华只说要废他武功，已是比最初想要杀他退了一步了。但听在杨炎耳中，却是更加愤怒，心里想道：“原来你所说的念兄弟之情，就是这样。我失了武功，自然就只能任凭你们父子摆布了。嘿，嘿，你只是孟元超的儿子，可不是我的哥哥！”

“姓孟的，你张口便骂，动手便打。你以为我当真怕你不成。不错，我知道打不过你，但打不过也要打，有本领你尽管杀了我，要废我的武功，哼，哼，恐怕就没那么容易了！”杨炎冷笑说道。冷笑声中，挥剑反击。

孟华气得面色灰白，喝道：“莫说你犯了欺师灭祖的大罪，就凭你现在的狂妄胡为，我就要替本派清理门户。好呀，你既是不到黄河心不死，我就让你瞧瞧，我有没有本领废你的武功吧！”

杨炎冷笑道：“很好，我就看看你有什么本领能废我的武功！”突然一招极为刚猛的剑招横扫出去，带起的劲风也震得旁观的丁兆鸣几乎立足不稳。原来他早已打定主意，倘若当真打不过孟华，最后关头，他便即自断经脉而亡，决计不让孟华废掉他的武功。

双剑相交，一片金铁交鸣之声，震得丁兆鸣耳鼓嗡嗡作响。

丁兆鸣赶忙退远一些，再次叫道：“孟贤侄手下留情，令弟还不能算是穷凶极恶，无可救药之辈，他、他……”

原来杨炎刚才和他交手，在他的剑法已完全被杨炎克制之后，杨炎若要杀他，可说易于反掌，他自己心里明白，杨炎虽然令他败得甚为难堪，其实则已是手下留情。

但丁兆鸣话犹未了，只见杨炎已是脱出了孟华的剑圈笼罩。杨炎剑法暴涨，孟华剑光流散，而且接连退了三步。

丁兆鸣大吃一惊，心里想道："难道孟华也打不过他的弟弟？"想给杨炎求情的话也说不下去了。

原来孟华想试一试弟弟的功力，这一招是硬接的。

他的功力本来也比杨炎高出许多，但因未知弟弟深浅，当然他是不敢用上全力。在双剑相交的那一瞬间，他的内力只用上三成，而杨炎则是全力以赴，使出了"龙形十八剑"中最刚猛的一招。丁兆鸣虽然是个武学大行家，急促之间，亦是看不出其中关键。

杨炎似乎是"得理不饶人"，招式不换，剑势未衰，剑尖直指孟华肩头的琵琶骨。琵琶骨倘若给他一剑刺穿，孟华的武功可就要先给他废了。

这一下可轮到丁兆鸣为孟华着急了，大叫道："杨炎，你敢，你敢……"

"杀兄"二字尚未吐出，只见杨炎身形一晃，剑尖堪堪刺到孟华肩头忽地缩了回去。丁兆鸣松了口气，想道："还好这小子虽然胡作非为，还肯听我劝告。"哪知心念未已，只听得杨炎哼了一声，说道："你不必假惺惺手下留情，我宁愿在你剑下丧生，决不向你屈服！"

他这一说倒是令得丁兆鸣糊涂了："我只道是杨炎这小子手下留情，却原来反而是孟华对他手下留情。"

原来双剑一交，孟华便即试出弟弟功力的深浅，他多加三分内力，刚好和弟弟此际的功力相等。杨炎的剑尖到了距离肩头三寸之处，已是无法再向前伸，只能赶快收剑变招。

孟华喝道："你现在不敢目中无人了吧。你有多少本领全都拿出来，我要让你死得心服！哼，哼，天作孽，犹可活；自作孽，不可活，你既有心求死，我就成全你吧！"

丁兆鸣老于世故，在已经知道孟华刚才实是让招之后，再品味孟华此际的语气，已经知道孟华的心意，其实并非真的想杀弟弟，而是要看看弟弟这七年来所学的全部功夫。

杨炎究竟学到了什么功夫，这也是丁兆鸣忍不住好奇想要知道的。他想孟华大不了是要废弟弟的武功，于是也不再加劝阻了。

杨炎却认定了哥哥是要杀他，他亦早已把生死置之度外。

他一嚼舌尖，喷出一口鲜血，这是介乎正邪之间的一种内功运用，能令精神陡振，功力倍增。

“龙形十八剑”虽然只有十八招，但每一招的威力都是极大。只见他横劈直刺，每一招使出都是隐隐挟着风雷之声。丁兆鸣已经退到五十步开外，兀是感到寒光耀目，剑气侵肤！

丁兆鸣看得又是吃惊又是痛惜，想道：“杨炎当真是学武良材，假如他肯学好，不难成为本派继往开来的一流人物。唉，如今他却是自绝于本门，石师兄纵肯饶他性命，也不能让他再列门墙了！本派失了传人不打紧，他这身武功废了岂不可惜？”

他是个武学的大行家，虽然为杨炎的内功剑法大大吃惊，但亦已看得出来，杨炎决计不是他哥哥的敌手了。此时他担心的只是孟华要废杨炎武功。

只见孟华在对方刚猛之极、凌厉异常的剑势之下，忽进忽退、不疾不徐、挥洒自如。轻灵矫捷，真有流水行云之妙。杨炎使出的不论怎么凌厉的剑招，都给他随手化解。

杨炎这才倒吸一口凉气，心道：“想不到他如此厉害，我爷爷的本领恐怕也未必能够胜他。但他若要杀我，早就可以，难道他当真是念兄弟之情？还是要戏弄我呢？”

他是早已把生死置之度外的，趁着“天魔解体大法”的作用尚未消失之际，把剑上的力道越发加强，在雪山苦学的七年之功，发挥得淋漓尽致。但他那刚猛的力道一和孟华的剑接触，便如泥牛入海，一去无踪。孟华却没运劲反击。

杨炎知道这是卸力打力的功夫，他虽然也懂，但想要运用得如孟华这样神妙，可就难了。他哪知道，莫说是他比不上哥哥，当今之世，能够和孟华打成平手的亦已寥寥无几。单以剑法而论，当世公认的天下第一剑客金逐流，恐怕也只能和孟华并肩了。

殊不知杨炎固然吃惊于哥哥的剑法之妙，孟华却是更吃惊于弟弟武功之强，暗自想道："以他现有的武学造诣，再练五年，当可追得上我。武林中的奇人异士我见过不少，但像他这样年纪轻轻，就能有这样的造诣，我却是平生仅见，唉，就可惜他偏不学好，我废不废他的武功呢。不废他的武功，只怕他恶性难改，将来更要遗患武林！"

孟华踌躇未决，再想："不过他是已经受了伤的，再打下去于他身体会有损害。"当下剑法一变，意在剑先，出招快极，如影随形地紧逼杨炎，此时他要闪躲都难，更谈不上反击了。

杨炎浊气上浊，喝道："孟华，你杀了我吧！"索性连人带剑，猛扑过去。等于是自己送死！

丁兆鸣大惊急叫："不可！……"话犹未了，只见孟华的剑光恍如化作千点万点寒星直洒下来，杨炎已经中剑，倒在地上了。

丁兆鸣颤声问道："孟华，你，你，……"

孟华苦笑道："我没杀他，武功也没废掉。该当如何，丁师叔，请你处置他吧！"

接着向杨炎喝道："你现在应该知道，刚才我是有本领可以废你武功的吧，你认不认罪？"

杨炎暗自后悔，后悔自己没有早上片刻，自断经脉。原来孟华使的最后一招，名为"胡笳十八拍"，是他三师父丹丘生传给他的崆峒派绝招。丹丘生当年仗此一招，不知打败过多少成名高手；到了孟华手上，精益求精，这一招已是更胜师父当年。

杨炎早就打定主意：打不过哥哥，最后关头，便即自断经脉而亡。但他想不到孟华的剑法竟然精妙如斯，此招一出，电光石火之间，就刺着了他的十八处穴道。力度用得恰到好处，血丝也没渗出半点。但十八处穴道被封，还怎能运功自断经脉。

尽管他对哥哥误会甚深，连原有的几分好感亦已变为恶感，他对哥哥的武功却是不能不暗暗心服，想道："他说得不错，以他这样的本领，要废我的武功，确实是轻如反掌，在他的剑下，我想要求死也难。"

但对哥哥的武功心里暗暗佩服是一回事，口头上他是无论如何也不肯忍受屈辱的。

孟华并没刺他哑穴，他在孟华喝问之下，傲然说道：“大丈夫宁死不屈，你要杀我容易，要我求饶，那是万万不能！”

孟华气怒交迸，喝道：“亏你还有脸说自己是大丈夫？”

杨炎冷笑说道：“我的武功虽不如你，品格却不见得比你差了，哼，哼，我还不屑于做你这样的伪君子呢！”

孟华怒道：“我怎么是伪君子了？”

杨炎冷冷说道：“你想要杀我，却不敢杀我，不过是怕人说你‘骨肉相残’罢了。好，那我就成全你的名声吧，你编排我的罪名，我全都承认。就是不认你是我哥哥！那你可以毫无顾虑地一剑把我杀掉了，动手，快动手呀！”

孟华心中痛如刀割，凄然说道：“你错了，我不杀你，并非是怕人闲话。你不认我做哥哥，我还是认你做弟弟的。但也正因为你是我的弟弟，而你又没有丝毫悔过之心，我、我只能、只能……”叠声说了两次“只能”，缓缓地举起手掌，便待向杨炎的天灵盖拍下去。

丁兆鸣喝道：“孟华，你刚说过的话就忘记了么？”孟华怔了一怔道：“我说过什么？”

丁兆鸣道：“你说过杨炎是由我处置的！”孟华松了口气。收掌说道：“是。但凭师叔处置这个孽徒！”

交由孟元超管教

丁兆鸣道：“按说他罪在不赦，姑念他年幼无知，暂且将他逐出本门，交由令尊严加管教！待他将来改过自新，再准他重列门墙。孟贤侄认为这办法怎样？”要知孟华是天山派记名弟子，论地位还在丁兆鸣之上。故此虽说他已授权由丁兆鸣处理此事，但丁兆鸣按照规矩还是必须有此一问，以示对他尊重。

这正是孟华心中所想，口里却不敢说出来的办法。当初他要丁兆鸣陪他同来，就正是提防有此际之事，盼丁兆鸣能够出头为他转圜的。他心中欢喜之极，脸色却是一表端庄地答道：“师叔计虑周详，师叔说是该这么办自是不会错的。我没异议。”

丁兆鸣道：“好，那就这么办吧。是你押他回去，还是我押他回去?”

杨炎听说要把他交给孟元超管教，这真是比要他的性命还更难过。要不是他被点了十八处穴道，他一定会愤怒得暴跳起来，如今则只能躺在地上嘶声大叫了。

“做不做天山派弟子我不大稀罕，要我受孟元超的侮辱，我死也不能!”他直呼孟元超之名，丁兆鸣、孟华和邵鹤年都是不禁变了面色，眉头大皱。丁兆鸣斥道:“胡说八道，你的爹爹管教你，怎能说是侮辱?”

孟华心里猜想:“炎弟想必是已从辣手观音那里，知道了他的身世之秘。不过救他性命要紧，父子兄弟之间的误解，慢慢再想法消除。”他怕杨炎继续胡说，便即补点了他的哑穴。

回到原来的话题，孟华说道:“我回天山吊丧，不仅因为我是得过老掌门指点武功的本派记名弟子，要尽弟子之礼，而且是代表义军和我爹爹吊丧的。吊丧之后，我也还有一点公事要办，自是不能为这孽徒之故，因私废公。只好偏劳师叔了。”还有一件“秘事”他不便说出来的是，在他的猜想，冷冰儿碰上这样意想不到的“尴尬之事”，一定是伤心之极的了。他要找到她为弟弟“赎过”，劝慰她并要求她“饶恕”自己的弟弟。

接着他又对邵鹤年道:“邵叔叔，你是我们兄弟的长辈，柴达木的义军倘有迁移，由你联络也较为容易。回疆的任务，我和刘抗可以代办。请你也和丁师叔一起回去吧。”

邵鹤年道:“你不说我也正想请命，如此安排，最好不过。”论亲戚辈分，他高孟华一辈，在义军的地位，则是孟华较高，故此他用“请命”二字。

孟华说道:“邵叔叔不用客气。我这不肖的弟弟，一路上也还要请你多加教训。”邵鹤年道:“你放心，我会的了。”

孟华安排妥当，正想动身，发现杨炎的伤口又在开始流血，他心中一阵酸痛，又再回过头来替杨炎敷上了金创药。

丁兆鸣道:“孟贤侄，我会替你照料弟弟的，你放心走吧，唉，杨炎，你再不学好，真是对不起你的哥哥了。”

杨炎是个性情容易激动的人，虽然他不能接受丁兆鸣的责备，对孟华的恶感亦未能消除，但亦已体会得到他的哥哥确是真心爱护他的，不觉心头一股暖意，一直没有眼泪的他，眼角也有一点潮湿了。

孟华说道："好，那我走啦！"忽地想起一事，临走又道："丁师叔，我封闭了他的穴道，十二个时辰之内，料他不能自解。但最好请你在时辰未到之前，补点他的十八道大穴！"对他弟弟的武功，他确是有点担心丁兆鸣克制不住，故此不厌其详地提醒丁兆鸣。

要照料、要提防的事情他都交代过了，他这才怀着异常复杂的情绪，深沉的目光望了弟弟一眼，这才和丁邵二人分手。

小妖女拦途截劫

丁兆鸣背着杨炎下山，走了半天，找到一个牧场，买了两匹健马拉的铺有锦垫的马车，他和邵鹤年一个看护杨炎，另一个则轮流驾车。杨炎舒舒服服地躺着养伤，他受的伤虽不算轻，却非内伤，孟华给他敷上的金创药，又是上佳的金创药，不过两天伤口已合，第三天差不多全好了。

丁兆鸣并没忘记，每隔不到十二个时辰，就补点他的十八处穴道。

杨炎也不理会他们，乐得自己舒舒服服地躺着静养。丁兆鸣早已在那牧场上购备了充足的食粮，有麦饼，有糌粑，有肉脯，还有马奶酒。马奶酒虽然酸涩，对身体却是甚为滋补。

在这几天当中，邵鹤年故意和丁兆鸣谈起孟元超、云紫萝和杨牧的往事。虽然有些事情，他不便直言其隐，但已把杨牧的恶行劣迹，凡是可以让杨炎知道的，尽都在他的面前说出来了。

他们说出了杨牧当年怎样捏造孟元超在小金川战死的谣言，向云紫萝骗婚；后来又怎样私通官府，陷害孟元超；为了陷害孟元超，甚至不惜诬陷妻子，毁她名誉，将她休弃。由他姐姐辣手观音出面，在寒冬腊月，将云紫萝赶出家门，而当时云紫萝正是怀孕在身，怀的就是杨炎。

最后邵鹤年说道："杨炎，我不知道你是否见过你的姑姑，你的姑姑又和你说过了一些什么话，但你可不能偏信一面之词，你知不知道，不错，杨牧是你的生身之父，但他对你非但从无一日父子之恩，而且你们母子都几乎给他害死！”

在邵鹤年说这段话的时候，丁兆鸣给杨炎解开哑穴。

杨炎心情激动，听到一半，就嘶声叫道：“我不要听，你们都在骗我，骗我！”

邵鹤年道：“我知道这会令你伤心，你也不会马上就相信我说的事实。但我还是非要你听不可！”

他是因为杨炎不认哥哥，从杨炎的语气之中又已透露出他已经知道自己一点身世隐秘，才索性把事实真相告诉他的。

但可惜正如他的所料，杨炎是不能马上相信他的。假如换了是冷冰儿对他说出这些真相，他或许会多相信几分。此际他只是在想：“不错，你叫我不可偏信一面之词，那我也就不能偏信你的说话。你和孟元超是一伙，当然是帮他说话了。”

不过，他虽然“不愿意”相信邵鹤年的话，内心深处却是不能不加深怀疑：“难道我的生身之父当真是像他们所说的那样卑鄙小人？要是真的话，我该怎么办呢？不，不，他们一定是夸大其辞，不会全是真的！”

丁兆鸣见他如此激动，只好又点了他的哑穴。

他的伤势本来差不多好了的，由于受到了大刺激，面色一下子又坏了许多，这天晚上发起高烧，已有生病的迹象。

丁兆鸣担心他在途中生病，悄悄叮嘱邵鹤年，不要再“刺激”他，一切留待到了柴达木见着孟元超再说。丁兆鸣并且用了可以避免伤害他身体的手法，点了他的晕睡穴，让他安眠。

幸好丁兆鸣懂得一点医术，随身也携带有一些常用的药物，杨炎发的高烧，第二天就退了。

马车继续向前行进，走过了草原，进入了山区。

行行重行行，到了一处险峻之处。一条陡峭的斜坡，山坡上铺满积雪，地形又极狭窄，只能容得他们这辆马车通过。

正当马车转过山坳下坡之际，忽然发现一个女子低着头迎面走来。积雪铺盖的斜坡本来就已经够滑的了，马车跑下山坡，速度当

少女骂道：“岂有此理，你驾车带不带眼睛？”手中已是扬起软鞭，呼地就向邵鹤年的双足卷去。

然极快。驾车的邵鹤年武功甚高，方能控制得住，但也是小心翼翼，丝毫不敢大意。

那个女子突然发现马车驰下，花容失色，尖声呼叫！

殊不知她固然吃惊，邵鹤年比她还更吃惊。刚才隔着山坳，他根本看不见路上有人。而且事先他也根本料想不到，在这严冬的北国，在这积雪没胫的山坡，竟然会有一个少女走上来的。

但在这一瞬间，他自是无暇去思索这个少女的种种可疑之点了，最紧要的是不能伤害这少女的性命。

他赶忙勒着马头，大叫："姑娘，快滚过一边，快！"马车刚好在那少女的面前停下，那少女却并未"滚过一边"。

更加意想不到的事情发生了。

邵鹤年喘息未定，还未来得及说话，那少女突然骂道："岂有此理，你驾车带不带眼睛？"喝骂声中，手中已是扬起一条软鞭，呼的一鞭就向邵鹤年的双足卷去。

邵鹤年坐在车头，双足垂在车边，这少女出手快极，邵鹤年冷不及防。左足踢空，右足给她软鞭卷个正着。车身还是在倾斜的，少女使劲一拉，就把他拉下车了！

邵鹤年跌了个四脚朝天，马车失了控制，少女迅即又是刷刷两鞭，打那两匹拉车的马，马车飞也似的从山坡上滚下去。

丁兆鸣在车厢里看护杨炎，意外突然发生，他要挽救也来不及。但杨炎已经看见那个少女了，大风揭起车帘，虽然只是匆匆一瞥，他已经知道这个少女是谁。

这少女不是别人，正是那"小妖女"龙灵珠。

杨炎又惊又喜，心里想道："她的花样真多，这个恶作剧也真亏她想得出来，看来她是要拦途截劫我了！"

邵鹤年一个鲤鱼打挺翻起身来，摔得虽然不重，但膝盖的"环跳穴"给软鞭打着，又是一个倒栽葱从车上摔下去了，爬起身来，双脚又是一跛一拐，走路可以，跳跃却已不灵了。

他是个老江湖，此时当然亦已知道这少女是存心生事的了。

"岂有此理，是谁唆使你这小丫头来害我们的？"邵鹤年喝道。

龙灵珠冷笑道："要害人的是你们，可不是我！你居然敢颠倒过来骂我，是不是想再吃几鞭?”呼呼风响，卷起一个鞭影，她一招“回风扫柳”的鞭法，又向邵鹤年扫过来了。

邵鹤年听出她话中有话，取出一对判官笔撩开她的软鞭，喝道:“胡说八道，我们害了谁?”

龙灵珠冷冷说道:“车上那个小伙子不是已经被你们害了?”

邵鹤年怔了一怔，说道:“你是冲着杨炎而来?我们送他回家，怎能说是害他?”

龙灵珠道:“他愿意跟你们走的吗?你们已经把他害得求生不得，求死不能了!”

邵鹤年忙道:“你听我说——”但他的话未能说出，胸骨又着了一鞭。邵鹤年大怒，只好先和她斗。

邵鹤年的武功本来不弱于龙灵珠，但此时跳跃不灵，却是大大吃亏。龙灵珠的鞭法矫若游龙，不到十招，邵鹤年就给她打着了三处穴道，最后一处是软麻穴，邵鹤年再次跌倒，这次却是爬不起来了。

龙灵珠一声冷笑，抛下了他，向前追去。

那辆马车飞也似的从山坡上滚下去，眼看就要翻转，丁兆鸣使出千斤坠的重身法，这才把马车定住。

他跳下车来，正待回去找邵鹤年，龙灵珠已经来到他的面前了。

丁兆鸣喝道:“小小年纪，为何这等心狠手辣?你要把我们全都害死吗?”

龙灵珠笑道:“我知道你的本领很好，一定不会车翻命丧的。”

丁兆鸣怒道:“还要强辩，你把我那朋友怎么样了?”

龙灵珠道:“待会儿你就知道。”

丁兆鸣道:“为何现在不说?”

龙灵珠笑道:“我怎样整治他，待会儿就怎样整治你。先说给你知道，只怕不灵。”

丁兆鸣名列天山派四大弟子，所到之处，无不受人尊敬，即使是中原各大门派的掌门，对他也不敢稍有失礼。想不到如今竟然有人当着他的面说要“整治”他，而且说这话的还是个黄毛丫头。

饶是他涵养功夫再好，此时也不禁怒从心起了。“好呀，我倒要看你如何整治我？”丁兆鸣按着剑柄，冷冷说道。

龙灵珠道：“你既然要看，为何还不出招？”

丁兆鸣不觉一怔，哼了一声道：“小丫头胆敢如此放肆，你可知道我是何人？”要知武林中不成文的规矩，长辈与晚辈过招，当然是让晚辈先出招的。虽说他们并无派别渊源，但在丁兆鸣的心目之中自是把这个乳臭未干的黄毛丫头当作晚辈的。

龙灵珠道：“我当然知道，否则我还不会来找你呢！”

丁兆鸣道：“哦，如此说来，你是存心要来伸量我的了，你的师长是谁？”

原来他见龙灵珠如此大胆，已是不觉有点怀疑，怀疑她的师长说不定是哪一位前辈高人，否则小小年纪，焉敢如此放肆？这样的例子以往也曾有过，例如当今的天下第一剑客金逐流在初出道之时，年纪还不到二十岁，但因他的父亲金世遗在武林中辈分极高，若是只论辈分，许多门派的掌门人都比他低了一两辈的。

龙灵珠淡淡说道：“我的武功何人传授你不用管，我知道你是天山派四大弟子之一，假如贵派老掌门唐经天还在，我碰上了他，当然不能不以晚辈之礼求他指教。但凭你的身份，却是只能勉强够资格陪我走上几招了！”

丁兆鸣平素本来是个谦厚君子，此时也不禁给她气得七窍生烟，冷笑说道：“多谢你眼内还有敝派的老掌门，我是不知自量了。既然姑娘口气如此之大，那我只好恭敬不如从命了！”说的“从命”二字，刷的一剑刺出。

这一招剑中夹掌，正是丁兆鸣从追风剑式变化出来的自创绝招。剑刺左额，掌削膝盖，料想面前这个“乳臭未干的丫头”不是中剑就是中掌。不过他亦无意伤这少女，他的剑法已经练到差不多炉火纯青之境，有把握可以在碰着她身体的那一瞬间，立即变招刺她穴道。

哪知结果却是完全出他意料之外！

龙灵珠叫声“好快！”掌风剑影之中，一个“风摆垂杨”的身法，腰向后弯，头发几乎贴到地上。

丁兆鸣的剑尖差一点刺着她的鼻梁，说时迟，那时快，龙灵珠的软鞭已经卷地扫来，鞭法之快，不亚于丁兆鸣的剑法。丁兆鸣做梦也想不到这个“黄毛丫头”竟然会用如此奇险而又绝妙的身法闪了过去，突然间变成了自己的下盘被袭了。

丁兆鸣忙把身形拔起，扑下来抓她鞭梢，龙灵珠那条软鞭俨如灵蛇吐信，倏地昂起头来，打成鞭圈。假如丁兆鸣的左手仍然径抓下来，手腕就先要给他的软鞭缠上。

好个丁兆鸣，果然不愧是名列天山派四大弟子的高手，身子悬空，居然还是变招成速，一个鹞子翻身，已是头下脚上，右手的长剑插入了鞭圈，俯冲而下，剑势凌厉，破空之声，嗤嗤作响。龙灵珠的银丝软鞭，分量甚轻，本来不易受力。但若是拉紧的话，就非给丁兆鸣的利剑削断不可了。龙灵珠只好把鞭圈松开，迅速收回。

说时迟，那时快，丁兆鸣已是斜身下落，恍如饿鹰扑地，长剑横伸，凝神待敌。

龙灵珠妙目斜睨，意殊不屑地纵声笑道：“天山派四大弟子的本领原来也不过如此，丁大侠，你站稳了没有。”在她冷嘲热讽之下，丁兆鸣这次倒是心平气和地说道：“姑娘，你的鞭法很是不错。不过，要想胜过天山剑法恐怕还是不能。”

要知丁兆鸣本是个武学的大行家，自是懂得临敌之际，最忌心粗气躁的。刚才他只因见龙灵珠年纪太轻，不大将她放在眼内，又中了她的激将之计，以致险些吃了大亏。此时他早已醒悟，龙灵珠冷嘲热讽，不过是想令他动气方始有机可乘，他如何还能中计？不过他称赞龙灵珠的鞭法“很是不错”，倒是由衷之言，但这四个字的评语，却也颇有“长辈”口吻。

龙灵珠一声冷笑，说道：“真的吗？”冷笑声中，身形一晃，俨如惊鸿掠水，连人带鞭，倏地绕到丁兆鸣身后。

丁兆鸣反手一剑，就像背后长着眼睛一样，剑锋刚好迎上她的软鞭。霎忽之间，龙灵珠换了六七处攻击的方向，都给他见招化招，见式解式，随手化解。

丁兆鸣去了轻敌之心，全神应付，他的真实本领远在龙灵珠之上。龙灵珠不敢行险以求侥幸，要想胜他，可是不能了。

剧斗中，丁兆鸣一招“三转法轮”，力透剑尖，内力所至，鞭剑未交，龙灵珠的软鞭已是给他带动，好像就要脱手飞出似的，丁兆鸣猛地喝道：“撒鞭！”右手一伸便把软鞭抓住。

龙灵珠身形倾仆，丁兆鸣正要再加把劲，夺她的鞭，陡然间只见冷电精芒，耀眼生缬，龙灵珠的左手已是多了一柄利剑。原来她这把剑乃是软鞭，不用之时，当作腰带缠身的。

“不见得！”龙灵珠一声冷笑，顺着前冲之势，软剑抖得笔直，闪电般刺向定兆鸣掌心。掌心的“劳宫穴”倘若给她一剑穿过，丁兆鸣的内功再好，也要化为乌有。只好连忙缩掌。

龙灵珠奇招解困，飞身复上，鞭剑兼施，转守为攻。不但剑法古怪，鞭法也和刚才不同了。

最古怪的是：她的鞭法之中夹有剑法，剑法之中又夹有鞭法。

武学谚语有云：枪怕圆，鞭怕直。枪是比较粗重的长兵器，能够使得圆转如意，可非得有举重若轻的深厚内力不行；鞭是柔软的兵器，要抖得笔直而兼具枪矛刀剑的性能，这是举轻若重的功夫，同样也是很难做得到的。龙灵珠的软鞭盘旋飞舞，时不时抖得笔直，用鞭梢来点丁兆鸣的穴道，就像用刺穴的剑法一般。

她的剑乃是软剑，忽屈忽伸，更具轻灵翔动之妙。使到疾处，剑光化成一个个大大小小的圈圈，圈里套圈，和软鞭打成的鞭圈同时使出，饶是丁兆鸣应付得非常沉着，也不禁感觉得有点儿眼花缭乱，分不清是剑是鞭。一般的剑法多是点、削、刺、戳，而她的剑法却多了盘、钩、推、转、圈、扫六法，鞭法剑法，竟是溶于一炉。待丁兆鸣将鞭当剑，将剑当鞭之时，她忽地鞭仍是鞭，剑仍是剑。倘若不是丁兆鸣的临敌经验丰富，内功剑法又都到了一流境界，骤然碰到这样古怪的打法，势必着了她的道儿。如今虽然抵敌得住，却也显然屈处下风了。

杨炎在车上观战，对龙灵珠的武功，也只是能看懂一半。心想：“原来那日她与我比武还是未曾尽展所长的。”但由于旁观者清，胜负的关键，他已是看出来了。

杨炎暗自想道：“她的剑法虽然古怪，看得出还是脱胎于龙形十八剑，鞭法却不知是属于何家何派了。但记得爷爷说过，她的父亲是一个武功极高的‘魔头’，虽然给爷爷打断了一条腿，那是因为他当时没有还手之故。若然真个较量，爷爷也没把握打败他的。龙灵珠那些古怪武功，想必是她爹爹传下。

“可惜她的内力较差，鞭法、剑法再高，也不过是和天山剑法各有千秋，丁师叔只要使出大须弥剑式，在招数上她就占不到便宜了。她的内力比不上丁师叔，最终还是非败不可。”要知杨炎的剑法虽然不及丁兆鸣，但丁兆鸣所使的每一招每一式，他都是了然于胸。

杨炎看得出胜负的关键所在，丁兆鸣当然也看得出来，不过稍迟片刻而已。

“她打她的，我打我的。管她古怪不古怪!”丁兆鸣心想。果然不出杨炎所料。他顿然省悟，立即就使出了大须弥剑式了。

大须弥剑式于拙中见巧，奥妙无穷。本来若是大家都练到最高境界，龙灵珠的鞭剑兼施，也可以和大须弥剑式分庭抗礼。但丁兆鸣是天山派第二代弟子之中剑法最高的人，只论剑法，现任掌门人唐嘉源恐怕都比不上他。龙灵珠年纪比他轻了一半，兼学父母两派的武功，所学虽博，却是难免杂而不纯。怎比得上丁兆鸣的天山剑法差不多到了炉火纯青之境。他把大须弥发挥得淋漓尽致，当真是攻如雷霆疾发，守如江海凝光。龙灵珠只觉对方无懈可击，渐渐就只有招架的份儿了。

丁兆鸣喝道:“如今你该知道是谁不自量了吧？但念在你年纪轻轻，练到这身武功，已是极不容易。我不伤你，你快从实招供，是谁唆使你来害我的!”

龙灵珠咬牙狠斗，丁兆鸣喝道:“你再不说，我可要对你不客气了!”大喝声中，展开了一派进手的招数，剑剑精绝!

眼看龙灵珠就要抵御不住，忽听得杨炎叫道:“走乾转巽，玄鸟划砂!”前四个字是指示龙灵珠该走什么方位，后四个字是指点她用什么招数。龙灵珠无暇思索，依法施为，果然一转到这个方位使出此招，立即就把丁兆鸣的极为凌厉的这一招破解了。

丁兆鸣听见杨炎说话，好生惊诧，回头一看，只见杨炎已经坐了起来，靠着枕头张望。这个驼绒枕头，还是他为了可以让杨炎睡得舒服的缘故，特地向那牧场主人购买的。

原来丁兆鸣虽然没有忘记每隔十二个时辰不到就点杨炎的十八处穴道，外加哑穴。但由于杨炎的伤已经好了许多，比起他给孟华点穴之时，功力已是不可同日而语；另一方面，丁兆鸣的内力却是不及孟华，施之高手，点穴的效能自亦较逊。此时还差四个时辰未到限期，杨炎已经解开了上身的三处穴道，头部、腰部和右臂都可以活动了，至于哑穴，则更是早已解开。

丁兆鸣如此细心照料杨炎，杨炎如今竟然指点这“小妖女”如何打他，这霎那间，丁兆鸣不由得又是吃惊，又是伤心，又是气恼，喝道：“杨炎，你，你这小——”高手搏斗，哪容分了心神，龙灵珠刷的一招“回鞭柳柳”，要不是丁兆鸣跃起得快，胫骨几乎给软鞭扫着。

他那句话虽然未说得完全，杨炎也知道他要说的是什么了。石天行、甘武维，甚至他的哥哥孟华都曾经骂过他“小畜牲”，唯一没有这样骂过他的只有丁兆鸣。如今丁兆鸣也要这样骂他了，虽然那三个字未曾吐出唇边。这霎那间，杨炎也不由得一阵伤心。“我做了什么天大的错事？在他们这班自命正人君子的眼中，我竟然是连禽兽也不如了？”

“丁师叔，对不住！她来帮我，我当然也只能帮她！”杨炎涩声说道。

龙灵珠格格笑道：“总算你还有良心，知恩善报。那次你帮了我又帮辣手观音，我的气至今都未消呢？”她心里甜丝丝的，不觉亦是稍有疏神。丁兆鸣乘隙即进，青钢剑扬空一闪，快如闪电，“嗤”的一声，龙灵珠的衣袖给削去了一小幅。

杨炎叫道：“踏巽转坎，龙形一式！小心左胁，攻他空门！”幸亏杨炎接连不断的出声指点，龙灵珠这才转危为安，一口气化解了丁兆鸣十七八招凌厉的攻势，开始转守为攻。

杨炎起初只看得懂龙灵珠的一半武功，此时则已是对她的软鞭用法都能领悟其中精髓了。至于丁兆鸣的剑法，他更是每一招都熟悉的。如此一来，他虽然没有下场，已是等于他和龙灵珠合力来斗丁兆鸣了。

古语有云：知己知彼，百战百胜。丁兆鸣每出了一招，就给杨炎先行喝破，剑法再精，亦是没用，如何还能克制敌人？

丁兆鸣气怒交加，猛地飞身跃起，不理会龙灵珠正在攻击他的空门，便即使出了一招两败俱伤的剑法。按剑理他本应斜身窜出，先避招后进招的，这一下连杨炎也是始料之所不及。

他还未来得及指点，只见龙灵珠亦已飞身跳起，跳得比丁兆鸣更高，杨炎瞿然一省："对，我忘记她的轻功比丁师叔高明了。"心念一动，口里立即不假思索地把招数说了出来。

"三环——套月！"他刚说出前面二个字，只见龙灵珠的软鞭早已抖成三个圈圈，套着了丁兆鸣的长剑。龙灵珠使出的招数，正是他为她拟定的那招"三环套月"。原来龙灵珠经过了他指点数十招之后，已是无师自通，临急变招，果然是"英雄所见"不仅"略同"，而是完全一样了。

只听见"卜勒"一声，龙灵珠软鞭断了一截，但丁兆鸣的长剑却已被她扯出手去。说时迟，那时快，龙灵珠的软剑已是抖得笔直，剑光有如黑夜繁星，千点万点飞洒下来！

杨炎连忙大叫："不可，不可——""伤他"二字未曾吐出唇边，丁兆鸣已是倒在地上。

龙灵珠笑道："你急什么，他点你十八处穴道，我如今只点他九处穴道，已是手下留情了，丁兆鸣，你的内功很好，冷不死你的，你好好在雪地上躺十二个时辰吧！"其实她也没有本领在一招之间刺丁兆鸣的十八处穴道，但这一刺九穴的剑法，亦已令得杨炎暗暗佩服，自愧不如了。

丁兆鸣左臂挥舞，身子却已不能动弹，口也说不出话。原来龙灵珠是故意不点他左臂的穴道，以防万一有野兽出现，他有一只手也就足以抵御了。杨炎松了口气，想道："这'小妖女'行事虽邪，但她知道我要保全丁师叔的心意，设想得比我还要周到。她点邵鹤年的穴道，想必也是如此。"

龙灵珠跳上马车，笑道："我暂且给你充当车伕吧！"她驾车的本事好像比邵鹤年还好，在急陡的斜坡上扬鞭赶马，飞车疾驶，当真赛似电掣风驰，不过喝一杯热茶的时刻，这辆马车已是安安稳稳地到了下面平坦的山谷。她这才停了下来。

杨炎这才有空和她叙话：“龙姑娘，多谢你依然把我当作朋友。”龙灵珠上次与他分手之时，曾经说过不想再见他的。

龙灵珠淡淡说道：“这只是你的猜想，我可没说过这话。”

杨炎说道：“那你怎的会来帮我这个大忙？上次我想和你一起走一段路程你都不许。”

龙灵珠道：“你以为我是为了你而来的吗？”杨炎说道：“那你是为了什么？”龙灵珠道：“你忘记了我有一个古怪的嗜好，喜欢找武林中的成名人物比试比试武功的吗？”

杨炎说道：“你真的只是想找丁兆鸣比试，事先不知道我在车上？”龙灵珠道：“我知道的。不仅知道丁兆鸣要把你押往柴达木，而且还知道你被谁所擒。说老实话，最初我也并不是想找丁兆鸣比试。”

杨炎说道：“你是怎么知道的？”龙灵珠道：“那天你被孟华所擒，我躲在附近的一块大石头后面，幸喜他没发觉。杨炎，想不到你的哥哥竟是天下数一数二的剑客，为何你不肯认他？”

杨炎说道：“他不是我的哥哥。内里因由，请恕我现在还不能告诉你。”

龙灵珠道：“每个人都有他自己的难言之隐，我也不肯认我的爷爷，所以你不认哥哥，我并不觉得奇怪。你不肯说就算了。

“我见了你哥哥的剑法情知决计比不过他，不得已而思其次，这姓丁的天山剑法那天我见也很不错，因此我就找上了他。你得解困，只是适逢其会而已。”

杨炎心想：“原来前几天她是在暗中跟踪我，我却不知。如此看来，她其实还是关心我的。”他心里很是高兴，却不说破。

龙灵珠嗔道：“你笑什么？”杨炎说道：“没什么。不管怎样，你都是帮了我的大忙，等于我的救命恩人，我不知要怎样报答你才好。”此话确是他的由衷之言，他是宁死也不愿去受孟元超“管教”的。

龙灵珠笑道：“你知道就好。过去你帮过我的忙，我也帮过你的忙。已经一笔勾销。如今是你重欠我一笔人情债了。这笔债可不是你刚才帮我那点小忙可以抵消的。”

杨炎说道：“大恩不言报，你若有所需，要我赴汤蹈火，绝不推辞！”

龙灵珠道：“你的姑姑和师叔都骂我是小妖女，你口里虽没这么说，心里一定也是这么想……”

杨炎忙道：“你这可冤枉了我，我本身就是他们心目中的小魔头，怎能骂你是小妖女？”

龙灵珠噗嗤一笑，说道：“好，那咱们就算是同类吧，同类更可以直言无忌了。”

杨炎说道：“我正是要听你的真话。”

龙灵珠道：“施恩不望报，这是君子所为。我是小妖女，非要你的报答不可。不过，我平生也讲究恩怨分明、买卖公平，你欠我多少，我会要你适如其分地偿还给我，赴汤蹈火，那倒不必。”

杨炎心道：“她的花样真多，不知又是要给我出什么难题了。”笑道：“不知怎样才算‘适如其分’地偿还与你？”

龙灵珠道：“我要你做一件事情，我认为是刚好合适就是刚好合适了。”

杨炎说道：“你要我做的是什么事情？”龙灵珠道：“现在我还没有想好，待我什么时候想好了再告诉你。”

杨炎不禁有点忐忑不安，说道：“这个、这个……”

龙灵珠似乎知道他的心思，笑道：“你不用担心，一、我不会要你做伤天害理的事；二、我不会借此来折磨你。你欠我的是人情债，将来只要你替我做一件事情，这件事情是给足我的面子的，那就行了。”

杨炎松了口气，说道：“这个容易。你帮了我这个大忙，就是要我在人前向你下跪，我都愿意。”

龙灵珠面上一红，说道：“乱嚼舌头，我又不是母夜叉、罗刹女，为何要你一个大男人向我下跪？”

杨炎苦笑道：“我这个‘大男人’这几天可是倒霉透了。不过不瞒你说，即使是我的本门长辈和我的哥哥逼我，我也未曾向他们屈膝！”

龙灵珠笑道："那你可真是看得起我了，嗯，对啦，我还没有问你，你的伤怎么样？要不要我帮你疗伤，这次我可以免费奉送，不算你欠我的债!"

杨炎说道："伤已经差不多好了。就只穴道未曾完全解开，大概还要过三个时辰……"

原来他由于分了心神说话，这段时间只能继续解开三处穴道，连前一共解开六处穴道，还有十二处穴道未曾解开。

龙灵珠蹙眉道："我可不耐烦等三个时辰，这点小忙让我帮你好了。"杨炎故意问道："这次要不要报答的?"龙灵珠笑道："我也不是完全没有人情味的，举手之劳，用不着报答了。"

她以为解穴不过举手之劳，哪知一试之下，竟是大出意料之外。

解穴是要本身的内力能够透过患者的穴道方能有效的，由于杨炎此时也正在默运玄功，配合外力来冲关解穴，龙灵珠的指头一碰着他的穴道，竟然给弹起来。杨炎的穴道非但未能解开，她的手指反而好像如受针刺，不由得雪雪呼痛了。

杨炎好生过意不去，说道："龙姑娘，我一时忘记了要告诉你一桩事情，累你受苦，这是我的不对。"

龙灵珠道："什么事情?"

杨炎说道："我的内功不是你的爷爷传授的，我一直练的是天山派内功心法。"

龙灵珠道："两派不同的内功，就会彼此相克的吗?"杨炎说道："那也不尽然，要看是怎样的不同，同时还要看双方内力的深浅。"龙灵珠道："哦，我明白了，因为我的内力远不如你，连丁兆鸣也比不上，所以根本就没法替你解穴。"她素来好胜，言下意殊郁郁。

杨炎说道："不，你还是有个办法可以帮我迅速解穴，但你一定要相信我。"

龙灵珠莫名其妙，说道："我帮你解穴，只有你不相信我，怕我乘机害你。怎的反过来要我相信你?"

杨炎说道："口说很难明白，你一试便知。"

龙灵珠笑道："我这个人最喜欢新奇的，你把办法告诉我，你敢相信我，我就有胆一试。"

杨炎说道："你把内力凝聚掌心，重击我相应的穴道。"他说出的第一个相应穴道，就是死穴。

龙灵珠吃了一惊，说道："掌力比指力强得多，重击之下，你受得了吗？"

杨炎笑道："我不会这么傻，拿自己的性命开玩笑的。你尽管重击，但要是发觉什么异状，你也不用惊慌。"

龙灵珠好奇心起，便即按照他的指点，重重一掌击下。

手掌一碰着他的身体，果然立即便有"异状"发生。龙灵珠的内力竟似泥牛入海，一去无踪，手掌也好像给粘住了。

尽管杨炎有话在先，这霎那间，龙灵珠也是不禁心头陡震，"杨炎莫非是要布这陷阱害我，他要吸干我的内力？"

幸亏这不过是片刻之事，她心念未已，另一个"异状"跟着又发生了。这次是杨炎把本身的内力透过她的掌心，不但她"失去"了的尽得补偿，而且似乎还有进益。

龙灵珠的武学不及杨炎广博，但见识亦是极高的。一怔之下，登时悟出其中道理。因为杨炎内力远远在她之上，但穴道未解，就不能发挥。自己加上这点内力，不过等于"触媒"，一触发他的内力，冲破了被封的穴道，他的内力就可以倒流过来了。

龙灵珠暗暗叫了一声"惭愧"，说道："杨大哥，你的内功真是奇妙莫测！"

杨炎说道："别忙说话，继续解穴。"龙灵珠依法施为，没多久就把他的十二处穴道全都解开。每给杨炎解开一处穴道，她自己也多得一分好处。她与丁兆鸣一番恶斗之后，本来已是差不多精疲力竭了的，此时却是但觉浑身充满精力，更胜从前。

杨炎跃下马车，深深吸了口气，说道："多谢你给我提前解穴，这几天来我老是躺在车上，真是闷死了。"他跑到雪地上又跳又叫，活像一个禁闭了几天的顽皮孩子，一旦得脱牢笼似的！

龙灵珠笑道："这次咱们彼此都不欠对方的情。但你可得小心一点。"

杨炎说道："小心什么?"

龙灵珠道："你知道你的脚底下是什么?"

杨炎说道："几层积雪覆盖的泥土。"龙灵珠道："不，是一条地下冰川。"

杨炎道："真的?"龙灵珠道："你要是不信，咱们挖下去看，我估计只要挖到三丈多深，就可以发现冰川上的浮冰，再凿开一个冰窟窿，下面就有水了，从冰窟窿里还可以钓鱼呢。"

杨炎大喜道："我正吃厌了干粮，要是能有鲜鱼吃，这可多美！好，说挖就挖！"他们用宝剑挖开坚冰，挖到三丈多深，果然发现浮冰，一切都如龙灵珠所言，凿开了冰窟窿，把一块石头抛下去，便听得见水声了。杨炎高兴非常，说道："龙姑娘，你真是见多识广。"

互陈身世

龙灵珠道："你要不要知道我这套本领是怎样学来的?"

杨炎说道："你愿意说给我听，我当然求之不得。"

龙灵珠道："你大概还记得我和你说过的有关我爹娘的事吧。我十一岁那年，爹爹被仇家害死，妈妈受了重伤，带我逃亡，当时她是有孕在身的。逃亡途中，不幸她又小产，元气大伤，自此她的病就一直没有好过。为了养活母亲，我讨过饭，偷过东西，也学会各种各样的谋生方法。

"这套捕鱼的方法就是妈妈教给我的。

"我们从江南逃到漠北，这是妈妈一直要我向北方逃的，妈是雪山长大的姑娘，逃到了无人的冰天雪地之中，就像回到故乡一样，精神倒是舒畅许多。她是告诉我不要给表面的荒凉所吓倒，林海雪原里其实是有无数宝藏，吃的穿的都可以取之不尽，用之不竭。冰窟捕鱼，只不过是她教给我的谋生方法之一。

"不过冰窟捕鱼，说容易很容易，说难也真难。难的是找不到鱼饵。有一种可以在雪层中冬眠的蚯蚓是可以做饵的，但很难寻觅。要是用没有饵的鱼钩，那就很难钓到鱼了，有时身子都冻僵了，还钓不到一尾。不过冰窟里的鱼一般来说还是要比河中的鱼易钓，因为它不会游来游去，所以有时运气好的话，虽然没有鱼饵，把鱼竿垂下去，随手一钓，也会钓着大鱼。

“可惜的是妈妈虽然教会了我谋生的方法，她自己却是只能多活两年，在我过了十三岁那年她就死了。现在你不羡慕我懂得这套谋生本领了吧，要不是我懂得这套本领，我早就饿死了。”

杨炎泪盈于睫，说道：“对不住，我不该惹你想起悲痛的往事的。”龙灵珠道：“我可没你这样多愁善感，或许是因为苦难经得多了，人也会变得麻木了。不过因为你问起我，我才告诉你。就像把别人的故事告诉你一样，我自己早没伤心了。”

话虽如此，但杨炎在她表现出的倔强之中，却也隐隐能够感受得到蕴藏在内心的一种深沉的悲痛。

杨炎叹口气道：“咱们都是苦命人，你比我似乎更加不幸。多谢你给我榜样，你能够抵受得了的我也一定会抵受得了。”

龙灵珠把鱼竿垂下冰窟窿，许久才钓起一尾小鱼，苦笑说道：“运气不好。我知道下面有许多鱼，但鱼竿不够长，没有饵诱鱼上钓，可是难钓。”

杨炎说道：“我倒有个办法，不用鱼竿就能捉到鱼儿。”龙灵珠道：“有这样新鲜的法儿？我可不信！”

杨炎说道：“不信，我试给你看！”他搓了搓手掌，双掌向冰窟窿一按跟着虚提。龙灵珠道：“你这是玩什么把戏？”

杨炎笑道：“山人自有妙计，不必着急，鱼儿不钓自来！”仍然双掌一按一提，做了十多次之后，只听得下面水声开始震荡可闻，越来越响，最后声如雷鸣，突然一股水柱从冰窟窿喷出来了，果然带了几尾大鱼喷了出来。

杨炎笑道：“够了没有？”

龙灵珠不禁大为赞服：“杨炎，你的内功真是奇妙无比，我不知什么时候才能练成像你这样的本领。”

杨炎说道：“其实你所练的内功并不比我差，只是路子不同。你的内功心法偏于霸道，速成于身体有害，故此反而不如我这派内功循序渐进的进境之快了。要是你懂得练功的诀窍，只要根基一固，立即便可突飞猛进。”

他说这话其实已是有意指点她的内功的，龙灵珠也不知是否听得懂他的用意，默然不语，半晌说道："你帮我钓到大鱼，我来烧给你吃。"

龙灵珠把泥土包着鲜鱼来烤，好像江南名菜"叫化鸡"的做法一样，外层的泥土烧得爆烈之后，鱼肉刚好熟透，鲜美异常。杨炎吃得津津有味，赞不绝口。

"龙姑娘，有件事情我想请你指教我，不知你肯不肯？"杨炎吃饱之后，忽道。

龙灵珠笑道："你要跟我学烧鱼？"

杨炎叫道："不是。我想跟你学武功！"

龙灵珠怔了一怔，道："你和我开玩笑了，你的武功这样好，还跟我学？"

杨炎说道："我说的是真心话。你的剑法、鞭法，招数奇幻无比，我当真是自愧不如。要是你肯教我，在剑法我就不怕会输给孟华了。"

龙灵珠本来好胜，得他称赞，心里亦甚得意，说道："这是我爹娘传下的武功，爹爹生前也曾说过，他的剑法自信是可以另辟蹊径，独成一家的。他说练到最高境界可以心中有剑，手中无剑。你懂不懂？"

杨炎说道："不懂。"龙灵珠道："只须存着剑意，随便抓起什么东西都可以当作剑使，甚至手中空无一物，亦可使剑。"杨炎说道："太玄妙了。"龙灵珠道："其实也并不难懂的。初步是懂得刚柔互易的法门，其次是把招数由简入繁，再由繁化简，再其次是练怎样意在剑先……"

杨炎说道："你一定要亲手教我才行。"

龙灵珠道："以你的武学基础一点即透。不过我教了你，我就变成了你的师父了，那怎么行？"

杨炎说道："我当然不甘心叫你做师父，而且我也不能平白受你的教，因为我怕又欠下你一笔难以报答的债务。"

龙灵珠已经听出一点苗头，说道："那你到底想要怎样？"

杨炎说道："我实在想学你的剑法，我把内功心法和你交换如何？你稍微吃了亏，马马虎虎也就算了吧，好不好？”

其实如此交换，自是龙灵珠得益更大，龙灵珠懂得他的苦心之后，笑道：“你是怕我不肯接受才要先学我的，好吧，你不怕吃亏，我也乐得和你交换。”

接着两天，他们彼此交换武功，龙灵珠在他帮助之下，果然把两种不同的内功心法练得初步水乳交融了。杨炎学了她的剑法，融合在天山剑法之中，也开始有了自创的新招了。

杨炎在彼此的武功交换告了一个段落之后，有意无意地说道：“爷爷当年是因为我根基未固，故此叫我不可兼学两派内功的，我指点你的把两派内功合而为一的诀窍其实只是我自己悟出的，或许没有大错，但一定不及爷爷的博大精深。要是他能够亲自教你……”

话犹未了，龙灵珠已是面色一变，说道，“好在这不是‘你的爷爷’教给你的，否则我宁愿永远不再练这内功！我爹爹当年若不是因为给他打断一条腿，后来也不至给仇家所害。无论如何，你是不能劝我回心转意的了，上一次我已经说过，你若再提起他，我就连你也当作仇人！”

杨炎摇头叹息，只好不说话了。

龙灵珠忽地笑道：“杨炎，我的事情，你差不多都已知道；你的事情，我却知道很少，这可不大公平。”杨炎说道：“你要知道什么，除了有关我爹娘的事情之外，我都可以告诉你。”

龙灵珠道：“我知道你的身世有难言之隐，你放心，我也不想打听你的私隐。我只是忍不住好奇之心，想问你一个人。这个人并非姓杨，也不姓孟，料想和你的禁忌无关。”

杨炎怔了一怔，说道：“你想知道什么人？”

龙灵珠道：“冷姐姐是谁？”

杨炎道：“哦，原来你是问她！”龙灵珠道：“不该问的吗？”杨炎说道：“你不问她，我也早就想告诉你。她姓冷，名叫冰儿，是天山派现任掌门夫人的弟子。我自小得她照料，胜于同胞姐弟。”

龙灵珠道：“真的这样亲吗？那你为什么做了对不起她的事情？”

杨炎跳起来道：“谁说我做了对不起她的事情？她是我最敬爱的人，我怎会——”

龙灵珠道：“是你的哥哥孟华说的！”

杨炎叫道：“孟华不是我的哥哥，他是胡说八道。难道你也相信他的谰言？”

龙灵珠道：“我根本不知道你对冷冰儿做了一些什么，只是那天听得孟华骂你对她无礼而已，怎么‘无礼’，孟华那天没说下去，我也不会胡猜。你急什么？”

杨炎说道：“我知道你是不会有世俗之见的。孟华和丁兆鸣他们就是喜欢胡猜。其实，其实……”

龙灵珠道：“其实什么？”

杨炎不愿把自己对冷冰儿的感情告诉龙灵珠，但还是说道：“没什么。他们以为我和冷姐姐做了什么见不得人的事情，其实我们是发乎情、止乎礼、磊落光明的。我喜欢冷姐姐，这又有什么过错？”

龙灵珠道：“你喜欢她，为什么又要和她分手？”

杨炎说道：“是她要这样的。她要和我最少分开七年。”

龙灵珠道：“为何这样古怪？”杨炎苦笑：“我不知道。”

龙灵珠道：“那么我另外问你一个你一定能回答的问题，你刚才说早就想把你的冷姐姐的事情告诉我，为什么即使我不问你，你也要告诉我呢？”

杨炎说道：“你不知道，冷姐姐虽然没有见过你，她却十分关心你！”龙灵珠诧道：“她关心我？”杨炎说道：“是呀，她与我定下七年之约，还有一个附带条件的。”

龙灵珠道：“她的条件与我何关？”杨炎说道：“正是有关。她要我在这七年之中，必须先找着你。”

龙灵珠变了面色，咬着嘴唇不说话。

杨炎却没注意她面色的变化，喜滋滋地继续说道：“我和冷姐姐分手之后，正自担心，人海茫茫，不知什么时候才能见得着你。想不到用不着我去找你，你就来到我的面前了。”

龙灵珠冷冷说道：“哦，原来你是为了冷姐姐的缘故，才想见我的。”杨炎忙道：“你别小心眼儿，说实在话，我倒并不是为了对冷姐姐许下的诺言才盼见到你的。即使没有这个条件，我也要找你的！”

龙灵珠冷笑道：“不错，我是小心眼儿，我怎么比得上你的冷姐姐？”

杨炎叫道：“唉，你讲不讲道理？她是我的亲人，你也是我的亲人……”蓦地想起，龙灵珠不愿提起她的爷爷，底下的话突然间就不知道怎样说下去才好了。

龙灵珠道：“我素来不讲道理，不过这次倒想和你讲理了。你欠了我一笔债，你说过要替我做一件事的。”

杨炎心头一凛，说道：“你要我做何事？”龙灵珠笑道：“你放心，我不会要你和你的冷姐姐分手。这笔债我也可以七年之后才讨，但现在我可要你先付一笔利息。”杨炎说道：“好，你说吧，我付得起一定付给你。”

龙灵珠道：“你一定付得起的，附耳过来，我告诉你！”突然左右开弓，噼噼啪啪打了他四记耳光。

“这四记耳光算是利息。从今之后，你走你的，我走我的。你不必再找我。我也不会来找你了！”龙灵珠说罢，转身就跑。

杨炎摸着热辣辣的面孔，叫道：“我还要替你做一件事的呀，怎能不见你？”

“见不见你，权操于我。我也可以不用见你便差遣你的！”龙灵珠咯咯笑道。

笑声还在耳边，龙灵珠的影子却已从他的眼前消失了。

杨炎摸着热辣辣的脸孔，给她弄得啼笑皆非。他知道她的脾气，追到了她恐怕也只是自讨苦吃，只好由她去了。

“她这脾气真是莫名其妙，简直比黄梅时节的天气还更难以捉摸。不过，她上次也是说过不想再见我的，说不定她以后什么时候高兴了，又会像今次一样，自己跑来找我。唉，我自己应该去什么地方我都不知，她往哪儿我就不必去管她了。”

茫茫天地欲何之？杨炎倒是不禁感到一片茫然了。

他本来曾经想过要回去陪伴爷爷，但他不愿对爷爷说谎，在他未能说服龙灵珠之前，独自回去岂不更令爷爷失望?

柴达木他是不愿意去的，最少目前还不愿意。

这一点他倒是不能不感激龙灵珠的，如今是没人能够强逼他去柴达木了。

虽然有点轻松之感，但一想起了丁兆鸣和邵鹤年所说的那些有关他的生身之父的事情，他又不禁心中如绞了。

“难道我的爹爹当真是像他们所说的那样卑鄙小人?”

不知不觉他联想到自身的遭遇:“我在他们的心目之中，不也是十恶不赦的‘小畜牲’吗? 石天行要杀我，孟华要杀我，甚至连丁师叔都要废掉我的武功!”

“人言不足信，真相必须亲自去查!”

他的心情混乱之极，想要知道真相，但又害怕揭开真相。“要是爹爹当真像他们所说那样，那又怎办?”

他怀着莫名的恐惧，但要是始终不敢去触摸真相，只怕终生也摆脱不了苦恼与怀疑。他咬了咬牙，终于还是改变了以前的主意，决定亲自访查自己的父亲了。他的计划，第一步是先去保定自己从来没有到过的“故乡”。

在保定有他的姑姑辣手观音杨大姑，有他的表哥齐世杰。

他讨厌这个姑姑，但却怀念齐世杰。

“即使他不是我的表哥，我也应该去见他一次的。”杨炎心里想道:“我要把和冷姐姐的事情告诉他，至于他肯不肯原谅我，那就是他的事情了!”正是:

诗样情怀何所惧，少年本是玉无瑕。

第十二回　当世儿人堪白眼
快刀一战获青睐

斯人独憔悴

齐世杰回到家中已经有一个多月了，时节早已是大地春回。

从千里冰封的北国回到繁华似锦的家园，从举目无亲的异乡回到慈母的身边，按说应该有一份温暖的情怀的，但可惜对齐世杰而言，却是刚好相反。尽管眼前春光烂漫，他的心底仍是一片阴霾。尽管是在自己的家中，他却好像比起独自被困冰窟之时，心头的寒意还更浓重。

回到家中的好像只是他的躯壳，一个多月，他仍然一直是抑郁寡欢。

杨大姑当然知道儿子的心事，也曾想方设法，希望儿子恢复如初，重享天伦之乐。她曾经遍托亲友，替儿子说亲，齐世杰最初一两次还敷衍她，后来就根本拒绝去了。而那一两次他也故意装作痴呆，结果是弄到不欢而散。

俗语说得好："心病还须心药医"，儿子的"心病"既然是她一手造成，她又有什么办法去给儿子找来"心药"？

令得齐世杰稍微欣慰的是：他的母亲还算遵守诺言，没有逼他去跟舅父杨牧做事。

他知道舅舅已经做了大内侍卫，不过舅舅这个身份还是未曾公开的。除了他的至亲和徒弟之外，别的人根本不知道他是否还活在人间。他回来之后这一个多月，杨牧也未回过老家。

母子之间，似乎都在遵守默契。杨大姑没逼儿子去做他最不愿意的事情，齐世杰也不再提起冷冰儿的名字。不过做母亲的当然知道，儿子的一颗心还是留在冷冰儿那边，并没有跟着自己回家。

有什么办法可令儿子欢乐呢？她只有尽量鼓励儿子去跟同伴的朋友交游了。

齐世杰在故乡的朋友不多，小时候和他常在一起的只是杨牧的六个徒弟。

杨牧的大弟子闵成龙如今已是御林军的军官，在京供职。

三弟子方亮、四弟子范魁前几年离开了家，不知到什么地方去了。有人说他们已经投入义军，不过谁也不知真假。

由于年纪比较接近的关系，齐世杰童年时代最要好的朋友是杨牧的五弟子宋鹏举和最小的一个徒弟胡联奎。

宋胡二人这次又是到回疆去寻找他，和他一起回来的。交情是更胜旧时了。但可惜他们要回到北京的震远镖局当镖师，不能不和齐世杰分手。

杨牧六个弟子之中，在保定的只有一个二弟子岳豪。他比齐世杰年纪大十多年，今年已有四十二岁了。他是保定的大绅士，良田千顷，家财万贯，出师之后，就在家中享福。

岳豪最会巴结杨大姑，过年过节，总少不了送一份厚礼。平时无事也常来请安。在弟弟的六个门人之中，杨大姑最喜欢他。

齐世杰对岳豪既不特别讨厌，也不特别喜欢。由于他小时候，岳豪常常送一些小玩意给他玩，也还算是比较接近的。所以这次回来之后，他们也曾有过几次互相探访。

这天岳豪又派家丁来请他们母子去赴宴了。名义是请他们赏花，说明只请几个至亲好友，并无“俗人”。那是因为他知道齐世杰怕作无聊的应酬之故。

岳家有个很大的花园，从南方请来了几个高手花王治理，从各处移栽奇花异卉，一到春天，满眼花团锦绣。岳家花园在保定算得是有数的名园。

齐世杰本来不想去的，杨大姑道：“反正你在家里也是闷着，陪我去看看花吧。他已讲好并无俗客，无须你作应酬。”齐世杰却不过母亲的相劝，心里想道："岳师哥虽然不是雅人，饮酒赏花也还算是雅事。"同时也觉得这个多月来，自己对母亲未免太过冷淡，不禁有点内疚，于是就答应陪母亲去了。

岳豪好像接到宝贝似的，把杨大姑母子请入花园。只见酒席已经摆好，有两个人正在那里等候。

他们是一对父女，一见杨大姑母子来到，赶忙上前迎接。

杨大姑和那男子似乎颇为熟悉，寒暄之后，便即笑道："罗武师，我与令嫒几年不见，令嫒可是长得越来越标致了，有婆家没有？"

岳豪则在忙着替齐世杰介绍："杰弟，你还记得我的表妹吗？小时候你们曾经见过面的。"

原来那个罗武师是岳豪的姨丈，名叫罗雨峰，是保定数一数二的名武师，以前是和杨牧齐名的。

这个女子名叫罗碧霞，是罗雨峰的独生女儿，比齐世杰小两岁，今年也有二十五了。小时候齐世杰曾经在岳家和她见过三两次面，谈不上有什么印象，只记得她似乎很骄傲，很喜欢说话，喜欢差遣别人，自己小时候并不喜欢和她玩的。

只见她涂得厚厚的脂粉，抹得红红的嘴唇，媚眼斜睨，抹嘴笑道："我们乡下女子，世杰哥哪能放在心上，恐怕早已忘记了吧？"齐世杰碍着母亲的面子，只好稍微顾一点礼貌，说道："记得，记得，多年不见，罗姑娘你好！"

罗雨峰在另一边答复杨大姑："唉，说来不怕大姑见笑，小女可还没有婆家呢！"

齐世杰心里说道："你扮得妖怪似的，活该没有婆家！"其实罗碧霞的打扮虽然稍嫌"俗"气，可也还是有几分姿色的。只因齐世杰感觉得到，这次可能又是变相的"相亲"，心情不大好，是以对罗碧霞也就更加没有好感了。

岳豪连忙插嘴替表妹解释："师姑，你不知道我这表妹可是眼界太高，多少人家向她求亲，她都不肯答允。不过，这也难怪她，她是文武全才，论武功，是家学渊源，论文才是琴棋诗画件件皆能，你说没有相当的人家，她怎么看得上眼？"

罗雨峰道："贤侄，你太夸奖她了。好在杨大姑不是外人，否则可不给人听了笑话。"

杨大姑笑道："罗姑娘文武全才，我是早已知道的了。更难得的是她人品好，有那么好的武功，却从来不出外招摇。不比有些稍微懂得弄刀舞棒的江湖女子，就号称什么女侠，不管什么黑白道的臭男人，大姑娘家都敢和他们鬼混！"这几句话自是暗指冷冰儿的，齐世杰如何听不出来？

罗雨峰忙道："这倒是真的，文才武艺都在其次，人品最紧要。所以我自小就教小女要懂得三从四德，必须像个大家闺秀，不可有江湖女子习气。"

杨大姑笑道："不知将来谁家儿郎有这福气？我倒想替令嫒做媒，就怕配她不起。"

罗碧霞撒娇作态："杨伯母，你开我的玩笑，我可不依。我是不嫁人的。不过，表哥，你把我说得好像极为骄傲，那可也真是令我太难为情了。有齐大哥在这里，我怎当得起文武全才四字。"岳豪与杨大姑相视而笑，正想说话。不料齐世杰却先说了。

齐世杰淡淡说道："我识的大字不满一箩，懂的武功也只是几招三脚猫架式。你们谈文论武，可千万别扯上我。今天天气哈哈哈，倒是不错，岳师哥，你园子里的花开得很好看。"

罗碧霞不觉愕然，齐世杰不理会她，竟自看花去了。

罗雨峰打了个哈哈说道："齐少爷真会说笑。不过齐少爷也说得对，这么好的天气，是最适宜赏花，谈文论武，倒是显得俗气了。"岳豪接着说道："对，对。我本来是请师弟赏花的，难得师弟这么好兴致，咱们就先赏花，后喝酒。"

罗雨峰厚着面皮去陪齐世杰赏花，罗碧霞可是讪讪的不好意思过去。杨大姑挽着她的手，微笑说道："我这孩儿不会说话，罗姑娘你别见怪。咱们都去看花。"

岳豪为了挽回尴尬的场面，指手划脚地把他园中的名种花卉给齐世杰介绍："这是云南大理移来的茶花，一般人只知昆明的茶花最好，其实大理更佳。你瞧这'大玛瑙'，这'青鳞囊'。""大玛瑙"和"青鳞囊"是茶花之名，前者红里参白俨若大红玛瑙，后者青丝花蕊镶着乳白花瓣竟有碗口般大。齐世杰虽然心情不快，也不禁啧啧称赏。

岳豪越发高兴，又再说道："这报春花也是从大理移来的，报春花别处也有，不过像这种桃红花瓣包着金丝花蕊的却是甚为罕见，除了大理，只有昆明才有的。啊，还有这种黑牡丹那就更罕有了，这是从洛阳移植来的，今年才培养成功。"

齐世杰心里想道："岳师哥从天南地北移来这许多名种花卉，也不知浪费了多少人力和金钱。一朵黑牡丹培养成功，恐怕已不止是穷汉的半年粮了。"

一个年约十四五岁的孩子跳跳蹦蹦地跑过来缠住罗雨峰道："罗公公，你说过教我玩铁胆的，你的铁胆带来了没有？"这孩子是岳豪的儿子，名叫岳宏，自小得父母爱宠，未免颇有少爷脾气，不过他和齐世杰还算是比较合得来的。齐世杰虽然有时讨厌他的顽皮，却也喜欢他的天真活泼。

罗雨峰道："带是带来了，不过今天有客人，过两天才教你吧。"岳宏说道："谁是客人？杨婆婆，你从来都说是把我作小孙孙的，你和齐叔叔不能算是客人吧？"

杨大姑笑道："我和你的齐叔叔当然不能算是客人。"

罗雨峰道："齐叔叔要赏花呢，你别打断他的雅兴。"

齐世杰只好说道："没关系，我也想见识见识罗老伯的铁胆功夫。"杨大姑因为儿子刚才"失礼"，亦是颇感尴尬，趁这机会，便捧罗雨峰一下，说道："罗家的铁胆功夫堪称武林一绝，杰儿，你应该多多向罗世伯请教。"

罗雨峰眉开眼笑："不敢，不敢。谁不知道齐杨二家是武学世家，世杰贤侄兼两家之长，我这点玩意儿拿出来，只是怕班门弄斧呢！"

齐世杰不能不给罗雨峰面子，说道："世伯如此客气可是折煞小侄了。只怕罗家的绝技小侄要学也学不来，还是请世伯先让小侄开眼界吧。"

罗雨峰越发高兴，说道："多承杨大姐抬举，齐老弟谬赞，那么老拙献丑了。"

说罢，拿出两个铁胆，一大一小，在手里弄得哗啷啷响，递过去给岳宏道：“待会儿我把这两个铁胆同时打出，打对面假山顶上那块横伸出来的石头，你猜是哪一枚铁胆先到？”

岳宏在手里掂了掂轻重，两个铁胆都是实心的，小的大概比大的那个轻了一半有多，便道：“当然是小的这枚先到了。”

罗雨峰笑道：“是么？好，那我把小的这枚先打出去。”

岳宏说道：“那就更加是小的这枚先到了。”

话犹未了，只见罗雨峰把手一扬，果然是先发小的那枚，稍迟片刻，才发大的那枚。

眼看小的那枚铁胆就要打到假山上了，大的那枚忽地加速追上，转眼便即超前。“轰隆、轰隆！”接连两声响，但见火花四溅，碎石纷飞，假山上那块磨盘大的石头给打碎了一角。

登时掌声雷动，大家都赞：“好功夫！”

齐世杰心里想道：“想不到这老儿还有这么强的手劲，不过打碎石头还不算很难，举重若轻，后发先至却是正宗的内家功夫，难得多了。”因此也就衷心赞叹地拍起掌来。

罗雨峰掀须笑道：“献丑、献丑，见笑了，见笑了！”

掌声笑声中，齐世杰却好似隐隐听见外面有人喧哗。

岳豪眉头一皱，说道：“李海，出去看看，外面在闹什么？”李海是一个仆人的名字，懂得一点武功的。岳宏最喜欢趁热闹，说道：“爹，让我出去瞧瞧。要是有人闹事，我打架比李海在行！”不待他父亲答应，一溜烟地就跑出去了。

罗碧霞笑道：“谁敢到表哥的府上闹事，恐怕是你的下人驱逐登门强讨的叫化子也说不定。”原来岳豪为富不仁，他定下的规矩，即使是喜庆的日子，也不准叫化子登门讨饭的，必须在村口排队，他才叫家人出去派给冷饭残羹。驱逐门前叫化子的事情，是经常发生的。罗碧霞见过也不只一次了。

花园和大门口距离颇远的，但齐世杰内功深厚，听觉比常人也灵敏得多，却已隐隐听见外面似乎是打架的声音了。

杨大姑也听见了。不过只片刻之间，喧闹之声便不复闻。

只见一个年约五十左右的虬髯大汉踏进围门，后面跟着一风韵犹存的中年美妇，手中的软鞭缚在岳宏臂上。

杨大姑知道岳宏年纪虽小，本领却已学到他父亲的几分，等闲三五个大汉也近不了他的身子，是以倒并不替岳宏担心，反而担心岳宏出手不知轻重，打伤了不知何故在外闹事的人。

岳豪正想把儿子唤回来，刚才出去的那个李海却已跑回来了！他一进花园，气急败坏的就嚷："老爷，不好，不好了！"

岳豪道："什么事不好了，这样大惊小怪！"

李海嚷道："少爷给他们掳去了！"

岳豪这一惊非同小可，喝道："谁，他们是谁？"

话犹未了，只听得有人哈哈大笑，人还未见，笑声已是震得园子里的人耳鼓嗡嗡作响！齐世杰不禁心头一凛："此人的内功倒是非同小可，但他有这么好的功夫，必定是武林中大有来头的人物，怎会欺侮一个小孩？"

心念未已，李海所说的"他们"已经踏进园门。只见走在前面的是一个虬髯大汉，年纪约在五十左右，跟着一个中年妇人，年约四十刚刚出头，徐娘半老，风韵犹存，看得出是个美人胚子，年轻时候，一定是个十分美丽的姑娘。

这个美妇人手里拿着一条软鞭，软鞭的一头套在岳宏的臂上，岳宏是给她拉进来的。

岳豪是雄霸一方的豪绅，平常只有他欺压别人，谁敢惹到他的头上？想不到竟会碰上飞来横祸，这一下火气可大了。

不过他总算是个有见识的人，明知来者不善，善者不来，心里想道："这汉子的武功似乎在我之上，好在师姑和姨丈在此，多厉害的强盗他们也对付得了，何须我亲自出手？且先看看他们来意如何？"

此时岳家的人早已闻风而至，豪门奴仆惯会仗势凌人，何况如今在这园子的，除了主人之外，还有杨大姑和罗雨峰两位武林中一等一的高手在这里给他们撑腰，他们自是不能容得外人登门挑衅，个个都想趁着这个机会，表示一下对主人的忠心了。

这些豪奴可没有主人的见识，只知争功，发一声喊，一窝蜂地就抢上去！

那虬髯汉子俨似视而不见，听而不闻，昂首阔步的依然径自前行。

陡然间只听得“哎哟，哎哟！”之声不绝于耳，说也奇怪，根本就没看见那虬髯汉子出手，扑到他身边的豪奴已是一个一个跌了个四脚朝天。

他们是怎么样跌倒的，连岳豪都没能够看得清楚。他可是在杨牧门下学过十年武功的。

不过，杨大姑和罗雨峰却是不能不大吃一惊了。他们看得出来，这个虬髯汉子使的乃是武林罕见的“沾衣十八跌”上乘内功！

那中年美妇却又另有一功。

由于岳宏是在她的手中，豪奴扑向她的比扑向她的丈夫更多。当然另一个原因也由于他们以为“女强盗”比“男强盗”容易对付。

中年美妇嫣然一笑，说道：“你们来讨赏钱吗？好，我虽然比不上你们主人有钱，一点小钱还是有的，就给你们几文赏钱吧！”

话犹未了，只见她把手一扬，登时在她的周围跪下了黑压压的一片人头。

那些扑向她的豪奴，都给她的一文钱打中了膝盖的“环跳穴”。

这样厉害的暗器功夫，岳豪当真是见所未见，闻所未闻，他本来是有恃无恐的，此时也不禁怯意暗生了。

那美妇人格格笑道：“一文赏钱，你们就全都行起大礼来啦，真是不脱奴才本色。我却之不恭，只好受之有愧了。”

她用软鞭拖着岳宏，跟在丈夫后面，笑声中已是来到筵前。

岳豪忍住气道：“阁下是哪条线上的朋友？”

那虬髯汉子道：“关东尉迟炯特来拜会岳大财主！”

虬髯汉子一报姓名，岳豪这一惊固然是非同小可，连杨大姑和罗雨峰也都不禁心头一震了。

原来尉迟炯乃是江湖上名头最大的侠盗，他是关东马贼出身，二十年来夫妻俩闯荡江猢，纵横南北，黑道白道全不卖账，不知多少恶霸豪绅闻名丧胆，镖师捕快，为之皱眉。官府称他为“关东大盗”，江湖上的一般人物则称他为“关东大侠”。

不过近几年来却很少听见他作案了，不料他却突然会在岳家露面。

更妙的是，他称岳豪为“岳大财主”，这样的称呼，对别的财主没有什么，对岳豪则分明是一种蔑视。

要知岳豪虽然家财万贯，但他也是武林中人，按照江湖的一般礼节，既然同属武林一脉，不管对方人品好歹，也该叫他一声“岳师傅”或最少是称为“岳庄主”的。如今叫他做“大财主”，那是只把他当作“羊牯”了。

岳豪忍住了气，说道：“原来是尉迟炯大侠，久仰了。这位女英雄是——”

杨大姑目不转睛地盯着那个中年美妇，此时忽地接下去说道：“这位女英雄想必是尉迟夫人，江湖上人称‘千手观音’的祈圣因，祈女侠了？”

那美妇人道：“不错，我正是祈圣因。至于什么‘千手观音’，那可是江湖上的朋友给我脸上贴金，当不得真的。”

杨大姑冷冷说道：“尉迟夫人不必过谦，凭你这手天女散花的暗器功夫，已是足见‘千手观音’的雅号，名不虚传！只是我却替你有点可惜。”

祈圣因道：“可惜什么？”

杨大姑道：“千手观音对付三脚猫，不嫌大材小用么？”言下之意，给她打倒的那班家奴只不过是懂得几招“三脚猫”把式的粗汉，把他们全都击倒也显不出千手观音的本领。弦外之音，已是隐隐有向祈圣因挑战之意。

祈圣因也不知是否没有听懂，淡淡说道：“我们当家的要来拜访岳大财主，我反正闲着没事，就跟他来趁趁热闹。三脚猫我是不屑理会的，但要是变成了咬人的恶狗，可就似乎不能置之不理了，你说是么？”

杨大姑道：“岳庄主是我的师侄，你打猫也好，打狗也好，我不理会。但要是有人欺负到我的师侄头上，我也似乎不能置之不理，你说是么？”和祈圣因的话正是针锋相对。

尉迟炯忽地哈哈一笑，说道：“圣因，你可要小心了。你这个千手观音可碰上了辣手观音啦!”

杨大姑哼了一声，继续说道:“你们既然知道我的身份，那么咱们就更不用兜着圈子说话了。请问尉迟夫人，你为何掳劫我这师侄的孩子。”

祈圣因道:“这是我们当家的主意，我是夫唱妇随。你要知道，就请你们的正主儿去问我们当家的吧。”

岳豪已知杨大姑决意助他，胆气顿壮，大声问道:“尉迟大侠，可是劣子无知，有什么得罪你了?”

尉迟炯道:“没有。而且即使你的劣子当真得罪了我，大人也不会与顽童计较的。”

岳豪气往上冲，说道:“那么你是冲着我来的了?我与你往日无冤，近日何仇，你因何用这等狠毒卑鄙的手段?”

尉迟炯道:“哦，原来你也知道抢人儿女是狠毒卑鄙的么?”

岳豪忽道:“你这话是什么意思?”

尉迟炯道:“你问我，我也想问你，我抢了你的儿子，你心痛不心痛?”

岳豪两眼气得翻白，说道:“你是来消遣我的是不是?骨肉相关，你抢了我的儿子，我打不过你也要和你拼命!”

尉迟炯哈哈一笑，说道:“如此说来，你是极为心痛的了。那么我再问你，你抢了人家的儿女，那些孩子也是有父母生的，他们的父母就不会心痛?”

岳豪道:“我几时抢了人家的儿女?”

尉迟炯道:“是你的家奴动手去抢的，他们奉你之命而为，还不等于是你去抢一样么?”

岳豪面色大变，说道:“你，你胡说八道，你，你有什么证据?”

尉迟炯道:“要人证么，容易得很!”把跪在地上的一个仆人抓了起来，轻轻一拍，解开他的穴道，却令他痛得如受千针所刺，说道:“你把今天怎样碰上我的事情老老实实说出来，否则还有更好的滋味让你尝尝!”

那仆人大叫:“尉迟老爷，饶命、饶命，我说，我说!”尉迟炯在他背上再轻轻一拍，这次可是把他所感受的痛苦减少几分的。

那仆人道："我奉家主之命，去一家佃户追讨欠租，碰上你的。"

尉迟炯道："当时你正在做什么？"

那仆人道："刘二交不出欠租，我把他的女儿缚回去抵债。"

尉迟炯道："因何你做这等伤天害理之事。"

那仆人道："不关我的事，是家主的吩咐。"

尉迟炯放开了他，说道："那位小姑娘也是和令郎一般年纪，我打听到像这样的事情，你做的可不止一桩。有些好人家的女儿给你抓了来当丫头，还受了你的污辱。不过，今天算你运气不好，碰上了我！我看不过眼，非管一管闲事不可！"

岳豪面色铁青，说道："那些泥腿子欠我的债，没钱还债，我就要他们的人，这有什么不对？我没欠你的钱，你却来抢我的儿子，两桩事情，怎能相提并论？"

尉迟炯喝道："钱、钱、钱，你眼睛里就只有钱！好，你要讲钱，我就和你讲钱吧。不错，你没欠我的债，但你却欠了许多人家的债！"

岳豪说道："笑话，我家财万贯，用得着向别人借债？"

尉迟炯道："我仔细问过你那个佃户，他是去年因为旱灾，求你减租，你不肯减。你把他欠下的一百五十斤田租折合一两八钱银子，到了今年，凭你的算法，要他还十二两五钱银子，也是凭你的算法，他的女儿就刚好正是值十二两五钱银子。像这样的重利盘剥，你不知曾施于多少穷苦人家？你敢说你的万贯家财，不全是他们的血汗！"

岳豪叫道："我不和你辩论，我只知道我做的没犯王法！"

尉迟炯喝道："你有你的王法，我有我的拳头！你要讲王法，我把令郎带走，你叫公差来和我讲王法好了。否则，你就必依我的法！"他双目棱棱，不怒而犯，摄人心魄。目光所注，岳豪不得不打了一个寒噤，一时间竟是不敢答话。

要和大财主做一宗交易

罗雨峰忙道：“有话好说，有话好说。尉迟大侠，你意欲如何，不妨明言，大家商量商量。”他虽然想要维护姨甥，可也着实对尉迟炯夫妻有点忌惮。心想反正岳豪有钱，要是能够花多少银子息事宁人，那就算了。

尉迟炯道：“好，那我就和岳大财主做一宗交易？”

岳豪道：“如何交易？”

尉迟炯道：“十万两银子交换你这宝贝儿子，这银子不是我要你的，我是替你还债赎罪，散给穷人，我还得提醒你，下次要是给我碰上同样事情，可就不是银子可以了结的了！”

拿出十万两银子，对岳豪来说，本来不是难事，但他怎舍得这一大堆白花花的银子？恃着有杨大姑和罗雨峰撑腰，打了个哈哈说道：“在下最爱结交朋友，难得贤伉俪光临，就算尉迟大侠不开口，在下也当稍尽地主之谊，奉送盘川，略表心意。不过，十万两银子未免多了一点吧？是否可以……”

尉迟炯勃然变色，喝道：“你当我是来打秋风的吗？”

岳豪说道：“尉迟大侠，你未听懂我的意思。”

尉迟炯哼道：“什么意思？有话快说，有屁快放！”岳豪面色涨红，却又不敢发作。

罗雨峰道：“尉迟先生，主人以礼相待，请你客气一些！”

尉迟炯道：“讲客气也得看是什么人，恕我没有功夫敷衍岳大财主！”

罗雨峰道：“那就请尉迟先生给我一点面子，让我替他说吧。岳贤侄，我想你的意思是希望和尉迟先生交个朋友，假如尉迟先生俯允折节下交，银子多少，尽可商量。对吗？”

岳豪说道：“不错。是朋友当然可以商量。但若然尉迟先生要把小儿作为人质，逼我拿出十万两银子赎人的话，纵然我愿意答应，也怕有辱师门。在座的就有我师门的长辈，我不能丢长辈的脸！”轻轻兜了个圈子，把杨大姑拉上了。

尉迟炯哈哈大笑：“你是什么东西，也配和我结交朋友？至于说到你的师门，那我劝你更是别提为妙！你的师门早给你的师父侮辱得毫无光彩了，也不在乎你是否有辱师门啦！”

杨大姑再也按捺不住，说道：“尉迟炯，我的弟弟是好是歹，用不着你信口雌黄。你欺侮我的师侄，我可不能不管！”

尉迟炯道：“好，那我就等着瞧辣手观音的手段，你划出道儿来吧！”

杨大姑道：“尉迟炯，我不是怕你。但有几句话我是不吐不快，必须先说……”

尉迟炯道：“好，那你就赶快吐出来吧，免得鲠死了你！在下洗耳恭听了。”说话虽然比较客气一些，没用上他惯说的那句“有话快说，有屁快放”的口头禅，但轻蔑讥讽的意味却是谁都听得出来。

杨大姑气得面挟寒霜，冷森森地盯着尉迟炯道：“你一定要十万两银子才肯放人。”

尉迟炯道：“铁价不二，少个铜钱也不能成交。”

杨大姑冷笑道：“尉迟炯，你好歹也是江湖上一号人物，掳人勒索，可是下三滥的小贼所为！你若是知道自重的话，请你把这个孩子先放回来，那时你要银子可以商量，要比划，我们也一定有人奉陪！”

尉迟炯哈哈大笑，说道：“这种下三滥的所为，令师侄已经干得多了。我今日不过以其人之道还治其人之身而已。不过，冲着你这几句话，我也未尝不可以放这孩子。圣因，你把软鞭松开；辣手观音，有本领你把他牵回去。”

杨大姑知道祈圣因号称千手观音，暗器功夫非同小可，她想叫儿子和她一同出手，但不便言明，只能向他使个眼色。

罗碧霞是坐在齐世杰旁边的，却误会了杨大姑这个眼色是打给她。

祈圣因软鞭松开，岳宏呆了一呆，就向杨大姑跑回去，他也知道座中诸人，是以这位杨姑婆本领最高的。

就在这一瞬间，几件事情，迅即接续发生，几乎是在同一时候。

首先是罗碧霞跃了出去，叫道："割鸡焉用牛刀，请让晚辈代劳。"原来她恃着有父亲和杨大姑在旁，又误会杨大姑是有意叫她出去显显本领，才抛眼色给她。心想祈圣因若敢动手阻挠，爹爹和杨大姑必定暗中助我。而且凭我的本领也未必就打不过祈圣因。"要是我能够打倒这个女强盗，杰哥定然对我刮目相看。"她打着如意算盘，立即跳出去拉岳宏。

罗雨峰见女儿跃出，这一惊非同小可，立即飞出两枚铁胆。大的那枚铁胆打尉迟炯，小的那枚铁胆打祈圣因。

只听得"叮"的一声，祈圣因飞出一枚铁莲子，和铁胆碰个正着。

罗雨峰打向她的那枚铁胆虽然是比较小的一枚，但比起铁莲子来，却不知重了几十百倍！

铁莲子碰着铁胆，铁胆竟然给碰得转了方向。

几乎是在同一时候，尉迟炯喝道："米粒之珠，也放光华！"接了那枚大铁胆，反手掷出。

给铁莲子撞得转了方向的小铁胆，和尉迟炯掷回来的大铁胆碰个正着。在半空中溅出火花，去势更疾，正是向着罗雨峰飞去。

罗雨峰是个武学行家，一见铁胆来势，便知比自己掷出去的劲道大了几倍，凭自已的功力是无论如何也不能硬接的。

席上虽然未有上肴，但酒壶、酒杯已是都摆好了。茶壶、茶杯也未收下。罗雨峰不敢硬接，百忙中已是无暇考虑要顾面子，一矮身躲在桌子下面。只听得"乒乒乓乓"一片响，酒壶、酒杯、茶壶、茶杯，几乎都给打得碎成片片！

也几乎是在同一时候，祈圣因一抖软鞭，把罗碧霞的"娇躯"卷了起来。

"不知天高地厚的臭丫头，给我乖乖坐好！"祈圣因笑道。笑声中软鞭一甩，罗碧霞好像腾云驾雾一般给抛了回去。

这一抛真是妙到毫巅，罗碧霞恰恰坐回原位，毫发无伤。不过却已给吓得魂飞天外，面无人色。

正在向杨大姑奔过去的岳宏，忽地接连叫了两声"哎哟"，倒跃回去，跪在祈圣因脚下。

祈圣因冷冷说道："我又没打碎你的骨头，撒什么娇，自己站起来吧！"杨大姑按捺不住，跃出去喝道："祈圣因，有胆和我交手，别欺侮孩子！"

祈圣因道："很好，你接我的暗器，我接你的六阳手！"

祈圣因最厉害的本领是暗器，杨大姑的绝技则是家传"六阳手"，按照江湖规矩，成名人物较量倘若事先没有讲定如何比试，自是各出绝技的。故此祈圣因先说一声，表明不是偷袭。她先发暗器，就不能说是违反比武规矩的了。

杨大姑喝道："好，就让你见识杨家的六阳手！"一招"覆雨翻云"，左掌阴，右掌阳，交互劈出，只听得叮叮之声不绝于耳，四枚铁莲子给她掌风扫落。

但祈圣因是七枚铁莲子齐发，打落了四枚，还有三枚飞入她的掌力封锁圈之内。

杨大姑心头一凉："想不到我一世英名，竟丧在她的暗器之下！"

三枚铁莲子都是打向杨大姑的要害穴道！

杨大姑掌力尽向外吐，此时已是无法防护自身。

铁莲子乘隙即入，快如闪电。杨大姑即使施展全身本领，最多也只能闪开两枚，第三枚非打中她的穴道不可！

"辣手观音"成名远在"千手观音"之前，严格说来，祈圣因纵然不能说是杨大姑的"晚辈"，也该算是小了半辈。

以"辣手观音"的脾气，一个照面就败在小辈手下，铁莲子不是打着她的死穴，恐怕她也要气死！

杨大姑正自心头一凉，忽见三团红影飞来，比铁莲子的来势更快。铁莲子被它裹住，同时落地，竟是不闻声响。

原来那三团红影，乃是齐世杰摘来的三朵大红茶花。此时他正站在盛开的茶花旁边观战，看见母亲危急，岂能置之不理？他身上没带暗器，只好随手摘下身旁的三朵茶花，默运玄功，把茶花当作暗器打出，花朵乃是柔软之物，不易受力的。但经过他深湛的内功运用，飞出去居然追上了祈圣因的铁莲子，把铁莲子裹在花瓣之中，两股劲力相互抵消，同时坠地。这份功力比起刚才祈圣因用铁莲子撞开铁胆，更是难得多了。

齐世杰这手功夫一显，罗雨峰等固然是做梦也料想不到他有这等功夫；二十年纵横江湖，几乎所向无敌的关东大侠尉迟炯，也是不禁心头一震！

内功练到最高境界，可以“摘叶飞花，伤人立死。”不过这种功夫，只是见之传说，谁也未曾亲眼见过。

齐世杰的功夫还未达到这个境界，但已是属于同一类功夫。尉迟炯是个武学大行家，虽未见过，一看亦知。

尉迟炯心头一震，暗自想道：“这少年不知是何人弟子，年纪轻轻，内功之深，却已不在我下。岳豪有这么一个好帮手，我倒是不可太轻敌了。”

心念未已，罗雨峰在呆了一呆之后，惊魂已定，大声喝起彩来，说道：“齐世侄，好功夫！嘿嘿，千手观音，你的暗器功夫连杨大姑的儿子都能胜你，还用得着她亲自出手吗？”

祈圣因道：“不错。这少年的功夫确是不错。杨大姑，你有此佳儿，请回去吧！”弦外之音，母亲实是不如儿子。但她看在杨大姑儿子的份上，却也不愿难为她了。

杨大姑当然听得出她的意思，不过以她在武林中的身份，却是不能像罗雨峰那样胡乱吹牛。罗雨峰可以用“割鸡焉用牛刀”之类的话替她遮羞，她却只能一声不响地走回原来座位。

以她的脾气，她一声不响，实际亦已是等于认了输了。

尉迟炯哼了一声，说道：“你们既然要以多为胜，那就并肩子上吧！不管你们多少人，我们都只是夫妻两个！你们若有本领，尽可把我们夫妻杀了。否则，我也不想杀伤你们，但这十万两银子却是非要不可！”

要知岳豪这边的人，虽然有罗雨峰父女、杨大姑母子和岳豪五人懂得武功，但在尉迟炯眼中，只有齐世杰算得是劲敌，杨大姑或者勉强也可一战，其他三人焉能放在他的眼内！他们夫妻俩联手，自是可以必胜无疑。

岳豪打了个哈哈，说道：“尉迟先生，你也未免太小看人了。岳某虽然微不足道，但有师门长辈在此，岂能容得别人轻视？你放心，我们绝对不会以多为胜！”他是个工于心计的人，对方想得到的他当然也想得到，心道：“让世杰师弟出去和他单打独斗，虽然未必能胜，却总胜于群殴。”

尉迟炯冷冷地盯着齐世杰说道：“好，那就单打独斗也行！”

岳豪说道：“师姑，你老人家出手未免稍失身份，看尉迟先生的意思，似乎是属意世杰师弟，不如就让师弟出去领教尉迟先生的高明武功如何？”

尉迟炯冷冷说道：“身份早已失了，还摆什么架子？辣手观音，你的‘辣手’内人早已领教过了。你要令郎替你挽回面子，那就让他来试几招也行。我自有分数，不会占小辈便宜的。”

杨大姑气得面色铁青，说道：“世杰，人家这样小看咱们母子，你出去好好领教尉迟先生的武功！”

在这情形底下，齐世杰自是不能不出去应战了。

尉迟炯道：“来、来！你要怎样比试，划出道儿来吧！”

齐世杰道：“且慢动手，我有几句话先要说说。”

尉迟炯道：“好的，本来你不说我也有几句话要说的，如今就让你先说吧。”

齐世杰道：“尉迟先生，我想请你把我这小师侄放了。”

尉迟炯道：“胜负未分，你就要我放人？”

齐世杰说道：“你和岳师哥的纠纷我不想管，不过这个孩子是无辜的，何必要他担惊受怕？”

尉迟炯道：“多少好人家的孩子被你的师兄害了，岂只担惊受怕？”

齐世杰道：“语云：己所不欲，勿施于人。我无意替师兄辩护，但尉迟先生既然认为他的作为不对，又何必和他一样？”

尉迟炯怔了一怔，说道：“我也并不是难为这个孩子，不过要用他交换十万两银子！”

齐世杰道：“你胜了我，这十万两银子我给你！”说至此处，回头对母亲道：“娘，咱们变卖产业，十万两银子该有的吧？凭娘的面子，先借这笔款项想必也可以借得到吧？”

杨大姑道：“你尽管用心讨教尉迟先生的武功，十万两银子包在我的身上，不必你来操心！”

岳豪忙道：“世杰师弟，你说的是什么话？莫说这十万两银子未必就会输了给他，就是万一输了，我也感激你的盛情，又岂能连累你家破财？”要知他对齐世杰刚才的一番话虽然甚为不满，但这个台却是不能坍的。

齐世杰淡淡说道：“岳师兄，你不用领我的情，我并非为你出力，我只是奉母亲之命，向尉迟先生领教武功！”

岳豪不觉面上变色，把眼望着杨大姑。

杨大姑说道：“杰儿，银子小事，你怎样想我不管。但你和尉迟先生这场赌斗，却不能说是和你的岳师兄没有关连！”

齐世杰道：“娘，你要说有关连那就算有关连吧。总之，孩儿会照你的意思全力向尉迟先生讨教。要是孩儿丧在他的刀下，请你也莫伤心！”

杨大姑不禁皱起眉头，心里想道：“这孩子怎么专说丧气的话？唉，要是你当真不敌，娘又岂能独活？”原来她并非不知道儿子和这两个江湖怪杰单打独斗的危险，只因她脾气十分倔强，早已打定了主意，要是儿子真的有性命之危，她宁可母子二人与尉迟炯同归于尽，也不能受他之辱。

尉迟炯道：“你们母子说完没有？如今该轮到我说啦！”

齐世杰道：“请说！”尉迟炯冷冷笑道：“这里只有你有点人味儿，冲着你的面子，我破一次例。”

尉迟炯回过头来对妻子道：“圣因，你把这孩子放了！”

祈圣因放开岳宏，笑道：“好，你回去吧。即使没有人质，这十万两银子我也不怕你的爹爹会走了我的！”尉迟炯笑道：“因妹，话可不能说得太满，这十万两银子，咱们只怕未必准得赢过来呢！”听得此言，杨大姑这才精神为之一振，心道：“原来你也没有必胜的把握，倒并不是我这孩儿自灭威风了。”

祈圣因哈哈笑道：“小伙子，今天你即使败在我的丈夫手下，你也足以自豪了。和他交过手的人，能够得到他这样看重的，你还是第一个！”这话虽然是对齐世杰的称赞，但话中之意，则是认定齐世杰必败无疑的。

尉迟炯继续说："我说过不能占小辈的便宜，就这样吧，只要你能够接得下我一百招，就算是你胜了。我一个铜钱也不要，马上就走！"

齐世杰道："我不要你让！"

尉迟炯道："我说过的话，从不更改。你不要我让，那是你的事，总之我以百招为限，胜不了你，今后决不踏进岳家！"

岳豪大喜说道："师弟，人家是江湖上早已成名的人物，你对前辈应该客气一些，如何可以妄自尊大，要与人家平等过招？"表面是怪责齐世杰，实际是怕他不肯领尉迟炯的情。

齐世杰道："好，尉迟先生，你要以百招为限，那也是你的事。别多说了，请赐招吧！"

尉迟炯道："你用什么兵器？"

齐世杰道："就凭这双肉掌，领教你的快刀！"

尉迟炯纵声笑道："小伙子，你也未免太狂妄了。你的功夫虽然不错，但在我的快刀底下，任何空手入白刃的功夫都施展不了的，我可不想你白送性命！"

岳豪连忙叫道："师弟，齐家的六合刀和杨家的六阳手都是你的家传绝技，本来用六阳手也未尝不可，但那未免对前辈不敬，你没带兵器，就用我这把缅刀吧。"说罢，把手一扬，把随身佩带的缅刀抛给齐世杰。

这把缅刀是岳豪用重金从缅甸一个王公的手中买来的，乃是一把百炼钢已成绕指柔的宝刀，不用之时可以缠在腰间当作腰带的。拔刀出鞘，只见恍如一泓秋水。

杨大姑也怕儿子倔强，不肯接受岳豪劝告，定要空手应敌，于是跟着说道："杰儿，尉迟先生的快刀天下第一，难得有这机会，你理该向前辈讨教几招刀法。否则失敬还在其次，失掉这个机会，可就是天大的可惜了！"

她说这话，除了恐怕儿子吃亏之外，还怕儿子不知对方的厉害，故此先把尉迟炯的特长点出来，好让儿子知所趋避，纵然破不了对方的快刀，也可以多拆几招。她知道儿子已经练成了第八重的"龙象功"，龙象功是天竺上乘武学，最高的境界是第九重，练到了第八重已经非同小可，估计与尉迟炯的功力亦当相去不远了。要是知己知彼，应付得宜，说不定可以抵敌百招之数。

尉迟炯哈哈一笑，说道："快刀天下第一，我可不敢当。孟元超大侠的刀法就比我使得更快更精。令郎武功不俗，料想也不至于只能接我几招的。"言外之意，虽然不敢自居第一，也是天下第二。同时尽管他称赞了齐世杰，但话中之意，显然还是认为齐世杰在他的刀下难走满百招。

不过他这话倒是不卑不亢，说起来也是恰如其分。十年前他确是武林公认的天下第一快刀，如今也还有人认为他与孟元超难分轩轾的。孟元超的快刀后来居上，杨大姑并非不知，只因孟元超是她心目中侮辱了她杨家的仇人，故而她宁愿把"快刀天下第一"的衔头送给尉迟炯，虽然尉迟炯此际亦已是她的敌人。

但她对尉迟炯的弦外之音却是甚感不满，面色一沉，涩声说道："杰儿，人家已经划出道儿，你还不上去讨教高招，能接几招就是几招，别给人家看小。"

其实齐世杰意欲空手对敌，倒并非出于少年的狂傲，他的所长在于内功而非刀法，而且他看得出对方用的是把宝刀，寻常刀剑亦难抵敌。反正自己没有取胜的把握，不如索性不用兵器。

武功练到最高境界，用不用兵器，本来亦无多大分别，但要知齐世杰的对手是一个武功造诣比他更高的人，那就有分别了。如今齐世杰得到岳豪抛过来的这把宝刀，料想在兵刃上不至于不吃亏，他也就改变了主意了。

"晚辈齐世杰奉家母之命，敬请尉迟先生赐招！"齐世杰横刀当胸，缓缓说道。

尉迟炯拔刀出鞘，纵声笑道："咱们是赌斗十万两银子。可不是印证武功，不必客气，你出招吧！"

他这一拔刀出鞘，众人都是不禁好生惊愕，齐世杰也有"始料所不及"的诧异，轻轻"噫"了一声。

原来尉迟炯这把宝刀连鞘长达三尺三寸，刀鞘的正反两面，都镶有两块大红宝石，十八颗明珠熠熠生光，耀眼生缬。

众人见刀的鞘都这样名贵，鞘中的刀自必更是价值连城的宝刀。心中都想：尉迟炯是天下数一数二的刀客，也只有如此一把价值连城的宝刀才配得上他。

哪知他一拔出来，大出众人意料之外。

那柄“宝刀”黑黝黝的毫无光泽，刀锋竟是钝的。看起来就像一块顽铁。和齐世杰手中这把光彩夺目的缅刀相比，不啻有如丑妇之比西施！

齐世杰“噫”了一声，尉迟炯横他一眼，冷冷说道：“你看不起我这把宝刀？”

众人见他把顽铁自称“宝刀”，想笑都不敢笑。

岳豪把缅刀借给齐世杰之后，一直惴惴不安，恐怕自己的宝刀比不上对方。此时方始放下心上的一块石头，暗自想道：“我这把缅刀，削铁如泥，吹毛立断，待会儿一碰，叫你知道什么才是宝刀。”

齐世杰道：“不敢。”祈圣因噗嗤笑道：“不敢什么？你是不敢看轻我当家的这柄宝刀还是不敢出招？怎么老是光说不敢？”

勇斗关东大盗

齐世杰朗声说道：“请尉迟先生指教！”双手持刀，高高举起，当中劈下，这一招名为“灵山拜佛”，乃是以晚辈自居，对前辈表示尊敬的起手式。

尉迟炯道：“不必客气！”身向前倾，脚步歪斜，恍如醉汉，振臂挥刀，迎上前来。身法刀法，都是极为古怪。

杨大姑叫道：“好一招醉打金刚，多谢你看得起小儿！”

原来这一招“醉打金刚”，相传是宋代鲁智深醉打山门，传下来的“伏魔杖法”一招变化而成刀法的。

齐世杰的“起手式”用“灵山拜佛”，尉迟炯却报以“醉打金刚”，本来是很不礼貌的事，但把齐世杰当作“金刚”来打，也可说得是对一个后生晚辈的重视了。当然杨大姑说的乃是反话，真正的用意乃是恐怕儿子不识此招，提醒他的。

齐世杰的武学造诣在母亲之上，其实无须她的提醒，一听尉迟炯劈来的刀风，便知道他这一招厉害非常了。齐世杰对本身的内功虽然较有自信，但是否敌得过尉迟炯，心中则是殊无把握的。见他这招来得凶猛，不敢硬接，一个盘龙绕步，移形易位，使出一招“穿手藏刀式”，斜削对方左臂，这一招似守实攻，自是攻敌之所必救。

哪知尉迟炯比他更快，刷，刷，刷连环三刀，疾如闪电，竟不救招，便与齐世杰对抢攻势。欲语有云：棋高一着，束手束脚。棋道如此，武学亦然。尉迟炯刀法比他精妙，出手又比他快，根本无需防御，齐世杰已是没法攻进他的空门。这一招“穿手藏刀式”齐世杰自以为是攻敌之所必救，哪知刀尖方自下刺，对方已是刀挟劲风迎头劈下，要救招的不是尉迟炯反而是他了。

齐世杰施展平生所学，闪开两招，第三招他的整个身形都在对方刀势笼罩之下，无可奈何，只能硬接了。双刀相击，“当”的一声，火花四溅，尉迟炯身形一晃，齐世杰退了三步。

若是名家对敌，就这样的情形说来，齐世杰已经算得是输了“半招”了。（假如尉迟炯不是身形一晃，齐世杰就该算是输了全招。）

罗雨峰飞快地数道：“一、二——三、四、五——”把双方的“起手式”都算在内，也不过是第五招。

虽然即使输两三招也还不能判为这场比武已经输掉，比武的规矩是在一方被击倒或无能力抵抗自行认输才能宣布结束的，但只不过第五招，齐世杰就输了半招，杨大姑自是不禁凉了半截，情知凶多吉少，希望儿子抵敌百招，只怕难于登天。

岳豪更是吃惊，他这把削铁如泥的宝刀碰着了尉迟炯那把毫不起眼的钝刀，钝刀丝毫也没有伤损。

但要是他看得清楚的话，恐怕他还要更加吃惊。

齐世杰退后三步，低头一看，缅刀上已是损了一个缺口。这个缺口只有指甲痕大小，除了他本人之外，旁观者是看不见的。

齐世杰不觉倒吸一口凉气，暗自想道：“他的内力倒似乎并不比我强了多少，但他这把钝刀却重得出奇，震得我虎口酸麻，刀质也似乎还在岳师哥这把宝刀之上！”

殊不知齐世杰固然吃惊，但更吃惊的还是尉迟炯。

"这小子的内力只有在我之上，决不在我之下。这一招我不过是占了兵器的便宜，不能算数。倘若我用的不是这一把刀，显然在刀法上我也可以胜他，但他的内力不弱于我，这就恐怕未必能在百招之内可胜了。"尉迟炯心想。

原来尉迟炯这把钝刀乃是掺有玄铁铸炼的。同样的体积，"玄铁"要比寻常的钢铁重逾十倍。

玄铁是极为难得之物，三十年前，大魔头史白都曾仗着一把玄铁重剑横行天下，厉害可想而知。后来这把剑落在金逐流之手（金逐流的妻子史红英是史白都之妹，兄妹行事完全不同。故事详见拙著《侠骨丹心》）。金逐流是天下第一剑客，不用宝剑亦已天下无敌，玄铁重剑自此不再出现江湖。

尉迟炯这把钝刀，虽然只掺有两成玄铁，对付寻常刀剑已是有如摧枯拉朽；即使对方用的是宝刀宝剑，倘若内力稍逊于他，也不足以当他玄铁重刀的一击。

当然尉迟炯之所以能够成为天下数一数二的刀客，主要还是靠他刀法，但这把掺有玄铁的重刀，也可帮了他不少的忙。

岳豪这把缅刀，虽然是百炼精钢，刀质还是逊于他这把掺有玄铁的钝刀的。

一来是尉迟炯所用的宝刀更胜于齐世杰所用的宝刀，二来尉迟炯见齐世杰年纪轻轻，料想他的内功纵然不弱，也决难超过自己，故此尉迟炯只道对方的宝刀定会给他一击即断。哪知结果却是颇为出他意料之外。

结果是齐世杰所用的宝刀只损了一个小小的缺口，而且在碰击的那一霎那，尉迟炯也给对方的内力震得呼吸为之不舒，身形亦不能不为之一晃。

尉迟炯是个武学大行家，凭这两点，已是足以知道，对方的内力只有在他之上，决不在他之下。

不过，这结果虽然是尉迟炯始料之所不及，但在双刀碰击过后，他却是更有信心可以稳操胜券了。心里想道："这小子的内力虽然不比我弱，但可惜他运用内力的功夫，尚未能达到一流境界。刀法和临敌经验更是远不如我！早知如此，我何须限他百招，自贬身份？二十招只怕他也未必抵挡得住！”

齐世杰退了三步，尉迟炯哈哈笑道：“小伙子，站稳了再来！”

罗雨峰却在那边对他女儿说道：“齐家六合刀的长处是在刀法绵密，寓攻于守。若然不是急于求胜，即使碰上比自己武功高强的敌手，也可立于不败之地。待会儿你用心观看，定当得益不少。杨大姑，我说的对吗？”

杨大姑当然懂得他的用意，他表面是指点女儿，实际是指点齐世杰的。

杨大姑道：“不错，这套刀法最忌心粗气浮，小儿尚未练到他爷爷的两成，只怕未必能够领悟。”借辞指点，更加明显了。

祈圣因冷笑道：“六合刀也值得夸口，真是井底之蛙。即使是四海游龙齐建业盛年之时，他用上这套刀法，也未必抵挡得了我当家的一百招！”

杨大姑面色涨红，正要和祈圣因斗嘴，只见齐世杰又已和尉迟炯斗在一起。

齐世杰依照母亲指点，再度交手，果然只守不攻。杨大姑心里想道：“这就对啦，杰儿在兵刃上并不吃亏，说不定可以守满百招。”其实在兵刃上也是齐世杰吃亏的，不过她不知道罢了。

尉迟炯仍然是快刀疾劈，到了第六招（连前共是十一招）只听得叮当两声，齐世杰又再给他的钝刀碰着，这次可是损了两个缺口了。

杨大姑颓然坐下，始知祈圣因之言不虚，心里想道：“杰儿目前的功力已是足以比得上他爷爷盛年，但即使他的六合刀法也练得和爷爷一样，只怕也还是接不了这个关东大盗的二十招。”

忽听得罗雨峰“咦”了一声，说道：“咦，令郎用的是什么刀法，这套刀法，我可从来没有见过！”

杨大姑睁大眼睛来看，她也不知道儿子用的是什么刀法。

不但他不知道，在武学上比她更为见多识广的尉迟炯也不知道！

原来齐世杰自知六合刀法决计对付不了尉迟炯的快刀，他改用的是冰川剑法，把冰川剑法化到他的刀法上来。桂华生夫妻所创的冰川剑法埋藏在魔鬼城下的冰窟之中，当今之世，齐世杰是唯一见过全套冰川剑法的人，尉迟炯如何能够知道?

他把剑法化为刀法，招数的奇妙还在其次，数招过后，他的刀风隐隐有股刺骨的寒意，却是令得尉迟炯更加惊奇了。

若然只论招数的精妙，尉迟炯的快刀和冰川剑法乃是各有千秋，纵然稍有不如，也不足以令得这位见识多广的江湖怪杰吃惊，但何以对方的刀法一展，便有这种古怪的"寒意"，甚至他可以感觉到，这股"寒意"并非来自刀风，而是来自刀法本身的。这种感觉可就令他莫名其妙了。

不过尉迟炯身经百战，他所感到的不过是"寒意"而已，对功力并无影响。齐世杰刀法再怪，他的快刀也足以对付有余。

齐世杰心里暗暗叫了一声"可惜!"想道:"要是我有冰魄寒光剑的话，纵然胜不了这位关东大侠，料想也不会输!"

但尉迟炯却并不是怕胜不了他，而是怕在一百招之内胜不了他。

罗雨峰飞快的数:"十一、十二、十三……廿二、廿三、廿四……廿八、廿九、三十……"

不过片刻，已是满了三十招。

一直满不在乎的千手观音此时也不觉有点着急了:"这小子的刀法如此古怪，只怕会给他当真接得下大哥的一百招。"

心念未已，只见尉迟炯运刀如风，又是一口气连劈六刀。

尉迟炯的快刀，是习惯连劈三刀或连劈六刀告一段落的，但这次的连劈六刀却稍稍有点变化。

他前面五刀，快如闪电，最后一刀，忽然一慢。

只听得他陡然大喝，喝出一个"断!"字，随即便是一片震耳欲聋的断金戛玉之声!

齐世杰手上这把宝刀，果然给尉迟炯削断了!削口平平整整，无锋的钝刀竟然胜过刀锋光芒四射的宝刀!

原来尉迟炯的临敌经验比齐世杰丰富得多，善于取势运劲，他前面五刀快如闪电，攻击齐世杰的上三路，待到齐世杰用足内力，以"举火撩天"之式挡他第五刀之时，他最后一刀忽地改劈下盘，齐世杰回刀一挡，由于不及他快，两股内力变成同时向下一沉，他稍微一顿，加重玄铁的压力，齐世杰的宝刀自是非断不可了！

这霎那间，众人尽都呆了！

最心疼的是岳豪，这把缅刀是他用八千两银子换来的，“八千两银子，八千两银子，想不到就这样完了！”八千两银子已经令他心痛，何况还有十万两银子尚在后头。齐世杰一败，他当然是非付不可。

尉迟炯一削断他的宝刀，便即退后，笑道：“罗雨峰，共是几招？”罗雨峰不敢回答，祈圣因笑道：“三十六招！”

杨大姑本来是准备儿子一有性命之危，便扑出去和尉迟炯拼命的，此时见尉迟炯退开，倒是松口气了。

面子固然要紧，儿子性命更加要紧，杨大姑倒是不禁有点感激尉迟炯对她的儿子手下留情了。但正当她想要替儿子认输的时候，只见齐世杰已是把断刀抛开，又再扑上前去。

尉迟炯喝道：“且慢！”

齐世杰亢声说道：“不错，我在刀法上输了给你，但我还有一双肉掌，尚堪一战！兵刃断了，就必须认输，这是谁定的规矩？”

尉迟炯笑道：“我不是这个意思。”

齐世杰道：“但你为何不肯再战？”

本来比武输招，并不等于胜负已决，何况齐世杰一开始就说过要空手对刀的。他这番话谁也不能说他没有道理，但杨大姑却是不敢让儿子再战了。

“尉迟先生用的是玄铁宝刀，这才是真正的宝刀！今日真是令我们大开眼界了！杰儿，咱家的六阳手只能对付寻常刀剑，你认——”要知杨大姑虽没见过玄铁，但她是和史白都同辈的人，玄铁重剑的威力，她早已耳熟能详。凭她武学的见识，此时亦已猜想得到尉迟炯用的必是掺有玄铁铸炼的宝刀无疑。

但那个“输”字尚未吐出唇边，齐世杰已是大声说道：“妈，你别管我，我不认输！”

尉迟炯哈哈笑道：“我要说的正是这个！”

此言一出，连齐世杰也不禁一怔。

尉迟炯继续说道："令堂说得一点不错，我确是占了宝刀的便宜，否则我决不能在第三十六招便在刀法上胜了你的。如今你要比掌，我当然只能和你比掌，岂可再用宝刀占你便宜？"说话之际，已是将刀入鞘，抛过去给他的妻子祈圣因了。

齐世杰赞道："尉迟大侠果然是侠士本色，名不虚传！晚辈自知怎样打都打不过你，但打不过也要打！不是为别人，是为了我的家传武功，不能让人轻视！爷爷今日虽然没来，我也要为他争一口气！"他一再强调"不是为了别人"，岳豪听在耳中，心里更加不是滋味。

尉迟炯庄容说道："齐老弟，我也敬重你是一位少年英雄，刚才我在言语之中对令祖、令堂倘有失敬之处，请你不要见怪。好，进招吧！"以尉迟炯的身份，向一个"后生小子"道歉，这还是他有生以来的第一次。众人心里俱是想道："齐世杰这一战纵然败了也是虽败犹荣！"

齐世杰左掌画了一道圆弧，右掌在弧圈之中穿出，朗声说道："晚辈谨以家传的六阳手向尉迟大侠讨教！"

他叫出"六阳手"的名称，杨大姑不觉心里甜丝丝的，眼眶充满泪水。谁也知道齐世杰的"六阳手"是母亲所传，谁也听得出来，齐世杰说这一句话乃是要为母亲争一口气。

"我只道他心中只有那个妖女，原来他还是我的好儿子！为了给我争这口气，他竟是不惜冒生命危险。"

跟着杨大姑又想："听尉迟炯的口气，对杰儿颇为敬重，连带对我也客气了，或者他不会伤杰儿性命。"

心念未已，齐世杰早已和尉迟炯交上了手。

六阳手一招六式，是各门各派之中变化最为复杂的掌法，齐世杰一出手，只见四面八方都是他的掌影。

单论掌法，齐世杰或者不及母亲纯熟，但威力可是大得多。掌风所到之处，花叶簌簌而落。

尉迟炯赞道："杨家六阳手果然称得上是一门绝技！可惜以往未得传人，从今之后当可发扬光大了！"

齐世杰道："多承谬赞！"说话之际三招十八式又已发出。

罗雨峰数道："三七、三八、三九、四十……"

岳豪忽地想起一事，说道："尉迟先生所限的百招之数，是不是连刚才比招的三十六招在内？"尉迟炯纵声笑道："当然是一并来算，因妹，记着，如今是第四十六招！"

说话之际，他亦已还了六招。掌法陡地一变，看得众人眼花缭乱。他使出独创一家的掌法，横掌如刀，切、削、劈、刺、封、拍、崩弹，用的全是刀法。掌法之快，亦不逊于刀法！

以他的功力，要是给他的"掌刀"劈中，只怕和给玄铁重刀劈中也差不多了。

刚才他还只是用一把刀，如今他的一双肉掌，却是不啻两把"掌刀"！掌风呼呼，刚劲之处，看来也是只有在齐世杰"六阳手"的威力之上，决不在他之下。

杨大姑看得心惊胆战，"尉迟炯或者会手下留情。"这只是她的猜想而已，谁能知道尉迟炯的心意？如此狠疾凌厉的掌刀，她只怕儿子稍有不慎，就要血染尘埃！

只见齐世杰不住后退，尉迟炯运掌如风，越来越快！不过双方的手掌却很少碰上。尉迟炯闪电般的"掌刀"，似乎每一招都是攻向他的要害，齐世杰防守尚且不暇，哪里能够反击？

看情形似乎齐世杰随时都有可能伤在对方"掌刀"之下！

稍稍令得杨大姑安慰的是，儿子虽然连连后退，掌法步法仍是丝毫不乱，杨大姑看得出来，他是踏着五行八卦方位，每退一步，却也能够消解对方一分攻势。

不过尉迟炯的攻势有如长江大河，滚滚而上。一个浪头过去又是一个浪头打来，解了一分攻势，跟着来的攻势更加强劲！

杨大姑看得出儿子尚有消解对方攻势的本领，旁的人则连她这点眼力也没有。

罗雨峰看得心头战栗，目定口呆，根本忘记数多少招了。要数也数不来，尉迟炯的掌刀实在太快！

殊不知众人都为齐世杰担惊，尉迟炯却是心里暗暗叫苦。

原来六阳手固然胜于六合刀，齐世杰在掌法上的造诣也比刀法高得多。对他更有利的是，六阳手本是最刚猛的掌法，配合上他第八重的龙象功，威力倍增！他的内力是并不输于尉迟炯的。

旁人看来，尉迟炯的“掌刀”劲猛力沉，赛如玄铁重刀，但究竟是有区别的。以肉掌使出刀法，究竟也不及用的真刀！

掌法各有千秋，内力不相伯仲，双方比掌，齐世杰是用己所长，尉迟炯是舍长用短，此消彼长，齐世杰其实已是并不吃亏！

不过齐世杰吃亏的地方在于：临敌的经验相差太远；而且内力的运用，也未到达尉迟炯那样可以收发随心的境界。有占便宜的地方，也有吃亏的地方，比对来说，还是齐世杰稍有不如。

但尉迟炯担心的是在百招之内胜不了他！用刀他有把握，用掌法他可是殊无把握。他之所以越打越快，每一招都是攻敌之所必救，主要的原因也正是为了避免和齐世杰的龙象功多作硬碰，彼此的内力在硬碰之中抵消，他就更难取胜了。

齐世杰经验不足，给他攻得只有招架的份儿，必里也着实有点儿慌了！

在尉迟炯迅雷暴风般的攻势之下，饶是齐世杰的“六阳手”招数变化如何繁复，也休想打得着对方。剧斗中只听得他“嗤”的一声，尉迟炯掌锋划过，齐世杰的衣袖开了一道五寸多长的裂缝，要不是变招得快，腕脉都几乎给“掌刀”所伤！

齐世杰大吃一惊，心里想道：“要是比刀的话，这一下只怕我的手臂已经要和身体分家！他说得不错，当今之世，恐怕谁也不能用空手入白刃的功夫，在他快刀之下接满百招！”

杨大姑看得一颗心几乎要从口腔里跳出来，罗雨峰更是不觉直打哆嗦，岳豪则是心中打鼓，只是想道：“十万两银子，唉，我这十万两银是输定的了，输定的了！”

罗碧霞忽地问道：“爹爹，多少招了？”

罗雨峰目定口呆，半晌说道：“我，我忘记数，大概、差不多、满、满一百招了吧！”

尉迟炯瞿然一省，问道：“因妹，多少招了！”

祈圣因道：“一百零八招了！”

原来尉迟炯打到后来，越打越快，在他向妻子发问之初，还不过是九十八招，到了祈圣因一答，他又已是连发十招！

夫妇问答之际，尉迟炯似乎是由于说话分神，刀法中露出一个不太明显的破绽。武功高明之士是不能错过任何一个取胜的机会的，齐世杰在这最后关头，全神贯注，对外界的一切，正是视而不见，听而不闻，一见有隙可乘，本能的立即进招。

只听得尉迟炯一声大喝，双掌齐发，齐世杰身形飞起，撞着一株桃树，“咔嚓”一声，一枝粗如儿臂的树枝给他撞断。这一招，尉迟炯用的仍然是借力打力功夫。

尉迟炯垂下双手，说道：“好功夫，好功夫！当真是英雄出于少年，如今已经是一百十二招，我尉迟炯认输啦！”

本来罗雨峰忘记数招，祈圣因大可以多报少的，但她虽然希望丈夫得胜，却还是如实说了。杨大姑不觉又是惭愧，又是对她感激，心里想道：“换了是我，我一定会偏袒我的亲人。”

她不但感激祈圣因，更感激尉迟炯，尉迟炯的掌刀本是一口气连发六招的，在最后那次，他发了四招震退了齐世杰，后面两招，就没续发。否则齐世杰只怕不死也得身受重伤。

尉迟炯亲口认输，岳家这边的人，本来应该是大喜如狂的。但这个“胜利”来得如此出人意料，每个人都好似受到尉迟炯豪气的震慑，霎那间，反而是鸦雀无声了。

杨大姑呆了半晌，这才说得出话来：“杰儿，你没事吧？”她虽然看出儿子并没受伤，毕竟还是有点放心不下。儿子给对方的掌力震得飞了起来，会不会受了她肉眼看不见的内伤呢？

齐世杰呼了口气，说道：“尉迟大侠未下杀手，孩儿侥幸没伤。”说罢，回到母亲身边。杨大姑方始放下心上的一块石头。

尉迟炯缓缓说道：“岳大财主，算你造化，有这样一个好师弟帮你的忙！”说罢，回过头来，对齐世杰道：“齐老弟，你能够在一百招之外，多接我一十二招，当今武林中的后起之秀，恐怕没有谁比得上你了。我只盼你善用你的武功！”弦外之音，显然还是不满意他这次给豪门充当保镖。

齐世杰一揖到地，说道：“谨领教言，晚辈自当铭记。这次是奉家慈之命，请尉大侠见谅。”弦外之音，也含有“只此一次，下不为例”之意。

齐世杰身形飞起，“咔嚓”一声，粗如儿臂的桃树枝被撞断。

尉迟炯道："因妹，咱们走吧！"

祈圣因忽道："且慢，我还有话要说！"

千手观音此言一出，众人不禁又是一惊。要知祈圣因的暗器天下无敌，武功也不过略逊丈夫。齐世杰恶斗过后，内力最少耗了一半，倘若她不肯善罢甘休，又起波澜，谁人能够应付？

岳豪连忙嚷道："尉迟大侠，你说过只比一场的。夫妻一体，你们可不能节外生枝！"

祈圣因冷冷说道："我的当家说过什么？"

岳豪说道："他说过定出输赢，此事便作了结，他一个铜钱也不要我的，并且从此不再踏进我的家门！"

祈圣因道："我们夫妻虽然经常联手，有时也各干各的。这次只是他答应你，本来我还可以独力做这宗生意的，但看在我当家的份上，他答应过你一些什么，我也照单全收好了！"

她一面说话，岳豪心里一面打鼓，听到最后，方始松了口气，想道："你照单全收，这不就结了吗？"

祈圣因继续说道："我要说的是他未曾答应过你的事情，我一不要你的银子，二不踏进你的家门，但我可不能容许你们在外面为非作歹！"

岳豪忙道："岳某不敢，岳某不敢！"

祈圣因冷笑道："谅你也不敢，且让你瞧瞧我的手段！"

说至此处，她指着一棵桃树说道："我一扬手，要打落十八朵桃花！"这棵树上，开满桃花，密密丛丛，少说也有百朵以上。打落桃花不难，刚好要打落十八朵而不波及另外的桃花，那可就难到极点了。而且她声明了只是"一扬手"的。

众人不觉都睁大了眼睛，看她又有什么奇妙的手段。

只见她把手一扬，金光闪烁，桃花一朵朵地落下来。祈圣因喝道："岳大财主，你计算最精，你过来点数！"

岳豪不敢不依，过去仔细一数，说道："不错，刚好是十八朵。"祈圣因道："你还可以拿回去仔细瞧瞧！"

岳豪拿了三朵桃花，给杨大姑与罗雨峰一同观看。

只见每朵桃花的花茎上都穿着一根小小的金针，梅花针是最微细的暗器，通常只是打近不打远，劲道也不强的。如今她用这种最微细的暗器打上三十步开外的枝头，穿过花茎，居然能够令打到每一朵桃花的花柄刚好折断，而且又是同时打下十八朵之多，这种神奇的暗器功夫，莫说岳豪，连见多识广的罗雨峰听都没有听过。

祈圣因这才一声冷笑，继续说道："今后若是给我碰上岳家的人在外面胡作非为，欺压善良，我就每人奉送一根金针，不打别处，只打心窝！

"我的当家说过不再踏进岳家，所以你岳大财主今后在家作威作福，我们不管。但你可要当心，别在外面碰上了我！"

齐世杰心中暗暗叫好，想道："她这法子可想得真绝，岳师哥今后即使还想当个土豪，他的手下人也不敢唯他之命是听了。"

尉迟炯亢声说道："祸福无门，唯人自招。岳大财主，你欲得善终，盼你好自为之！否则我放过你，我这老伴儿也不会放过你。"

尉迟炯夫妻走出了园，岳豪惊魂始定。忙与罗雨峰父女争着向齐世杰奉承。

罗碧霞娇笑道："齐大哥，看你模样老实，原来你也很会骗人！"

齐世杰怔了一怔，说道："我几时骗过人了？"

罗碧霞笑道："还说没有，刚才你就骗我。"

齐世杰不高兴和她开玩笑，沉着脸道："我骗了你什么？"

"哎哟。"罗碧霞装模作样地叫起来道，"你虽然谎言骗我，我可并不怪你，你这样紧张做什么？刚才你说你的武功只是庄稼汉把式，可连那个关东大盗尉迟炯都说你是当今武林后起之秀的第一人呢，你还能说不是骗我吗！"

罗雨峰哈哈笑道："傻女儿，人家说的谦虚话你怎能当真？嗯，年轻人能够谦虚已经难得，武功卓绝尚能谦虚更加难得！"

罗碧霞娇笑道："齐大哥，你骗了我，我不怪你，但你以后可要指点我的武功。"齐世杰看在母亲面上，不便给她难堪，只好给她来个不理不睬，顾左右而言他："尉迟大侠谬赞小侄，其实这是因为他未曾碰上真正武功高强的年少英雄之故！"

罗雨峰道："齐老弟，你不是说笑话吧？我可不信当今之世，还有一个和你一般年纪、一般武功的人。”

齐世杰道：“这样的人本来就不是容易碰上的，以尉迟大侠见闻之广尚且不知，也难怪罗老伯不敢相信了。”

罗雨峰道：“听你的口气，你似乎曾经碰见过一个武功比尉迟炯更高明的少年了？”

齐世杰道：“不错，我在回疆是曾经碰上过一个武功高强的少年，他今年只有十八岁，比我差不多年轻十年！武功是否比尉迟大侠高明，我不知道。我知道的是，他已经远胜于我。因为我曾经和他交过手，不到百招，便即败在他的手下！”

罗雨峰半信半疑，骇然问道：“当真有这样武功高强的少年，这人是谁？”

齐世杰霎地想起杨炎对自己都不肯说出真名实姓，尽管已知是他无疑，却又何必对不相干的人说出他的名字？于是说道：“这位少年英雄如神龙之见首不见尾，小侄与他匆匆一面，并无通名道姓。”杨大姑当然知道儿子说的是谁，但想到杨炎是她嫡亲侄儿竟然不肯认亲，也就不愿意说出来了。

岳豪哈哈笑道：“不管是否真的有这样一位少年英雄，即使你说的都是事实，这个人也是比不上齐师弟的了！”

齐世杰一怔道：“岳师兄，我刚说过我是他手下败将，你没听见？”岳豪说道：“原来你尚未听懂我的意思。他打败你的时候，有没有旁人看见？”齐世杰道：“没有。”

岳豪哈哈笑道：“着呀，他打败你没人知道，但你打得关东大盗亲口认输，必将名扬天下！谁敢不跟着尉迟炯说你是当今第一的年少英雄？”

齐世杰越发鄙视师兄的为人，淡淡说道：“我可不想要这虚名。”岳豪正在兴头，哈哈笑道：“人的名儿，树的影儿，要推也推不掉的。齐师弟，你给我省了十万两银子，我该重重地酬谢你——”

话犹未了，杨大姑已是皱着眉头说道：“自己人怎么能说‘酬谢’二字？”

岳豪笑着接下去说道：“是呀，我当然知道我要酬谢师弟，师弟也是不肯要的。但我有个好主意，可以两全其美，你说好不好？”

杨大姑道：“你还没有说，我怎么知道好不好？”

岳豪说道：“待到师弟成亲之日，我送价值万两银子的珠宝给新娘添妆。虽然新娘子也未必稀罕我这点珠宝，但一来我可以聊表心意，二来给新娘子添几分珠光宝气，师姑也有面子！”

杨大姑笑道：“不必牵扯上我，不过你这鬼精灵想的主意倒是当真不错，世杰还没人给他说亲，你就想到讨好新娘子了。且看谁家女儿有福气消受你这份大礼吧？”他们两人都是若有意若无意的把眼光向罗碧霞望去，把罗碧霞看得满面通红，心里却是甜丝丝的。

齐世杰听得岳豪满口不离银子，心念一动，忽地说道：“岳师哥，假如没人能够应付尉迟炯，这十万两银子你给不给他？”

岳豪只道他想夸功，忙道：“我只有一个儿子，若然没有师弟将他打败，莫说十万两银子，再多我也只能给他！师弟，你的大恩，我是永远也不会忘记的。”

齐世杰道：“好，那么这十万两银子，对你来说，等于是既出之物了。我让你占点便宜，只要一半，你给我五万两银子吧！”正是：

横刀退敌真英杰，语出惊人岂为财。

第十三回　甥舅至亲怀敌意
师徒异路用机心

问师兄要五万两

此言一出，众人无不愕然！

杨大姑斥道：“杰儿，你疯了吗？怎能要师兄的银子？”

岳豪惊疑不定，打了个哈哈说道：“师弟是说笑的，师姑，你别当真。”齐世杰板起脸孔说道：“绝非说笑，五万两银子，已经是替你省了一半了，你非得照这个数目给我不可！”他说得这样认真，不但岳豪面色大变，本来想要插科打诨的罗雨峰也不敢开口了，场面尴尬之极！

杨大姑喝道：“你要钱用，我会给你，你为什么要岳师兄的银子？”齐世杰道：“我和尉迟炯交手之时就曾说过，我并不是替岳师兄做保镖，我只是要替娘亲和爷爷争回面子！”

杨大姑怒道：“还说给我争面子呢，你要岳师兄的银子，我的面子都给你丢光了！”

齐世杰缓缓说道：“妈，孩儿尚未说完，你别忙着生气。我一个铜钱也不要岳师兄的，这五万两银子，是我替别人要的！”

杨大姑道：“替什么人？尉迟炯已经说过不要了！”

齐世杰道：“不是给尉迟炯，是替穷人要的。五万两银子，对岳师兄来说，不过如九牛一毛，对穷人来说，却是可以救活许多人了。”

岳豪说道：“哦，你是要我做善事？”

齐世杰道：“不错。我要你把三万两银子捐给善堂，替你救济灾民。另外二万两银子暂时存在你这儿，倘若碰上荒年失收，当作是我替他们交租。我这办法，算得是合情合理吧？”

岳豪松了口气，想道：“世杰这小子虽然是肩膊向外弯，却好在他还不懂世故。我和执掌善堂的李善人是换帖兄弟，只须送给他三千两银子他就会给我一张三万两银子的收条。至于那二万两银子，由我扣除，那更是任凭于我了！”于是哈哈笑道：“合情合理之至，说实在话，我也正是想多做一点善事的。明天我就把三万两银子捐给善堂，取回收条，马上给你！”

齐世杰站起来道：“好，那我替穷人多谢你了！告辞！”岳豪勉强笑道：“我正要叫他们重整酒席，喝过了酒才走吧。”

罗碧霞跟着说道：“是呀，齐大哥，你不是本来要喝酒赏花的吗？花也还没有好好地赏呢。”

齐世杰道：“我已经没有喝酒赏花的兴趣了！”

罗碧霞尚未识趣，又再问道：“为什么忽然没有了呢？”

齐世杰冷冷说道：“富人一席酒，穷人半年粮，我想起那个欠了岳师兄几两银子，女儿几乎要给抢去当作婢女抵债的穷人，这席酒如何还能下咽？岳师兄，我劝你不如把酒席费节省下来，多积一点阴德不是更好？”

岳豪面上一阵青一阵红，嘴里却是说不出话了，只在心里想道：“这小子真是不知好歹，说的话倒像是和尉迟炯一鼻孔出气。哼，银子在我的手里，我喜欢怎么用就怎么用，谅你这小子也不敢像尉迟炯那样跑来强抢！”

罗碧霞碰了一鼻子灰，也是又羞又气，鼓起了腮闭上嘴了。

杨大姑尴尬之极，说道：“我这孩子不懂事，好在在座的都不是外人，请各位看在我的份上对他多多包涵。”说罢也只好带了儿子回家了。经过了这一件事，岳豪固然不敢再来请客，罗家这头亲事也不敢再提了。

齐世杰倒是乐得清净，不过杨大姑却是免不了要为儿子更加操心，也更加气恼了。她对儿子说道：“杰儿，你知不知道，保定城中的上等人家，都把你当作怪物呢。要是你不知改过，恐怕没有谁家的女儿敢嫁给你了。”

齐世杰道：“第一，我并不觉得我是做错了事，第二，我也不稀罕这些所谓上等人家的千金小姐做我妻子。”

杨大姑叹了口气道：“你自己不着急，也该为我着想，过了年，你已经廿八岁了，尚未有妻，我几时才能够抱孙子？”

齐世杰笑道：“有儿子陪伴你还不够吗？婚姻大事，不能勉强，要是夫妻不和，成天吵闹，你老人家也没什么乐趣。”

这几句话，倒有一点说中了杨大姑的心事。原来在经过这件事情之后，她对儿子颇有一种“失而复得”的感觉。不像以前那样，对着儿子好像是对着“陌生人”了。是以她虽然不满儿子那天做的事情，但母子感情的增进却足以盖过了她的气恼。在紧要关头，儿子毕竟还是帮母亲的。

杨大姑心里想道：“这孩子一时还忘不了那姓冷的丫头，只好暂且由他。”于是说道：“你不喜人家的小姐也无所谓，不过也该懂得一点人情世故，那天你对罗家父女的态度就令我颇为尴尬，对岳师兄更是不该那样。”

齐世杰道：“妈，我再说一遍，我并不觉得那天是我做错了事！”杨大姑道：“我并不是说你全都错了，你能够替我争一口气，赶跑了尉迟炯，这就是大大的好事。我的意思只要你多懂一点人情世故！”

齐世杰道：“妈，你一向不也是独往独来，不理人家闲话的吗？”要知杨大姑号称“辣手观音”，人缘当然不会好到哪里去，不过做儿子的当然是不便提及母亲的外号。

杨大姑叹口气道：“如今我也有点后悔年轻时候的行事呢。我知道人家叫我‘辣手观音’，不过我的辣手是对付江湖中人，不是用来对付亲友。”

齐世杰心想：“我看江湖人物纵然也有贤愚不肖，但总的来说，也要比你那些亲友好得多。”

杨大姑又道：“唉，如今我才知道我是真的老了，从今之后，我也不愿再走江湖啦。”

她的这番感慨好似突如其来，不过做儿子的却是懂得她是有所因而发的。

“妈，你也不过五十多岁，未能算是老呀。那天孩儿不过是不愿娘亲冒险，一时心急才替你打落祈圣因的暗器。即使孩儿不出手，你也可以胜她的。”齐世杰说道。

杨大姑苦笑道：“你别哄我欢喜，倘若我年轻十年，我是可以打得过千手观音的，如今我还焉能是她对手。好在我有你这么样一个武功高强的儿子，我也无须在江湖上与人争胜了。”

她经过了这次挫折，就是她自己不说，齐世杰也感觉得到，母亲是老了许多。

齐世杰幼年丧父，对着颜容憔悴的母亲，不觉有点心酸。暗自想道：“妈已经老了，我还是多陪她几年吧，不能再离开她了。”原来在这几个月中，他曾不止一次想过要离家的。

杨大姑好似知道儿子的心思，说道：“杰儿，要是你在家里住得气闷，不妨到京中走走。”

齐世杰道：“我上京做什么？”

杨大姑道：“我知道你和鹏举、联奎二人最说得来。反正他们在震远镖局也不是红镖师，有工夫陪你逛京城的。”

齐世杰道：“我不去，我在家中陪伴亲娘。”杨大姑笑道：“又不是一去不回，出外玩个十天半月，妈也还舍得离开你。”

齐世杰道：“孩儿可舍不得离开娘亲，这次好不容易方能母子重逢，京城什么时候都可以去，何必刚回家又离家。”

杨大姑乐得心里开了花，说道：“难得你这样孝顺，我也不知还有多少日子可活，那你就多陪伴我几年吧。”

其实齐世杰不愿意上京，还有另一个更大原因，因为杨牧也在北京。齐世杰不喜欢见到这个舅父，纵然他可以拒绝跟舅父做事，但以甥舅之亲，恪于人情世故，到了北京，不去拜见舅父可说不过去。

世事往往出人意料之外，岳家这件事情发生之后，不到十天，又一件他想不到的事情发生了。

这一晚将近午夜时分，他刚要睡觉，忽觉屋顶有衣襟带风之声，凭他此时的武功和阅历，一听就知是有夜行人来了。

他听出这人的轻功颇是不弱，心想："难道是尉迟炯跑来找我？但何以只是他一个人？"他思疑不定，更担心来的是母亲的仇家，他的母亲号称"辣手观音"，在江湖上的仇家自是不少，最近他的母亲还在回疆打死了一个江湖大盗郑雄图。

不管是友是敌，他都不能不立即出去看个明白了。

他刚出房门，只见一条黑影已是跳下墙头，踏进他卧房后面的院子。

齐世杰倏地从暗处窜出，张臂一拦，沉声说道："朋友，止步！"

那人双掌一错，一招"六出祈山"，向他打来。

此招一出，齐世杰不禁大吃一惊。他吃惊的不是因为来人武功高强，而是因为这招"六祈出山"正是杨家"六阳手"中的一招精妙的招数。这人"六阳手"的造诣虽然不及他的母亲，但可比他还更精纯。

齐世杰连忙还了一招"六阳手"中的"如封似闭"，用上三分内力，将那人的双掌引出外门。那人身形一晃，哈哈就笑起来。

那人哈哈笑道："世杰，你的六阳手可真使得不错啊，记得这招如封似闭，当初还是我教给你的，如今我都几乎不是你的对手了。你还认得我么？"齐世杰呆了一呆，说道："你、你是谁？"其实他早已知道他是谁了。

就在此时，杨大姑亦已闻声赶到，果然一开口就道："杰儿，你怎么和舅舅打起来了？"

"三更半夜，他又不是从大门口进来，我怎么想得到他会是舅舅？"齐世杰满肚子不好气地说道。

杨大姑道："傻孩子，你忘记了舅舅是什么身份吗？舅舅是皇帝身边的大内卫士，微服出京，行藏当然要隐秘一些。"他生怕儿子说出不中听的话，暗中捏了儿子一把，示意叫他不可失礼。

齐世杰假装不懂，说道："原来做了大内卫士，就必须偷偷摸摸，见不得人的。"

杨牧哈哈笑道："你以前那个当武师的舅舅已经死了，除了你们母子和我的两个徒弟，没人知道我其实还活在人间，更不知道我已经做了大内卫士。死了的人如何能够在白日青天、大摇大摆地从大门口进来?”

齐世杰道:“我还是不懂,舅舅,你其实并没有死,为何还要装死?”

杨大姑忙道:“弟弟,你莫笑你这甥儿蠢笨,他是木头脑袋,稍为复杂一点的事情,他的脑筋就转不过弯来。”

杨牧接着笑道:“江湖上的朋友,见我失踪多年,以为我已不在人间。我也乐得他们以为我已经死了,因为这样可以更方便我替皇上办事!”

齐世杰这才装作似懂非懂的模样说道:“哦,原来如此。”

杨大姑道:“弟弟,你这次因何出京?”

杨牧道:“说来话长——”杨大姑道:“咱们进去慢慢说吧。杰儿,替舅舅倒茶。”

杨牧坐定,喝了一口热茶,说道:“姐姐,恭喜你啊!”

杨大姑道:“喜从何来?”杨牧道:“杰儿打败尉迟炯,声名已经传遍京师,你有这么一个好儿子,我做舅舅的也沾了光。”杨大姑笑道:“你们的消息真是灵通,不过传闻稍为有点失实。”

杨牧说道:“如何失实?”杨大姑道:“尉迟炯自限百招之数,在一百一十二招方能胜得杰儿。他自己认输,并非真的落败。”杨牧笑道:“那已经是极之难能可贵了,说实在话,大内卫士之中,能够接得下尉迟炯一百招的恐怕还没有呢!”

杨大姑道:“你太夸奖他了。不过这次他用六阳手取胜,倒也算得是替咱们杨家争了点光。”得意之情已是溢于言表。

杨牧说道:“是呀,所以我也觉与有荣焉呢。说实在话,我这次出京,一来是因为知道你们母子已经回来,特来探望的,二来也是为了尉迟炯的事情。”

杨大姑道:“听说尉迟炯以前曾经偷入禁宫,盗过大内的奇珍异宝。是皇上要你出来缉拿尉迟炯归案的么?”

杨牧笑道:“姐姐,你太看得起我了,大内总管恐怕未必敢去惹尉迟炯,我有多少斤两,他是知道的,怎能委托这个重任。不过,大内总管要我出来找一个人去对付尉迟炯,那倒也是真的。”

杨大姑知道他想说什么，却不搭腔。杨牧继续说道："尉迟炯夫妻曾在京师做过许多宗大案，如今听说他们夫妻在保定出现，王公贵人无不闻风色变，生怕他又跑来京师胡闹。皇上虽然无暇去追究多年前禁宫失宝之事，大内总管和御林军统领在那班贵人催促之下，连日来已是寝食难安呢，所以——"

杨大姑再次打断他的话道："此事发生在十天之前，保定到京师不过两三天路程，但听你的口气，尉迟炯夫妻尚未在京师出现？"杨牧说道："不错，京中已经侦骑四出，尚未发现他们夫妻的踪迹。"

杨大姑说："尉迟炯夫妻自视极高，说不定因为受了杰儿这次的挫折，他们已经回转关东去了。"

杨牧说道："但愿如此。不过京师的王公贵人实在是怕了这一对雌雄大盗，不敢不防。要是有一个能够勉强对付得了尉迟炯的人，加上大内几名一等一高手，那就有希望缉拿他们夫妻归案了。"

齐世杰忽道："我倒知道有一个人可以对付得了尉迟炯。"

杨牧说道："哦，他的武功比你还更高明么？"

齐世杰道："高明得多！虽然他年纪比我小。"

杨牧摇了摇头，说道："我可不敢相信，就算有这么样的人，他也不能帮我的忙。怎比咱们是甥舅至亲……"

齐世杰笑道："舅舅，你错了。"杨牧怔道："什么错了？"齐世杰道："虽然我不知道他会不会帮你的忙，但他和你的关系，却是比我和你更亲的！"

要知齐世杰虽然不喜欢舅舅，但表弟的消息总还是应该告诉他的，只因杨牧一直在谈尉迟炯的事，他和母亲都还未有机会说话。此时他听出杨牧有求助于他之意，正好乘机抬出杨炎作个挡箭牌。当然在他心里是知道杨炎决计不会帮父亲的忙的。

杨牧瞿然说道："你说的敢情就是我的炎儿？"齐世杰道："不错，舅舅，难道你不知道我去回疆就是为了找寻表弟？"

杨牧说道："我知道，但我也知道只是你们母子回来，我没勇气向你们查问。唉，这孩子的母亲虽然失德，他总是我唯一的亲生骨肉，我岂能不想念他？就只怕他到如今尚未知道我是他的亲生之父。”

齐世杰道：“我猜想他已经知道了。”

杨牧又惊又喜，说道：“你们已经碰上了他。”

杨大姑道：“不错，我和杰儿都曾先后碰上了他。”

杨牧连忙问道：“姐姐，他可曾知道他的身世之隐？”

杨大姑道：“我还没有告诉他。”杨牧诧道：“为什么？”杨大姑说道：“事后我才敢断定是他。”

她把当日遭遇杨炎之事，原原本本告诉弟弟，最后说道：“他被那妖女所迷，我尚未来得及与他认亲，他就跟那小妖女跑了。弟弟，将来如何令他‘改邪归正’，还得你做父亲的去教训他呢。”

杨牧苦笑道：“我身为大内卫士，到什么地方都得奉命而行，如何能够擅离职守私自跑去回疆找他？回疆这么大，找也未必找得着。”

杨大姑道：“父子骨肉相连，除非他不知道自己的生身之父是谁，否则我料想他一定会回到保定找你。”这点倒是给杨大姑猜中了，杨炎此时正是前来保定的途中。

杨牧仍然苦笑道：“我当然盼他回来找我，但只怕希望甚属渺茫。而且也不知道何时方始回来，远水可不救近火！”

说至此处，杨牧索性单刀直入：“姐姐，你不是希望杰儿有个锦绣前程么，如今机会来了，你让他跟我上京吧。”

杨大姑道：“你的意思是要他帮你们对付尉迟炯。”

杨牧说道：“不错，由于杰甥这次一战成名，京师震动，实不相瞒，我正是奉了总管大人之命，请他入京任职的。”

杨大姑道：“不行！”杨牧愕然问道：“为什么不行？你不是希望他得个一官半职，荣宗耀祖的么？”

杨大姑道：“我已经改变主意了！”接着缓缓说道：“一来，这次我是好不容易，亲自跑到回疆才把他找回来的，我要他陪伴我几年。二来他其实也不是尉迟炯的对手，官职虽好，性命更为宝贵！”

杨牧说道：“也不是要他一个人对付尉迟炯的。”

齐世杰道：“舅舅，你别说了，总之要我对付尉迟炯我不干！”杨牧说道：“独自一个人你也曾对付过他，为什么有人帮你的忙你

齐世杰冷冷说道:“不为什么,只因我不愿意像别人一样当奴才。”

反而不干？尉迟炯给你灭了威风，你不怕他记恨？”

杨大姑道：“那天的事情是因为尉迟炯夫妻对我无礼，杰儿要为我争一口气，逼不得已才跟他动手的，后来尉迟炯对我赔了礼，我的气也就消啦。人不犯我，我也不愿杰儿去犯人了。”

齐世杰跟着说道：“正因为那次交手，我本来赢不了他的，是他手下留情，才没伤我，而且还反而认了输，就算按照江湖道义，我也不能伙同你们去对付他！”

杨牧只道他们母子是因为害怕尉迟炯夫妻才不肯答应，但他尚未死心，不得已而思其次，又道：“那么我倒有个两全其美的办法，让姐姐得遂心愿，世杰也可以保全道义。”

杨大姑道：“你说说看，是什么两全其美之法？”

杨牧说道：“杰甥跟我入京当大内卫士，事先我可以先和大内总管讲妥，缉拿尉迟炯一案，用不着他参与。保定到京师不过两天路程，你可以时常去探望他，或者搬到京师去住也未尝不可。那么他不是照样可以侍奉你的晚年吗？”

杨大姑不觉又有点动心，但想起和儿子的约言，却也不敢答应。

杨牧说道：“姐姐，不用踌躇了。杰儿一出身就能当上大内卫士，这在别人是求之不到的呢！”

齐世杰道：“人各有志，别人求之不得那是别人的事。”

杨牧道：“你为什么不愿？”

齐世杰冷冷说道：“不为什么，只为了我不愿意像别人一样当奴才。”显然这个“奴才”乃是直指舅舅了。

杨大姑变了面色，喝道：“杰儿，不许你胡说！”

杨牧老奸巨猾，倒是并不动怒，哈哈笑道：“这是给皇帝当差，你一定要说是做奴才，那也只是做皇帝的奴才！”

齐世杰道：“舅舅，你知道我的脾气是不惯受人拘束的，做皇帝的奴才也还是奴才！我可不能学舅舅这样，事事都得听从奴才总管的吩咐。对不住。我把你们的大内总管说成了奴才总管，你莫见怪。”这次他说话的口气缓和许多，实际冷嘲热讽的意味更浓。

杨大姑忙打圆场，说道：“弟弟，多谢你提拔你这甥儿的好意，可怕杰儿不是做官的料，如今我亦对他灰心了。”

杨牧还不肯死心，又道：“他不愿意受拘束，那也还是有办法可想的。”

杨大姑笑道：“又要做官，又要不受拘束，天下哪有这样的好事。”

杨牧忽道：“听说世杰在回疆认识了天山派一个姓冷的女弟子，姐姐，你不愿意要这位冷姑娘做媳妇？”

杨大姑道：“是宋鹏举和胡联奎告诉你的么？”

杨牧说道：“不错。据他们说，世杰很喜欢这位姑娘，不知你却何故不愿成全他们？”

齐世杰咬着嘴唇不说话，心中隐隐作痛。同时亦是不解舅舅何以会挑起这件事情来说。

杨大姑也不高兴弟弟提起这件造成他们母子之间心病的事，但还是说道：“既然是鹏举和联奎告诉你的，那你也应该知道我不肯成全他们的原因了。难道你的徒弟没有说出那位冷姑娘的身份？”

杨牧说道：“听说她是冷铁樵的侄女儿？”

杨大姑道：“着呀，冷铁樵是和朝廷作对的，你是皇帝身边的大内卫士，难道你愿意要冷铁樵的侄女儿做你的外甥媳妇？说实在话，我有大半原因就是为了你才不肯结这门亲事的！”要知道姐弟虽亲，但碰上了牵涉到“叛逆”的事，她也不能不多加一点戒备，她这样说正是为讨好弟弟，免得杨牧起疑的。

“好事”后面的阴谋

哪知杨牧皮笑肉不笑地打了个哈哈，却道：“姐姐，我正是要告诉你，我很乐意见到杰甥结下这门亲事！”

这回轮到杨大姑大为诧异了，她望着弟弟，不知他说的是否反语。

杨牧笑道：“姐姐，你莫疑心，我是真心真意替世杰向你求情的。我听说他回家之后，你找人替他说亲，他都不肯应承。他既然只是喜欢这位冷姑娘，你又何苦拆散他们的好事。”

杨大姑道：“你不怕他娶了冷铁樵的侄女儿会影响你的前程？”

杨牧笑道：“我已经和大内总管说过了。正是他怂恿我来为世杰向你求情的。”

杨大姑道：“我真不懂你们葫芦里究竟卖的是什么药？父母只生咱们二人，我是你唯一的姐姐，你不妨和我直说！”她老于事故，已经隐隐猜想得到，弟弟之所以要促成此事，其中定是藏有阴谋了。

果然杨牧哈哈一笑，便即说道：“只要他不是和冷铁樵走上一条路就行。娶了冷铁樵的侄女，他可以知道更多有关冷铁樵那帮人的秘密。我们派人暗中和他联络，那么他的行动不受拘束而又可以为朝廷立功了。将来高官厚禄当然少不了他的份儿！在事成之前，我们当然也会为他保守秘密！”

齐世杰气得发抖，一时间竟是说不出话。

杨牧笑道：“不用害怕，你是冷铁樵的侄女婿，那帮人不会疑心你的，少年人要想得到锦绣前程，多少也得冒点风险。嘿嘿，这叫做身在曹营心在汉，只要你表面功夫做得好，他们又怎能看穿你的内心？”

齐世杰忍无可忍，冷笑说道：“舅舅，你这句戏文似乎用错了，谁是曹营谁是汉？冷铁樵那帮人可是汉人呢！”

杨大姑面色大变，连忙喝道：“杰儿，你胡说什么，幸好舅舅不是外人，给别人听到可不得了！牧弟，你可别要误会他，我知道的，他和冷铁樵的侄女儿只是见过两次面，和冷铁樵则根本未曾认识，这次他令尉迟炯受挫，更是得罪了冷铁樵那帮人的事情。我想他只是不敢去冒这个危险，一时口不择言，才这样胡说罢了。弟弟，你千万别记在心。”

杨牧勉强笑道：“姐姐，你也太过虑了，我怎么会对嫡亲的外甥不利呢？世杰既然不愿冒这风险，那就算了。”

他已经是自找台阶来下，哪知齐世杰又说出句更不中听的话来。

“我倒不是为了害怕危险，倘若是义所当为之事，舅舅，你叫我赴汤蹈火，我也不敢推辞！”齐世杰道。杨大姑听出儿子语气不妙，睁大眼睛瞪他。

杨牧勉强笑道："舅舅盼你娶得称心如意的妻子兼且可为朝廷效力，这正是一举两得的好事，你以为不对么？"

齐世杰缓缓说道："甥儿不敢说舅舅不对，只是甥儿觉得奸细比奴才更加、更加不如！"他本来要说更加羞耻的，倘若不是母亲狠狠瞪他一眼，这两个字已说了出来。

杨牧双目翻白，哼了一声，说道："你这是什么意思？"

齐世杰道："没什么意思，不过甥儿略有自知之明，自知不是做奴才的料子，也不是做奸细的料子，故此不能从命，请舅舅原谅。"

杨大姑顿足喝道："杰儿，你、你还要胡说八道，真，真是气死我也！"

杨牧拂袖而起，说道："我本是一片好心，谁知反招你的误解，好吧，人各有志，你不善言，那也只好任由你了。"

杨大姑连忙说道："弟弟，这小畜牲不知天高地厚，请你千万看在姐姐的份上，别把他的话放在心里。小畜牲，你还不过来向舅舅赔罪。"

齐世杰只好说道："孩儿不会说话，得罪了舅舅，又惹娘亲生气，孩儿知罪了。"这几句轻描淡写，与其说是向舅父赔罪，不如说是向母亲赔罪。而且他只承认"不会说话"，弦外之音，即是并不承认说错了话。

不过总算是赔了不是，杨牧的面子也好过一些，也就假惺惺地说道："姐姐，你这是哪里话来，我怎会跟小辈计较。不过我倒是有点担心世杰误入歧途，甥舅虽亲总不如母子亲，我这个做舅舅的劝他不来，只能盼望你做母亲的好好开导他了。"

杨大姑道："我一定会管教他的。弟弟，你不多留一会？"

杨牧说道："天快要亮了，我不走是不成啦。姐姐你多加保重，下次我经过保定再来看你。"

弟弟走后，杨大姑颓然坐下，长长叹了口气。

齐世杰道："娘，舅舅只是为自己的升官发财打算，他想要利用孩儿，你难道看不出来？你还在怪责我得罪了他？"

杨大姑道："纵然如此，你也不应该口不择言，气走了他！"

齐世杰道："我是听不进他的话，实在忍不住要说他的。他以后不敢再来更好。"杨大姑道："你把我气得还不够吗，又来说这样的话！我只有这个弟弟，你要我断绝六亲？"

齐世杰道："孩儿不敢，不过孩儿说的也是实话，像舅舅这样只知贪图富贵的人，他来了还能有什么好事？娘，你试想想，他要我离开你干见不得光的事，而且做那种事情又是随时会有性命危险的，他何尝为你着想？"这几句话倒是打动了母亲的心，杨大姑不觉黯然说道："我不是帮你委婉拒绝了他的吗？但无论如何，他总是我唯一的亲弟弟！"

齐世杰道："娘，你也只有我这个儿子。我并非要你不理舅舅，我只要你为了我的缘故，多提防他点儿。他要来我没办法，但你若要我说实话，我是不欢迎他来的。"

杨大姑听见儿子说出"提防"二字，不觉心头一跳。齐世杰后面的话，她已是听而不闻了。心里只是在想："我只有他这个弟弟，爸妈死得早，我几乎是姐兼母职，抚养他成人。我为了他，不知做过多少我本来不愿做的事情。我这辣手观音的恶名，恐怕一大半就是因他而起，像那年我替他逼死了云紫萝，每想起来，我就不禁心中有愧。云紫萝纵然不好，我也不该做得那样过分的。这次我为了替他找寻亲生骨肉，不惜叫自己的独生儿子冒险前往回疆，几乎弄成母子不能见面。我不要他报答我的恩德，但他总不能为了杰儿一时得罪了他，就做出对不住我的事吧。不会的，不会的，他是我唯一的弟弟，他决计不会害我独生的儿子的！"

齐世杰道："娘，你在想什么？"杨大姑瞿然一省，说道："没什么，我是在想你舅舅说的话也有点道理。"齐世杰道："什么道理。"杨大姑道："他怕你误入歧途，我也怕你误入歧途。以后你没事少出门。纵然不怕你结交匪人，我也怕你在人前说错了话！别人可不是你的亲舅舅！"

齐世杰笑道："妈，你放心，我这次回家就是要陪伴你的。你叫我去京师我都不去呢。"

齐世杰口头上答应了母亲，心里却是安静不下来。

倒不是为了气恼舅舅，他早已知道舅舅是这样的人，不值得为他气恼了。但他心里的不安，却还是因舅舅而起。

杨牧挑起他心上的创伤，他又想起了冷冰儿了。

“怪不得冷冰儿非要和我分手不可，母亲不喜欢她恐怕还是次要的原因。我有这么样一个舅舅，她岂能放心得下？唉，就算她相信我，我也必须避嫌。舅舅会动那么样卑鄙的念头，要我去做奸细。我还怎能与她结为夫妇？”

心中虽然不能安静，躯壳却是“安静”下来了。他听从母亲吩咐，足迹果然不出大门。

但平静的日子仅仅只能维持两天。第三天晚上，又一件意想不到的事情发生了。

这天晚上，他按照晨昏定省的惯例，向母亲请过了安，回到自己房中睡觉。忽见床头的茶几上，一枚三寸六分长的钢镖插着一封信。

打开信一看，只有寥寥两行：“请即到海神庙一叙，不可让任何人知道。”

他的家里只有三个人，母子之外，还有一个年老的女仆，是他母亲当年陪嫁的丫环，但却完全不懂武功的。

“不可让任何人知道”，这个“任何人”，实际恐怕就只是指他母亲了。

是什么人要跟他会面，而又要瞒住他的母亲呢？

是尉迟炯吗？不大像。那天他是为了母亲和尉迟炯交手的，尉迟炯不会要求他瞒住母亲。虽然对他来说，倘若他知道确实是尉迟炯的话，他会答应这个要求；但对尉迟炯而言，尉迟炯知道他是个孝顺的儿子，岂能有此“不情之请”？

他翻来覆去看过了几遍，忽地又发觉这人的字迹竟然有点“似曾相识”，但却又想不起是谁。

齐世杰抑制不下好奇之心，心里想道：“即使他是布下陷阱，我也要去看个明白。”海神庙离他家不远，是他小时候常去游玩的地方。他悄悄离家，施展轻功，不过半支香时刻便到了。

他故意不走正门，从庙宇后面越墙而入，绕到前面大殿。殿中并没有燃点香烛，只有从窗户透进来的星月微光，约略看得见模糊的景物。只见神座下面，有个人影状若老僧入定，趺坐蒲团上，看背影不像是尉迟炯。齐世杰轻轻跃下，俨如一叶飘坠，落处无声，那人也似乎未曾发觉。

齐世杰陡地高声说道："齐某应约来了，朋友，你——"那人吓得跳了起来。齐世杰早有准备，立即擦燃火石。火光一亮，照见他脸上的血污，左肩的衣裳也有点点斑斑血迹。

这霎那间，齐世杰不禁也是大吃一惊，失声叫道："方师兄，原来是你，你怎么受了伤啦？"

原来这个人乃是杨牧的三弟子方亮。他的年纪比齐世杰约莫大七八岁，齐世杰和他不及和宋鹏举、胡联奎二人熟稔，但因他为人正派，做事又能干又稳重，故此在舅舅的六个徒弟之中，他是齐世杰最敬重的人。

方亮低声说道："小伤，不碍事，齐师弟，我料你会来的，你果然来了。但你出来，没有惊动师姑吧？"

齐世杰灭了火光，说道："家母已经安寝，我在天亮之前回去她不会知道的。方师兄，你从哪里回来，是谁伤了你的？"

方亮说道："是二师兄！"

齐世杰越发惊诧，说道："二师兄竟会伤你，这是怎么一回事情？"方亮说道："你坐下，我慢慢告诉你。有件事情，我还要求你帮忙呢。"

齐世杰说道："你说吧，只要是我做得到的，赴汤蹈火，我也不敢推辞。"

方亮说道："三年前我不辞而行，你一定不知道我是去了什么地方，一去无踪。我不怕告诉你，我是到了柴达木，和范师弟一同投奔了反清的义军。你不会因此害怕我吧？"

齐世杰笑道："当然不会。你们这件事情，我也早已知道了。"方亮一怔道："你怎么知道的？"

齐世杰道："我听得宋师兄说的。"方亮一皱眉头，说道："幸亏他不是告诉外人。你的母亲知不知道？"齐世杰道："你莫怪他。不是他亲口告诉我的，是我有一次在无意之中，偷听到他和胡师兄的谈话知道的。你放心，我可不敢说给家母知道。"

方亮继续说道：“义军在柴达木的深山密林之中，最缺乏的是药物。上个月我们派了一位名叫解洪的兄弟，去北京采购药物，想不到到了保定出了事！”

齐世杰吃一惊道：“出了什么事？”

方亮道：“给保定知府衙门的总捕头，名叫铁胆刘昆的捉去了。此人是罗雨峰弟子，想必你也知，罗雨峰和岳豪是亲戚，想必你也知道。”

齐世杰问道：“刘昆已知解洪身份？”

方亮道：“似尚未知，只说他是形迹可疑。”

齐世杰道：“解洪料想不会招供吧？”方亮说道：“糟糕的是，采购药品那张货单已经给官府搜了出来。”

齐世杰道：“货单上不会写明买主是谁吧？”

方亮说道：“这当然不会，但刘昆何等精明，只这张货单，已是足以引起他的怀疑了。”

齐世杰道：“怀疑什么？”方亮说道：“他们在解洪身上只搜出几百两银子，而那张货单，最少也值五六万两银子的。”

齐世杰道：“何以他只带几百两银子？”

方亮说道：“在京师有我们的人，表面的身份，是殷实商户。他到了京师，自然有人替他备办。可是官府查究起来，解洪却怎能说出京师有人替他付钱？要是他胡乱捏造一个商号，京师和保定距离这样近，用不了几天，就可以查明。”

“还有，”方亮继续说道：“那张货单所列的药品，许多不是普通人所用的药品，例如防御山岚瘴气之类的药品。还有几千包行军散，那也是很难解释的。”

齐世杰道：“那怎么办？”方亮说道：“还算解洪颇够机灵。他说他是贵州的药材商人，云贵两地正在发生流行的时疫，行军散是可以防疫疠的。他捏造了一间子虚乌有的药铺，说成是在贵州开设了近百年的老字号。他说为了恐防身怀巨款，路上万一会遭贼劫，故此药铺准备他一到京师，银两便由票号汇来。”

齐世杰道：“官府能相信吗？”方亮道：“这只是解洪的缓兵之计，贵州离保定远，官府行文去查，总得一两个月时间，拖得一时是一时。再者据我们猜想，保定的衙门可能也是想在他的身上榨一些油水，若然他真的是位大药商，也得敲他一万几千两银子才能放他。当然他们更希望审出他是什么匪帮的头子和尉迟炯有关连的人物那就更可以邀功领赏了。”

齐世杰道：“如此说来，解洪如今还是被关在保定衙门？”

方亮说道：“不错，听说他倒没有怎样受皮肉之苦，只是每天都在审讯他，恫吓他。”齐世杰道：“缓兵之计，迟早要给拆穿的。总得设法救他出来才好。”

方亮说道：“不错，所以我们想到了要请二师兄帮忙。”

齐世杰道：“错了，错了，二师兄结交官府，听说保定知府都是和他称兄道弟的，你们怎能反去求他？”

方亮苦笑道：“这都怪我一时糊涂，我没想到岳豪这么坏的。同门的师兄弟，我以为他多少会顾念一点同门情分。

“我们既然不能劫狱，这件事情就必须和官府打交道了。正因为他是保定府有体面的大绅士，我们才想到他。

“我们打算请他出面，保释解洪，解洪只是身受嫌疑，尚无确证入他之罪，保定总捕头刘昆的师父罗雨峰是他姨丈，只要他肯出头担保，用点银子打点，保释的希望是很大的。

“当然我们也考虑到他怕受牵累，他肯答应保释固然最好，不肯答应，那么退一步我们也希望他能够帮忙我们秘密探监。我们参加义军的事情他是并不知道的，我们承认解洪是我们的好朋友，一时受了官府的误会坐牢，我们去探监总可以吧？”

齐世杰摇了摇头，说道：“你们打的这个如意算盘，也未免太过是一厢情愿了。”

方亮苦笑道：“你不知道在柴达木一到四月下旬就踏入雨季，雨季中生病的弟兄是特别多的，那批药品必须在雨季之前运到。我们倘若不能营救解洪，也得从他的口中知道谁是在京师和我们联络的人。事急马行田，明知岳豪靠不住，也只能冒点风险，找他设法了。”

齐世杰道：“他一知来意，便即反面？”方亮说道：“这倒不是。他看见我和范师弟来到，好像拾到了宝贝似的，满面堆欢，殷勤招待，那股亲切的劲儿，更胜于昔日同门习艺之时。我们说明来意，他满口应了。他说牢头是归刘昆管的，区区探监这一点小事，他和刘昆一说就成。即使是要保释解洪，他也能够做到。

“哪知我们向他道谢之后，他这才说道：‘咱们是同门兄弟，彼此帮忙乃是理所当然的事。不过我也希望你们真的不把我当作外人！’

“我说二师兄，你这是什么意思？他说什么，我只是想知道，这几年来你们去了什么地方？我说，这几年来我们浪迹江湖，去过的地方，一时也说不了这许多。

“他忽地叹口气道：‘我把你们当作亲兄弟，拼着舍弃这副身家也要帮你们的忙，你们却不肯和我说实话，真是令我伤心！

“范师弟心软，说道：‘并不是我们不肯细说，但师兄你富甲一方，却何苦去理会江湖之事？

“这一下就给他套出口风了，他跟着再问，范师弟，你说这话，可是有心欺我了。如今你们要我帮忙的这件事情，不就正是江湖之事吗？不错，我一来是看在你们的份上，二来也是有心结交解洪这位朋友，才答应帮忙你们营救他的，但你们也总得让我知道，他究竟是哪条线上的朋友呀？

“范师弟面红耳热，说道：二师兄，我没骗你，他委实是贵州一间药铺的买手，我们曾受过他赠医赠药之德的。他经常要到外地采购药材，当然也得多少懂点武功。范魁不惯说谎，临时编造出来，态度很不自然。我连忙说道：二师兄，要是你有疑心，我也不敢勉强你帮我们的忙了。”

齐世杰道：“就这样你们翻了脸？”

方亮说道：“还早着呢，他死心不息，又再假惺惺地笑道：‘我是诚心帮你们的忙的，其实范师弟你也不必骗我，你们的事情我早已知道了。’

“范师弟吓了一跳，说道：‘你知道了什么？’岳豪压低声音道：‘我知道你们是在柴达木投奔了冷铁樵。你们不必惊慌，我虽然薄有家财，也是向往义军的人。只是给这副身家所累，未到时机，不敢像你们这样毅然决然投奔义军罢了。那位解朋友，想必也

是冷铁樵的手下吧？我希望你们说出实话，我才放心救他。’

“我说：‘二师兄，你是哪里听来的风言风语，我们刚才说的都是实话，什么义军的事情，我们全不知道。你若是一定要有什么条件才肯帮忙，那就请免了罢。’

“范师弟此时亦已看出他的用心，他的性情比我更加急躁，立即站起来道：‘二师兄，你的好意我心领了。你好好守着你这副身家吧，我们的事情不敢有劳你了。告辞！’

“他这才露出狰狞面孔，蓦地冷笑说道：‘你们不把我当作师兄，要走可就没那么容易了！’

“冷笑声中，屏风背后有暗器射出来，他事前埋伏的家丁也一拥而出。范师弟被一枚透骨钉打着要害，不幸被擒。我也中了一枚蝴蝶镖，拼命冲出去，侥幸逃脱。”

齐世杰愤然说道：“我早知道岳豪为富不仁，却还想不到他的心肠这么狠！好，方师兄你说吧，你要我怎么干？”

方亮说道：“我知道，你刚刚帮过他的大忙，虽然他因为你要逼他吐出五万两银子，不领你的情反而恨你。但无论如何，他还是要巴结你的母亲的。而且连尉迟炯都败在你的手下，你到了他的家中，料想他决计不敢像对付我和范师弟那样对付你。”

齐世杰道：“我也不怕他诬告我是义军。好，那我马上去问他要人。”

方亮说道：“你相机行事，也不必太过急躁，我知道你的母亲是不愿意你和他翻脸的，不过为了你的缘故，她却可能替范师弟说情。你明天先去打听范师弟的消息，给他来个先礼后兵。”

齐世杰道：“不能等到明天了，我现在就到他的家里去，至迟天亮之前回来，请你在这里等我。”

“铎、铎、铎。”街头传来的击柝声，正是三更时分。

齐世杰离开了海神庙，暗自思量：“这件事情，暂时还是瞒住娘的好。岳豪对待同门，如此无情无义，我又何必靠着母亲的面子前往求他。”他打的如意算盘是：最好神不知鬼不觉地就把范魁救出来，避免和岳豪动武，又用不着向他求情。

这晚天色阴沉，一弯眉月常被乌云遮盖，时隐时现。月暗星稀，正是适宜于夜行人活动的“好天气”。齐世杰悄悄地进入岳家花园，果然是风不吹，草不动，无人知觉。

岳豪是保定数一数二的大财主，花园广阔，庭院深深。三重院落，少说也有数十幢屋，百多间房间，花园里的亭台楼阁也是有如星罗棋布。齐世杰虽然是岳家熟客，却不知范魁被囚何处。假如要逐屋搜寻，可还当真不易。

正当他思索如何着手搜索之际，忽地发现花树丛中，小楼一角，隐隐有灯光透露。

齐世杰认得这座楼名为“揖芬楼”，是岳豪为了附庸风雅，特地在园中花木繁多之处，起这座楼作赏花用的。平日他很喜欢在这里会见宾客，特别是官场中人和一些类似“清客”的所谓“文人雅士”。

齐世杰心中一动，暗自想道：“这么晚了，还有人在揖芬楼上。这人料想不会是岳家的下人，莫非就是岳豪在这里深宵会客，我且过去看看。”

他在荷塘旁边，掏了一把烂泥，涂污脸孔，准备万一给岳豪发觉，一时间岳豪也认不出他。

分花拂柳，走到近处一看，只见纱窗上现出两个人影，所料不差，岳豪果然是在揖芬楼上会客。

岳豪的影子他是一眼就认得出的，另一个是谁呢？那人背向纱窗，背影也依稀相识。

他正自凝眸注视，便听得那人说道：“岳豪，你这次帮了我不少忙，我也幸亏有你这么一个好徒弟，否则可真是要给那两个逆徒气死了。你这次出了力，我会告诉保定知府给你记下一功，嘉奖你的。”

这个人不是别人，正是齐世杰的舅父杨牧。

始料之所不及，齐世杰禁不着打了个突，一时间不知该当如何才好了。

有舅父在岳家，要把受了重伤的范魁救出去，那就难得多了。他的武功再好，也是不能和舅父动手的！

非但不能和舅父动手，而且必须避免给舅父知道是他曾经到过岳家。他不肯帮忙舅父对付尉迟炯，舅父已经起疑，要是给舅父发觉，舅父自必猜想得到他此来的企图，那就不仅是“起疑”，而是证实了他和舅父作对了。

他纵然不怕和舅父作对，也必须顾及母亲。

那日为了他“不受抬举”的事情，气得舅父拂袖而去，已经累得母亲担心不已了，他如何还能更增加母亲的忧虑？

可是就这样罢手了吗，他又不愿意。

正在不知如何是好之际，只听得岳豪已在说道：“这都是托师父的鸿福，师父一到保定，他就自己送上门来，范师弟也是师父亲自拿下的，徒儿哪里出过什么力？”

听了这话，齐世杰不觉好生诧异：“方师哥可并没有说过曾在岳豪的家中碰上了师父，怎的却是舅舅亲手拿下范师哥呢？”

杨牧哈哈笑道：“不错，说起来也的确是咱们的运气好，你是我最好的徒弟，我不怕和你说实话，我这次来到保定，固然是为了侦查尉迟炯的行踪，但更紧要的还是为了查办解洪这件案子。尉迟炯武功高强，即使大内总管亲自出马，也没把握将他缉捕归案，但解洪则已是被关在保定大牢的，只是那班饭桶尚未逼得出他的口供而已。要是给咱们查明解洪的来历，破了这件大案，这个功劳可不在捕获尉迟炯之下啊，你懂么？”

岳豪忙不迭地说道：“我懂，我懂。如今看来，解洪和冷铁樵那帮人有关，似是无疑的了。倘若能够更进一步，查出他们在京师的同党，这功劳自是非同小可！”

杨牧继续说道：“保定衙门关了他六七天，连他的底细还未摸得边儿，我一来就找到了线索，运气当真可以说得好到无比的了。美中不足的是，办案却是办到了自己的徒弟头上。”

岳豪说道：“树大有枯枝，这也是难免的。方亮和范魁两位师弟不知自爱，他们必须受到惩罚，那也是没有办法的事情。”

杨牧说道：“不错，我有两个坏徒弟，也有两个好徒弟，成龙和你都是我可以信托的人，尤其是你，做事更中我的心意。”

师父暗算徒弟的怪事

岳豪哈腰谄笑："多谢师父夸奖，要不是得你老人家发出暗器，先把范师弟打伤，弟子也不能将他擒获。"

齐世杰这才恍然大悟，原来那个躲在屏风背后，用透骨钉打伤方亮和范魁的人，竟然就是他们的师父。师父暗算徒弟，这种稀奇的事情他也还是第一次听说，怪不得方亮不知道了。

岳豪意犹未尽，继续拍师父的马屁："师父，你老人家的暗器真是出神入化，弟子可还没有见过呢。要是那天有你老人家在场，弟子也不用害怕什么千手观音祈圣因了。"

杨牧哈哈大笑，说道："不是为师的谦虚，说到要和千手观音较量暗器，我恐怕还差一点儿。不过我这透骨钉专打骨节要害，纵然比不上千手观音，在江湖上大概也过得去了。这是我新近练成的一门得意功夫，你们以前当然没有见过。"

杨牧自吹自擂一番之后，继续说道："你比闵成龙更中我心意的地方，就是你比他懂得做人。比如说方亮和范魁这两个逆徒，他们决计不敢相信他的大师兄，但却敢登门向你求助。这就是你做人成功的地方。你能够引得他们自投罗网，这已经是立了大功了。"

岳豪说道："为师父效劳是弟子份所当为的事，不过方亮在逃，他一定把这笔账算在弟子头上，今后，恐怕、恐怕……"

杨牧说道："你怕什么，大不了你今后入京跟我做官。"

岳豪眉开眼笑，说道："多谢师父提携。"

杨牧继续说道："我那枚透骨钉，本来可以打穿范魁的琵琶骨的，我没这样做，你知道是了为了什么吗?"

岳豪说道："师父宅心仁厚，不忍废他武功。"

杨牧笑道："这次你猜错了。我替皇上办事，他却反叛朝廷，还有什么师徒情义?"

岳豪故作不解，问道："那是为了什么?"

杨牧说道："我是为自己留下地步，要是事情做得太绝，我们就更没有希望诱降他了。"

岳豪皱眉说道："范魁这小子可是软硬不吃，如今他恨我到了极点，别说要劝他投降，我叫人送饭给他，他连饭碗也摔破了，看来他竟是想要绝食求死呢。”

杨牧说道：“他未知道我在这里吧？”

岳豪说道：“弟子未告诉他。”

杨牧说道：“好，你把他带来见我。就说我刚刚来到你家的吧。”

听到此处，躲在窗外的齐世杰不觉又惊又喜，暗自想道：“待岳豪出来，要把范魁押上揖芬楼的时候，我出其不意地点了他的穴道，抢了范魁就走。”

不料纱窗上只见杨牧一个人的影子了，但却没见岳豪出来。

齐世杰大为奇怪，当下大着胆子，飞身上屋，在后窗的屋檐，用个倒挂金钩的身法，偷偷向里面窥探。他使出上乘轻功，轻登巧纵，窗外又有树木遮蔽，房间里面的杨牧似乎丝毫未觉。

过了不多一会，只见岳豪扶着一个人已经从楼梯走上来，进入房间了。灯光下看得分明，这个人可不正是范魁是谁。

原来范魁是被关在地牢的，地牢就在揖芬楼下面。岳豪根本就用不着走出外面。

范魁骤然看见师父，大吃一惊，似乎呆了。

岳豪喝道：“范魁，你好大胆，见了师父，还不行礼。”

范魁无可奈何，叫了一声“师父，请恕徒弟受伤……”

杨牧不待他把话说完，便即假慈假悲地说道：“哎呀，你的伤倒似乎真是不轻呢，你有伤在身，不必行礼了。”

岳豪也假惺惺地说道：“师弟，今日之事，我是无可奈何。给你敷上的金创药可是最好的金创药，应该有点见效吧？”

范魁呸了一声，向他怒目而视，冷冷说道：“岳豪，我错找了你，后悔莫及。你杀了我吧！”

岳豪避开他的唾涎，唉声说道：“师弟，你这是什么话，我是要救你，怎会杀你？”

杨牧端出师父的架子，这才缓缓说道：“范魁，为师正是因为听到你的消息，特地赶来的。你的事情，岳豪已经都告诉我了。不错，他出手是稍嫌重了一些，不过你也不能怪他，他真的是为了你的好。他的用心我是知道的。”

范魁咬着牙不说话，但正眼也不瞧他师父。

杨牧继续说道：“他是怕你结交匪人，误入歧途，你又不肯听他劝告，逼不得已才用这个手段把你留下来的。”

范魁仍然不说话。

杨牧加重语气说道：“你不相信师兄，总该相信你的师父吧？”

范魁淡淡说道：“师父要我相信什么？”杨牧说道：“好歹你总是我的徒弟，你就是犯了天大的罪，为师的也必当护你！”

范魁说道：“师父，你这话可是当真？”

在外面偷听的齐世杰大为着急，心里叫道：“你知不知道，用透骨钉打你的人就是你的师父！”心念未已，只见杨牧已是装出一副拂然不慌的神气说道：“为师的岂会骗你？”

范魁说道：“好，那么请师父叫二师兄放我走吧？”

杨牧打了个哈哈，掩饰窘态，说道：“哪里有说走便走的，咱们师徒这许多年没见过面，你总得和我说几句吧？”

范魁说道：“师父，你要我说些什么？”

杨牧说：“这几年来你在什么地方？”

范魁说道：“这句话似乎应该是我这个做徒弟的先问师父的。徒儿离开保定不过两三年，但师父，你自从那年突然没了踪迹，到如今已是差不多十年，徒儿挂念得很，不知这十年来师父究竟是在什么地方？”

岳豪斥道：“范魁，你好无礼，如今是师父问你，你就该好好回答师父的话，怎么反而问起师父来了？”

范魁说道：“师父关心我，我更关心师父。难道这话我不该问么？”杨牧只好强笑说道：“师父的事情说来话长，慢慢再告诉你，你先说吧。”

范魁说道：“徒儿的事也是说来话长，要是师父真心爱护徒儿，就请现在放我出去。多则半月，少则十天，我会回来禀告师父。”

杨牧说道：“哦，你有什么事情急需要办？”

范魁没有回答，杨牧又道：“再说你也总得养好了伤才能走呀，你如果真的是有急事要办，师父可以替你去做。”

范魁说道："我宁愿死在外面，也不愿意死在岳豪家中！师父，你不肯放我出去，那么我的事情也用不着师父操心了。"

杨牧强忍着气，说道："我不是早已对你说过吗，你的岳师兄是怕你在外面闯祸，逼不得已才将你打伤令你留下的。如今你的伤还没有好，解洪的案子也未了结，我们怎能放心让你出去！"这是他第一次提及解洪的案子，留心注视范魁的反应。

范魁毫无表情，木然说道："徒儿早已把生死置之度外！"杨牧按捺不住，哼了一声，说道："我们是要救你，不是害你，你怎的这样执迷不悟！其实你不说，我也知道！"

范魁淡淡说道："师父既然知道，那又何须问我？"

杨牧说道："你是我的徒弟，我要你对我说实话。听说你是到柴达木和冷铁樵做了一伙，是不是真的？"

没见徒弟回答，杨牧继续说道："你不必害怕，我早已说过，你就是犯了天大的罪，为师的也必当护你，不过你必须说实话！"范魁这才抬起头来，说道："师父要我说实话那也不难，不过有句话弟子不知该不该问？"

杨牧说道："好，你要知道什么？说吧！"

范魁说道："弟子也听说，听说……"

杨牧喝道："听说什么？为何吞吞吐吐不讲下去？"

范魁说道："听说师父暗中效忠清廷，做了皇帝身边的大内卫士，不知是不是真的？"

杨牧怒道："你要审问师父么？"

范魁说道："不敢。但不知师父是否也要审问徒儿？"

杨牧不觉动了肝火，拍案骂道："我容忍你已经容忍够了，你不感谢我维护你的苦心，反而越来越是放肆！师父做什么用不着做徒弟的管，做徒弟的则必须听师父的话！这不但是自古相传的武林规矩，也是你亲口发过誓的！我问你，你向我叩头拜师之日，曾经发誓遵守本门戒条，第一条是什么？"

范魁说道："第一条是不得欺师灭祖，第二条是不能恃武凌人，违背侠义之道。"

杨牧喝道："我只问你第一条，其他戒条，不必背诵。好，你既然知道不得欺师灭祖，为何要明知故犯？”

范魁说道：“弟子入门虽晚，也知本门的始祖鹤亭公是一位侠义道，并且曾在扬州和清兵作战过的。弟子自问所作所为，正是遵循祖师遗教。这‘灭祖’二字，似乎扯不到弟子头上！”

杨牧面上一阵青、一阵红，大怒喝道：“欺师二字你又怎样说，好歹我总是你的师父，你不肯对我说实话，那不是欺师是什么？”

范魁昂然说道：“不错，弟子的武功是师父传授的，师父若然定要责怪弟子欺师，弟子宁愿把武功还给师父！”

杨牧见他如此倔强，情知劝他不动，登时露出狰狞脸孔，冷笑说道：“好，很好，你既然愿意归还武功，也不屑认我为师，我就成全你的心愿吧！”说罢，举起手掌，缓缓向范魁拍下！

所谓“归还武功”，其实即是师父废掉徒弟的武功。按照武林规矩，做徒弟的自愿“归还武功”，是可以脱离师徒关系的。

岳豪假惺惺劝道：“范弟兄，你想清楚才好，失掉武功，虽生犹死！”范魁嘴角带着冷笑，昂首挺腰，正眼也不瞧他一下。

杨牧喝道：“他是不到黄河心不息，不见棺材不流泪，你还劝他作什么？”

杨牧的手掌眼看就要拍到范魁的顶门！

就在此时，忽听得玻璃破碎的声音，不知哪里飞来一颗石子，把油灯打破，灯火熄灭！

但打灭灯火的人却不是齐世杰！

齐世杰手心里扣着三枚铜钱，本来也想出手的，但这个人却比他快了半分。

这霎那间，齐世杰不由得又惊又喜。惊者是有另外一个人和他一样在旁窥伺，他竟然丝毫没有发觉；喜者是此人在这关键时刻打熄灯火，必定是来救范魁无疑的。

心念未已，只听得铮铮之声，不绝于耳。齐世杰一听，就知是杨牧发出了透骨钉，却给那人以指力全都弹开。齐世杰更是吃惊，舅父的武功他是知道的，这人能够在极近的距离之内，弹落他的十几枚透骨钉，显然是使用“弹指神通”的上乘武功。

原来那人在打灭灯火的同时，另一枚石子亦已对准杨牧掌心的劳宫穴打去。“劳宫穴”若然给打个正着，杨牧的武功先就要给废了。杨牧是个武学的大行家，一听劲风飒然，识得厉害，岂能让他打中，立即闪过一边，迅即以透骨钉还击。但如此一来，他亦无暇废范魁的武功了。

杨牧喝道：“哪里逃？”陆续发出暗器，从大门口打出来，有透骨钉，有梅花针，还有袖箭。有两支袖箭从齐世杰身旁飞过，但显然不是打齐世杰的。

齐世杰惴惴不安，在舅父这一阵暗器乱发之下，那人纵然可以对付，但他还可以把范魁救出去么？要是那人不顾一切反击，舅父又会不会两败俱伤呢？

正自惴惴不安，室中已是重见火光。

岳豪擦燃火石，定睛一瞧，不觉失声惊呼：“哎呀，不好，范魁这小子不见了！”

岳豪失声惊呼，齐世杰则是放下了心上的一块石头了。连忙跑出岳家的花园，追踪那个已经把范魁救了出去的人。

揖芬楼上，岳豪呆了片刻，失惊无神地问道：“师父，怎办？”他可有点害怕师父要他一起去追。

幸而杨牧说道：“此人武功非同小可，和他硬来是不成的。但我亦已猜到几分，他是谁了，明天再找他吧。”

齐世杰早已出了花园，舅父说的这几句话他是听不见了。他要追踪那人，一出岳家，便即施展八步赶蝉的轻功，跑得飞快。

可惜齐世杰虽然步快如飞，却是不见那人踪迹，不知不觉，他已是回到海神庙了。

供奉佛像的正殿之前，有个天井，天井里种有一棵桂树。桂树下面有一个人正在弯着腰，用一把钢刀斩下一枝树枝。

齐世杰颇为诧异，现出身形问道：“方师哥，你干什么？”方亮更为惊诧，叫道：“齐师弟，你怎么刚离开又回来了？”

齐世杰大吃一惊，说道：“你说什么？我几时来过？”

方亮说道：“刚才来的不是你吗？那怎么范师弟他——”

齐世杰连忙问道：“范师弟怎样？”方亮说道：“那个人已经把

他送回来了，我还以为是你呢!”

“齐师弟，齐师弟!”果然是范魁的声音在里面叫他了。

齐世杰又惊又喜，急忙跑进大殿，无暇多问，擦燃火石，先看范魁伤势。

只见范魁已经扶着供桌站了起来，左臂扎着纱布，还有血水沁出，不过他的双目炯炯有神，精神倒似乎不坏。

范魁笑道:“岳豪给我的金创药倒的确是上好的金创药，扶着拐杖，大概我也可以走路了。三师兄，请把这根拐杖给我吧。”

齐世杰这才知道，原来方亮削下这株树枝是给范魁作拐杖用的。

“范师兄，你先坐下来吧。咱们商量一下，你到什么地方养伤最好，明天再练走路不迟。”齐世杰道。

范魁似乎有点诧异，说道:“我是现在就要走啊，等不到明天了。”

齐世杰道:“你怎能现在就走？总会有你们的人在保定吧，我背你去!”

范魁“咦”了一声说道:“不是你叫我们马上离开保定的么，怎的现在又叫我们留下？”

齐世杰诧道:“范师兄，你一定是误会了——”

范魁说道:“误会什么？”

方亮说道:“齐师弟说刚才送你回来的那个人不是他。”

范魁忽道:“齐师弟，你把‘不必担心解洪，你们马上离开保定’这两句话再说一遍!”

齐世杰笑道:“我根本没有说过这两句话，不过我可以说一遍给你听。”

他说了之后，范魁笑道:“果然那个人不是你，如今我听出来了。他是学你的声音捏着嗓子说话。”

齐世杰道:“那个人还说了些什么？”

范魁说道:“他从岳家把我抢救出来，一路上什么话都没有说。只是将到海神庙时，方始在我的耳边低声说了刚才那两句。”

齐世杰道:“是个什么样的人，你可知道？”

范魁说道："我伏在他背上，他跑得飞快。我没有看见他的面儿。不过我觉得他是个很年轻的人。齐师弟，咱们几年不见，黑夜之中，我一直以为是你。"

齐世杰道："哦，原来是个少年！"

方亮问道："你已经知道是谁了吗？"

齐世杰道："尚未知道。不过武功那么高强的少年不会很多，让我慢慢地琢磨吧。"范魁说道："没工夫琢磨了。此人施恩不愿报，自必是侠义道无疑。暂时不知道他的名字也不要紧，齐师弟，你回家吧，咱们后会有期。"

齐世杰急道："范师兄，你总不能扶着拐杖走出保定啊，让我背你——"

方亮说道："齐师弟，这个你倒不用担心。我们在河边已经准备了一条小船，只要走很短的一段路。原来这座海神庙是建筑在河边的，名叫漕河，是为了便利漕河用人工开凿的运河，从漕河可以进入白洋碇，经过天津，东流而入渤海。假如不是出海的话，从天津登陆，便可前往北京。比走旱道更快。"

齐世杰道："既然这样，我送你们上了船再回家。"

范魁知道不让他送上船，他定不依，便说道："好吧，路程不远，咱们就多叙一会。不过，我可不要你背我，待我练练用拐杖走路。"到底是有武功底子的人，跑得居然比平常人还快。齐世杰见他的伤不如想象之重，这才放下了心。

方亮与他并肩同行，继续说道："这条船是我托丐帮朋友准备的，舟子也是丐帮的人。本来我们打算救了解洪，一同走的，如今我们只能相信那位救范师弟的朋友，不等他了。"

齐世杰道："不错，那位朋友有本领救得范师兄，料想他也有本领救解洪出狱。"

方亮道："但愿如此。不过在保定大牢劫一个囚犯，那可是难得多的。"

齐世杰道："你们先走，明天我替你们打探消息。"

方亮说道："好，要是你得到什么消息，可以转告丐帮。"当下把丐帮在保定分舵的地址说给齐世杰听。

说到此处，已经来到河边，方亮撮唇一啸，果然有一只小船从芦苇丛中摇出来。

齐世杰送他们上船，看见那条小船出了河口，这才匆匆赶回了家中。正是天色刚亮的时候。

齐世杰见四周静悄悄的，心想：“娘大概不会起得这么早，待我换了一套衣服，再去见她，免她吃惊。”

哪知他一踏进卧房，只见母亲已是坐在他的房中了。正是：

风波平地起，母子最关心。

第十四回　回头始识风波恶　放眼应知天地宽

母亲查问

杨大姑面挟寒霜，沉声说道：“杰儿，昨晚你去了哪里?”

齐世杰讷讷说道：“我，我昨晚去了岳豪家里。”

杨大姑道：“你去他家里做什么?”

齐世杰道：“这、这个，说、说来话长——”

杨大姑目光一瞥，发现儿子的衣裳染有血迹，喝道：“你和岳师兄动了手了?”齐世杰道：“没、没有。娘，你、你听我说!”杨大姑道：“先别说话，赶快洗脸，换过衣裳!你知不知道你现在是副什么样子，对着镜子瞧瞧吧。”

齐世杰当然知道自己现在是什么“模样”的，他昨晚在岳家荷塘旁边掏出一团烂泥涂在脸上，如今尚未抹去。上衣也染有范魁的血。他洗过脸，换了一套干净的外衣，说辞也想好了，于是坐下来道：“娘，你觉得方亮和范魁这两个人怎样?”

杨大姑道：“在保定的时候，这两个人倒是相当正派的。不过三年前他们莫名其妙地失了踪，离开保定之后，我可就不知道他们是好是坏了。好端端的你提起他们二人作甚?”

齐世杰道：“娘，要是他们有生命之忧，孩儿该不该救他们?”杨大姑吃了一惊，说道：“什么，你到岳师兄家里是为了救他们?”

齐世杰道：“不错，他们回到保定，因事拜访岳豪，不料岳豪不念同门之谊，把他们二人打伤。方亮逃脱，范魁遭擒。”

杨大姑道："且慢，你说的话我觉得有点可疑。"

齐世杰道："哪点可疑？"

杨大姑道："在你舅舅的六个门人之中，武功最好的当然是大弟子闵成龙，但岳豪虽然是二弟子，武功却不及他的师弟方亮和范魁的，即使岳家的家丁多，那些家丁只是三脚猫功夫，怎能把他们二人一起打伤？"

齐世杰道："他们是着了舅舅的暗算的。范魁着了舅舅的一枚透骨钉，险些打穿琵琶骨！"

杨大姑这一惊可就更大了，瞠目说道："你、你说什么，舅舅是他们的师父，岂有师父暗算徒弟之理？"

齐世杰冷冷笑道："我也觉得没有这个道理，但偏偏就有这样的事情做出来！"

杨大姑作不得声，静默片刻，问道："你的舅舅呢？"

齐世杰道："还在岳豪家里。"杨大姑道："他不是说要离开保定么？"齐世杰道："娘，舅舅的话你怎能还相信他，那天他是骗咱们的，他留在保定办案，恐怕咱们知道。"

杨大姑道："我不管他办的是什么案，最紧要的是先要知道，你有没有给舅舅发现。"齐世杰道："没有。"

杨大姑稍微安心一点，再问："那你衣裳上的血是怎么来的。"齐世杰道："是范师兄身上的血染着的。"

杨大姑说道："如此说来，你已经把范魁救出来了。你舅舅的武功不比你差，难道他丝毫没有知觉。"

齐世杰道："不是我救他的。是另外一个人。"

杨大姑诧道："是谁？"齐世杰道："尚未知道。孩儿后来见着范魁的时候，那个人早已走了。"

杨大姑道："那么范魁人在何处？"齐世杰道："他和方师兄在天亮之前早已一同走了。他们是乘船离开保定的。"

杨大姑听得他们已经离开保定，方始松了口气，说道："好，究竟是怎么一回事情，你老老实实对娘说，不许有一字隐瞒。"

齐世杰只好把解洪的案子告诉她，杨大姑越听越是吃惊，听罢，颓然靠着椅背，半晌说道："杰儿，我已经老了，我是非常非常希望你能够留在我的身边，多伴我几年的。但现在我却是非要你离开我不可了。你趁着天色还未大亮，赶紧走吧，走吧!”

齐世杰道:“娘，我不是告诉了你么，范魁不是我救的，舅舅也没看见我。”杨大姑道:“他没看见你也会疑心你的!”

齐世杰道:“娘，你不是常说的吗，外公外婆早死，你是长姐如母将舅舅教养成人的。他得有今日的富贵，一大半也是靠你。不看僧面看佛面，他敢把我怎样?”杨大姑叹口气道:“普通的案子也还罢了，解洪这件案子可是非同小可。我相信他不会为难咱们母子，不过，他是替皇上办事的人，咱们也得替他着想，你到外面避过风头再回来吧，免得舅舅为难。”

齐世杰道:“好吧，娘既然这么多顾虑，孩儿就暂且离开你吧。”哪知正在他向母亲拜别之际，已经听得有人推开他家的大门，脚步声急促地跑进来了!

杨大姑急忙把齐世杰换下来的肮脏衣服塞入床底，喝道:“是谁?”其实她早已猜想到来者是谁了。

果然便听得杨牧的声音说道:“姐姐，是我。罗师父有事要见你，我特地陪他来的。”

罗雨峰似乎嫌他说得不够完全，跟着按照武林礼节自行通名求见，朗声说道:“罗雨峰特来拜访大嫂和世兄。”杨大姑的丈夫生前和罗雨峰乃是称兄道弟的朋友。

他指名要见齐世杰，杨大姑只好和儿子一同出去会客了。

杨大姑先不理会罗雨峰，故意装作有点诧异的神气说道:“弟弟，你才走了两三天，这样快又从京师回来了?”杨牧面上一红，说道:“我临时有点小事，要在保定多耽搁几天。”

罗雨峰道:“大嫂，恕我冒昧前来，失礼之处，你莫见怪。实不相瞒，我是无事不登三宝殿——”说至此处，留心看杨大姑的面色。

杨大姑不露声色，淡淡说道:“大家都是至亲好友，客气什么，有什么事情，你说吧。”

罗雨峰继续说道:“我的事情和令弟的事情互有关连，是两桩其实也是一桩。杨兄，你先说还是我先说?”

杨牧说道："罗师父你是客人，你先说吧。"

罗雨峰道："大嫂既然不把我当作外人，那我就不兜圈子了。打开天窗说亮话，我是来请世兄帮忙的！"

杨大姑道："罗大哥说笑了，他小小年纪，能够帮你什么忙？"罗雨峰道："只要世兄肯高抬贵手，那就是帮了我的大忙了！"

杨大姑面色一沉，说道："恕我不懂，你这话什么意思？"

罗雨峰道："我是为了解洪这件案子来的，世兄，你该明白了吧？"齐世杰说道："什么解洪，我不明白！"

罗雨峰忍住气说道："解洪是涉嫌造反的一个朝廷重犯，被关在保定大牢，昨天晚上，给人劫走了。世兄，你是知道的，小徒刘昆是保定府的总捕头，失了重犯，罪名非小。他来求我，我只有来求世兄了。"

齐世杰又惊又喜，心里想道："那人果然言而有信，想必他是救了范魁之后，立即就去劫狱的。"

齐世杰不懂掩饰，不觉喜形于色，哈哈一笑，说道："你以为是我劫狱？"罗雨峰道："不敢。不过世兄或许知道他躲藏在什么地方，请告诉我。"

齐世杰道："凭什么你以为我知道？"罗雨峰皱着眉头，把眼望着杨牧。杨牧柔声说道："世杰，事情不做亦已做了出来，如今只能想法弥补，抵赖是抵赖不了的。你应该相信舅舅，舅舅决不会害你！只要你说出在什么地方可以找到解洪，其他事情都可商量。"要知昨晚范魁被人抢走之事，他也以为是齐世杰干的。他谓"其他事情"乃是向齐世杰暗示，只要捉到解洪，范魁的事他就可以不追究了。

齐世杰说道："你们一定要我说，那我就老实告诉你们吧！"杨牧大喜道："对，只要你实话实说，天大的事情都有舅舅担当！"

齐世杰哈哈答道："你们找错人啦！说老实话，解洪是肥是瘦，是短是长，我一概不知。我根本就没有见过这个人，如何能知道他的下落？"

罗雨峰大惊道："这个，这个……齐世兄，这可不是开玩笑的！"

杨大姑道："杰儿的确不是和你们开玩笑的，我知得清楚，此事与他无关？"

罗雨峰道："大嫂，你怎么知道与他无关？"

杨大姑冷冷说道："你不相信世杰的话，我的话你也不相信么？嘿、嘿，你如今是不是要盘问我！"

杨大姑号称"辣手观音"，一声冷笑，目光不自觉地充满杀气，吓得罗雨峰心胆俱寒。"大嫂，你莫生气，我不过是来问一声而已。"他忙不迭地说道。

杨大姑道："我何以知道与他无关，本来准备对你说的，但我的脾气，可不能让人盘问才说！对不住，如今我不想说了，你要问的亦已问过了。要是没有别的事，请你到别的地方查问吧！"说罢，端起茶杯，表示送客。

杨牧连忙说道："姐姐，我的事情还没说呢，两件事情是有关连的，罗师傅可不能现在就走。"

杨大姑道："你也不相信我的话？好吧，那么你又有何事要我帮忙，你说！"

杨牧说道："姐姐，不是我不相信你的话，有件事情，不知世杰告诉了你没有？"

杨大姑道："什么事情？"杨牧说道："昨晚他去了何处？"杨大姑道："你这样问显然还在怀疑杰儿劫狱！我生平从没对你说过谎话，我告诉你，我知道劫走解洪的人的确不是他！"

罗雨峰道："那么是谁？"

杨大姑白他一眼，说道："我怎么知道？你一再盘问，是否要我承认劫狱的人是我？"罗雨峰吓得不敢出声。

杨牧是个城府甚深的人，心想："我问世杰昨晚去了何处，她避而不谈，莫非其中另有蹊跷？"他不敢重蹈覆辙，用盘问的口吻直接去问姐姐，却绕个弯说道："姐姐，你当然不会瞒我。但只怕世杰一时糊涂，做出了不应当做的事情，却瞒住你。"

杨大姑道："你以为他什么事情瞒骗我？"

杨牧说道："昨晚岳豪家里也出了事，范魁被人劫走了。"

杨大姑装作莫名其妙的神气，说道："范魁回来了么？他和岳豪都是你的徒弟，他住在岳豪家中有稀奇，何以你用‘劫走’二字？”

杨牧不知姐姐是真的不知道还是假的不知，只好告诉她道：“姐姐，你有所不知，我这不肖徒儿参加了冷铁樵那帮人造反，这次他来保定，就是为了救解洪的。岳豪想挽救他，将他留下。谁知昨晚却给人劫走！”

杨大姑道：“你以为这个人是你的外甥？”

杨牧说道：“那人摸黑下手，不过我已经知道他是个年轻人。能够在我眼皮底下把人劫走的年轻人当今之世也没有几个！”

杨大姑冷冷说道：“所以你就以为是他？”

杨牧连忙说道：“但愿不是他就好。但即使是他做的也还可以设法弥补，只要他肯说实话，天大的事情都有我呢。”

齐世杰大声说道：“多谢舅舅垂爱，但可用不着舅舅操心。我告诉你，劫走范魁的人也不是我！”

杨牧不理会他，继续说道：“姐姐，你对我恩重如山，你应当相信我决不会难为世杰。但万一京中另外派人来查办这一案子，事情可就难办了。岳家的人都认为世杰的嫌疑最大，刘昆也一口咬定劫狱的人是他。查案的人必定会来找你们母子麻烦的！”

杨大姑冷冷说道：“你以为姐姐是怕事的人？”

杨牧说道：“姐姐，你是女中丈夫，当然不会怕事，不过如今应该是你安享晚年的时候，多一事就不如少一事。你一个人又怎能和官府作对呢。所以我希望你问明世杰，要是他干的，那还是对我实说的好，免得别人来找麻烦！”

杨大姑道：“你没听见吗，他刚刚说过，两件事情都不是他干的！”杨牧愕了一愕，说道：“姐姐，不是我不相信杰儿的话，不过或许他刚才是尚有顾虑，未敢实说。”

杨大姑道：“好，你不相信他，那就由我告诉你吧，劫走范魁的确实不是他！”

杨牧说道：“可是他是嫌疑最大的人，只怕别人不相信姐姐的话！”

杨大姑道：“那你要怎么办？”杨牧看了罗雨峰一眼，说道：

“姐姐，罗师傅的徒弟是保定府的总捕头，这件事是他禀知知府，请他师父出山查办此案的。我则是京中派来协助地方办案的。我这关好过，保定官府这关可不能只凭一句话就搪塞过去！”

罗雨峰这才敢插嘴说道：“对啊，大嫂，求你开恩，好歹想个法子，让我们可以交差。”

杨大姑变了面色，说道：“如此说来，你们最少也是要把我的儿子带去保定府大堂审问的了？”

罗雨峰道：“不敢，不过除非我们找到了另有劫狱的人，否则只怕要委屈令郎走一趟了！”

杨大姑冷冷说道：“你们以为有本领劫狱的人就只世杰一个？”杨牧听了此言，不觉心中一动，连忙问道：“姐姐，你这么说，莫非你已经知道劫狱的人是谁？”

杨大姑尚未回答，忽听得外面有人说道：“不必问她，问我！”声音从大门外传进来，就像在杨牧耳边说话一般。

杨牧吃了一惊，喝道：“你是谁？”那人说道：“我是劫狱的人，我也就是劫走范魁的人，两件事情都是我干的。你要找他们，跟我来吧！”

弟弟走了之后，杨大姑吁了口气，说道：“你听得出来吧，这人是杨炎！”

齐世杰道：“我早已猜到是他了。娘，我跟去暗中偷看好不好？”杨大姑道：“不好！”歇了一歇，叹口气道：“我以为你还是远走高飞的好。”

齐世杰道：“表弟已经回来了，我为何还要离家？”

杨大姑道：“你以为杨炎会把解洪和范魁这两个人交给他的父亲？”

齐世杰道：“我知道表弟的脾气，他既然救了人，就绝不会把已经救出来的人再送回虎口了。”

杨大姑道：“着呀，他抓不到朝廷钦犯，又奈何不了他的儿子，那他怎样交差？”

齐世杰道：“娘，你是恐怕舅舅还会来找咱们的麻烦？”杨大姑道：“最少罗唆是免不了的。你在家中，他多来罗唆几次，我的耳朵根不得清净事情还小，风声传了出去，京城里另派人来查案，麻烦可就大了。”

齐世杰道：“但舅舅很快就会知道，这两件案子，都是他儿子干的了。”

杨大姑道：“就因为儿子比外甥更亲，他奈何不了儿子，就只能着落在你的身上破案，不错，这两件案子都不是你干的，但你别忘了，你昨晚曾经到岳家，这就证明了你曾经见过在逃的方亮，否则你不会知道范魁被囚在岳豪家中。当公差的人，是绝不会放过任何一条可以破案的线索的！”

齐世杰笑道：“娘，原来你也不相信舅舅了！”

杨大姑叹口气道：“我自己弟弟的性情我怎能不知道？我可以一切为了他，但若是当真到了十分紧要的利害关头，只怕他是连我也顾不得了，何况于你？”

齐世杰喜道：“娘，你能够明白舅舅的为人，这就好了。”

杨大姑道：“你放心走吧，我已经再三想过，只有你暂且离家，我才可以把事情推得干干净净。”

齐世杰道：“好，那么孩儿走啦，娘，你自己多多保重！”

杨大姑忽道：“杰儿且慢！”齐世杰回过头来，说道：“娘还有什么吩咐？”杨大姑道：“你打算上哪儿？”齐世杰道：“浪迹江湖，随遇而安。”

杨大姑道：“有件事情你必须答应我！”齐世杰道：“请娘吩咐。”杨大姑道：“什么地方都可以去，就是不许你去柴达木！”柴达木是冷铁樵那帮义军所在之处，齐世杰这才明白，原来母亲是怕他去找冷冰儿。

杨大姑继续说道：“杰儿，我知道你心上还放不开那位冷姑娘，可是我不希望你再见到她了。你的舅舅已经怀疑你和冷铁樵那帮人一鼻孔出气，尽管你讨厌他，可别要给他说中才好。我，我也不愿意你和那帮人混在一起的！”

齐世杰苦笑道：“娘，就是你不说，我也不能再去见那位冷姑娘了。我有这样一个舅舅，舅舅而且曾经想逼我到柴达木当奸细的，我能够不避嫌疑吗？”

杨大姑喜道："好，那么你是答应了？"齐世杰咬着嘴唇缓缓说道："娘，我答应你，我一定不去柴达木！"

杨大姑道："好，那我就放心了，你去吧。"目送儿子离开，心中一阵辛酸，不觉潸然泪下。

齐世杰心中的伤痛也是不在母亲之下。

"冰儿如今不知是在何处，是回转天山呢，还是去了柴达木她的叔叔那里？唉，我还想她做什么，反正我是不能再见她了。"他给挑起了心上的创伤，又强忍着泪，把这辛酸咽下去。

他希望与杨炎见上一面，除了是表兄弟的关系之外，还有两个原因。

一个原因是他忍不住好奇之心，想要知道杨炎和他的父亲见了面，是否会父子相认？

另一个原因是上次杨炎在回疆与他分手之时，他知道杨炎是要去找冷冰儿的，他们可曾会面？尽管他要避开冷冰儿，但在他的内心深处，可还是渴望知道有关冷冰儿的任何消息的。

不过应该到什么地方去找杨炎呢？他仔细思索："表弟会把舅舅引到什么地方？嗯，当然不会到热闹的地方去，这地方也不会是离我家太远的，否则到了太阳出来的时候，路上的行人就会多了。"此时刚是拂晓时分，附近的人家尚未打开大门的。

蓦地他想起了一处地方，离开他家不远的海神庙。

他没猜错，杨炎此时已是把父亲引到海神庙了。

杨牧和罗雨峰怀疑庙中会有埋伏，不觉举步趦趄。杨炎说道："昨晚我就是把范魁送到这里交给他的师兄方亮的，杨、杨爷，我知道你是他们的师父，不管你把他们当作徒弟也好，当作犯人也好，你总不至于害怕自己的徒弟吧？我早已说过我对你并无有恶意，你既然到了这里，为何却没有胆量进去？"

杨牧刚才一路追踪，见到的只是杨炎的背影，此际方始是面对面地说话，他看清楚了杨炎的面貌，不觉心头一震："奇怪，这少年怎的似曾相识？"不觉凝眸注视，越看越有异样的感觉。这感觉已经不只是"似曾相识"的感觉了，简直就像是一个本来是自己十分熟悉的人，分开多年之后，蓦然见着一般。

他听得杨炎称呼他做“杨大爷”，而且语气温和，一再表明对他并无恶意，这种亲切之感，不知不觉又多了几分。

他略一踌躇，不觉就跟着杨炎踏进庙门了。

罗雨峰见杨牧已经进去，也大着胆子跟他进去。不料杨炎忽地回过头来喝道：“罗雨峰，我又没有请你，你跟来做什么？”

罗雨峰是保定府辈分最高的武林人物，保定两大名武师，一个是杨牧，另一个就是他。杨牧出道之时，他早已成名。故此杨牧的名气虽然后来居上，在他的跟前也还是以晚辈自居的。像他这样一个自认为是“德高望重”的成名人物，岂能容得一个乳臭未干的“小子”抢白？当下忍不住“哼”了一声，说道：“小朋友，你既然做了这宗大案，难道你会不知道保定府的总捕头就是老夫的徒弟？老夫正是应小徒之请，受了知府之托……”这还是他顾忌这个敢于劫狱的少年人，本领说不定可能在他之上，方始强抑怒火的，否则早已破口大骂了。

哪知他自以为说话已够客气，杨炎却已听得不耐烦了。罗雨峰话犹未了，杨炎便即喝道：“管你什么总捕头不总捕头，莫说你是总捕头的师父，就是天王老子，也得给我滚开，听见了没有，我叫你滚开！”

罗雨峰不敢骂他，他反而先骂起罗雨峰来了。

罗雨峰忍无可忍，大怒喝道：“我活了六十多岁，从没人敢叫我滚开，你、你这小子……”大喝声中，两枚铁胆立即飞出。

罗雨峰使出独门暗器功夫，小铁胆首先飞出，打向杨炎门面，扰乱他的视线。大铁胆却后发先至，作弧形掠过撞击他的后心。哪知杨炎就像背后长着眼睛一般，反手一抓，把大铁胆抓到手中，头也不回伸出双手一钳，又把打到他面前的小铁胆箝住了。

杨炎接过两枚铁胆，冷笑说道：“米粒之珠，也放光华，烂铁废铜，敢来现眼！”两枚铁胆向下一掷，轰隆声响，地面撞开两个窟窿，铁胆深入泥土，无影无踪。

罗雨峰吓得魂飞魄散，正要逃跑，杨炎已是喝道：“老匹夫。你不肯滚开，那就躺下吧！”铁胆在地面撞开窟窿，泥土飞溅，杨炎信手一抓，捏了一颗小小的泥丸，怒喝道：“来而不往非礼也，两枚铁胆，还你一枚泥丸！”泥丸弹出，正中罗雨峰膝盖，罗雨峰双腿一软，登时倒下，不省人事。

杨牧大吃一惊，叫道：“你把罗老先生怎么样了？”

杨炎笑道：“不碍事。我只是不喜欢他在场，让他好好地睡一觉，过了十二个时辰，他的穴道自解。”

杨牧猜疑不定，但想以这少年的武功，若要伤他，他要逃也逃不了。于是大着胆子跟少年踏进殿堂。

杨炎说道：“你看这是你的透骨钉吧？”

杨牧随着他所指的方向望去，只见地上果然有两枚给鲜血染红的透骨钉，还有凝固了的一摊摊血迹，怵目惊心。

杨牧心想：“这少年倒没骗我。”连忙问道：“人呢？”

杨炎说道：“我只说方亮和范魁曾经来过这里，你又没托付我看管他们，我怎知他们到哪里去了。”

杨牧道：“你不是说带我来抓犯人的吗？”

杨炎说道：“不错。但我可没有答应替你去抓犯人，破案那是你自己的事！”

父子相逢不相识

杨牧双眼放光，盯着杨炎道：“恕我倚老卖老，唤你一声小兄弟。小兄弟，你贵姓？”杨炎心头一酸，想道：“父子相逢，你竟然对面不识。”不觉轻轻叹了口气，说道：“你错了。”他哪知道，杨牧这样问他，正是试探他的。

“我请教你贵姓大名有什么错？”杨牧故意问道。

杨炎说道：“我与你是绝不能称兄道弟的，其实你又何须知道我的姓名？”杨牧钉紧再问：“为什么？”杨炎说道：“今日相逢，不过是个偶然的缘分。倘若话不投机，今后我也不会再见你了。若然永不相见，何须知道我的实姓真名！”

杨牧说道：“若然话得投机呢？”杨炎说道：“那时再说，姓名不过是个符号，如今你喜欢怎样称呼我就怎样称呼我好了。”

杨牧说道：“好，你武艺高强，人间罕见，我就称你小英雄吧。小英雄，这次虽然抓不到犯人，你总算是帮了我的忙。你可以再帮我一次忙么?”

杨炎道:“你要我帮什么忙?”杨牧说道:“解铃还须系铃人,帮我破这案子。”

杨炎叹道:“我没说错吧,你一开口,就话不投机了。”

杨牧说道:“你不肯帮我这个忙?”

杨炎说道:“我非但不能帮你破案,还要劝你别打破案的主意,不仅这个案子,以后也不要办同类的案子!”

杨牧怔了一怔,说道:“为何你要劝我这样?”

杨炎说道:“你试想想,至亲莫如父子,但师徒也是有如父子一般。俗语说虎毒不食儿,但你竟忍心害自己的徒弟,还能算是一个人吗?”说话甚为沉痛,但杨牧却也可以听得出来,他对自己还是善言相劝的,并非含有恶意的责骂。

杨牧说道:“我并不是害他,我是要挽救他。”杨炎说道:“不错,你对范魁也是如此说的,但你和岳豪说的却似乎不是这样,对不住,我都听见了。我知道你们只是要骗取口供。”

杨牧说道:“小英雄,你武功虽高,可惜年纪太轻,有些道理未必明白。”

杨炎道:“好,那我倒要请教你的道理是什么?”杨牧说道:“你知道我是干什么的吗?”杨炎冷冷说道:“我知道!”

杨牧说道:“你知道就好。我替皇上当差,岂能不替皇上办案?再说他们落在我的手上,总比落在别人手上好些,只要范魁肯改过自新,我确实是想挽救他的。”

杨炎说道:“我倒是希望你能够改过自新!”

杨牧说道:“我犯了什么过错?”杨炎叹口气道:“你本来是人们敬重的名武师,何苦去给鞑子皇帝充当鹰爪?我不管你是为了什么原因,这总是铸成大错了!”

杨牧说道:“好,那么我来问你,咱们做老百姓的总得有个皇帝是不是?”杨炎呆了一呆,说道:“这我可没有仔细想过,不知道是不是一定得有个皇帝,但既然自古至今都有皇帝,大概是吧?”

杨牧说道:“既然总得有个皇帝,我给皇帝做事,又有什么不对?”杨炎说道:“可是如今做皇帝的乃是满洲鞑子啊!”

杨牧说道："汉满蒙回藏，五族一家，不管是哪一族人，也都是中国人，为什么你要骂满洲人做鞑子？"

杨炎想了一会，说道："这点你责备得对，不过我的原意，'鞑子'二字，只是指不属于汉族的坏人的。既然易生误会，今后我不再用它就是。"

杨牧说道："既然你不是特别歧视满族人，那么我替满人皇帝做事，也许不是什么过错了。试问一家人有五兄弟，汉人是大哥，满人是二哥，蒙古人是三哥……为什么只许大哥做皇帝，不许二哥做皇帝？"

杨炎觉得父亲说的也有点道理，但在想了一会之后，却不禁摇了摇头："话虽然可以这样说，但事实还是有点不对！"杨牧道："什么不对？"

杨炎说道："因为满人做了皇帝，并不把汉人当作兄弟。我虽然年纪轻，知道的不多。但也听人说过，清兵入关的时候，有过什么'扬州十日''嘉定三屠'等等事件，也不知杀了多少汉人！"说至此处，蓦地想起昨晚方始从范魁口中知道的一件事情，继续说道："其实你知道的当然比我多，因为首创杨家六阳手的你那位祖先，就是清兵入关之初，帮义军守过嘉定的。你如今充当鹰爪，不觉得愧对祖先么？"

杨牧面上一红，说道："扬州十日，嘉定三屠，这都是过去的事情了。一百多年前的旧账算它做什么？"

杨炎说道："旧账不算，莫非如今的皇帝就对汉人很好了么。"杨牧说道："汉人当上皇帝，也不见得就对汉人很好。史书上的暴君哪一个朝代没有？"

杨炎只是一个十八岁的大孩子，当然不及父亲能言善辩，但他想了一想，终于也还是给他想出了一个道理来，说道，"好，那就不管他是汉人或是满人，总之是坏皇帝就要反对。是好人也就不该替坏皇帝做爪牙！"

杨牧说道："你又怎知道现在的皇帝是坏皇帝？皇帝手下那么多人，有些人做了一些坏事是免不了的，却不见得他比起以前的皇帝特别坏啊！"

杨炎说道："我没有见过皇帝，但我知道他是坏人。纵然不是特别坏，也是坏得可以的了！"杨牧说道："何所见而云然？"杨炎说道："我相信我的朋友，要不是你们的皇帝坏得可以，为什么有那么多好人反对他？"

杨牧问道："你的朋友是谁？"杨炎冷冷说道："你想去抓他们吗？"杨牧说道："我只怕你受了别人的骗。"杨炎说道："要是别人说这句话，我非打他不可！"

杨牧笑道："那我倒要多谢你对我手下留情了。但你就这样相信你的朋友而不相信我？"杨炎说道："你一天充当鹰爪，我就一天不相信你！好，我要和你说的话都说完了，听不听由你！"说罢满腔郁闷，眼角不觉沁出两颗泪珠。

杨牧叫道："且慢，且慢！"杨炎回头过来，说道："你不肯听我的劝告，又叫我回来做什么？"

杨牧说道："你，你到底是谁？"杨炎说道："我早已说过了，我不能告诉你！"杨牧眼睛潮湿，注视着他，说道："你何必瞒我，你不说我也知道，你，你是——"

杨炎连忙打断他的话道："你若是知道我是谁，那也不必问我了。你我话不投机，从今以后，我也不会再见你了！"

杨牧说道："你这样急做什么，我还有点话要说呢，唉，不是我不想听你的劝告——"杨炎只道父亲已经有点回心转意，于是又再坐下来，说道："那你说吧，为何你不能听我的劝告？"

杨牧长长叹了口气，说道："老实告诉你，我本来也不想做什么大内卫士，我有说不出的苦衷！"

杨炎说道："既是难言之隐，那就不必说了。"

杨牧说道："家丑不外扬，对外人我是当然不会说的，但对你——"杨炎掩了耳朵，叫道："我不要听，我不要听！"

要知他虽然从杨大姑的口中得知这件"家丑"，但他也从冷冰儿的口中，知道母亲当年是怎样受了委屈，后来又是怎样为了义军牺牲的。纵然一时难辨是非，他对母亲还是怀着一份崇高的敬爱。他不愿意从父亲的口中，亲耳听到父亲说母亲的坏话！

杨牧说道："是不是我不说你也知道了？"杨炎不作声，杨牧继续说道："好，你既然知道我就不必说了。只是我要告诉你，我有一个儿子，若然他还活着，刚好和你一般年纪。他上了坏人的当，那坏人毁了他的父亲，害死他的母亲，却冒认是他的生身之父！这是我平生的大恨！儿子找不回来，我枉自为人！冒充侠义道的人对不起我，我也不在乎侠义道怎样骂我了！"

杨炎说道："假如你不肯做什么大内卫士，我相信你的儿子会回来的！"

杨牧说道："若然真的如你所言，莫说大内卫士，就是让我当上皇帝我也不要！我只要父子相依，不日归隐，再也不问世事，快快活活过这后半生！"杨炎听他说得十分真挚，不觉动了父子之情，"爹爹"二字几乎就要叫了出来，但他还是暂时忍住，说道："当然是真的，只要你哪一天辞了官，包在我的身上还你一个儿子！"

杨牧叹道："就只怕我虽有此愿，别人也容不得我。"

杨炎说道："你怕谁？怕你们的皇帝不肯放过你！"

杨牧说道："不是。皇帝还好对付，我可以弃官而逃，用不着向他递甚辞呈。但我那对头却是不易对付，我一旦不做大内卫士，失了庇护，只怕就要遭他毒手。唉，现在你明白了吧，我当年就是因为怕了这个对头，逼不得已才做大内卫士的。"

杨炎说道："要是他敢来找你的麻烦，我对付他！"

杨牧说道："你知道我那对头是谁？他是天下第一快刀孟元超！"

杨炎咬着嘴唇说道："孟元超又怎么样，我不怕他！"

杨牧说道："或许你可以对付他，但他一日不死，我一日不得心安！"

杨炎咬着嘴唇，涩声说道："你、你要怎样？"

杨牧沉声说道："我要孟元超的首级！"

这八个字像八口铁钉一样，一口一口钉在他的心头。这个问答虽然早就在他意料之中，他仍是受到极大的震动！

他知道孟元超是他的"冷姐姐"最尊敬的人，过去冷冰儿曾经不只一次劝他，希望能够化解他对孟元超的敌意，"冷姐姐仅仅知道我对孟元超含有敌意，她已经是大为不安了，要是给她知道我去取孟元超的首级，她将会对我怎样?”

可是这是他父亲提出的条件，要是得不到孟元超的首级，父亲就不会改过自新。父亲为了保障自己的安全，“大内卫士”也势必要一直做下去。他若要父子团圆，若要父亲不再充当鹰爪的话，就非取得孟元超的首级不可!

是答应呢还是不答应呢?一时间不觉心乱如麻，嘴唇都咬出血来!

杨牧留神注视他神色的变化，装模作样地叹了口气，继续说道:“孟元超武艺高强，快刀天下无敌，我自己报不了仇，又岂能要毫无关系的人替我送死。罢、罢、罢，这仇我也不想报了，只盼你能够替我带几句话给我那个从未见过面的孩儿!”

杨炎道:“你要我说什么?”杨牧说道:“我身受夺妻夺子之辱，报不了仇，还有何颜面苟活世间?我死了之后，请你告诉我那孩儿，孟元超怎样害死他的双亲，他纵然没有本领为双亲雪耻报仇，也不该再认贼作父了。要是他还有一点血性，还有一点父子之情，叫他回来收拾我的骸骨吧!”

杨炎本来是个性情极易激动的人，给父亲这么一激，不由得血脉偾张，浊气上涌，这刹那间，什么顾虑都抛到九霄云外，登时叫起来道:“你的孩子不会是这样的人，你也不必自寻短见，好，你等着我替你把孟元超的首级拿来!”

杨牧大喜之下，挤出几点眼泪，上前想把杨炎搂在怀中，说道:“好孩子，我早知道——”杨炎一闪闪开，说道:“到你不做鹰爪的时候，你的儿子才能回到你的身边。”

杨牧说道:“我不是早已对你说了吗，孟元超首级一到，我就不替皇上当差!”

杨炎说道:“你肯听我的劝告，那就好了。我走啦!”他正要迈步出门，忽地又回过来，说道:“我几乎忘了一件事情，本来我亲自去做的，但如今我想请你帮我的忙。”杨牧问道:“什么事情?”杨炎说道:“一件私事，绝无风险，只是要你替我带个口信。”

杨牧暗暗欢喜，连忙问道:“给谁?”他以为杨炎这个口信是带

杨炎被父亲一激，不由得血脉偾张，登时叫了起来：“你的孩子不会是这样的人……”

给解洪或者和解洪有关的人，那就正是求之不得了。

杨炎说道："给你的外甥齐世杰。"

杨牧怔了一怔，问道："你要我对他说什么？"

杨炎说道："他有一个心爱的姑娘，你不便问她是谁——"

杨牧笑道："原来是这件事情。"杨炎道："哦，你已经知道了？"杨牧说道："你说的这位姑娘，是冷铁樵的侄女冷冰儿吧？"杨炎说道："不错，你知道更好，我可以省却很多解释，齐世杰喜欢这位冷姑娘，可是他的母亲不喜欢。"

杨牧说道："其实是冷铁樵的侄女也没什么，我已经劝过我的姐姐了。是那位冷姑娘托你替她向世杰重申盟誓吧，你叫她放心，我会替她玉成好事的。"

杨炎神色颇为尴尬，半晌说道："不是。"杨牧说道："那是什么？"杨炎说道："那位冷姑娘其实只是把他当作朋友，并不想要嫁给他的。她如今已经有了一位意中人，这个人齐世杰也认识的。"

杨牧大感意外，笑道："那么我这个信差就是不受欢迎的信差了。世杰得知这个消息，恐怕少不免会伤心了，不过，让他死了这条心也好。"

杨炎咬着嘴唇道："我知道他一定会伤心的，但不能不告诉他！"原来他正是为了避免尴尬，方始想到可托父亲转告的。

杨牧感觉儿子的神情有点奇特，不禁好奇心起，问道："那人是谁，你可以告诉我么？"

杨炎也想齐世杰知道得清楚，心想："只说是他认识的朋友，只怕他免不了胡乱猜疑。嘿、嘿，别人把我们的相爱当作大罪，表哥假如也是这样想，那也只好由他。我若不敢明白地告诉他，反而是显得我的心中有愧了。"

主意打定，便即说道："你告诉他，这个人就是他在魔鬼城脱困之后，在通古斯峡碰上的那个人。不过，这是属于他和冷姑娘的私事，他愿不愿意把那个人的名字告诉你，那就是他的事了。"

杨牧尚未想到这个人就是他的儿子，外甥对他已失却利用的价值，冷铁樵的侄女儿嫁给谁，对他已无关重要了。

"好，待会儿我就去告诉他。那么，你是不打算到齐家了？"

杨牧说道。

杨炎说道：“我要尽快地赶到柴达木去，免你等得心焦。”

杨牧大喜说道：“好，但愿你马到成功，早日把孟元超的首级拿来给我!”

他话犹未了，杨炎早已走了。

杨牧的狂喜尚未尽情发泄，一个人在庙中狂笑。虽然没有抓到解洪，但事情的结果却已好到出乎他的意料之外。他一面笑一面想：“比起孟元超，解洪连一根小指头都算不上。嘿、嘿，要是当真能够取得孟元超的首级，我想当上御林军的统领，皇上恐怕也会让我去当！炎儿的武功如此高强，料想对付得了孟元超吧？就算杀不了他，最少也可拼个两败俱伤。”

他狂喜之余，不觉喃喃自语：“我应该先去知府衙门呢，还是先去齐家？嘿嘿，解洪已经算不了什么，我又无须巴结知府，衙门是不必去了。冷冰儿嫁给谁，更不关我的事，也无须急于说给世杰知道。还是先回京师，把这喜讯带给总管大人吧!”

他哪知道，用不着他去告诉齐世杰，齐世杰都已听见了。当他要儿子去取孟元超首级的时候，齐世杰已经来到这座庙中。

海神庙是他小时候时常来玩的地方，熟悉得如同家里，他从大殿后面悄悄进来，藏身暗处，偷听杨牧父子的对话，连杨炎那么武功高明的人都没察觉。

他听得杨牧要儿子去杀孟元超，这一惊已是非同小可，待至听到从杨炎口中，说出冷冰儿已经情有所钟，而她的心上人竟然就是杨炎之时，更是不觉呆了。

他最初的打算，本来要等到杨炎和父亲分手之后，单独和杨炎会面的，可是这件事情太过出乎他的意料之外，心中也不知是什么滋味，但感一片茫然。待到稍稍恢复几分清醒之时，杨炎已经走了。他本是屏息呼吸，生怕给舅舅发现的，迷茫中手指颤抖，不知不觉地捏碎了一片瓦，也不知不觉地发出一声轻叹。

杨牧毕竟是个江湖的大行家，狂喜之中，也还保持警惕，突然听得似有声响，登时就跳起来，喝道：“谁在外面?”

他只道是儿子去而复回，不见回答，连忙跑出去看。

只见罗雨峰正在爬起身来，揉揉眼睛，好像刚刚从熟睡之中醒来的样子。

杨牧心道："原来是他弄出来的声响，但炎儿说过，他的穴道要十二个时辰之后方能自解，凭他这点本领，怎的现在就能解开呢？"不过无论如何，罗雨峰的穴道已经解开对他总是一件好事，要知他们一起前来，假如他解不开罗雨峰的穴道，要把罗雨峰背回去，那岂不是天大的笑话。

注柴达木报讯

春寒料峭，北国不比江南，雨不是"沾衣欲湿"的杏花雨，风也不是"吹面不寒"的杨柳风。出了城门，一阵晓风吹来，齐世杰也不觉感到几分寒意，并非身体上的感觉，而是从心底感到的"寒意"。

这也可以令人清醒的寒意。迎着拂晓的寒风走了一会，齐世杰热烘烘的脑袋稍稍冷静下来了。"这真是令人意想不到的事，表弟怎的会跟冷姑娘爱上了？他不是一向把冷姑娘当作姐姐的么？姐弟怎的突然变作了恋人了呢？"

但随即又想："其实这也没有什么不对，他们又不是真正的姐弟，表弟从小就跟着她，长大了懂得男女之情，对她发生爱慕，也是一件很自然的事。除了年龄不大登对，冷姑娘和表弟结为夫妇，那也没有什么不好呀。我应该为他们高兴才对。唉，这些事情不必去想它了。"

但另外一件事情，他却是不能不去想的，也正是这件事情，令他从心底感到"寒意"。

"舅舅要表弟去杀孟元超，这件事情我不知道也还罢了，但如今我已然知道，我该怎办？是设法阻止他呢，还是让他去杀孟元超呢？"

不错，他与孟元超素不相识，根本谈不上什么交情。甚至由于母亲仇视孟元超的缘故，他在不知不觉之间，也还受了一些影响的，比如说，有关舅父婚变的事情，他就觉得舅父固然有不是之处，孟元超多多少少也有点儿不对。

不过那毕竟只是关系到几个人的私事，倘若杨炎真的刺杀了孟元超，那就是关系到抗清义军的大事了。而且，无论如何，孟元超总是江湖上公认的侠义道，即使他曾经做过于“私德有亏”之事，罪也不至于死。

他知道孟元超和尉迟炯是好朋友，他没有见过孟元超，可见过尉迟炯。尉迟炯的侠气豪情，给他留下了不可磨灭的印象。不知怎的，从没有见过面的孟元超，在他的心目之中，也自自然然地和尉迟炯的印象叠在一起了。他相信俗语说的“物以类聚，人以群分。”孟元超和尉迟炯是属于同一类的人物。

“我帮了大恶霸岳豪的忙和尉迟炯交手，这件事已经做得不对，表弟要刺杀孟元超，这件事更加不对!”

齐世杰继续想下去:“我明明知道表弟做的这件事大大不对，我不去阻止他，我也同样不对!”终于他从心底喊了出来:“不，不能！我不能让表弟去杀孟元超!”

但怎样才能阻止这件事情发生呢？找得着杨炎的希望甚属渺茫。杨炎不愿亲自告诉他，显然心中也还有点芥蒂，为了避免尴尬，这才不愿与他会面。杨炎的武功比他高明，包括轻功在内，若然决意避免见他，他就无法见到杨炎。

怎样才能帮孟元超避开杀身之祸？他想来想去，真正可行的办法只有一个，赶在杨炎前头，自己跑到柴达木去告诉孟元超。

可是他是曾经对母亲十分郑重地许下诺言的，他什么地方都可以去，就是不许去柴达木。

他的母亲最怕的是他和义军沾上关系，而孟元超可正是在柴达木的义军之中。

假如他跑去柴达木，那不是违背了对母亲的誓约？

他平生可从没有对母亲说过谎话，更不要说是“明知故犯”、立心欺骗母亲了。

心乱如麻，他迷迷惘惘地也不知跑了多少路，不知不觉来到了路边的茶馆。

齐世杰大清早离家，滴水都未沾唇，不觉也感到有点饥渴了。这种路旁“茶馆”是兼卖酒肉的，于是他就踏进这间茶馆食喝过了一碗热茶，跟着要一斤白酒和半斤卤味牛肉。

茶馆里只有一个客人，是个相貌俊雅的书生。门外系着一匹坐骑，不必问也知道是那书生骑来的。齐世杰心想："这书生文质彬彬，看似手无缚鸡之力，骑的这匹马倒是一匹烈马！"他在回疆两年，见过的骏马不少，多少也懂得一点相马之术。

那书生已经喝完了一壶酒，一碟卤牛肉也已吃得只剩几块了，见他进来，又吩咐店小二："给我再打一斤白酒，半斤卤牛肉。"和他要的一模一样，齐世杰不禁又是心念一动："这书生的酒量和食量好大，莫非也是武林中人。"

那书生似乎也颇为注视他，眼角不住地朝他这边眺来，齐世杰低下头来喝酒，心里想道："管他是谁，我不让他有搭腔的机会，谅他也不敢来招惹我。"书生见他神态冷漠，过了一会儿，也就只顾自己喝酒了。

齐世杰本来不会喝酒，此际只因心事重重，想要借酒浇愁，不知不觉，有了几分酒意。

那书生倒没招惹他，但另外一个正是要"招惹"他的人来了。这人快马疾驰，经过路边茶馆，目光一瞥，发现齐世杰在里面喝酒，就像拾到宝贝似的，一声欢呼，立即下马，跑进茶馆。

"齐老弟，我正是来找你的。我正愁赶不上你，想不到在这里能够见上，这里没好酒喝，我请你到别处喝酒！"

不是别人，正是保定府的总捕头，罗雨峰的大徒弟刘昆。

原来罗雨峰赶到知府衙门，将他和杨牧一起到海神庙的遭遇告诉徒弟刘昆，刚好刘昆的手下也来报告一个消息：齐世杰出城去了。要知齐世杰乃是劫狱的疑犯，刘昆虽然因为杨牧的关系，不敢自己去逮捕齐世杰，但他身为总捕头，少不免也要命令手下密切监视齐世杰的动静的。

刘昆和师父一样，断定杨牧已经得到破案的线索，而帮忙杨牧打跑那个"小贼"的人十九也是齐世杰。他们作了这样的判断，虽然已经不敢再把齐世杰当作疑犯，但却想要从齐世杰口中得到一点消息，也好分沾一点功劳了。

齐世杰已经有了几分酒意，对刘昆侧目斜睨，冷冷说道："刘大捕头，你是赶来要拿我归案的吗？”

刘昆吃了一惊，把眼睛瞟向书生那边。书生正在低头喝酒，对眼前发生之事，似乎丝毫不感兴趣。

刘昆压低声音说道：“日前的些许误会。齐少侠你莫放在心上。我是特地来向你赔罪的。”

齐世杰道：“好，那你的罪已经赔过了，你可以走啦！”

刘昆赔笑道：“齐少侠，你喜欢喝酒，我请你到杏花楼去喝。”杏华楼是保定最著名的酒楼。

齐世杰道：“我没工夫回去陪你喝酒。”

刘昆低声说道：“这里恐怕不大方便说话吧。”齐世杰把酒杯一顿，大声说道：“事无不可对人言，有什么不方便说的。”

刘昆想道：“不知他是醉了，还是这样不通世务。好，说就说吧，待他一走，我就回来把这书生杀掉，那就不怕秘密泄漏了。店小二是本地人，官府之事，谅他也不敢说出去的。但也可以将他关个一年半载。”主意打定，便即说道：“齐少侠，今晨你帮令舅的事情，我已经知道了。”

齐世杰怔了一怔，说道：“哦，你知道我帮了杨牧什么事情？”他由于心中讨厌舅父，此际有了几分酒意，不知不觉直呼其名。那正在喝酒的书生听见“杨牧”二字，不知不觉也放下了酒杯。齐世杰没有注意，刘昆却已注意到了。书生看见刘昆的目光向他瞟来，方始察觉自己失态，忙又重新喝酒。

刘昆说道：“明人不必细表，齐少爷，我不想抢令舅功劳，只想沾一点光。那两个犯人如今是怎么样了，请告诉我！”

齐世杰道：“哦，你要知道解洪的下落，好去抓他？”刘昆忙道：“不，不，我早已说过，我不会抢令舅的功劳的。”

齐世杰道：“我可信不过你。”刘昆又再哀求：“齐少爷，你不肯把他们的下落告诉我，那么请把你们办案的结果告诉我总可以吧？比如说，那两个犯人已经给令舅押上京了，你让我知道，我也可以向知府大人交代呀。”

齐世杰沉吟不语，刘昆盯那书生一眼，心里想道：“现在让你听个够，待会儿再收拾你。”他急于要从齐世杰口中得知一点消息，

齐世杰对总捕头一扬手，笑道："你这匹马顶多值三百两银子，礼物我自取了。"

也就顾不得在人前露出丑态了，当下一揖到地，说道：“齐少爷，请你体谅我的苦衷，我是保定府的总捕头，负责办理此案，要是什么都不知道，岂不丢脸之至！”

齐世杰忽道：“好，你要我告诉你那也不难，不过你得送我一件礼物。”

刘昆说道：“不知少爷要什么礼物？”想起他曾经要岳豪拿出五万两银子的事，虽然岳豪的银子没有真的拿出去，可也不能不有点戒心。

齐世杰笑道：“你放心，这件礼物我估计不会超过五百两银子的。”刘昆喜出望外，连忙说道：“一千几百两银子的礼物，小人还送得起，少爷。请你说吧。”

齐世杰道：“好，那你听着，解范二人已不在保定了。”

刘昆心想：“我早已知道，何需你告诉我。”只道他还有“下文”，不料正在哈腰恭听之际，齐世杰突然一跃而起，飞身跳上他的坐骑。

刘昆大吃一惊，追出去叫道：“少爷。你干什么？”

齐世杰笑道：“你这匹马顶多值三百两银子，礼物我自取了！”说话之间，快马加鞭，早已去得远了。

刘昆大叫：“齐少爷，请你回来！礼物我当然要送给你的，不过，我还有话——”话犹未了，齐世杰的影子都不见了。

刘昆破口大骂：“好小子，竟敢将我如此作弄！”目光一瞥，看见书生那匹坐骑系在路旁树上，一看就知道是匹骏马，他无暇思索，立即上前去解开绳子。

不料那匹马脾气甚烈，一见生人走近，扬蹄就踢。刘昆虽然躲闪得快，没给踢个正着，亦已沾了满脸尘土。

刘昆大怒喝道：“岂有此理，连你这畜牲也欺负我！”正待要降伏劣马，忽听得有人阴恻恻地说道：“我是个穷书生，全靠这匹马代步，你做强盗也该发点善心，别抢我的坐骑！”正是那个片刻之前还在茶馆喝酒的书生，突然来到刘昆身旁，刘昆竟然丝毫未觉。

刘昆吃了一惊，喝道：“胡说八道，我是捕头，借你这匹马去捉强盗的！”

书生摇头晃脑地说道：“不问自取，是为贼也！我知道在你们公差口中，偷即是借，借即是偷。不借，不借！”

刘昆突然一个肘锤向那书生的胸口撞去，喝道：“我不但要你的马，还要你的命！哎哟，哟——”

他用上全身气力，突施袭击，只道这书生纵然懂得武功，也难躲避他的偷袭。哪知拳头着体，就像撞着铁板一般，一股大力将他抛了起来，跌了个四脚朝天。

书生笑道：“略施薄惩，爬回保定去吧。你若敢难为店家，我会寻到保定取你的性命！”跨上马背，一扬手把一块银子抛入茶馆，说道：“那位齐少爷的酒钱我一并替他付了！”

齐世杰正在策马前行，忽听得蹄声急骤，有人叫道：“齐世杰，齐世杰！”

齐世杰回头一看，只见追来的正是那个书生。

齐世杰愕然说道：“我与阁下素昧平生，你追我干嘛？”

书生笑道：“那位总捕头称你做齐少爷，我想你必定是齐世杰了，果然所料不差！”

齐世杰低声说道：“是齐世杰又怎么样？”书生说道：“没怎么样，只是想问你几句话。杨牧是你的舅舅吧？”

齐世杰说道：“你在茶馆里早已听到那位捕头说了，何需多问？”

书生说道：“我要从你的口中得到证实。哼，有其母必有其子，有其舅必有其甥。你是辣手观音的儿子，杨牧的外甥，怪不得会助纣为虐了。你听着，如今我来问你，你可要老老实实地回答我！”

齐世杰酒意未消，听那书生辱及他的母亲，不觉气起上来，也不去细思这书生是什么身份了。

齐世杰怒气上冲，冷冷说道：“阁下是什么官职？”

书生一怔道：“你这是什么意思？”齐世杰喝道：“少啰唆，如今是我来问你，你要老老实实地回答我。说！”依样画葫芦的把对方刚才喝问他的说话反问对方，把书生气得七窍生烟！

书生哼了一声，说道：“我一不是官，二不是贼，此事我却是管定的了！知趣的快说出来，你们把解洪到底怎么样了？”

齐世杰冷笑道："我还以为你是什么官儿呢，你不是官，凭什么将我当作犯人来审问？对不住，我偏不知趣，你问的事情，即使我知道，也不会告诉你！"

书生喝道："你当真不说？"

齐世杰道："不说就是不说，你待怎样？"

书生淡淡说道："也没怎样，听说你逢人夸口，说是关东大侠尉迟炯也曾败在你的手下，我想见识见识你的武功！"

齐世杰听得这书生称尉迟炯为"关东大侠"，不觉心念一动："莫非他是侠义道？"但对方咄咄逼人，这口气他却是咽不下去，心里想道："管他是谁，他态度如此嚣张，先挫挫他的锐气！哼，官府中人冒充侠义道也是有的，舅舅就是一个例子。"当下冷冷说道："哦，原来你是倚仗武功逼问我的口供吗？好，划出道儿来吧！"

书生说道："不错，你不肯说，我只好凭这口剑来问你的口供了。你若输了给我，我也不要你的性命，只要你交出解洪！"

齐世杰道："好，要是你输了呢？"书生说道："我若输了给你，我同你叩头！"武林中人大都是"宁愿杀头，不愿低头"的，书生敢于这样"划出道儿"，显然是极之自信，料定必胜无疑。

齐世杰气往上冲，喝道："君子一言，快马一鞭，大家都不许反悔！来吧！"书生也不客气，拔剑出鞘，便即喝道："接招！"刷的一剑，向齐世杰平胸刺去。

武学有云："刀走白，剑走黑。"意思即是用剑的多走偏锋，如今这书生见面第一招，就从中路直刺，显然是种蔑视。齐世杰沉住了气，纹丝不动，待他剑尖堪刺到，陡然间振臂一挥，寒光耀眼，一招"大鹏展翅"，厚背斜削出去，这一招拿捏时候，当真是恰到好处。

不料这书生亦是变招极快，剑招眼看平胸刺到，突然从"白虹贯日"变为"玄鸟划砂"，剑势斜飞，当的一声，和齐世杰的钢刀碰个正着。

金铁交鸣，钢刀损了一个缺口。原来书生的兵刃乃是宝剑。但齐世杰使出了龙象功，书生也不禁身形一晃，虎口感到酸麻。

齐世杰说道："好剑！"倏地用刀背疾拍下去。书生已知齐世杰内力稍胜于他，不敢轻敌，当下剑走轻灵，顺着齐世杰的刀势把他的钢刀引出外门。刷刷刷一口气疾攻数招，剑气如虹，变化莫测，杀得齐世杰连退几步。书生笑道："我不是只凭一把好剑胜你吧？"

齐世杰冷冷说道："胜负二字，言之尚早，不错，你的武功很好，却不见得胜过尉迟大侠。尉迟大侠我自问是打他也不过的，对阁下吗，可要打过方知！"他一面斗剑，一面斗口，趁这机会，更正书生刚才说他"自夸"的讽嘲。

书生说道："不错，我自问也比不过尉迟大侠，所以不敢限定百招之内胜你！"

书生虽然不敢轻敌，口气仍是稳操胜券。齐世杰听他说出"限定百招"这一句话，更起疑心，但转念一想："限定百招一事，岳豪的家人都是曾经听见尉迟炯说的，他们传出去，传到这个狂妄的小子耳中，那也不足为奇。"书生夸下海口，剑招越发越凌厉，齐世杰就是想向他细问根由，也是决不可能的了。

书生的剑法可比齐世杰的刀法高明得多，齐世杰在他的剑势笼罩之下，也不禁暗暗吃惊了："怪不得他的口气这样大，他的剑法似乎比杨炎还更精妙。我平生所见，应该是数他的剑法第一了！他是什么来历呢？看来有三分似是天山剑法，但又似乎兼有中原各大剑派之长，真是令人猜想不透！"

好在齐世杰能够知己知彼，当下发挥自己所长，沉着应付。对方是强攻也好，诱着也好，他都不为所动。守得沉稳之极，俨如长堤卧波，任凭风浪冲击！

他的内功比这书生胜过一筹，刀法由快而慢，每一刀劈将出去，隐隐挟着风雷之声，第八重的龙象功运到刀锋，非同小可，书生是个识货的大行家，不敢和他碰硬，急切之间，倒是胜他不得了。

斗到剧处，书生忽地叹道："可惜，可惜！"

齐世杰守稳阵脚，喝道："可惜什么？"

书生说道："可惜你的武功很好，人却偏不学好！"这口气和尉迟炯那日的口气一模一样。

不过齐世杰对尉迟炯可以心服口服，对这书生却是不能服气，冷笑说道：“齐某是好是歹，用不着你阁下教训。”

他说话较多，不免稍稍分神，书生刷的一剑，从他意想不到的方向突如其来，“嗤”的一声轻响，齐世杰的衣袖给削去一幅，要不是他忌惮齐世杰的龙象功，剑尖一沾即退，这一剑就能在齐世杰的手臂上划开一道伤口。

书生喝道：“你服了吗？”齐世杰冷笑道：“胜负未定，我叫你叩头你肯不肯？”陡地刀中夹掌，一掌拍出，书生给他掌风一震，晃了一晃。齐世杰趁他攻势略缓之际，刀法倏地变了。

只见他运刀如剑，轻灵翔动，挑、刺、撩、抹，十招之中，倒有七招似是剑法，但由于本来是刀，是以轻灵翔动之中兼有沉雄厚重之实！

书生不识这路刀法，只好暂不抢攻，静观来势，如此一来，变成了互有攻守。书生对齐世杰的化刀为剑的怪招，越来越感惊奇。最令他惊奇的还不仅只是那些古怪的招数，而是在斗到激烈之时，他竟是感到有一股刺骨侵肤的寒意。

原来齐世杰已是使出了他在冰窟中学成的冰川剑法，倘若用的是冰魄寒光剑的话，书生早已不是他的对手。

冰川剑法加上的龙象功，齐世杰扭转劣势，反占上风！

书生是武林中顶儿尖儿的大名家之子，一向心高气傲，好胜非常的，此时不禁暗暗吃惊了：“说什么我也不能向他叩头，管他什么刀法剑法，豁出这条性命，和他一拼就是。”

他怯意一消立心一拼，剑法上的威力倒是无形中大大增强了。要知只以剑法而论，他得自家传的剑法本来是要比冰川的剑法更为精妙的，只是他不识冰川剑法，方始感觉应付为难而已。

不过他的内功比不上齐世杰，齐世杰使用冰川剑法生出的那股寒意，他又必须运功抵御，剑法上的优势无形中也抵消了。

两人各展所长，恰恰打成平手。

也不知斗了多久，不知不觉双方都已感到有点力不从心了。书生心想：“如此下去，只怕我纵然可以勉强胜他，也得大病一场。但若是和他作和，他不答应，我岂不大失面子？”

齐世杰也在心想："鹰爪之中哪有如此人物？听他的口气，恐怕他多半是尉迟大侠的朋友，不会是官府中人冒充侠义道。不过他如此恃强欺我，我又怎能先开口和他讲和？"

两人都不想打下去，可又不能不硬着头皮打下去。

正在双方同样感到进退两难之际，忽听得有人大叫："咦，那不是江少侠吗？江少侠，我是奉了帮主之命来接你的，你怎的和齐少侠打起来了？都是自己人，请快点住手！"

齐世杰和这书生正是巴不得有人劝架，于是不约而同地各自退后三步，插刀插剑归鞘。

齐世杰定睛一看，只见来的正是昨晚送走方亮和范魁的那个舟子。

书生抱拳说道："有劳韩香主远迎，江某愧不敢当。请恕江某鲁莽，得罪了贵帮朋友。"

齐世杰昨晚只知这个舟子是丐帮的弟子，如今方始知道他是香主身份。忙道一声："失敬。"跟着书生向他重新施礼。书生听得"失敬"二字，不禁大惑不解。不解这位韩香主既然把他当作"自己人"，何以他却不知道韩香主在丐帮的地位。

原来这个舟子姓韩名天寿，水陆功夫都颇了得，是保定丐帮内三堂的香主之一，地位远非一般香主可比。昨晚他护送方亮、范魁一程，到达安全地点换人护送，便即赶回保定。由于他和这个书生熟识，故而席不暇暖，又再奉了舵主之命赶来迎接贵宾。

书生知道韩天寿的身份，正如俗语所云：不看僧面看佛面，对齐世杰自是不能不客气几分。但在他口气之中，却仍是只把齐世杰当作丐帮的朋友，并未承认他是"自己人"的。

韩天寿哈哈笑道："两位想未认识吧。这位上云兄是江大侠的二公子，这位——"江上云不待他详加介绍，便即淡淡说道："我已经知道他是齐世杰了。"

齐世杰知道了这个书生的来历，不禁吃了一惊，心里想道："原来他是江海天的儿子，怪不得本领如此高强！"要知江海天乃是武林中公认的天下第一高手，近年他的师弟金逐流虽然渐渐有后来居上之势，但一般人还是认为金逐流的剑法或许胜过师兄，内功则尚不如师兄的。姓江而又配得“大侠”号称的，自是江海天无疑。

由于江上云神情倨傲，齐世杰也不愿意因为他是江海天儿子的缘故去奉承他，当下只好不卑不亢地说道：“原来是江二公子，久仰了!”

江上云哼了一声，说道：“我对齐兄也是久仰的了，不过在此之前，我只知道齐兄是大内侍卫杨牧的外甥，却还未知你在什么时候变成了丐帮的自己人的?”

韩天寿哈哈一笑，说道：“也怪不得少侠不知，我也是昨天晚上，才和齐少侠交上朋友的!”

江上云听得他话中有话，自是不能不问：“请恕冒昧，韩香主是怎么交上这位新朋友的，不知可否让我知道!”

韩天寿笑道：“我正要说给少侠知道!”

韩天寿继续说道：“不错，杨牧是齐少侠的舅父，但他们舅甥可不是一条路上的人。正如范魁是杨牧的徒弟，师徒也是各走各的一样。”

江上云连忙问道：“范魁已经脱险了么?”韩天寿说道：“正是齐少侠送他上船的。我就是那条船上的舟子。”

齐世杰道：“救他脱险的可不是我。”

韩天寿说道：“不管是不是你，你亦已尽了心力了。”当下将齐世杰怎样冒险帮忙方亮和范魁的事情说了出来。

江上云呆了片刻，说道：“那么解洪呢?他脱险没有?”

韩天寿说道：“昨晚已经有人将他劫出牢狱了。”说至此处，微笑向齐世杰问道：“那人想必也是你吧?”原来杨炎把解洪送至丐帮，是并未露面的。

齐世杰说道：“范魁尚未告诉你吗，劫狱的人我已经告诉他了，是我的一位朋友。”

江上云满面羞愧，这才向齐世杰道歉：“都怪我脾气急躁，见那捕头和你说话，误会了你。”

齐世杰道：“这也怪不得你，我也是脾气不好，没有向你解释清楚。处在我的地位，本来容易惹人怀疑，刘昆都以为我是杨牧的帮凶呢!”

韩天寿道：“齐少侠。你是为了避免杨牧找你的麻烦，这才离开保定的吧？”齐世杰说道：“不错，我正是奉家母之命离家避祸的。家母和我那个当鹰爪的舅父虽然是同胞姊弟，但在这件事情，她却并非帮她的弟弟。”

江上云越发惭愧，讷讷说道：“我刚才说错了话，齐兄千万别见怪。”韩天寿不知道他说过什么话，但从口气中亦已猜到几分，暗自想道：“杨大姑号称辣手观音，行事介乎正邪之间，也难怪江上云把她和杨牧当作一丘之貉。”于是哈哈笑道：“不打不成相识，过去了的误会，何必再提？敝舵主正在等候你的大驾光临呢，不如就在这里和齐少侠分手了吧？”

江上云道：“这次我是为了解洪的案子来保定的，如今解洪和范魁都已脱险，请上覆贵舵主，多谢他的盛情，我不想进城了。”韩天寿说道：“何以走得这样匆忙？逗留一两天都不行吗？”

江上云道：“一来我还有点事情待办，二来保定昨晚刚刚有人劫狱，今天我就来到，恐怕也会惹起鹰爪注意，贵帮虽然不怕，也会引起不便。”韩天寿听他说得有理，便道：“既然如此，我也不便勉强江少侠了。”

韩天寿走了之后，两人并辔同行，江上云说道：“前几天我在途中曾碰上尉迟炯大侠。”齐世杰连忙问道：“江兄可知道尉迟大侠上哪儿。”

江上云道：“他准备到柴达木探访他的好朋友孟元超。”

齐世杰心道：“可惜他未知道杨炎想刺杀孟元超之事，他到了柴达木，也帮不了孟元超的忙。”

江上云道：“尉迟大侠很称赞你，我真是惭愧，听过他的话，还几乎误会了你。”

齐世杰苦笑道：“其实我和尉迟炯大侠交手这件事情，是我做错了的。我有什么值得他的称赞呢？”

江上云道：“从这件事情之中，他已经看出你不失英雄本色，敢于断定你不至于和杨牧、岳豪同流合污的了。尉迟大侠这份知人之明，真是令人佩服！”他对尉迟炯表示佩服，实际即是对齐世杰再次表示歉意。

齐世杰虽然觉得“受之有愧”，但尉迟炯的赞语却是令他心里热乎乎的，得到了莫大的鼓舞！“原来侠义道中响当当的人物，倒不因为杨牧是我的舅父看轻了我！”

齐世杰道：“要是江兄没有特别紧要的事情，可否替我到柴达木去走一趟?”

江上云道：“我刚从柴达木回来，你又要我到柴达木去？嗯，我明白了，你是要我把这消息告诉孟大侠，对么?”

齐世杰道：“江兄倘不愿意，那就算了。”

江上云笑道：“不是我不愿意，但请恕我心里藏不住话，我可要问你，为什么你自己不能去告诉孟大侠?”

齐世杰大感尴尬，讷讷不能出之于口。江上云哈哈笑道：“你是恐怕他们不敢相信你吗？冷铁樵和孟元超他们不会像我这样糊涂的！我都能够和你交上朋友，何况他们？再说尉迟大侠也在那儿，他会相信你的。清者自清，浊者自浊，你怕什么?”

齐世杰心乱如麻，仍然没有开口。江上云继续说道：“本来我也可以替你去的，但实不相瞒，我这次回家，并非仅仅为了省亲。家母是岷山派的掌门，岷山派每十年有一次聚会，给创派祖师独臂神尼和吕四娘扫墓，家母早就和我说好，叫我今年随她去的。当然，把两件事情比较，是你这件事情重要得多，但要是你可以自己去柴达木的话，我就不想失家母之约了。”

齐世杰道：“如此十年一度的武林盛会，江兄自是不宜失约。请恕小弟刚才不知，作了不情之请。”

江上云急道：“我不和你客气，我问你为什么不肯自己去，你还没有回答我呢！”

齐世杰道：“实不相瞒，我不能前往柴达木，也是因为我和家母，曾经有过誓约的。”

江上云道：“令堂不许你去见孟元超?”

齐世杰道：“不仅是孟元超。总、总之，家母不喜欢我去柴达木这个地方。”江上云道：“哦，我明白了，她是怕你和义军沾上关系。”齐世杰满面通红，低头不语。

江上云道：“你去柴达木，回来不告诉她也就是了。”齐世杰道："那我不是存心欺骗母亲了么？我怎可如此不孝？"

江上云剑眉一竖，正容说道："齐兄，我是有话直说的脾气，你别见怪。刚才我误会你，这是我的错，我向你赔了罪。但你做错了事，我可也要说你！"

齐世杰道："请指教。"

江上云道："我说你误解了孝顺两字！你以为什么都听母亲的话就是孝顺吗？我认为最大的孝顺不是这样！"

齐世杰茫然道："那是什么？"江上云道："是使得人家尊敬你的父母，你莫怪我直说，令堂在江湖上的口碑可不怎么好，侠义道虽然不至于把她当作敌人，却也不会怎样尊敬她的。但要是你做了这件有利于义军的事情，同时你也可以让人家知道你的母亲和杨牧走的不是一条路。那么情形就会大大不同了！"

齐世杰如受当头棒喝，抱拳说道："多谢指教，后会有期。"江上云追上来道："且慢！"齐世杰道："江兄尚有何事指教？"江上云道："我和你换一匹坐骑。"齐世杰明白他的心意，笑道："拜领嘉言，受惠已多，怎能还占你的便宜？"要知江上云这匹红鬃烈马可要比他夺自刘昆的那匹马好得多。

江上云哈哈笑道："我知道你这匹坐骑是估价三百两银子换回来的'礼物'，我这匹坐骑可是朋友送的，没花我一文钱。说正经的，你走长途，没一匹好马是不行的！"

齐世杰道："可你也要赶路的啊！"

江上云笑道："不是我夸口，我在江湖上的朋友比你多，只要我开口，就会有人挑选骏马送给我的。再说，我去江南，你去塞北，我这条路也要比你好走得多。你不肯接受，那就是不把我当作朋友了。"

齐世杰见他说得诚恳，只好接受。换过坐骑，挥手道别。

道路崎岖不平，他的思潮也是起伏不定，想得很多很远。

"清者自清，浊者自浊，你怕什么？"他回头一望，江上云的影子早已看不见了，但江上云的声音还似响在他的耳边，虽然是春寒料峭，但他和江上云这份"不打不成相识"的友谊还是令得他的心里热乎乎的。

害怕“侠义道”对他怀有成见的顾虑一扫而空，他心中不禁又是欢喜，又是羞愧。“江上云说得不错，要使得双亲受人尊敬才是最大的孝顺，并非一切都听母亲的话就是孝顺。”想通这节，他决意亲自到柴达木报讯了。只是还有一点顾虑：“冷冰儿是冷铁樵的侄女，如今她会不会是在柴达木呢？”

“虽然我未曾向她求婚，她是知道我爱她的。她受过我母亲的羞辱，如今又和表弟缔了良缘，要是在柴达木见着她，可真是令我太难为情了！”但又再想道：“做大事不拘小节，为了救孟大侠的性命，我连母亲的话都可以不听，还怕难为情么？”

满地阳光灿烂，他的心情也像乌云尽散的晴天一样开朗了。

杨炎也是和他一样，思潮起伏，难以自休。

不一样的是：齐世杰的心情已是豁然开朗，而他却还是一片阴霾。

他也想到了冷冰儿，想到的是冷冰儿欲意打消他对孟元超敌意的劝告。“要是她知道我竟然去行刺她所敬重的孟元超，她还会理会我吗？”

“我答应过她，在七年之内不和她见面的，要是她也在柴达木，那怎么办？”

“行刺孟元超一事，给她知道，已不得了。要是给她亲眼看到，那、那……”后果他真是不敢想下去了。

“但我是答应了父亲，发过誓要取孟元超的首级的，我又岂能不顾誓言，不为父亲雪耻！唉，我宁愿死在冷姐姐的剑下，此仇也是不能不报的。”

想是这样想，但自出生以来，才见过一次面的父亲，在他心上的分量，难道就能超过自幼爱惜他的冷姐姐吗？他不敢拿来比较，这一念头也只是在他心头一掠而过，就不敢想下去了。

他的两个足以称为武学宗师的师父都曾称赞过他天资过人，是学武的奇才。但此际他却好像是失去了理智，失去了灵性，只知惘惘前行。

行行重行行，走了十多天。这一天来到了甘肃的武威。

武威旧名凉州，位于河西走廊的东部。自古以来，这里是西域互市的所在地，商业繁盛，河西和青海一带的羊毛都在这里集散，因此向来有“金武威”之称。杨炎经过了数天多见树木、少见行人的寂寞旅程，到了这个地方，方始见到路上的行人多起来了。

这一天，他碰上几拨带有兵刃的行人，一个个都是是行色匆匆，一看就知道是江湖人物，但杨炎也不怎么放在心上。正是：

少年侠胆浑无惧，敢闯江湖打不平。

第十五回　客店有心窥隐秘
古城无意遇同门

戏弄云中双煞

进城之后，杨炎到一家出名的酒家吃午饭，他心里愁烦，要了两斤“竹叶青”和几样精致的小菜大吃大喝。

酒楼里座无虚设，在路上碰见过的江湖人物，也很不少。邻座就有两个。这两个人用江湖“唇典”（术语）说话，杨炎听不懂，也没怎样留意他们说话。但忽然听到其中一人轻轻地说出“小妖女”这三个字。无意中听到这三个字，杨炎不觉心头一跳，暗自想道：“他们说的小妖女，不知是否龙灵珠？”

那两个人发觉杨炎注意他们，他们也不禁开始对杨炎注意了。这两个人是江湖上的行家，一眼就看得出，杨炎身上藏有兵刃，不约而同地都是想道：“看这少年的眼神，他的武功底子似乎相当不错。他年纪这么轻，就敢一个人闯荡江湖，不知是何来历？待会儿倒要想法打听打听。”

“那件事情，咱们到了张掖再说吧。”其中一个恐怕杨炎偷听他们的说话，赶忙提醒同伴。

杨炎继续想道：“在江湖人物口中的‘小妖女’，自必是武功很不错的了。‘小妖女’而又年纪小的，江湖上恐怕没有几个吧？哼，他们说的多半是龙姑娘了！”

不知不觉酒喝完了。店小二过来道：“客官还要添酒吗？”他见这小客人居然能喝两斤烈酒，不禁也是有点惊异。

杨炎说道："不喝了，结账！"店小二早已算好，说道："多谢客官，一两三钱五分银子！"

杨炎一掏腰包，不禁面红耳热。原来他根本就不把钱银的事放在心上，一路吃喝，早已用得差不多了。此时一掏腰包，方始发觉自己只有二钱银子和十几文铜钱，连零头都不够。情急之下，他把腰包翻转过来，希望奇迹出现，说不定夹缝里还有一些碎银。只听得十几文铜钱叮叮当当地跌在桌上，那二钱银子却滚到底桌，确确实实就只是这么多了。

"怎的这样贵？"杨炎说道。

店小二登时翻起白眼，一脸鄙弃的神情，冷笑说道："你要的是最好的酒菜，一两三钱五分银子算是便宜的了。你吃不起为何要点这样好的酒菜？哼，你是存心吃白食的吧？"

邻座那个刚才道及"小妖女"的客人向杨炎招了招手。

那人说道："区区一二两银子，我替你付好了。"

杨炎走过去道："当真？"那人笑道："我岂会骗你！"掏出钱包，拿起一块碎银，在杨炎面前晃了一晃，说道："这块碎银，三两有多，你拿去吧。"

杨炎说道："且慢！"那人诧道："你不肯要？"杨炎说道："我要问个清楚，为何你替我付账？"

那人说道："我与你一见投缘，愿意和你交个朋友。"

杨炎打破沙锅问到底："为何你见了我就觉得投缘？"

店小二生怕杨炎惹得这位有钱的大爷生气，忙道："你这穷小子也太不识抬举了，有白花花的银子赏赐给你，你还啰里啰唆！"

杨炎不理睬他，却对那客人说道："对不住，我这穷小子确实不识抬举，你愿意和我交朋友，我可不愿意和你交朋友！"

那人几乎不敢相信自己的耳朵，问："为何你不愿意？"

杨炎冷冷说道："没什么，你觉得与我一见投缘，我可瞧着你不顺眼。"

那人气得七窍生烟，要不是在众目睽睽之下，几乎就想揍杨炎一顿。同伴劝他道："有银子还怕没地方花吗，何必生这小子的气？"

那人把钱包收回，气呼呼地道：“好，我且看你这小子如何出丑？”店小二哼了一声，说道：“你这小子敢情疯了，你发疯是你的事，账可不能不付！”

杨炎忽地说道：“狗眼看人低，你以为我真的没钱？拿去，多余的赏给你！”乒地把一块银子扔在桌上。这块银子比刚才那块银子还大，少说也有五两。

店小二惊得呆了，定了定神，连忙打躬作揖，说道：“是，是，小人有眼不识泰山，多谢大爷厚赏！”

杨炎在店小二的道谢声中扬长而去。

那人面目无光，筷子重重一拍，说道：“账单拿来！”

店小二心里明白这人是怪他太过奉承那个扫了他面子的“小财神”，连忙赔上笑脸，说道：“账已算好了，盛惠一两八钱银子。”

店小二打着如意算盘，暗自想道：“他要争一口气，赏钱自必要比那‘穷小子’多了。”不料那客人一掏腰包，忽地失声叫道：“啊呀，我的钱包怎么不见了？”

他的同伴大吃一惊，连忙也掏腰包，呆了一呆，跟着叫道：“我的银子也不见了！”店小二登时换过一副脸孔，冷笑说道：“你骂人家穷小子，谁知你才是真正的穷光蛋！”

那客人一肚子气正自没处发泄，大怒之下，重重地打了店小二一记耳光，喝道：“你敢小觑老子？”店小二给他打落两齿门牙，暴跳大呼：“吃了白食还要打人，快来抓强盗啊！”

一呼之下，果然有许多打抱不平的客人要把那人抓去送官。那人虽凶，可不能为了这点小事大动拳脚，闹出官非，碍了大事。急切间，只好绕着桌子走避，杯盘碗碟落地开花，乒乒乓乓一片响，闹得不可开交。

杨炎吃饱喝醉，早已出了县城，踏着歪歪斜斜的脚步，哼着不知所云的小调了。

忽听得蹄声得得，回头一看，正是那两个客人骑马追来。原来，他们幸亏在酒楼上有相识的朋友，给他们赔钱解围。但那个打了店小二耳光的客人，在众怒之下，亦已挨了几拳，赔了钱还要赔礼。

他追上杨炎，大怒喝道："小贼还想跑吗？你也不打听打听我们是谁，胆敢在太岁头上动土！"

杨炎说道："你骂谁是小贼？"那人喝道："你还装糊涂，老子骂你！"杨炎说道："你凭什么骂你的老子是小贼？"那人忍无可忍，跳下马来，就想揪打杨炎。

他的同伴可谨慎得多，跟着下马，劝阻他道："问清楚了再决定怎样处置他也还不迟。"

那人说道："这小贼胆大包天，抵赖也还罢了，居然还要占我的便宜。"

杨炎笑道："你可以自称老子，我为什么不可以自称老子？我抵赖了什么，你说！"

那人怒道："你偷了我们的银子，还敢不认？"

杨炎笑道："且慢，且慢。我可也得先问一问你们。"

另一人道："你要问什么？"杨炎说道："你们自称'太岁'，请问你是何方太岁？"那人说道："看你像是江湖人物，云中双煞你知不知道？""云中双煞"是黑道上颇有名气的人物，老大叫马犇，老二叫田耕，杨炎倒是曾经听过的。但却扁了扁嘴，说道："什么云中双煞，从来没有听过！"

在酒楼上挨打的那个人是老二田耕，大怒喝道："你这小贼胆敢看不起云中双煞，敢情是不想活了！"

马犇精细得多，看出杨炎决非寻常少年可比，心里想道："我虽然未见过那小妖女，但听说她也不过是一个十七八岁的小姑娘。这小子倘若是和她一样的人，有这本领那也不足为奇了。"

"小兄弟，我们姑且相信你的话。但即使你真的偷了我们的银子，我也只有佩服你的本领，不会怪你。你的师父是谁，你可以告诉我吗？"马犇说道。在未摸清杨炎底细之前，不敢不客气几分，"小贼"又变回"小兄弟"了。

杨炎笑道："我的师父不会知道有云中双煞这等人物的。你们也不会知道他的名字。"言下之意，他们根本不配和自己的师父攀上什么交情，所以索性不说了。

马犇忍住了气，说道："你上哪儿，总可以说吧？"

杨炎说道："你们上哪儿我就上哪儿。"

田耕忍不住问道："你知道我们上哪儿？"

杨炎说道："我当然知道，你们是要去对付那姓龙的小妖女的，是不是？"田耕大为惊骇，说道："咦，你怎么知道？"

杨炎已经从他的口中证实了"小妖女"就是龙灵珠，也就无心再戏耍他们了，当下哈哈一笑，说道："这是你在酒楼上自己说出来的！"

田耕面色大变，喝道："好呀，你这小子偷了我们的银子，还偷听了我们的说话，我非狠狠揍你一顿不可！"

马犇记得田耕虽然提过一次"小妖女"，却并没说是"姓龙的小妖女"，不禁更起疑心，但他较为谨慎，暂且静观其变。

杨炎退后一步，说道："且慢，你想大打还是小打？"

田耕怔了一怔，说道："打架还有大打小打之分吗？"

杨炎说道："不错。大打，我捏碎你的琵琶骨；小打只打你耳光。我看还是小打对你有利，你骂我一声小贼，我就打你一记耳光。我已经算过了，你一共骂了我七声小贼！"心里想道："龙灵珠这小妖女最喜欢打人耳光，我且学学她的模样。"

田耕大怒道："小贼，我要拆你的骨，剥你的皮！"举掌就打。

马犇连忙叫道："这小子似乎有点来头，别伤他的性命！"原来田耕练的乃是铁砂掌功夫，要是打着身体要害，立即就会打死人的。刚才他在酒楼上不敢大动拳脚，就是为了这个缘故。

哪知田耕的铁砂掌连杨炎的衣角都未沾上，只听得噼噼啪啪一片响，杨炎已是接连打了田耕清脆玲珑的耳光。

杨炎笑道："你骂了八声小贼，还差四记耳光！"马犇已经赶忙上去，哪知杨炎更快，笑声未了又已打了田耕四记耳光。

杨炎挥袖一拂，马犇冲上去刚要出拳，被这一拂之力，竟是不由自己地退后三步。杨炎笑道："你是不是也想和我打架？"

这八记耳光一打，田耕掉了两颗大牙，脸上就似开了颜料铺似的，乌青黑肿，皮开肉裂，沾满血污，鼻子都给打歪了。云中双煞的本领是差不多的，马犇虽然稍高一线，见此情形，已是惊得说不出话来，哪里还敢动手？

杨炎笑道：“你没骂我小贼，耳光可以免打了，不过——”说至此处，飞身跳上田耕那匹坐骑。

杨炎继续说道：“不过你们是结义兄弟，理该有福同享，有祸同当。他没有马骑，你也陪他走路吧！”说罢飞出一颗石子，把马犇那匹坐骑的前腿打跛。

大笑声中，杨炎快刀加鞭，绝尘而去。

他一面跑一面心里想道：“田耕谈及那‘小妖女’的时候，马犇要他到张掖再说。

莫非龙姑娘是在张掖？好，不管他们说的是真是假，我也且到张掖再说！”

张掖在武威西面，距离约三百多里。这一带是“河西走廊”的富饶地带，素有“塞上江南”之称，并有“金武威银张掖”的俗语。一路上碰上的江湖人物也比昨天更多了，有些江湖人物充作客商，身上暗藏兵刃，杨炎一眼也看得出来。

这些江湖人物还有一个特别之处，往往是三五成群，南腔北调，凑成一伙。这种情形，若在如丐帮之类的大帮派中不足为奇，但天下知名的大帮派寥寥可数，一般的帮派多是地方性的，帮中的弟子也是同一地方的人居多，像这种情形就很少见了。显然他们不是属于同一帮派，而是临时组合的。杨炎暗自想道：“怎的这许多江湖人物跑来张掖，敢情他们都是冲着‘小妖女’来的？但龙灵珠怎的又会结下这许多仇家呢？哦，对了，她最喜欢找江湖上的成名人物消遣，莫非这是她乱打人家耳光闯出来的祸？”

想起龙灵珠的淘气，不知怎的，心头的郁闷倒是消减了许多。虽然他自己曾身受其苦，却是禁不住思念起这个令他吃过许多苦头的淘气小姑娘来了。“上一次我被丁师叔押往柴达木，她偷偷跑来保护我；这一次我也跑去张掖偷偷帮她的忙，吓她一个大跳，看她还能避得开我？嗯，我只须跟踪那些要跟踪她的人，就必然会找到她的。就不知她是否真的是在张掖？”

他抢来的这匹坐骑虽然不是名驹，脚力也还相当不错，第二天中午就到了张掖。无人之处，他把偷来的钱包打开，仔细一看，看看有多少钱，以免重蹈在武威的覆辙。

只见田耕那个银包，除了十多两碎银之外，还有十几颗金豆，马犇那个钱包的金豆更多，一数竟有二十七颗。杨炎心里笑道：“云中双煞本领平常，腰包倒是甚为丰厚。嘿，嘿，我怎么样大吃大喝都不怕了!”

张掖城西，有一条河，名为“弱水”，提起“弱水”，可是大大有名，知道它的人比知道“金武威、银张掖”还多。原来这条河流很有特点，《西游记》里对这条河曾有过夸大的描写，说什么“八百流沙界，三千弱水深。鹅毛飘不起，芦花定底沉”。其实这条河并不大，最宽处的江面也不过十丈左右宽，鹅毛和芦花浮在水面当然也不会沉的，不过行舟则的确是比在别的河流艰难，一条小船，两名舟子用力划，渡过七八丈宽的河面也得花一支香时刻。有人说河底有一道看不见的暗流洄旋；也有人说是因为河中含有某种矿物，以致水质不同，变成了密度较大的“重水”。杨炎久闻其名，今日方得亲身经历。

小舟缓缓前行，杨炎心里想道：“这条弱水，果然真是稀奇，有趣。”他想帮忙舟子划船，但他不通水性，只怕越弄越糟，不敢轻视。

船到中流，忽见另外一条小船，船上两个乘客都是他认识的。年轻较大那个约有五十左右，他认得是天山派辈分最尊的长老钟展的徒弟，名叫李务实。李务实人如其名，为人沉实干练，有人说他的武功不在天山四大弟子之下，只因不喜出风头，是以姓名不为外间所知。另一个年纪较轻的中年人则是石天行的弟子，名叫陆敢当，和李务实刚好相反，为人飞扬跋扈，倒是和他的师弟石清泉脾气相同。

杨炎心里想道：“我割了他师弟的舌头，又曾打了他的师父一顿，可别要让他认出来。”其实即使杨炎坐在陆敢当对面，只怕他也未必认得出来。要知杨炎离开天山之时还是个小孩子，经过了八年，相貌早已大异从前。但对中年人来说，七八年的时间，相貌根本就不会有什么变化。

陆敢当此时正在做着杨炎刚才想做的事。他拿起一支桨替舟子划船。李务实一皱眉头，说道："你省点气力吧，咱们又不是急于渡河。"他并不是可惜师侄浪费气力，而是不想他在人前卖弄本领。

陆敢当笑道："早点进城不好吗？佛经说：弱水三千，我自一苇而渡，不知是否指这里的弱水。我没有一苇渡江的本领，见识见识这条弱水的特别之处又有何妨？"他不听师叔的话，划得更加用劲。

忽听得橹声咿哑，一条较大的乌篷船越过杨炎前头，似乎是想追上陆敢当那条小船。船上三个客人，其中两个中年汉子面貌相似，一看就知是同胞兄弟。另外一个年纪较大的魁梧汉子，两边太阳穴坟起，显然是正在练着一种甚为霸道内功的高手。

那两兄弟似乎也是嫌船行得慢，一个摇橹，一个划桨，替代舟子驶船。

其中一个低声说道："大哥，你帮帮眼。前面那人似乎是天山派的陆敢当。"

老大说道："不错，另外一人是他的师叔李务实。"

那魁梧汉子问道："你们和李务实、陆敢当是熟识的朋友吗？"

老二说道："我们和陆敢当见过一两次面，谈不上是熟朋友。至于李务实则仅是一面之缘，却没和他说过话的。"

那魁梧汉子道："难得在此相遇，不妨上去攀交攀交。"

老大眉头一皱，说道："陆敢当自视甚高，我，我有点……"底下的话没说下去，但意思却是明白的，他是有点讨厌陆敢当，也怕陆敢当误会他们是想巴结。

他们这条乌篷船和杨炎的这条船距离较近，低声谈话，杨炎也听得清清楚楚，但却不知陆敢当听见没有，只见他头也不回，划得更加快了。不过，由于是在"弱水"行舟，划得多快，也不过是和普通的舟子在一般的河流上划舟的速度一样。

那魁梧汉子说话的声音更小了："你们崆峒派自从丹丘生接任掌门之后，不是和天山派很有交情的吗？"

老二哼了一声说道："那是丹丘生的事情，可与我们无关。哼，他的弟子是天山派的记名弟子，天山派的人对他当然是尊敬的。但我们可不想沾这个光。"他直呼掌门人之名，实是大为不敬。原来这两个人乃是崆峒派前任掌门洞真子的徒弟，洞真子的师弟洞冥子与清廷勾结，害死了丹丘生的师父洞妙真人，洞真子虽然没有参与其事，但却受到师弟的威胁，明知是他所为也不敢揭发，反而做了师弟的傀儡，接任掌门，附和师弟，诬蔑丹丘生欺师灭祖。最后真相大白，洞真子临终悔悟，与洞冥子同归于尽，丹丘生这才奉他遗命继任掌门的。

这两兄弟老大名叫劳福庇，老二名叫劳福荫，他们是洞真子的得意门徒，但脑筋却有点糊涂，师父惨死，他们不问情由，不知这是他们师父“处事不当”酿成的祸因，反而对接任掌门的丹丘生心怀不满。

杨炎对“哥哥”的出身门派，当然是知道的。一听他们谈起丹丘生的“天山派记名弟子”，不禁吃了一惊，心里想道：“原来这两人是崆峒派的弟子，敢情他们也是为了‘小妖女’而来？这两个人不足为惧，怕只怕孟华也来！”想起龙灵珠曾经为了自己和天山派作对的事，而那次的事情又正是由于自己被孟华所擒而起，心中自是难免有点惴惴不安。不过孟华是要到天山吊丧的，只能希望他不会这样快回来了。

劳家兄弟见陆敢当头也不回，似是有意不理睬他们，不觉心里有气，暗自想道：“以陆敢当的武功，我们小声说话，恐怕他也听得见的。纵然听不见，他明明知道今天有许多江湖上的朋友前来张掖，听见后面有船追来，也该知道是同道中人了，他却越摇越快，分明是在我们面前卖弄！”这两兄弟也是好胜的人，心里一有气，便也使劲划船，好像要和陆敢当比赛。

但他们两兄弟合力驶船，还是追不上前面那条小船。

那魁梧汉子笑道：“他卖弄手段，我也有手段叫他们的船停下。你们瞧着！”说罢，拿起船头的捆绳索，迎风一抖，把四五丈长的粗绳抖得笔直，向前面小船挥去。陆敢当那条小船，船尾插有一支备用的铁篙，长绳呼的一声卷在篙上，那条小船果然只能在水中打转，虽没后退，也不能前进了。

杨炎心里想道：“这人气力倒是不小，看来是练过大力鹰爪功的高手，比云中双煞要高明得多。”

心念未已，只听得李务实说道："哪位朋友恶作剧？"说话之时，双指一夹，赛如利剪，一下子就把粗如拇指的绳索剪断，小舟又复向前。与此同时，陆敢当也回过头来。

劳家兄弟大为尴尬，连忙自报姓名，说道："陆兄还记得我们吗？这位朋友只是想和你们结识，并无他意。"

陆敢当见他们通名道歉，看在丹丘生和本派的交情，倒是不便和他们计较了，当下淡淡说道："原来是劳家双侠，幸会，幸会。咱们上岸再说。"

说话之际陆敢当的小船已经拢岸，劳家兄弟那条船落后约三丈之遥。那魁梧汉子忽地在船头拿起一块木板，这是船家用作上岸时的垫脚板。尚未拢岸，那汉子就把垫脚板抛到河中了。

"八百流沙界，三千弱水深；鹅毛飘不起，芦花定底沉。"这虽是小说家言，但弱水易沉，却委实不假。木板本来是会浮在水面的，但这在弱水之上，却只是在涡流中打了个转，便即徐徐下沉。魁梧汉子飞身跃起，在这块木板将沉未沉之际，竟然把它用作在水中的垫脚板，脚尖轻轻一点，便即跳上对岸。

刚才他炫露的大力鹰爪功，气力虽然惊人，杨炎还不怎样放在心上。此际见他露出这手轻功，连杨炎也不禁刮目相看了。要知练鹰爪功之类以内力雄浑见长的功夫，一般来说，轻功多是较差的，但此人却是内外双修，轻功内功显然都有颇深的造诣。杨炎心里想道："他刚给李师叔扫了面子，抢先上岸不知是否向李师叔挑衅？李师叔的内力或许在他之上，但要想胜他，恐怕也还当真不易。"

那魁梧汉子抢先上岸，回过头来抱拳一揖，朗声说道："两位是从天山来的远客，彭某虽然不是本地人，勉强也算得是半个地主，请容彭某稍尽地主之谊。"

杨炎这才知道，原来他之所以抢先上岸，乃是按照江湖礼节，迎接客人的。江湖人物，异地相逢，虽然同属客人，也有远近之分，远处的客人，是客中之客，近处的客人是客中之主。

李务实为人厚重，见他谦恭有礼，虽不愿意和他结交，也只得稍假辞色，还了一礼，淡淡说道："不敢当。"

魁梧汉子笑道："彭某适才抛砖引玉，无非是为了仰慕两位的大名，请两位千万莫要见怪。”

陆敢当见他对自己表示敬意，心里的气早已消了，笑道：“俗语说不打不相识，何况咱们并未厮打呢。阁下武功高明，抛砖引玉云云，太客气了。我喜欢说话爽直，请问阁下是那条线上的朋友。”

此时劳家兄弟亦已上岸，劳福荫便即上前替他们介绍，说道：“这位彭兄是江湖上人称金眼神雕的彭大遒彭大哥。为人好客，和我们乃是多年朋友。张掖这个地方他很熟，两位要是未有宿处，可以托他安排。”

金眼神雕彭大遒是陕甘道上有数的人物，不但武功高强，而且交游甚广，提起他的名字，黑道白道无人不知。陆敢当吃了一惊，暗自想道：“原来他就是金眼神雕，怪不得这么了得！”

彭大遒说道：“我在张掖城中最大的一间云来客店已经定下房间，请两位不要客气。”

陆敢当怔了一怔，说道：“你怎么知道会碰上我们？”

劳福庇笑道：“是这样的，彭大哥交游广阔，他知道这两天有许多朋友要来张掖，是以在云来客店定下了十间房间，招呼各方好友。”

陆敢当道：“初次相识，彭大哥就这样客气，我们实是不便叨扰。”彭大遒笑道：“相交深浅，岂在时日？我和两位虽然初次识荆，但对两位的侠名则是久仰的了。要是两位不肯赏我这个面子，我也无颜立足江湖了。”

陆敢当见他这样一个成名人物，对自己如此尊重，觉得有了面子，心想：“人敬我一尺，我敬人一丈。”便即说道：“彭大哥言重了。彭大哥名重武林，‘久仰’二字，应当由我来说才对。难得彭大哥如此好客，那我们也唯有恭敬不如从命了。”

他没征求师叔同意，就替李务实答应。李务实不觉眉头一皱，但他为人厚重，这个师侄又是新升长老的他的师兄石天行的得意门徒，他也不便扫陆敢当的面子。

彭大遒看出他心中不悦，连忙去奉承他，刚说了两句谄媚的话。李务实忽道：“听说彭先生在官场得意，此来张掖，不知可是有甚公干？”彭大遒暗吃一惊，装出诧异的神色道：“小弟浪荡江湖，素性不喜受人拘束，怎会跑去官场鬼混？李大侠，你是听谁说的？”

劳家兄弟也甚诧异，齐声说道：“李大侠，你恐怕是误听谣言了。要是彭大哥做了官，我们怎会不知？”要知崆峒派虽然没有禁止门人和官府来往的戒条，但由于掌门人丹丘生是和朝廷作对的侠义道，是以虽无明文规定，崆峒派的弟子亦知自律。

李务实淡淡说道：“我是听得辗转传言，既然并非事实，那或许是我听错了也说不定。”

彭大遒装作蓦然一省的模样，说道：“我虽然有几个白道朋友，但都是泛泛之交。看来这可能是他们放出的谣言，我倒要查究查究！”

陆敢当倒是觉得有点过意不去，心里想道：“在江湖上吃得开的成名人物，总得敷衍敷衍白道中人，有那么几个点头之交的白道朋友，也是不足为奇。李师叔听得风就是雨，挖苦人家，也不管人家面子上搁不搁得住。”于是说道：“像彭大哥这样望重武林的人物，也难怪白道中人争着要谬托知己。清者自清，浊者自浊，依小弟之见，彭大哥也无须小题大做了。”

彭大遒哈哈笑道：“清者自清，浊者自浊。陆兄说得真好，彭某谨领教益。”

李务实不好意思再说什么，唯有打算在无人之时，再劝这个师侄一劝了。

杨炎跟在他们后面，故意放慢脚步，迟半个时辰进城。好在云来客店是张掖最大一间客店，他随便向人打听，就找到了。

杨炎进去投宿，掌柜的赔笑说道：“客官，你来得不巧，小店刚刚客满。”

杨炎说道：“一间空房都没有吗？”掌柜说道：“空房倒是还有一间，但却是早已给人定下的。”这话说了等于不说。

杨炎说道：“我但求一个宿处，什么地方都可以。甚至柴房也无所谓。”掌柜有点不耐烦了，双手一摊，说道：“若然客官只求一个宿处，城中可以投宿的地方多着呢。纵然大小客店都满，民居也可借宿的。小店的柴房堆满柴草，客官你不嫌弃，我们也没工夫腾出来。”

杨炎忽地抓着他的手一摇，说道：“我就是喜欢你这家客店，你再仔细想想，说不定还有空房，你忘记了？”掌柜感觉掌心有物，以袖遮掩，偷偷一看，只见金光灿烂，竟是三颗金豆。他是张掖最大一间客店的掌柜，金子的成色，一看就知。他看出确是十足成色的真金，不禁又惊又喜，心里想道：“富商巨贾我也见过不少，出手这样豪阔的客人却还是第一次见到。”

他收起金豆，说道：“多亏客官提醒，我想起来了，不过——”杨炎说道：“还不过什么，只要有房间就行！”

掌柜的道：“客官，你真的不拘论是什么房间？”

杨炎说道：“别啰唆了，带我进去吧。”

掌柜也似乎“碍难启齿”，于是马上带他进去。

那间房间房门虚掩，一到门口，就闻得一股香味。香味颇怪，中人如醉，吸了一点，竟有懒洋洋的感觉。

学过武功的人，闻到古怪的香味本能就会提防。杨炎默运玄功，眉头一皱，问那掌柜：“什么香这样难闻。”掌柜怔了一怔，似乎有点诧异，说道：“这是福寿膏，客官，你没吸过？”

杨炎问道：“福寿膏是什么？”掌柜说道：“福寿膏就是鸦片。”心里颇为奇怪：一个有钱的大少爷，怎的连鸦片烟都不知道。杨炎哑然失笑，心想：“原来是鸦片烟，我还以为是江湖上下三滥用的迷魂香呢。不过房间里既然有抽鸦片烟的客人，这个客人自必是有钱的‘大爷’了，他又怎肯把房间让给我？”

心念未已，只听得掌柜已在轻轻拍了一下房门，低声唤道：“娘子，起床。有客人来了！”房门本来是虚掩的，用不着里面的人开门，他们便走进去。

只见一个肥胖的妇人，仰八叉地躺在床上，对着烟灯，呼呼虏虏地抽鸦片烟正在抽得起劲。

杨炎吃了一惊，那妇人也吓了一跳，连忙坐起身来，把手中的烟枪指着掌柜，“呸”的啐了一口，骂道：“你作死啦，为什么把客人带到老娘的房间来？”

掌柜说道：“这位相公给了我三颗金豆，你就让他借宿一宵吧。”

妇人盯着杨炎，又是吃惊，又是诧异，嗔道：“什么话？三颗金豆，你就把老娘卖了？”心想：“这小子倒还长得俊，不过做我的儿子可还嫌小！”

掌柜的笑道：“娘子，你别误会，我是说把咱们这间卧房借给他。”妇人道：“那我睡在何处？”掌柜说道：“你跟我在账房睡一晚吧。委屈点儿，明儿我给你买二两上好的福寿膏。”

妇人说道：“把金豆给我，我自己会买。”将他手中的三颗金豆全抢过去。掌柜叹口气道：“你抽少点儿行不行？”心想：“要不是你上了烟瘾，我也用不着贪人家的金子把卧房也让给人家了。金子虽好，传出去总是笑话。”

妇人说道：“客官，你抽福寿膏的吧？”杨炎说道：“我不抽烟。”

妇人笑道：“这就好了。老实说，卧房我可以让给你，这杆烟枪我可舍不得借给你。”她眉开眼笑地指挥丈夫替她搬走“随身应用”的东西，包括烟抢和烟灯在内。

掌柜说道：“多蒙相公看得起我们这间小店，这间房间还合意吧？”杨炎说道：“很好，很好。就只是烟味有点难闻。”

掌柜夫妇走后，他打开窗门，让烟味散发。忽听得彭大遒的声音道：“两位要不要到城中逛逛？”跟着听得李务实道：“彭先生请便，我们不想出去了。”原来李务实和陆敢当住的那间房间，正是和掌柜的卧房隔着一个内天井遥遥相对的。

杨炎急于打探“小妖女”的消息，待彭大遒和劳家兄弟离开这间客店之后，他也跟着离开。午后时分，距离晚饭的时间还早，那些江湖人物逛街的不少。

杨炎偷听他们说话，虽然他们也交谈江湖的见闻，但却没听见他们提及“小妖女”。不过杨炎也注意到一件事情，那些江湖人物很喜欢买干粮，张掖特产的杏仁饼和肉脯几乎给他们搜购一空，还有一种便于登山的“芒鞋”那些人也很喜欢买。

有一对师兄弟，师兄买了五对“芒鞋”，走出店铺，师弟说道：“师哥，咱们只两个人，买这么多芒鞋做什么？”师兄说道：“说不定咱们要在山上搜索五七天，我可不惯赤脚走路。再说必定有买不到芒鞋的朋友，咱们用不了做人情也好。”

杨炎听了他们的谈话，也进那间杂货店买“芒鞋”，果然已经卖完了，杨炎问店主道：“附近可有什么名山？”店主诧道：“你来买芒鞋，不是准备上祁连山的吗？城外面就是祁连山，听说山中许多名胜古迹，我可没有上过。”

原来祁连山绵亘甘凉之境，是中国西北部有名的大山。匈奴呼天曰“祁连”，古代所称的祁连山有南北之分，北祁连即今新疆之天山。在甘肃张掖县西南面的是“南祁连”，南北祁连相距亦数千里。要是从天山走到“南祁连”，普通人可得走半年。

杨炎说道：“我见许多人买这种草鞋，我也买来试试。原来他们是准备上祁连山的吗？”店主说道：“我猜大概是吧。有几个客人向我打听祁连山的情况，可惜我不知道。”

杨炎暗自想道：“莫非龙灵珠是躲在祁连山中？所以她的仇家才要准备干粮到山上搜索。不过她的仇家聚集了这许多人，料想也费了不少时日，他们怎拿得准她还是在祁连山上？”他不想惹起别人注意，也就无心再去打听了。在城中吃过晚饭，便即回转云来客店。

各怀鬼胎

客店里有一部分客人此时也正是刚刚吃过晚饭，聚在大堂闲谈。大家都是江湖人物，攀亲道故，不相识的也变成相识了。那种热闹的气氛好像是在办喜事。人群中也有彭大遒和劳家兄弟。杨炎恐防陆敢当出来趁热闹，悄悄地回自己房间。

李务实和陆敢当并没出去，杨炎竖起耳朵，留神听他们谈话。他是自幼练过听风辨器功夫的人，细小如梅花针之类的暗器，要是有人用来向他偷袭，他也会听得那微弱的破空之声。李陆二人虽然是在房间里小声谈话，他隔着一个小小的庭院也听得见。

只听得陆敢当说道：“师叔，你也未免太不近人情了，咱们接受人家的招待，你却连多说两句话也不愿意。彭大遒要给咱们介绍几位新朋友，你竟然装作听不见。弄得我也不好意思。”李务实哼了一声说道:“彭大遒能有些什么好朋友?在路上我不便说，现在我对你说吧。我知道得确实，彭大遒不但是黑道中人，而且是大内侍卫。他是杨牧的好朋友！杨牧是一等侍卫，他是二等侍卫。”

陆敢当吃了一惊，说道:“你是听谁说的?当真可靠吗?”李务实道:“绝对可靠，但是谁说的，我可不能告诉你!”陆敢当知道师叔不信任他，心里很不舒服，说道:“即使他是侍卫，和咱们也不相干。据小侄之见，只要咱们站得稳脚步，不是和他们同流合污，目前有一件事情，咱们倒不妨和他们合作!”

李务实怒道:“你说什么?和他们合作!”声调不觉稍为提高了!

陆敢当连忙说道:“师叔，小声点儿。他们都在外面，给听见了可不好意思。”李务实本来是个稳重的人，只因师侄太不懂事，他忍不住才发了脾气。此时一想，自己虽然不怕彭大遒，却也无谓得罪了他。于是便即压低声音道:“好，留到更深人静时候再说。如今我只要你明白我的意思，我不想和这些人合作，劝你也少点去沾惹这些人。”

李务实在房间里压低声音说话，外面却传来了轰闹的声音。

几个人同时在叫:“咦，田老二，你怎么弄成这副模样?”

“你们哥儿俩怎的这个时候才来，昨天你们不是已经到了武威的吗?”

跟着一个人大叫:“你们还问?气死我也，气死我也!”

原来是云中双煞到了。老大马犇还不怎样，不过衣裳沾满污泥而已。老二田耕可就真是一副“怪模样”了。他给杨炎打了八记耳光，脸上青肿未消，门牙又给打落两齿，说话变成“漏风”，嘶嘶声响，极为刺耳。

有人笑道:“田老二，你因何气成这样，我不问焉能知道?”又一个人竟似抱着幸灾乐祸的心情说道:“这倒奇了，你们云中双煞的威名谁不知道，哪一个胆大包天的小子敢给你们受气?”

彭大遒说道:“大家别闹，待我问个清楚。田老二，听说你昨天在武威给人偷了钱包，是不是因为此事生气?”他的消息最为灵通，云中双煞昨日在武威大闹酒楼之事，早已有人传到他的耳朵。

田耕哇哇大叫："那小子不但偷了我们的钱包，还偷了我们的坐骑！"

那个存心气他的人说道："哦，原来你们是步行来的，怪不得现在才到。不过，田老二，你越说我可越糊涂了。钱包给人偷去还不足为奇，但你们骑着马走，却怎能给人偷去？"另一个人道："这个'偷'字恐怕也要改为'抢'字吧？田老二，说老实话，你是不是给那小子打了一顿？"

田耕老羞成怒，喝道："好呀，老子吃了亏，你们倒开心了！"

彭大遒连忙劝架："大家自己人，莫伤了和气。田老二，我们都是想帮你的忙的。这位朋友多问几句，无非也是想弄清楚而已，你别误会。"那个人也觉得开玩笑开得有点过分，向田耕赔个礼道："田老二，你吃了亏，我们心里也难受的。不过要是不问清楚那个小子是何方神圣，我们又怎能帮你的忙？"

田耕羞得满面通红。马犇说道："惭愧得很，这小子的武功来历，我们一点也看不出来。不过，这小子抢了老二的坐骑的，料想他早已到了此地了。我正想请问各位，不知有谁可曾见过这个小子？这小子大约是十八九岁年纪，肤色比一般人黑些，不过长得倒很秀气，鹅蛋形的脸孔，有一对大眼睛。"

那些人听得令云中双煞吃了大亏的人，竟然是个二十岁都还未到的"小子"，不禁相顾骇然！

杨炎刚才进入客店之时，那些人是已经聚在大堂闲谈的。杨炎只道田耕一说出他的模样，一定有人抢着回答了。不料竟是没人作声。原来那些人刚才谈得兴高采烈，而他的服饰又像是个在客店里打扫的小厮，是以谁也没有留意他。

杨炎松了口气，心想："幸亏我向掌柜求宿的时候，没人在旁。"哪知心念未已，便听得劳福庇说道："唔，你说的这个小子，我倒好像见过。"原来他在弱水划船之时从杨炎船边经过，对杨炎稍为有点印象，杨炎刚才进来，他因为曾在河上见过杨炎，不知不觉也看了他一眼。只是当时并没放在心上而已。

马犇大喜道："你在哪里见过这个小子？"劳福庇道："我们渡过弱水之时，碰见一个少年，模样倒有点像是……"

他本来准备说出"疑犯"就在这客店之内的，刚说到一半，彭大遒忽地哈哈一笑，打断他的话道："劳兄，你说的那个少年我认识的，他绝对不是偷了田老二钱包那个小子！"杨炎听了不觉一怔："怎的他会认识我？他又凭什么断定我不是那个'小子'？"

只听得彭大遒继续说道："那少年姓甚名谁我倒忘记了，不过我记得去年在义乌给黑石庄的雷庄主祝寿之时是曾见过他的。他替雷庄主做知客，料想是雷庄主的门人弟子。"

有人问道："彭大哥，你说的这位雷庄主可是浙西的武林前辈雷霆？"彭大遒道："不错。义乌虽是浙西的一个小县份，这位雷庄主可是名头不小，去年他做五十大寿，贺客少说也有一千多人。帮他做接待客人的知客没有一百恐怕也有八十。这些知客我认识的很少，不过他们倒是许多人认识我，我一到黑石庄，就不断地有人走来递茶递烟，对我殷勤招待。我也记不得那么多名字。"这番话说得合情合理，以他的身份，交游这么广阔，能够令他记得牢牢的当然是江湖上成名人物，而不会是名不见经传的"小脚色"。

彭大遒继续说道："我就是因为记不起他的名字，所以在河上碰见他的时候，虽然觉得此人似曾相识，却是不好意思和他招呼。"

田耕说道："这种未入流的小脚色也值不得彭大哥多耗精神和他结交。既然不是那个小子，咱们也就不必再谈他了。"

劳福庇本来想说出那个少年就在这客店中的，此时已经知道这个少年并非"疑犯"，只是一个"未入流的小脚色"。"一个未入流的脚色"谁也不会有兴趣的，他当然不会再说下去了。

杨炎暗中偷听却是诧异无比，心想："我从未到过义乌，更不认识什么黑石庄庄主。奇怪，为什么彭大遒给我遮瞒？我可不相信他真的曾在义乌碰上一个形貌和我那么相似的人。"

云中双煞中的老大马犇为人精细，心里可有点起疑："以彭老大的身份，劳福庇看错了人，他只须简简单单地说两个字'不是'就行了。何必多费唇舌替一个未入流的小脚色解释？"

彭大遒笑道："你们不必担心没有钱花，失了多少银子，我赔给你们。房间我已经替你们准备好了，你们先去歇歇吧。"

在普通情形，云中双煞是不该把所失的银子如实报出来的，但马犇却道:“银子倒没很多，不过有几十颗金豆给那小贼偷去。要是追不回来，那可太便宜他了。”

彭大遒笑道:“小意思，这点金子我还赔得起。”田耕说道:“我可怎好意思要你的金子，而且太过便宜那个小贼了。”

彭大遒道:“朋友有通财之义，这几十两金子你们暂且拿去用。不会便宜那小贼的，包在我的身上，给你追回来就是。”他把一叠金叶塞到田耕手中，少说也有二三十两，田耕不作声了。

那个掌柜坐在柜台里面打算盘，竖起耳朵来听，越听越是吃惊。心里想道:“那个‘小财神’的金豆莫非是偷来的?”

马犇忽地走近柜台，伸手进去，一把将他揪着喝道:“那个小贼你有没有见过，快说实话!”掌柜颤声叫道:“我、我没见过!”马犇喝道:“你没见过，为何脸有惊惶之色?是不是你接了他的赃物，将他藏起来了?”

这掌柜也算老奸巨猾，连忙叫起撞天屈来，说道:“我是正当商人，怎会偷接贼赃?只因我们这个地方，太平久了，像你老说的那个小贼如此猖狂，我们许多年都未听过，是以难免有点吃惊。”要知他业已横财到手，只怕说了出来，那三颗金豆就要给失主当作贼赃追回去。得而复失事情还小，更怕甚至因此惹上官非。

彭大遒上前去将马犇拉开，笑道:“马大哥，你错怪好人了。这掌柜我知道他的为人，他为人最是谨慎，稍为有点可疑的人他也不敢留客的，再说，那小贼本领不弱，自必也是江湖上的行家，他偷了你们的金子还不远走高飞?这间云来客店是张掖最大的客店，这两天又正有各方朋友前来，你想他会这样傻跑到这里来自投罗网?”

彭大遒出头说情，马犇自是不便再向那个掌柜追究，不过他心中的疑团可未消除，说道:“彭大哥，不是我心疼那点金子，只因那小贼太过气人，我非抓着他不可。一时心急，口不择言，得罪了你的朋友。彭大哥，你莫见怪。”他这‘朋友’二字可是语带双关，可以解释为指那个掌柜，也可当作是指那个‘小贼’。别的人听不懂，彭大遒则是当然听得懂的。

彭大遒哈哈一笑，说道:“马老大，你放心。我答应替你们查究此事，就一定会做得到。你们先歇息一会，今晚请到我的房间，我有话和你们说。”

马犇七窍玲珑，一点即透，说道：“好，那么待会儿我再向彭大哥领教。”

彭大遒道：“明天说不定会有事情发生，大家早点睡吧。”云中双煞首先离去，没多久，其他的人也各自回房间了。

杨炎躺在床上闭目养神，越想越是觉得古怪。彭大遒分明是在暗中“庇护”他，为什么呢？想来想去想不通，只好不去想它。专心一志地听隔着院子的对面那间房间的谈话。约莫二更时分，他听见李务实和陆敢当说话了。不过好像是咬着耳朵说话，他的听觉虽然敏锐，也听得不大清楚。

庭院中有两个高逾人头的大水缸，这两个大水缸正是放在李陆那间客房的后窗。杨炎悄悄出去，躲在水缸后面偷听。

只听得陆敢当说道：“师叔，他们说的那个小贼我也留意到了。我知道他住在这间客店。但有一点我弄不明白的是，不知彭大遒是认错了人，还是故意说谎？”

李务实道：“彭大遒说了什么谎话？”

陆敢当道：“他在外面向掌柜求宿之时，我听他的口音一点不像江南口音。假如此人当真是黑石庄庄主雷霆的门人弟子，他的口音就不该带有回疆的汉人口音。”

杨炎暗暗吃惊，这才知道他们刚才虽然是躲在房间之中，却也早已留意自己的。“我只道陆敢当是个草包，却原来颇为精明。好在他只是怀疑我的口音，还未认出是我。”他想。心念未已，只听得李务实说道：“别人的闲事，你又何必多管？”

陆敢当道：“只怕不是别人的闲事，而正是咱们要管的事！师叔，我怀疑这小子就是杨炎！”李务实道：“我看不大像。”陆敢当急道：“他现在已经长大成人，相貌当然不会和小时候一模一样。但依我看来，他也依稀有点小时候的影子。而且口音也对，我看一定是他！”

李务实道：“不管是不是他，我都不许你鲁莽从事！”其实他亦是早已看出是杨炎了，只是怕师侄把事情弄糟，才不敢说。

陆敢当道：“咱们不正是为了要抓这个小子，才跑来张掖的吗？你我要我怎样谨慎从事？”

李务实道：“我倒要先问问你，你意欲如何，马上冲进他的房间去抓他吗？”陆敢当道：“师叔，你别激我，我知道我的武功比不上杨炎这小子，甚至咱们二人联手，也未必对付得了他。”李务实道：“你知道就好。”

陆敢当道：“这小子辱我师兄，伤我师父，如今明知他在这间客店，难道就眼睁睁地放过了他？”李务实道：“不放过他又怎么样？”

陆敢当道：“咱们虽然未必对付得了这个小子，但还是有办法可想的。”李务实道：“什么办法？”陆敢当道：“彭大遒这班人是冲着那‘小妖女’来的，这小妖女也是咱们天山派的仇人！为什么咱们不可以和他们合作？”

李务实道：“哦，说来说去，你还是想请彭大遒这班人来帮你的忙！”

陆敢当道：“这是互相帮忙，谁也不欠谁的人情！据我所知，明天他们就要进祁连山搜捕那个小妖女，咱们请他们先助咱们一臂之力，咱们也答应明天帮他们的忙！”

李务实冷冷说道：“你的如意算盘打得不错，但我可不能这样做！”说话的声音虽小，话中的火气可大！

陆敢当心里也不服气，说道：“师叔，咱们原来的计划不是想利用这班人替咱们找到那小妖女，然后着落在那小妖女的身上去找杨炎的么？如今不用这么费事，便可一举两得……”

话犹未了，只听得李务实已是沉声说道：“我不是早已告诉了你吗？彭大遒是大内侍卫，是杨牧的好朋友！”

陆敢当道：“不错，这是你刚才告诉我的。但在你定下这计划之时，你是早已知道彭大遒的来历了吧？”

李务实道：“我可并不是要和他们合作，我只是要从他们的行踪打听那小妖女的下落。他们干他们的，咱们干咱们的！一发现那小妖女，咱们就可以先下手为强！”

陆敢当道：“不过那小妖女易抓，杨炎这小子可难对付。只要不是同流合污，咱们又何须避忌在这件事情上和他们合作？至于说到彭大遒是杨牧的好朋友，咱们可以不必告诉他这个小子就是杨牧的儿子。”李务实道：“你想过没有，这样做是毁了咱们天山派的声誉！”

陆敢当佛然不悦，说道：“师叔言重了吧？这不过是一时的权宜之计，何至于影响本门声誉。依小侄之见，拿不到叛徒，这才是有失本门声誉呢！”

李务实道：“咱们天山派虽然没有高举义旗反清，可也是和反清的侠义道走一条道的！不错，清理门户固然紧要，但更紧要的是保持侠义道的英名清誉！和清廷的鹰爪合作成什么话？要是你不服气，回山之后再请掌门评理！但现在你必须听我的话！”

李务实是从来没有发过这样大的脾气的，说话声音虽小，每一个字都好似在陆敢当头顶爆炸的焦雷。陆敢当给他骂得几乎发昏，但经他一骂，他的嚣张气焰倒是不敢不收敛了，心中哑忍，低头说道：“你是师叔，我当然只能听你吩咐。”

他们的谈话告了一个段落，没有再说下去了。杨炎正想回转自己的房间，忽又听得另一间客房有人说话。“彭老大，你这是什么意思？我可弄不明白！”是云中双煞中老二田耕的声音。

彭大遒的房间在客店西翼，和杨炎此刻所在之处，隔着十几间房间之多。但由于田耕说话粗声粗气，给杨炎听见了。

杨炎瞿然一省，想起彭大遒约了云中双煞在晚上到他房间谈话之事，当时云中双煞正是要追查他的下落。“莫非他们此刻就正在谈论我的事情？”他竖起耳朵，只是隐隐听得彭大遒“嘘”了一声，由于距离较远，底下的话听不见了。

杨炎立即施展轻功，悄悄地到彭大遒那间房间的后窗偷听。

只听得彭大遒说道：“小声点儿，提防隔墙有耳！”

田耕说道：“对面房间住的是何老三，左面邻房住的是饮马川牛寨主。右面邻房住的是贺庄主，斜对面房间住的是黑风林古寨主，这些人不都是你彭老大的好朋友么？”

彭大遒说道：“好朋友中也有亲疏之分，这件事情，我不想给不相干的人知道。”田耕听得甚为舒服，说道：“多谢彭大哥把我当作自己人，但我还是不懂你的葫芦里卖的是什么药？你说过肯帮我们的忙追查那个小贼的，为何现在却又劝我们不要把此事张扬出去？”

彭大遒道：“俗语说：家丑不外扬，你们吃了亏，何必给外人知道。”田耕面上一红，说道：“我也并非逢人就说的。只是向道上的朋友明查暗访又有何妨？”彭大遒道：“我更说得明白一些，此事我不但希望你们别再张扬，而且希望你们别再自行查究！最好你们当作根本没碰过这个小贼，把他忘了！”

田耕气往上冲，说道：“我给这小贼打了八记耳光，掉了两颗门牙，此仇此恨，怎能忘了？”

彭大遒道：“君子报仇，十年不晚。你就当作给我一个面子吧，以一年为期，别再自己查究此事！”田耕道：“为什么？”彭大遒道：“难道你们信不过我？”田耕说道：“彭大哥，我当然相信你会为我们尽力，但多一些朋友帮忙查究不更好么？”

彭大遒眉头一皱，说道：“怎的你还是听不懂我的意思？我叫你们不要张扬，为的就是不想给更多的人知道！”

马犇忽道：“彭大哥，你既然把我们当作自己人，请你实话实说，这小贼是不是你的朋友？”

彭大遒道：“恐怕还不能算是朋友！”

田耕说道：“是就是，不是就不是。恐怕不能算是，什么意思？”彭大遒道：“这小贼或者和我有点关系，但我未敢断定。”

田耕说道：“如此说来，你是早已知道这个小贼是谁的了？”彭大遒道：“我不妨和你们说实话，我不是‘已经知道’，而是已经猜想得到他是谁？”

云中双煞不觉齐声问道：“是谁？”

彭大遒道：“据我所知，江湖上新近出现两个武功高强的年轻人，因此据我猜想，能令你们云中双煞吃这么大亏的必定是其中之一。”马犇问道：“这两个人是——”彭大遒道：“一个是齐世杰。”田耕说道：“齐世杰我知道。他是辣手观音杨大姑的儿子，听说关东大盗尉迟炯也曾败在他的手下。倘若是他，我们只有自认倒霉了。”

马犇说道：“不会是他。杨大姑以六阳手的功夫驰誉江湖，但那小贼用的功夫我还可以看得出来，绝不是六阳手。”

彭大遒道：“我也猜想不会是齐世杰。第一、作风不对；第二、年纪不对。”

田耕说道：“什么作风不对？”彭大遒道：“我虽没见过齐世杰，但听得人家说，他是个年少老成的君子。”

田耕说道：“君子又怎么样？我就最讨厌那些自命为知书识礼的君子。”彭大遒笑道：“咱们讨厌君子是另一回事。但以他这样的为人，就绝不会胡闹的。偷你们的钱包，那更是不会了。”

“第二，据你们所说，那个小贼不过十八九岁年纪，齐世杰据我所知大概已有二十七八岁了。”

田耕说道：“另一个本领高强的少年又是谁呢？”

彭大遒道：“这人的年岁倒是相符了，而且他的武功听说是比齐世杰还更高明的。”

田耕吃了一惊，问道：“比齐世杰还更高明，到底是谁，你快说吧！”彭大遒说道：“这个少年名叫杨炎。”

云中双煞不觉都是一怔，齐声说道：“杨炎，这个名字我们可从来没有听过。”

窗外偷听的杨炎不觉也是一惊，心道：“这彭大遒好厉害，我终于给他识破。”心念未已，只听得彭大遒已在继续说道：“杨牧这个人你们知不知道？”

云中双煞齐声说道：“保定名武师杨牧我们怎能不知？他是辣手观音的弟弟，但在十多年前已失了踪。”

彭大遒道：“不是失踪，是和我一样当上了大内侍卫！”马犇恍然大悟，连忙问道：“你说的这个杨炎是杨牧的什么人？”

彭大遒缓缓说道：“正是他的儿子。”马犇苦笑道：“原来如此，怪不得你不许我们查究了。”彭大遒说道：“你们不要误会，不错，杨牧是我的朋友，但我和你们也是朋友，并无亲疏厚薄之分。我并不是为了杨牧的缘故袒护这个小贼。”马犇说道：“那是为了什么？”彭大遒道：“为了一件十分重要的事。请恕我现在是不能告诉你们。”田耕是个粗汉，只道他藉词包庇杨炎，愤然说道：“彭老大，

窗外偷听的杨炎不觉一惊，暗道：“彭大遒好厉害，我已被他识破了。”

你不方便说那也不必说了。总之我们自认倒霉好啦。”

彭大遒笑道：“田老二，你别生气。我并非不许你报仇，一年之后，你们要是找他算账，我非但不会袒护他，还可以暗中帮你的忙。”田耕诧道：“为什么必须等到一年之后？”

彭大遒知道他的脾气，要是不让他略有所知，只怕他还是不甘罢手的。怕他误了大事，只好说道：“这一年的期限我不是胡乱说的。因为我们要利用杨炎去办一件事情，这件事情非同小可，也只有他才能办成功的。不是我不相信你们，但我曾奉了严令，要是我泄漏出去，我的脑袋不保！估计一年之内，杨炎当可办到此事，那时再告诉你们不迟。”

杨炎听了这话，不觉呆了。心想：“彭大遒说的这件事情自必是指刺杀孟元超之事了，原来他们是要利用我的！”

不过他是亲口答应了父亲愿意去做刺客的．而且在他心目之中，也还是把孟元超当作仇人的。他只能往“好处”着想了：“对彭大遒而言，孟元超是他们必欲杀之而后快的，他们没有这个本领，当然是想利用我了。但对爹爹而言，他不会是想‘利用’我好让他升官发财吧？他答应过我的，只要我杀了孟元超，他就与我遁迹深山，父子相依，过这一生。杀孟元超不过是我们父子复合的一个条件而已。

但这只是我们父子之间的密约，为什么他要去告诉彭大遒这个家伙呢？”

彭大遒缓缓说道：“你们有所不知，这客店里有两个人正是杨炎这小子的对头，别的人或许不愿意得罪杨牧的儿子，他们却是连杨牧也不放在眼内的。万一给他们发现这个小子，这个小子立即就要被他们抓去。”

田耕问道：“那两个人是谁？”马犇已经猜到几分，说道：“可是李务实和陆敢当这两个人？”彭大遒道：“不错。”

田耕问道：“为什么他们要抓这个小子？”彭大遒道：“因为杨炎是天山派的弟子。”田耕诧道：“李务实和陆敢当不正是天山派的吗？”彭大遒道：“是呀，陆敢当也还罢了，李务实可是天山派有数的人物呢！他和天山四大弟子同一辈分，据说他的武功也是不在天山四大弟子之下的!”

田耕说道:“那我就更不懂了，这小子既然是他的同门晚辈，为何他要抓他?”

彭大遒道:“其中缘故，我也知道得不是十分清楚。不过我确实知道的是:这小子也不知为什么缘故，打伤了天山四大弟子的第一号人物石天行，这还不算，他还把石天行儿子石清泉舌头割掉了。”

云中双煞听得相顾骇然。

半晌田耕咋舌说道:“这小子连本门师兄的舌头都敢割掉，我给他打了几记耳光，倒是算不得什么了。”

彭大遒道:“你懂了吧，这小子背叛师门，李务实自是要把他抓回去清理门户。他活不成不打紧，误了大事可就糟了。”

马犇说道:“如此说来，李务实是冲着这小子而来的了。他怎的会知道这小子会在张掖出现呢?”彭大遒道:“我猜他是来碰碰运气。”田耕道:“什么叫做碰碰运气?”彭大遒道:“据我所知，那小妖女也曾得罪过天山派的人。听说杨炎这小子似乎和那小妖女也有一点交情。”马犇说道:“若然如此，咱们倒要提防这小子和那小妖女联手了。”

彭大遒道:“不错。当务之急，第一是要替那小子遮瞒，别让李务实知道他就在此地;第二，就是你说的提防他们联手了。”

马犇说道:“我以为还有一个第三——”

彭大遒道:“请指教!”

马犇低声说道:“最好是咱们说得动李务实和咱们联手对付那小妖女，另外再想个法儿把那小子吓走。”

彭大遒笑道:“我不敢以英雄自居，但这可正是应了一句老话:英雄所见略同了。实不相瞒，我一碰上李务实就有这个打算。你们在这里等我，我现在就去找李务实密谈。”

杨炎贴着后窗墙角，好在彭大遒是从房门出来，没发现他。

杨炎待他走了一会，悄悄地回去李陆那间房间窗外偷听。

房间里静悄悄的唯闻鼾声，里面的人似乎睡得正沉。虽然没有灯火，他也听得出并无第三个人在这房间里面。以他内功之深，听觉之灵，除非彭大遒不呼吸，否则一呼吸，他就听得出声息。

他料想彭大遒对李务实正有所求，亦无趁他熟睡暗害他的道理。那么彭大遒是去了哪里呢?

他心念一动，不再偷听，悄悄地回转自己的卧房。

不出所料，彭大遒果然是躲在他的房间。他在外面听出声息，倏地穿窗而入，便向彭大遒扑去。

彭大遒偷入杨炎房间，不见有人，心中也是正在惊疑不定。杨炎这一下来得大出他的意料之外，学武的人，骤然遇袭，反击乃是本能。

他一觉劲风飒然，反手便是一抓。他练的是大力鹰爪功，这一抓有开碑裂石之能，委实非同小可!

可是他这“非同小可”的鹰爪功，碰上了杨炎，却是有如老鼠碰上猫儿，碰上克星了。一抓抓去，好像抓着一团棉絮，说时迟那时快，杨炎的三根指头已是反扣他的脉门。彭大遒大惊之下，连忙说道:“杨炎，我是你爹爹的朋友，你莫声张!”要知在这间客店的人，他业已知道的本领最高的李务实，本领也不过比他稍胜一筹而已。能够一个照面，就将他克制得不能动弹的人，除了杨炎，还能是谁?

其实杨炎之所以能够迅速制胜，那是因为他早有准备，一个在“光”，一个在“暗”之故。杨炎扣着他的脉门，见他居然能够忍受，也是有点始料之所不及。当他扣着彭大遒脉门之时，心里还有些害怕他会叫出声的。但要制服彭大遒的鹰爪功，却是不能不用此招。

这霎那间，杨炎转了几个念头，终于放松指力，故意在彭大遒耳边低声说道:“你是谁?”

彭大遒道:“这里不是说话处所，你跟我来!”杨炎说道:“好，不管你是谁，我也不怕你的暗算。走吧!”

他们刚刚跨出院子，大水缸后面，突然跃起两条黑影。原来李陆二人乃是假装熟睡，杨炎制伏彭大遒之时，虽然极力避免弄出声响，毕竟还是给他们听见了。

阻止杨炎逃走，这是陆敢当的主意。由于事情的变化出乎李务实意料之外，虽然他本来是打算等待孟华来到才动手的，此时也只能同意师侄的主张了。

陆敢当恃着有师叔做靠山，以为杨炎虽然能够伤他的师父，那不过是师父手下留情，偶一不慎，受他暗算而已。他可尚未相信杨炎真的有胜过天山四大弟子的功力。他暗中偷袭，一出手就是天山派追风剑法的绝招，以指代剑，戳向杨炎胸口要穴。出指之后，方始喝道："你这小子，还想跑么？乖乖地跟——"

话未说完，陆敢当忽如着了定身法似的，目定口呆。原来他骈指如戟，此际已是点着了杨炎胸口的璇玑穴。杨炎默运玄功，胸肌内陷，将他双指牢牢吸住。陆敢当以剑法化为指法的这一招，力贯指尖，胜于利剑。但也正因为他用到了十成功力，一被吸住，登时浑身瘫痪，根本就没有多余的气力可以使出来了。

杨炎恼他出手狠毒，有心丢他的脸，一把他抓了起来，"卜通"一声，抛入大水缸中。

另一边李务实和彭大遒亦已交上了手，黑暗中彼此都知道对方是谁，却不道破，只是哑斗。

彭大遒一抓之下，李务实掌势斜飞，用个"卸"字诀，把他的鹰爪功化解于无形。说时迟，那时快，第二招便向他的琵琶骨劈下。琵琶骨一碎，多好武功，也要变成废人，彭大遒焉能容他劈着？他身为大内侍卫，身手确也不凡，百忙中滴溜溜一个转身，避招进招，反抓李务实小腹。双方变招都快，李务实小臂一弯，掌势后发先至，彭大遒若不收招，手臂先要给他折断。

"蓬"的一声，双掌相交，彭大遒缩掌应招，给李务实占了便宜，李务实功力本在他上，得势不饶人，左掌一扬，立即向他颈项斩去。这是从天山剑法中变化出来的"斩龙手"绝招，倘若给他劈着颈背，彭大遒纵然有一身横练功夫，不死也得重伤！

彭大遒给他的掌力震得身形摇晃，这一招凭自身本领是无论如何都避不开了。他倒吸一口凉气，只道要糟。就在这电光石火之间，忽地感觉身子一轻，跟着便似腾云驾雾一般飞起。

原来杨炎抢快一步，将他提起，抛出墙外。这一抛力道恰到好处，彭大遒就像给人轻轻放下一般，脚尖着地，毫发无伤。

杨炎对李务实较有好感，不愿伤他。挥袖一拂，同样使个“卸”字诀，把李务实这一招“斩龙手”的力道带过一边，说时迟，那时快，他也跟着跃过墙头了。李务实脚步踉跄，心头大骇。暗自想道：“原来这小子果然是有非凡的本领，他胜丁师兄可并非侥幸得来。”只能把师侄从大水缸里救出来再说了。

杨炎和彭大遒跑出了云来客店，跑出了张掖县城。杨炎跑在前头，不和彭大遒说话，只是飞快地跑。彭大遒本来是练大力鹰爪功的，但此时使出了吃奶的气力，方始勉强跟得上他。

彭大遒跑得气喘吁吁，心中暗自埋怨：“这小子不知是不懂世故，还是有意考较我的轻功？”这次是他约杨炎出来，依据常理而论，应该由他选择地方才对。如今杨炎跑在前头，也不问他要去什么地方，身为“小辈”，如此自作主张，纵然并无恶意，亦是有失礼貌，对长辈不够尊重的了。

若在平时，换了个人如此对待他，只怕他早已疑心大起。但此际他虽然有点不大高兴，对杨炎却没起疑。要知他刚才死里逃生，乃是全凭杨炎之力。他还焉能对杨炎有所怀疑？

诱逼兼施套口供

祁连山离城不过十里之遥，杨炎一口气跑到山脚，方始停步。“这里方便说话吗？要不然咱们到山上去。”杨炎问道。

东方天色刚露出鱼肚白，路上还没行人。彭大遒喘过口气，背靠一棵树坐下，说道：“好，就在这里好了，用不着上山啦。世兄，多谢你刚才助我一臂之力。”

杨炎淡淡说道：“你现在就称呼我做世兄，未免早了一点。”彭大遒愕然说道：“你不相信我是令尊朋友？”杨炎说道：“不是不信，否则刚才我也不会帮你的忙了。不过人心每多险诈，我也不能不提防受人欺骗。”

彭大遒道：“我和令尊都是暗中替皇上办事的大内侍卫，同事已有十多年了。”杨炎说道：“我爹爹做大内侍卫，知道的人虽然不多，也还是有局外人知道。再说即使你和他同事十年，也不见得就是他的好友。”

彭大遒道："令尊和你是在保定的海神庙父子相认的，知道这件事的人你该相信是令尊的心腹之交了吧？"

杨炎说道："你倘若当真是家父的心腹之交，似乎还应该多知一些秘密？"

彭大遒是条老狐狸，听他这么一说，不觉暗自想道："听他的口气似乎是想逼我说出我已知道他的父亲要他去刺杀孟元超的秘密，莫非他已偷听到了我和云中双煞的谈话？这小子是正是邪，连他的老子都还捉摸不透，我可得善为饰辞才好。"

"知是知道的，不过我不敢说。"彭大遒道。

"为什么不敢说？"杨炎冷冷问他。

彭大遒道："嘴上无毛，说话不牢。我怕你年纪太轻，泄露秘密。"杨炎哈哈笑道："这倒奇了，有关我自己的秘密，你不说我亦早已知道。何须你告诉我我才能泄露出去。"

彭大遒道："这是有关令尊的秘密，只怕你也未必全都知道。"杨炎说道："你说来听听，我保证守口如瓶。"

彭大遒道："你知道令尊为什么要你刺杀孟元超吗？一来固然是为了家仇，二来也是借此脱离苦海。"杨炎说道："脱离苦海，这是什么意思？"彭大遒故作神秘地小声说道："令尊早已不想干这暗中帮皇上卖命的勾当了，他的心事只有我知道。实不相瞒，我也有同样的心思。"

这番言语倒是和杨牧骗儿子的说话相符，杨炎不禁半信半疑，暗自想道："这厮自称不愿充当鹰爪，多半乃是谎话，但爹爹有此心事，却可能不假。"当下淡淡说道："对我来说，这也不是什么秘密，爹爹早已告诉我了。"

彭大遒继续说道："唉，你爹爹用心良苦，我知道他尚未曾完全告诉你的。"杨炎说道："他都对你说了？"彭大遒点了点头，说道："不错，他只告诉我一个人。不过，要你行刺孟元超的秘密，他不但告诉了大内总管，而且还要我故意多告诉几个人的。"

杨炎冷冷问道："这又是为了什么？"彭大遒道："你不懂得，辞官事属寻常，唯有我们这一行，可不能说不干就不干。"杨炎问道："那又怎样？"彭大遒道："所以他必须先立下一件大功，取信于大内总管，逃跑才容易一些。逃跑之后，大内总管念在他曾为皇上立下大功的份上，这也才或许可以免予追究。”

杨炎说道：“辞官也要逃跑的么？何以平时又不能逃跑？”

彭大遒笑道：“所以我说你不懂就是不懂，干我们这行是互相监视的，若然形迹可疑，监视就更严密。倘若当了十年大内侍卫，未立过一件功劳就潜逃的话，更一定会被怀疑是来‘卧底’！我知道你本领高强，但若是大内总管决心追究，只怕你纵然保护得了令尊，这麻烦也够你受了！”

杨炎说道：“因此他要告诉大内总管，表白他对皇上的忠心？”彭大遒道：“不错。不过这个‘忠心’其实乃是假意。”

杨炎说道：“为何他又要让你告诉别人？”彭大遒道：“世兄，你这样聪明，应该猜想得到。”杨炎说道：“我就是因为莫测高深，才来问你。”彭大遒这才皮笑肉不笑地打了个哈哈，说道：“和告诉大内总管的用意一样，要别人相信他真的是要为皇上效忠。这样，传到总管的耳朵，总管就更加相信他了。这次我来张掖，也是出于令尊的主意。本来大内总管要他来的，他推荐我。”

杨炎道：“为了让你可以替他说出他不便说的话。”彭大遒道：“不仅如此。我早已对你说过，我和他抱着同样心思，不想干这替皇帝卖命的勾当的。他推荐我跑这一趟，也好让我沾点功劳。因此，在我故意泄露他的秘密之时，我也得顺便加油添醋，表白我自己对皇上的忠心，说成我们是要利用你去刺杀孟元超。其实你也自必知道，我说的乃是假话。一定要说是‘利用’，那也只是指望借你之力，帮助我们脱离苦海。绝对不是要‘利用’你来升官发财。”他料想杨炎已经偷听了他和云中双煞的对话，不待杨炎质词，便即装作倾吐腹心的模样，自我表白。

杨炎心中偷笑：“你这厮当我是三岁婴儿，说这鬼话骗我。哼，你这条老狐狸，说不定是连我爹爹也一起骗了，待会儿我慢慢消遣你！”不过他只是不相信彭大遒，对自己的父亲，可还是只从“好处”着想，多少仍有几分相信。

彭大遒道：“世兄，你在想些什么，还未相信我吗？”

杨炎说道：“信、信，我怎能不相信爹爹的朋友！不过我相信你，就不知你相信不相信我。”彭大遒道：“贤侄，你说这话是什么意思？”从“世兄”改称“贤侄”，把关系又拉近一层。

杨炎说道：“没什么，只是希望你对我说真话。”

彭大遒道：“这个当然，我怎能骗老朋友的儿子。贤侄，你要知道什么？”杨炎说道：“你约我出来做什么？不仅仅是为了把爹爹的心事告诉我这样简单吧？”彭大遒道：“实不相瞒，这次我们跑来张掖，是为了对付一个姓龙的小妖女的。”

杨炎曾向云中双煞盘问有关“小妖女”之事，彭大遒想他已经知道，是以不再隐瞒。说罢，留心看他反应。只见杨炎淡淡说道：“是不是你们害怕打不过那小妖女，要我帮忙？”彭大遒道：“不是。我们的人手已经足够，除了劳家兄弟和云中双煞这班人之外，还有许多武林中的成名人物，例如令师叔李务实就是其一。小妖女纵有三头六臂我们也对付得了。”

杨炎说道：“那你约我出来做什么？”彭大遒道：“只是想劝贤侄快快离开此地，免致招惹麻烦。令师叔已经和你交上了手，一定知道是你的了。”杨炎说道：“我本来要明天一早就走，现在偏不想走了。”

彭大遒看他一看，忽地似笑非笑地问道：“贤侄，这个姓龙的小妖女是不是你的朋友？”杨炎说道：“是又怎样？不是又怎样？”彭大遒说道：“倘若不是，我们就可以毫无顾忌地对付她。倘若是的话，嗯——”杨炎道：“那又怎样？”关心“小妖女”之情，已是现之辞色。

彭大遒缓缓说道：“倘若是的话，那自然另当别论了。”

杨炎道：“如何另当别论？难道你们就肯因我之故，放走了她？”彭大遒道：“众怒难犯，这小妖女得罪了许多人，我一个人要放她，也是做不了主。不过我还有办法帮她的忙，我可以暗中先通知她，叫她躲到别处。”

杨炎说道：“你当真愿意为我这样做？”彭大遒道：“假如她当真是贤侄的朋友，多大的风险，我也甘愿担当。”

杨炎明知他是口不对心，用意无非想骗自己快点离开而已。但他也不拆穿，对彭大遒的一再探听他的口风，也不答复“是”或

"否"，却反问彭大遒道："这姓龙的小妖女曾经得罪过你么？"彭大遒道："这倒没有。"

杨炎继续说道："据我所知，云中双煞也没有见过这小妖女的，为何你们都要联手对付她呢？"彭大遒道："这个、这个……"杨炎冷冷说道："别忘了你答应过我说真话的！"

彭大遒半晌说道："本来我是不能对外人说的，贤侄问起，我不能不说，实不相瞒，我是奉命而为。"

杨炎道："奉谁之命？"

彭大遒道："奉大内总管之命。"一副逼不得已，方肯吐露的神气。

杨炎说道："这小妖女是背叛朝廷的钦犯么？"心想："龙灵珠和我说过她的身世，她从小就和母亲逃难北方，最近方始回转中原。她虽然喜欢捉弄武林中的成名人物，但却似乎扯不上背叛朝廷之罪。"但不知怎的，他却很希望从彭大遒的口中吐出一个"是"字。

和他的希望相反，彭大遒哈哈笑道："贤侄太抬举她了，她还够不上做钦犯呢。若说背叛朝廷，令师叔李务实的嫌疑比她大得多了，但也还够不上钦犯的资格。"杨炎说道："然则大内总管为什么要下令捉她？"彭大遒道："这就不知道了。我不过是个二等侍卫，只知奉命而为，怎敢去问总管？"

杨炎说道："云中双煞和劳家兄弟这班人是不是你请来的？"彭大遒道："不是。"杨炎说道："那他们又是为了何因？"

彭大遒似乎讨厌他问得太多，淡淡说道："我们只是因为目的相同，聚在一起。江湖禁忌，谁也不便去打听别人的秘密。"杨炎忽地一声冷笑，说道："可惜我偏不识相，我偏要打听！"冷笑声中一把拔着彭大遒，笑道："我这分筋断骨手法比你的鹰爪功如何？"彭大遒给制伏得半点不能动弹，只觉全身关节有如针刺。他是武学行家，情知杨炎说的不假。这是最厉害的分筋错骨手法，杨炎若然使出真力，他的全身骨节只怕要寸寸断裂。

彭大遒心中大骇，连忙叫道："贤侄别和我开玩笑，贤侄的武功当然比我高明得多！"杨炎冷冷说道："谁和你开玩笑？你答应过我说真话，我对你可也是非常认真的！”

彭大遒嚷道：“我说的可都是真话。”杨炎冷笑道：“不见得吧？依我看来，纵然你并非全部谎言，至少也是不尽不实！”

彭大遒叫道：“没有、没有……”杨炎说道：“你别忙着分辩，有事然我先告诉你。”彭大遒忙道：“贤侄请说。”

杨炎眼睛一瞪，喝道：“谁是你的贤侄？”彭大遒更是吃惊：“怎的他又不承认我是世伯了？”但此际被杨炎使劲一捏，疼痛难熬，还怎敢去质问他？连忙叫道：“是，是，我本来不应高攀的。杨少侠请说。”杨炎稍稍放松，说道：“我必须告诉你，我最讨厌别人骗我。你知我对讨厌的人是怎样处置的吗？”

彭大遒苦笑道：“少侠不说，我怎能知道？”

杨炎说道：“那你仔细听着，我告诉你。从轻到重，一是打耳光，二是割舌头，三是捏碎琵琶骨，最重的是割掉他吃饭的家伙。你喜欢哪一样？”彭大遒吓得魂不附体，说道：“我一样都不喜欢。杨少侠，你想知道什么，我说，我说。”

杨炎喝道：“先答复我刚才的问题！”彭大遒道：“你是问我们的总管为什么要捉那小妖女吗？这个，这个，我实是所知不多。”这回他不敢说全不知情了。

杨炎说道：“尽你所知的说。”彭大遒道：“实不相瞒，总管只告诉我，他是受了一个朋友的请托。”

杨炎问道：“他这个朋友是谁？”彭大遒道：“他没有告诉我，我委实不知！”杨炎说道：“能够请得动大内总管帮忙的人，这世上料想不多，我不相信你不知道！”

彭大遒道：“不错，但正因为这样的人不多，所以我想来想去，都觉得不对。我不敢乱说。”杨炎说道：“你是怎样想的，说给我听。说错了我不怪你就是。”

彭大遒道：“比如说要是天山派的掌门，少林寺的主持，武当派的长老这些大有名望的人物请他帮忙，他一定会卖这个情面。”

杨炎喝道：“放屁，这些人怎会去求他？连李务实都不愿意和你们这班鹰爪联手呢，何况是天山派的掌门？少林武当是中原武林的泰山北斗，那更不用说了。”

彭大遒道："是呀，这些人我们的总管只盼他们不来和朝廷作对，已是心满意足，怎敢妄想他们会来攀交？但除了不服朝廷的丐帮之外，其他各帮各派首领，只有奉承我们总管的份儿，谁能有这样大的面子敢于要我们的总管假公济私！"杨炎听他言之成理，不过当然还是未能相信他的。

杨炎使劲一捏，喝道："你说不说？"彭大遒哭丧着脸道："我真的不知道，叫我怎么说？"杨炎冷冷说道："好，你既然说不出来，以后也不用再说任何话了。"

彭大遒怔了一怔，说道："杨少侠，你，你这是什么意思？我不大懂。"杨炎说道："很简单，我用第二种办法处置你，割掉你的舌头，你不就可以永远不说话了么？"彭大遒大惊道："杨少侠，我是令尊的朋友，你可不能这样对待我！"

杨炎说道："我做事情不喜欢拖泥带水，你要和我攀交情，待这件事了结之后再说。如今我要知道的事情，你却是一问三不知，你还要这舌头何用？"说罢，刷地拔出剑来。彭大遒吓得魂飞魄散，连忙叫道："杨少侠，且慢，我、我想起来了。"

杨炎喝道："是谁？你可不能胡乱供出一个人骗我，哼，哼，若然给我发现你是谎言，你该知道我还有比割舌头更重的刑罚！"

彭大遒颤声说道："杨少侠，我不敢乱说。那个人是谁，虽然我不知道，但我有朋友知道。要是我把这条线索给你，你可不可以饶我？"

杨炎说道："如果你的朋友肯说实话，在这桩事情上可以饶你。"彭大遒吃惊道："还有别的事情吗？"杨炎说道："我不想骗你口供，我要知道的当然不仅是一桩事情。不过这件事情你若不能答复，你的舌头先保不住。"

彭大遒道："其他的事情，假如我有不知道的呢？"

杨炎说道："那就要看情形而论了。如果这件事情你答复得令我满意，或者我不会再问你也说不定。"

彭大遒心想："过得一关是一关，先保住舌头要紧。"便道："好，我先把这两个朋友的名字告诉你。你想知道的事情，他们也可能知道得比我更多的。"

杨炎说道："他们是谁？"彭大遒道："是云中双煞。"杨炎半信半疑，说道：“云中双煞不过是二三流角色，你都不知道，他们竟会知道？”

彭大遒道：“杨少侠有所不知，他们虽然不算响当当的人物，但我猜他们知道，其中却有道理。”

杨炎说道：“什么道理？”彭大遒道：“我当上了大内侍卫，虽未绝迹江湖，江湖上的事情，毕竟是比较隔膜了。云中双煞的武功不算很高，但以他们的身份，能够请得动他们的也非大有来头的人物不可。我们总管的那位朋友多半就是此人。此人对‘小妖女’志在必得，自必是那小妖女的大仇家无疑。你着落在云中双煞身上找到此人，一切问题，不就是迎刃而解了么？”

杨炎点了点头，说道：“唔，你说的也有点道理。”

彭大遒连忙说道：“那么杨少侠可以不必再问我了吧？”

杨炎笑道：“不错，我用不着再问你了。多谢你的指点，投桃报李，我得给你一个好处。”彭大遒喜出望外，忙道：“好处我不敢要，只盼少侠放我——”

杨炎说道：“你是我爹爹的好朋友是不是？”彭大遒只道他是要表示歉意，说道：“我是令尊最要好的朋友，大家自己人，我怎能要贤侄的，的……”他恢复了“贤侄”的称呼，但话犹未了，杨炎已是又打断他的话，似笑非笑地说道：“哦，你是我爹最好的朋友，这个好处更非给你不可了。”

彭大遒道：“贤侄一定要给，那我只好却之不恭，受之有愧了。”

杨炎说道：“那天我在海神庙见过爹爹之后，我在神前自己发了个誓，凡是爹爹的朋友，我一定不能亏待他，只要给我碰上，我就用第四种办法对付他！”

彭大遒呆了一呆，失声叫道：“什么第四种办法？”杨炎说道：“我不是早已对你说过吗，对付我讨厌的人，第四种办法就是割掉他吃饭的家伙！”

彭大遒吓得魂飞魄散，叫道：“什么，你、你最讨厌……”杨炎说道：“一点不错，我最讨厌爹爹的鹰爪朋友。你和他最好……”彭大遒连忙大叫：“我骗你的，我和令尊只是泛泛之交，看在我给你找寻线索的份上，饶了我吧！”

杨炎冷冷道："骗我的人，我一样讨厌。你两罪俱发，本来非死不可，看在你供出云中双煞的份上，我可以减刑一等，只用第三种办法。"彭大遒还未来得及想他的第三种办法是什么，杨炎已是使劲一捏，捏碎了他的琵琶骨。笑道："你忘记了么，第三种办法就是废掉你的武功！"

彭大遒闷哼一声，晕死过去，根本听不见杨炎的说明了。

忽听得有两个人齐声叫道："彭大哥，彭大哥！"来的乃是劳家兄弟。他微感失望，心道："怪不得声音似曾相识，我还以为是云中双煞不请自来呢。"

原来陆敢当给杨炎抛入大水缸，虽然不至于淹死他，但吃了这么大的亏自是非追究不可。李务实已经知道和他交手的人是彭大遒，既然撕破了脸，自是也要着落在彭大遒的身上，查究出杨炎和他的关系。劳家兄弟是和彭大遒一起来到张掖的人，一听说闹出这样的事，他们当然也会想得到李务实必定要找彭大遒算账的了。他们自知不是李、陆二人的对手，生怕受到牵累，在陆敢当大发脾气的时候，早已逃之夭夭。

他们大帮人是约好了明天上祁连山的，因此便逃到祁连山来。只盼在山上会合了大伙自己人，那就不怕李务实和他们为难了。想不到他们未给李、陆二人追上，却在山脚碰见了杨炎。

杨炎微感失望，但转念一想："劳家兄弟和丹丘生同一辈分，在武林中也不是无名小卒，他们何以也要和龙灵珠为难，抓着他们逼问口供，和抓着云中双煞都是一样。"

"对不住，你们的彭大哥已经给我废掉武功了。我准你们两兄弟自行决定，一个把他送回张掖治伤，另一个人留下！"杨炎现出身形，说道。

老大劳福荫道："留下来作什么？"

杨炎说道："当然有用得着的地方，我才叫你们留下，不必多问！"老二劳福庇大怒道："好呀，我还没有见过这么狂妄的小子。你要留下我们一个当作犯人审问么？"

杨炎冷冷说道："不错，我是有点事情要问你们。不过，愿意做我的朋友还是愿意做我的犯人，那就全看你们自己了。"

劳福荫不像弟弟容易激动，听了杨炎的话。气怒之极，反而哈哈大笑，说道："听说你是孟华的弟弟，不知是也不是?"

杨炎最不高兴别人提及他的家丑，双眼一翻，说道："是又怎样，不是又怎样?"劳福荫道："你可知道你的哥哥是我们的师侄，纵然他名震武林，见了我们也不敢无礼。"

杨炎笑道："哦，原来你们想我跟孟华一样尊称你们做师叔么?但你又可知我是怎样对付师叔的？天山四大弟子之首的石天行好歹算得是我的师叔，我割了他儿子的舌头，把他打得最少要卧床三月。你们妄想牵藤附葛，乱拉关系，做我的师叔，可得先想清楚我会怎样对付你们才好!"

话犹未了，劳家兄弟早已不约而同的亮出兵器，齐声喝道："好小子，你不对付我们，我们也要对付你!"他们的兵器，乃是各自一对日月双环，日月双环是一种甚为厉害的奇门兵器，可以锁拿刀剑，可以勒喉截腕，他们见杨炎腰悬长剑，心想只要四环齐出，不论杨炎是用剑还是用掌都得吃亏。

劳福庇脾气火爆，立下杀手。左手日环打他天灵盖，右手月环套向他的颈项，劳福荫更为阴挚，日环圈他右腕，月环砸他下阴。四环齐出，哗啷啷一片声响。

杨炎滴溜溜一个转身，五指如弹琵琶，轻轻一拨，劳福庇的日环给他反拨回去，和月环碰个正着。他右手劲道较大，月环反磕，打着自己的额头。幸而余力已衰，侥幸不至于脑浆涂地。但也给打得头破血流了。

说时迟，那时快，杨炎一个转身，伸手向劳福荫便抓。劳福荫喝道："来得好!"心想你这不是送上手腕入我圈套吗？哪知杨炎艺高胆大，当真把手掌伸入他的日环，劳福荫未来得及扭断他的腕骨，已给他夺过日环，反而圈上他的颈项。他的月环由于身子突然麻软，当啷声响，跌在地上。他给杨炎活擒了。正是：

多方设法寻真相，不惜江湖树敌多。

第十六回　小侠惩奸戏双煞
少爷吸毒变奴才

劳家兄弟说真情

劳福庇喝道："休得伤我哥哥!"抢上前来拼命。杨炎取下套在劳福荫颈上的金环，反手一掷，套上劳福庇的右臂，在接近琵琶骨之处，转个不停。劳福庇大吃一惊："怎的这小贼也懂得'环中套月'这一招，用得比我还更厉害!"其实杨炎根本未练过日月双环，不过模仿他们兄弟的手法而已。远胜于他们的乃是杨炎的内功。这一掷杨炎用上了内家真力，令得那枚金环生出强烈的回旋牵引之力。这股强烈的力道，随着金环的旋转转个不停，逼使劳福庇也不能不跟着旋转，以求抵消这股力道，否则只怕琵琶骨就要受到强烈的震动破裂。

杨炎笑道："我只要一个人给我口供，另一个人我可以让他把彭大遒送回去。如今我挑上了你的哥哥，你回去吧。只要你的哥哥肯说实话，我不会伤他性命的。"这话其实是说给劳福荫听的。杨炎早已点了他的穴道，当下把他挟在胁下立即跑上山去，劳福庇兀自在原地上像陀螺般地旋转。

杨炎跑进树林，把劳福荫放下，解开他的哑穴，说道："我为什么把你'请来'，你已经知道了。现在我开始问你，你必须老老实实回答，不许有半点隐瞒!"

劳福荫双目圆睁，瞪着杨炎。杨炎笑道："不必生气，说了就放你走。第一桩：你们兄弟和那位龙姑娘有何过节?"

劳福荫紧紧闭住嘴唇，依然是一脸愤怒的神色。

杨炎说道："你们和那位龙姑娘倘无过节，那就一定是受人指使的了。那个人是谁？说！"劳福荫仍然不发一言。杨炎喝道："你又不是哑巴，你再不说，可休怪我不客气了！"

劳福荫忽地"呸"的一口唾涎向杨炎吐去，杨炎当然不会给他吐着，但也不禁给他吓了一跳。

"大丈夫宁死不屈，劳某落在你这小魔头手上，早已不打算活了，你要杀便杀，不必多言！"劳福荫这才破口大骂。

杨炎冷笑道："你骂我小魔头，你和清廷鹰爪勾结，又是什么侠义道么？好，你不说我叫你求生不得，求死不能！"

劳福荫一咬牙关，蓦地叫道："我决不能受你所辱，我变了鬼也不饶你！"杨炎一听他的声音有异，连忙重新点了他的穴道。

原来劳福荫乃是意欲自断经脉而亡，杨炎是个武学大行家，一看便知。因此连忙再点他的穴道，令他不能动弹。杨炎见他宁死不屈，倒是不禁有点佩服他了，想道："这个人和彭大遒可并不一样。虽然他不是侠义道，但我也不是侠义道呀。"俗语说惺惺相惜，劳福荫的脾气有点对上他的胃口，他倒是不忍折磨他了。但就这样把他放走，又不甘心。

正自无计可施，忽听有人大呼小叫，跑上山来。不是别人，正是劳福荫的弟弟劳福庇。劳福庇高声大叫："杨炎，你这小贼躲在哪里，有胆的出来和我拼个死活！"

杨炎哈哈大笑，现出身形，说道："你有这个胆子，倒是出乎我意料之外，佩服，佩服！"

劳福庇道："杨炎，你不必讥讽我。不错，我是打不过你，但打不过也要和你拼个死活！"

杨炎笑道："刚才我就是因为不想杀你，才叫你把彭大遒送回张掖养伤的，你为什么还要特地跑来找死？"

劳福庇大声说道："彭大遒的死活关我什么事，我要的是我的哥哥！"杨炎见他手足情深，不觉颇为伤感。

劳福庇喝道："你把我的哥哥怎么样了？"杨炎说道："一点也没什么。他在这儿，没缺眼睛，也没少鼻子。"

劳福庇道："我不相信。哎呀，你、你是不是早已把他害了？"他大呼小叫，兀自听不见哥哥的声音，不禁心里发慌。

杨炎中指轻轻一弹，解开劳福荫穴道，劳福荫连忙大叫："弟弟，别这样傻。你这是白白送死，无济于事。快回去吧——"话犹未了，杨炎第三次点了他的穴道。

"你听见你哥哥的说话了吧？我不过点了他的穴道，他还活着。"杨炎说道。

劳福庇道："我们是孪生兄弟，生则同生，死则同死。要我独自回家，决不能够！"

杨炎说道："好，那么你上来领你哥哥回去。"

劳福庇道："来就来，反正我是把这条性命豁出去的了，怕你什么！"

他跑上山来，挥舞双环，冲向杨炎。

杨炎挥袖一拂，力道柔和，但他已是冲不过去。

劳福庇退后几步，说道："杨炎，你杀了我吧！"

杨炎笑道："我叫你把哥哥领回去，谁说我要杀你。"

劳福庇道："你当真肯让我把哥哥领回去？"

杨炎说道："你只管上去，我手指头也不会碰你一碰。"劳福庇半信半疑，硬着头皮从杨炎身旁走过，杨炎果然没有阻拦。刚刚走近哥哥身边，忽地好像有一股吸力将他一吸，他身不由己地踉踉跄跄退了六七步，方始能够用重身法稳住身形。

原来杨炎是在距离十步之外，虚抓一抓，将他抓回来的。这是龙灵珠爷爷传给他的"龙抓手"功夫，强劲之处，不下于齐世杰练的龙象功。劳福庇没有跌倒，已经是很不容易了。

劳福庇回过头来，喝道："你捣什么鬼？"杨炎笑道："我的小指头也没碰着你，你没法接近你的哥哥，那是你的事。"

劳福庇一咬牙根，又冲上去。这次杨炎加多两分内力，凌空一抓，劳福庇一直退到他的身旁。杨炎将他扶稳，笑道："你要不要再试一次！"

劳福庇忽地向他跪下，说道："我求求你爽爽快快地把我一剑杀了吧！"

杨炎挥袖一卷，托着他的腰，不让他双膝着地说道：“起来起来，你的哥哥没有死，你干嘛要求死？”

劳福庇像斗败了的公鸡，垂头丧气说道：“我打不过你，我的哥哥你反正是要杀他的，因此我请求你把我们兄弟一同杀死，别折磨他了。”

杨炎诧道：“谁说我一定要杀他？”劳福庇道：“那你抓他来做什么？”杨炎说道：“我不是早已对你们说过了吗，我不过是要问他几句话。”

劳福庇道：“他说了没有？”杨炎道：“他没有说。”劳福庇道：“我早知道他不会说的。”

杨炎心念一动，问道：“你怎能知道他不会说？”劳福庇道：“说了是死，不说也是死。何必向仇人屈服？”

杨炎说道：“你因何把我当作仇人？”

劳福庇道：“你不是我们仇人，你的哥哥也是我们仇人。你岂有不帮你哥哥之理？”他怕说出来更受杨炎折磨，但不知不觉之间，却已露出口风。杨炎曾经听冷冰儿说过崆峒派的事情，隐约猜到了几分，说道：“你是说孟华吗？”

劳福庇道：“不错。你和孟华，是兄弟，我们早已知道了！”杨炎冷冷说道：“他姓孟，我姓杨，我没有这个哥哥！我不知道你们因何和他结仇，但要是他在这儿，我第一个和他动手！”

劳福庇虽然是个浑人，可也并非蠢如鹿豕，心里想道：“听说这小子一生下来，就给缪长风送上天山。但杨孟两家之仇，江湖中人知道的很多，莫非这小子已经知道自己的身世？他恨孟元超，连带也恨了孟华了？”

杨炎继续说道：“因此你不必顾虑孟华和我有关系，我问的事情，你只管依实答复，涉及孟华，亦是无妨。你说了我马上放你的哥哥。将来你们要对付孟华，我还可以助你们一臂之力。”

劳福庇笃于手足之情，他是不惜牺牲性命但求能够保全哥哥的。听了杨炎的话，燃起一线希望，说道：“此话当真？”

杨炎手起掌落，把一块石头劈得四分五裂，朗声说道：“倘有食言，有如此石！”劳福庇道：“好，那你问吧，我说！”

杨炎说道："你们和那姓龙的小妖女可有仇怨?"

劳福庇道："我们只是最近才知道有她这么一个人。"

杨炎说道："那么你们因何也来参加对她的围捕?"

劳福庇道："有人叫我们来的。"杨炎道："那人是谁?"劳福庇迟疑不答，杨炎说道："你尽管说，不管你是为了什么原因，我都不会将你难为。"

劳福庇这才说道："他是白驼山主。"

杨炎问道："白驼山主是何来历？姓甚名谁?"

劳福庇道："我从没见过白驼山主，对他的来历是半点不知。是他差遣一个弟子通知我们来的。"

杨炎诧道："何以你要帮他这个大忙？当初你们是怎样和他沾上关系的?"

劳福庇道："这是三年前的事情了，事情发生在思退崖上。"杨炎道："思退崖是什么地方?"劳福庇道："是崆峒山后一处隐僻的所在，地形险峻，距离清虚观有六七里路之遥，本派弟子很少到那里去的。但却是我们每天必到的地方。"杨炎道："去做什么?"劳福庇道："那时我们正在勤练先师传下来的双环八诀，不想给丹丘生这一支的弟子看见，因此找了这个隐僻之处在练武。"杨炎始知他们是在秘密练武，心中暗自好笑："丹丘生和孟华是何等本领，你们这点功夫，我都不放在眼内，何况他们？敝帚自珍，真是井蛙之见。"

劳福庇继续说道："那天我们像往常一样，一早到思退崖练武，练到最后一招，四环齐出，击在一块磨盘大的石块上，溅起火星点点，我们正想去察看石上留下的痕迹，看看是不是比昨天深了少许，忽听得有人哈哈笑道：'日月双环练到这个火候，也算是不错了。'我们大吃一惊，定睛看时，只见两个虬髯汉子已是站在我们面前，也不知是什么时候来的。"

杨炎道："这两个人是——"劳福庇道："当时我也不知道他们是谁。看模样不大像是汉人，汉语却说得甚为流利。"

"我大吃一惊，他们表面上似称赞我们，其实却是一副'孺子可教'的口吻，瞧我们不起。我一听不禁就动了气，要不是哥哥立即拉着我，我几乎就要和他们动武。”

杨炎心中暗笑：“你的哥哥可比你懂事得多，像你这样草包，一动手准得吃亏。”劳福庇也不是太糊涂，似乎知道杨炎心里笑他，脸上一红继续说道：“不错，我是个草包。当时怒火头上，也不去仔细想想，这两人到了我的面前，我方始发觉，凭我这点玩艺，怎能是人家的对手？哥哥一拉我，我立即醒悟。于是我只好沉住气，让哥哥和他们对答。

“哥哥问他们：‘你们是什么，来这里做什么？’

“其中一个笑道：‘你们不知道我，我可知道你们。你们是崆峒派前任掌门洞真子的高足劳家兄弟，对么？’他说破了我们的身份，方始把他们两人的名字说给我们知道。”

杨炎道：“他们姓甚名谁？”劳福庇道：“一个叫司空照，一个叫慕容垂。”杨炎心想：“司空、慕容，都是源出西域的‘胡姓’，姓司空的在汉人中还比较多些，姓慕容的似乎只有西域才有了。这两个名字我可也是从来没有听过。”要知天山僻处西陲，杨炎小时候听同门师兄谈论武林人物，也是以西域的居多。他对西域的成名高手是比对中原的武林人物更为熟悉的。

劳福庇继续说道：“我听了他们自报姓名，忍不住起了好奇之心，便问他们：‘我都不知道你们是什么人，怎的你却对我们知道得这样清楚？’

“年纪较小的那个慕容垂道：‘我不但知道你们在崆峒派的身份，我们还是特地来找你们的呢！’

“我只道他们是来掠衅，心想这一架不打恐怕不行。哥哥用眼色阻止我，说道：我们与两位素昧平生，不知两位有何见教？

“年纪较大的那个司空照道：我们是特地来帮你们兄弟的忙的。这话可说得奇怪，我禁不住又问了：你们怎么知道我们要人帮忙？

“慕容垂似笑非笑地说道：你们的功夫虽然还算不错，但可惜——说至此处，他顿了一顿。哥哥问道：可惜什么？他这才继续说下去：可惜你们再练十年，恐怕也未必能如心中所愿！

“他好像是答非所问，但像我这样笨人也听得懂了。他的意思是我们的功夫不够，所以必须他们帮忙。

“听得此言，我们兄弟都是惊疑不定。哥哥说道：你这话太奇怪了，我们刚刚见面，难道我心里想的什么，你也知道？

“慕容垂笑道：你要不要我说出你们的心事？

“我们不敢立即回答，那个司空照却道：‘慕容贤弟，这是他们的秘密，咱们可得为他们着想，提防隔墙有耳。’这两人一唱一和，慕容垂便道：‘对，我还是写出来好些。’他口中说话，指头已是在那块磨盘大的石块写出十六个字。每个字入石三分。他指头上的力道竟然比我们日月双环的力道还大得多！”

杨炎问道：“这十六个字是——”劳福庇有点想说又不敢说的神气。杨炎说道：“可是与孟华有关？”

劳福庇道：“你当真是不认孟华为兄？”杨炎冷冷说道：“我说过的话，不喜欢再说一遍。”劳福庇道：“好，我相信你的话，老实告诉你吧，丹丘生接任本派掌门，我们的师父就在那一天惨遭不幸。虽然不是丹丘生下的手，却也可说是因他而死。纵然我们不想向丹丘生报仇，在我们心里也不能忘记这是师门之耻。再说丹丘生接任掌门，我们也不服气。”

杨炎说道：“丹丘生的武功不够高吗？”劳福庇道：“他是崆峒派百年罕见的杰出之士。”

杨炎道：“那还有什么不服气的？”劳福庇道：“武林讲究的是长幼有序，我们这支是长门，丹丘生若论排行，还是我们的师弟呢。而且做掌门也不是单凭武功的。”

杨炎道：“他的德望不够么？”劳福庇道：“侠义道的人都推崇他。”

杨炎道：“那又为了什么你们不服气呢？”

劳福庇道：“一派有一派的规矩，丹丘生做了掌门，把崆峒派列祖列宗传了多年的规矩都破坏了。这些规矩，对不住我们可不能说给外人知道。”杨炎笑道：“我最怕听什么规矩、戒条，你要说给我听，我都不耐烦听呢。总之，我知道你们兄弟不喜欢丹丘生做掌门就是了。你继续说吧。”

劳福庇继续说道：“丹丘生做掌门也还罢了，我们更害怕的是他将来把掌门的位子传给他的徒弟孟华。孟华的武功如今已是不在师父之下，在江湖上的声名也是如日方中。看这趋势，崆峒派的未来掌门只怕是非他莫属。”

杨炎说道：“孟华做掌门又有什么不好？”

劳福庇道：“孟华的武功得自崆峒派的其实不多，他有几个师父，而且还是天山派的记名弟子。他要是做了崆峒派的掌门，只怕崆峒派就变成了天山派的旁支了。天山派的武学是不是比崆峒派高明姑且勿论，无论如何，这总是列祖列宗传下来的‘家业’，孝子贤孙，总不忍见祖宗传下的家业，改属别姓所有。孟华武功再好，在我们心目之中，也只是不肖子孙！”

杨炎暗自慨叹：“武林中的门户之见，想不到竟是如是之深！他们又掺杂上一辈的是非恩怨，那就难怪更纠缠不清了。但这也是他们自己的事，我大可不必理会他们。”

劳福庇继续说道：“因此我们一面勤学苦练，一方面笼络同门，尤其是对可能抱有同样想法的本支弟子。准备在时机成熟之时，反对孟华接任掌门。但在时机未成熟之前，我们的图谋，却是对最好的同门兄弟都不敢说的。

“谁知我们的心事，却给一个陌生人说出来了。不，写出来了。慕容垂用指头在石块上‘写’出十六个字，铁划银钩，入石三分，比石匠刻出来的还更整齐。这十六个字是：

师门之耻，料难忘怀。

丹丘孟华，何足道哉！”

杨炎听到这里，笑道：“上两句是说破你们的心事，下两句则是给你们撑腰的豪言壮语。不过以慕容垂炫露的这手功夫而论，虽然足以与少林寺的金刚指力媲美，却未必就能胜得过丹丘、孟华。我虽然未练过金刚指，也都可以勉强做得到。”口中说话，运指如飞，片刻之间，就在一块极其坚硬的大青石上写出八个字来，石屑飞溅，看来已是不只入石三分。这八个字是：

大言炎炎，井蛙窥天。

写罢哈哈笑道：“敢说丹丘孟华，何足道哉的人，本领最少应该比我高出十倍才行。”劳福庇骇然失色，说道：“杨少侠，你莫笑我井蛙之见，依我看来，你的功夫即使还比不上丹丘生，和孟华已是相差不远了！”

杨炎摇了摇头，说道：“不，差得远呢。不过，你也不必怀疑我刚才言不由衷，我说过的话是必然算数的。要是孟华此刻在此，我虽然明知打他不过，也非竭力和他一拼不可。”

劳福庇道：“要胜过他们师徒，那也无须比你高强十倍。”

杨炎说道：“但慕容垂的口气，是根本不把他们师徒放在眼内的。我所知的武林大高手有限，据我所知，对付他们师徒能稳操胜券的人，已经去世的也算在内，恐怕也只有两人！”

劳福庇道：“其中之一，是不是令师唐老掌门？听说他去年已不幸仙去。”杨炎说道：“不错。但即使是我这个师父在生，他也不会说丹丘生、孟华何足道哉这种说话。”

劳福庇好奇心起问道：“另一个又是谁呢？”

杨炎说道：“是我另一位师父，说出来你也不会知道。”劳福庇惊奇之极，想道：“我只道这第二个人必定是天下第一剑客金逐流无疑，谁知竟然还有一个可以和唐经天分庭抗礼的人，我真是孤陋寡闻了。这小子兼有两位名师，怪不得武功如此厉害！”要知金逐流除了一子一女（他的女儿就是孟华的妻子金碧漪），只有一个外姓徒弟，他师兄江海天的次子江上云。这是江湖中人尽皆知的事，他当然不会是杨炎的第二位师父。

杨炎说道：“天外有天，人外有人，我不敢说当今之世没人能胜过我的两位师父，但决不会是你说的这个慕容垂！”

劳福庇说道：“他说的不是他自己，也不是和他同来的师兄。”

杨炎怔了一怔，问道：“那么是谁？”

劳福庇继续说道：“杨少侠，你刚所起的怀疑，也正是我们当时的怀疑。丹丘生和孟华的武功深浅，我们怎会不知？慕容垂在石头上写出那十六个字之后，哥哥说道：阁下武功高强，远胜于我，佩服，佩服。但要是碰上了丹丘生的‘胡笳十八拍’，阁下的金刚指力，恐怕也未必使得出来。”

杨炎问道：“胡笳十八拍是一种什么武功？”劳福庇道：“是丹丘生自创的一招剑法，能在一招之内，闪电之间，刺中敌人的十八处穴道。十多年前，在回疆的大圣峰，他曾以这招剑法，在一块形如老猿的崖石上，刺穿十八个窟窿，吓走一个魔头。当时他用的不过是一把普通的青钢剑。”

高耸入云的雪山上往往有一种崖石，坚硬如铁，大圣峰的“老猿石”就是这种崖石。是以兀立雪山之上，不知经过多少年代，都不变形。杨炎小时候也曾听人说过这个名胜的，心里想道：“以一把普通的青钢剑，就能够在老猿石上刺十八个窟窿，内力的深厚，自非慕容垂的金刚指力所可相提并论。慕容垂若然和他交手，只怕未能近得他的身子，自己的身上先要添了十八个窟窿！我给孟华一剑刺了十八处穴道，恐怕也就是这一招剑法了。”

劳福庇继续说道：“慕容垂倒是知道胡笳十八拍的来历，但他听了却哈哈大笑。”

杨炎诧道：“他笑什么？”劳福庇道：“他说不错，丹丘生在老猿石上留下的剑痕，他曾看过，他确实破不了这招剑法。孟华若然使出天山剑法的大须弥式以及得自天竺那烂陀寺的般若神功，他们师兄弟恐怕也未必胜得了孟华。不过他说：‘天外有天，人外有人，有一个人是深知丹丘生和孟华的武功底细的，在他看来，什么胡笳十八拍，什么大须弥剑式，什么般若神功，都是不值一哂！’我们听了，都是不敢相信，齐声问他：这人是谁？慕容垂这才说出那个人来，那人是：白驼山主。”

杨炎颇感惊奇，心里想道：“白驼山我倒是知道，它在西藏边陲，和大吉岭相去约有千里。我从大吉岭回来，也曾经过白驼山的，却不知白驼山上有这么一个厉害人物！”

劳福庇继续说道：“当时我们都不敢相信，问道：白驼山主是何派武功？怎的我们从来没有听人说过武林中有这号人物？

“慕容垂纵声笑道：白驼山主武功深不可测，中华天竺各大门派的武功他无不知晓，也没有他不能破解的武功。他的武功不拘一格，根本不属于任何一派。当今之世，知道他的人寥寥无几，假如天山派的唐老掌门未曾仙逝，或许还配得上问他姓名。言下之意，丹丘生、孟华之辈，尚未够资格知道他，至于你们没有听人说过他，那更是丝毫不足为奇了。

“哥哥问道：白驼山主是不是你们的师父？

“慕容垂的师兄司空照答道：我们可不敢妄列白驼山主的门墙，只不过在他座下执役多年，蒙他破例开恩教了我们三天武功。他老人家知道你们的心愿，以是特地叫我们来至宝山，代他老人家传话。你们有了这个强援，何愁对付不了丹丘生、孟华，他老人家还答应你们，可以扶助你们中的一个做崆峒派的掌门呢。

“说至此处，他伸出手掌在那块石头上一抹，说道：这是你们不欲为外人所知的秘密，我替你们抹去了吧！说罢，移开手掌，只见原来的石面一片光滑，字迹都不见了。他这手功夫，可又比他师弟的金刚指力强得多啦。

“他们只跟白驼山主学过三天功夫，就有如此造诣，我们对他的说话，虽然未敢全信，倒也不能不稍微相信几分了。”

白驼山主的野心

杨炎冷冷说道：“白驼山主总不会无缘无故帮你们的忙吧？他要你们答应什么条件？”劳福庇面有愧色，默然不语。

杨炎说道：“你不好意思说，我替你们说吧。是不是要你们今后唯白驼山主之命是听？”劳福庇道：“他们还要我的哥哥以未来崆峒派掌门人的身份，奉白驼山为宗主。”

杨炎冷笑道：“原来你们找到了这样一个大靠山，你们有求于人，怪不得也要心甘情愿地受人驱使了！”

劳福庇苦笑道：“我们纵不甘心，又能怎样？他知道了我们的秘密，威胁利诱，双管齐下，我们若不屈从，只怕立即就要招致身败名裂之祸。”

杨炎说道：“你们是自愿投靠白驼山主也好，是为势所逼也好，这都与我无关，我也没有工夫去理会你们的闲事。我只想知道，这次他们要你来到张掖来又是怎么一回事情？”

劳福庇道：“这次是白驼山主差遣慕容垂来通知我们的。他没说什么，只叫我们先到兰州和彭大遒会合，在未见到彭大遒之前，我们对那小妖女实是一无所知。”

杨炎说道：“彭大遒是否白驼山的人？”劳福庇道：“我们也弄不清楚。慕容垂曾经吩咐我们，叫我们不可在彭大遒的面前谈及白驼山的秘密。但他又说，只要我们一见着彭大遒，彭大遒就会知道我们是为了什么来找他的了。”

杨炎说道：“白驼山主还约了哪些成名的武林人物？他自己会不会亲自出马？”劳福庇道：“我不知道。我知道的都已告诉你了。请你放走我的哥哥吧。”杨炎说道：“你别心急，多谢你告诉我这许多事情，我也有几句话想和你说。”劳福庇忐忑不安，只好说道：“请杨少侠指教。”

杨炎说道：“你们不愿意孟华当上崆峒派的掌门，最主要的原因是怕孟华所学不纯，把崆峒派原来武学弄得非驴非马，甚至变成天山派的旁支。但你们可曾想过，你们唯白驼山主之命是听，纵使你的哥哥将来做了掌门，崆峒派也不能由他做主。崆峒山隶属于白驼山，那不是比做天山派的旁支更为不堪？要做掌门的人，多少也得有点骨气，岂能俯仰由人？”

劳福庇汗流浃背，说道：“师门之耻未雪，我们只得暂求瓦全。”杨炎说道：“你们崆峒派的内争我管不着，不过据我看来，孟华也不见得就稀罕做你们崆峒派的掌门。”

劳福庇道：“他稀不稀罕是他的事，我们却是不能不防！”

杨炎继续说道：“即使你们要对付丹丘生、孟华，似乎也只该由取得同门的拥戴着手。屈服于白驼山主已经不是好汉的行径了；求助于清廷鹰爪，那更是不齿于天下英雄！”

劳福庇怔了一怔，说道：“谁说我们求助于清廷鹰爪？杨炎，你要杀我们兄弟尽管下手，可不能这样诋毁我们。”

杨炎说道：“彭大遒就是清廷鹰爪，难道你们真的不知？”

劳福庇呆了一呆，说道：“李务实也这样说过，但我们不相信……”杨炎说道：“为什么你们不信？”劳福庇道：“我们与他相识多年，只知他是一个家道富有，喜欢结交朋友的庄主。”

杨炎想起了岳豪，冷笑说道：“你别以为他有财有势，就不屑于做鹰爪了。正是这样假仁假义的土豪，才越发想求功名富贵。老实告诉你吧，我捏碎他的琵琶骨，就因为我确实已经知道他是清廷的大内侍卫！”

劳福庇见他说得如此确凿，不能不信。当下又是惭愧又是惊慌，说道："我们是真的不知。你不相信，那你就杀了我吧！"

杨炎说道："你们又不是大内侍卫，我为什么要杀你们？"说至此处，叹了口气，继续说道："我也不是什么侠义道。再说，即使是大内侍卫，也有好坏之分，又岂能全都杀掉。你放心，我说过的话，仍然算数的。"他口里说话，心里却不禁想道："彭大遒是坏的大内侍卫，难道我的爹爹就是'好'的大内侍卫吗？"

劳福庇喜出望外，说道："你真的肯放我们兄弟？"

杨炎说道："以后你们对付孟华，若是要我帮忙，我也定当助你们一臂之力。我只不过是要告诉你们，纵然对付仇人，也不该不择手段。比如我吧，我打不过孟华，我就宁愿死在他的剑下，决不卖身投靠！"说至此处，凌空运指，十步之外，轻轻一弹，解开了劳福荫的穴道。

劳福荫站了起来，对弟弟怒目而视，斥道："你丢尽我的面！"劳福庇惶然说道："哥哥，我只求与你生则同生，死则同死，你若认为我是做错了事，怎样处置我，我都甘愿。"

杨炎道："劳老大，你有这个弟弟，已经很不错了。他是为了你才求我的，你要怪他，不如怪我。但你放心，我决不会把你们的秘密告诉别人的。"

劳福荫涩声说道："杨少侠，你刚才所说的话我都听见了，多谢你的金玉良言。但我也要告诉你，我之所以苟且偷生，是为了誓雪师门之耻。一旦心愿得偿，我决不会贪恋掌门之位，定当立时自尽明志，叫你知道，劳某并非没有骨气之辈！至于你要助我一臂之力，我心领了，不敢劳烦。"

杨炎想不到他如此烈性，说道："我说错了话，我向你道歉。你又何必如此？"

劳福荫不再发言，与弟弟相携而去。杨炎望着他们的背影下山，不禁摇了摇头，心中苦笑："怪不得龙爷爷常说'善未易明，理未易察'，这两个人是好是坏，也真难说得很。"

杨炎走出树林，红日高悬，已是近午时分。心里想道："总算得到了一点线索，但可惜劳家兄弟并未见过白驼山主，他的底细仍然未知。"又再想道："白驼山主的牛皮可是吹得太大，但他的门下有司空照、慕容垂这等人物，他本身的武功亦是不可小觑！他们要和龙灵珠为难，我可得赶快通知她防备才行。”但祁连山绵延数百里，要寻找一个人，谈何容易？

还未走得多远，忽地又听得人声和脚步声。“你们放心，包在我的身上，替你们把杨炎这小贼擒来。你们把这小贼交给李务实，还怕李务实会难为你们吗？”是一个年轻人的声音。

跟着一个人说道：“云中双煞，你们得遇贵人，可真是天大的造化了。有穆少侠出头，还怕什么梁子不能化解的！即使抓不着杨炎这个小贼，李务实也得给穆少侠面子。”杨炎听出他的声音，正是昨晚大肆挖苦云中双煞的那个油嘴滑舌家伙。这次他为了奉承这个什么“穆少侠”，不惜又一次地贬低云中双煞。

杨炎听了这两个人的对话，已经知道一个梗概：“敢情云中双煞也是像劳家兄弟那样，彭大遒出了事，他们是和彭大遒一起的人，怕给李务实和陆敢当追究，因此赶快离开客店。但这少年却不知是什么人，昨晚似乎没有见过。”

那个油嘴滑舌的家伙名叫杜诚，在江湖上也算得是二流脚色，他大拍那个“穆少侠”的马屁，只道可以讨得他的欢心，哪知这个“穆少侠”却哼了声，听语气似是很不高兴地说道：“杨炎是什么东西，我怎会抓不着他？”

杜诚连忙赔笑道：“我不是说以穆少侠的武功抓不着这个小贼，是怕找不着他，寻找的找，不是抓拿的抓。”

云中双煞中的老二田耕性情比较耿直，他不领杜诚的情，却道：“穆少侠，杨炎这小贼确实是有几分本事的，彭老大也遭了他的毒手，咱们可千万不能轻敌。”

那个“穆少侠”冷笑道：“什么本事，大不了是唐经天的关门弟子，学过几招天山剑法。嘿、嘿，天山四大弟子尚且不在我的眼内，何况这个乳臭未干的小子？”

杜诚赶忙又拍马屁，说道：“蓬莱穆家的蹑云剑，天下谁人不知，哪个不晓。天山剑法虽然享誉百多年，但自前两辈的掌门人唐晓澜去世之后，已是每下愈况，人才凋落，当今之世，武林中有识之士，早已公认蓬莱蹑云剑胜过天山追风剑了！”

杨炎心想："原来这小子是蓬莱穆家的人，怪不得如此狂妄！"原来中原有几个武学世家，如苏州陈家、保定齐家、杨家、成都唐家、扬州谷家等等，山东蓬莱穆家也是这类武林世家之一。家传蹑云剑法以轻灵飘忽见长。穆家现今的家长叫穆扬波，在北五省是数一数二的人物。论名头，保定的齐家杨家都还比不上他。这些武学世家，杨炎是曾经听得冷冰儿说过的。

杨炎暗自寻思："穆家的人，身份可又比云中双煞高得多了。嘿嘿，我本来要抓活口，难得他们送上门来，不过我可得改变主意，不能只抓云中双煞。"主意打定，便即现出身形，迎上前去，纵声笑道："不劳你们费神寻找小贼，小贼自己来了！"他这一现身，把云中双煞吓了一大跳，不知不觉地就缩到后面。那个"穆少侠"勃然大怒，刷地拔剑出鞘。

穆家三少爷

杨炎喝道："且慢，穆扬波是你什么人？"

姓穆这一伙有六七个之多，除了云中双煞，其他的人都还未曾知道杨炎的厉害，仗着有人撑腰，倒是个个争先。

那个最擅于吹牛拍马的杜诚立即抓着这个拍马屁的机会，厉声斥道："止嘴，你这小贼是什么东西，也配直呼穆少侠令尊的大名！"原来这个"穆少侠"乃是穆扬波的幼子，名叫志遥。

穆志遥侧目斜睨，冷冷说道："我就是穆家的三少爷，你既然知道蓬莱穆家的厉害，还不快快束手就擒！"

杜诚跟着帮腔："小贼听见没有？还不赶快自打嘴巴，磕头求饶，穆少侠或者还可以恕你不敬之罪。"

杨炎眼角也不瞧杜诚，径自向穆志遥走去，笑道："穆三少爷，你们穆家有什么厉害恕我知道得不大清楚，我只知道你家有一门本领大概可算天下第二。"

穆志遥喝道："你是说我们穆家的剑法比不上你们天山派么？"

杨炎淡淡说道："我不是说你的剑法。"

穆志遥怔了一怔道："哦，那你是说我的哪一门本领？"杨炎说道："你的吹牛本领，除了白驼山主，恐怕也没有谁比得上你了。"

穆志遥吃了一惊："怎的他也知道白驼山主?"大怒喝道："小贼胡说八道，看剑!"杨炎此时正好来到他的面前。这一剑疾如闪电，杨炎挥袖一拂，想把他的剑夺出手去。不料穆志遥剑锋倏转，竟是从他意想不到的方位刺来。只听得"嗤"的一声，杨炎的衣袖被剑尖划开一道裂缝，穆志遥则是身形连晃，不由自己地斜窜三步。

这一下颇出杨炎意料之外，心道："蹑云剑以飘忽见长，果然名不虚传。"

穆志遥本来是难以抵挡杨炎这一拂之力的，幸亏杨炎是第一次和他交手，尚未熟悉他的剑法，他的剑法变化太快，身随剑转，这一拂未能拂个正着。但虽然如此，袖风所至，穆志遥已是稳不住身形，心头的惊骇，比杨炎有过而无不及。说时迟，那时快，杨炎早已从他身旁掠过，出现在杜诚面前了。

杨炎喝道："我最讨厌吹牛拍马的小人，非打你的嘴巴不可!"欺身扑进，说打就打。杜诚口齿轻薄，却非庸手，他练有铁砂掌功夫，五指可以洞穿牛腹，立即力贯掌心，一掌向杨炎胸膛劈下，大怒喝道："狂妄小子，叫你知道——"

话犹未了，双方的手掌都已打到对方身上。

杜诚好像打着一团棉絮，非但使不出气力，手掌都给牢牢吸住了。铁砂掌本来甚为霸道，打着了骨头之类的硬物，必定会发出很大的声响的，但结果却是只听见杨炎打他耳光的声音。

杨炎正手打他四记耳光，反手打他四记耳光，噼噼啪啪，噼噼啪啪一气呵成，快如闪电，但却打得清脆玲珑，人人听得清楚。他这次打杜诚的耳光，比他上次打云中双煞中老二田耕的耳光更厉害，那次田耕不过给打落两齿门牙，这次杜诚的满口牙齿都被打落，"哇"的一声，打碎了的牙齿，随着一股血水吐了出来。

杨炎胸膛一挺把杜诚弹开，力道用得恰到好处。杜诚双膝一软，跪倒地上，身不由己地"咚、咚、咚"磕了三个响头。杨炎纵声笑道："看在你磕头求饶的份上，我就饶了你的性命吧。"

和杜诚一起跟着穆志遥来的那些人自是不能袖手旁观，但因杨炎出手太快，他们要救杜诚也来不及。此时杜诚矮了半截，左面一口朴刀，右面一条软鞭就打过来了。

杨炎哈哈一笑，说道："好，你们要打，我让你们自己打个痛快。"跃出圈子，一个鸳鸯连环腿，双脚起处，又把两个向他摸来的大汉，踢得都飞出了三丈开外。至此，除了云中双煞正在没命飞奔之外，跟随穆志遥的这些人，都已给杨炎击倒了！

穆志遥此时方始稳住身形，退而复上，挥剑喝道："小贼，你知不知道穆家的厉害，有胆的你莫逃，我和你拼个死活！"声音抖颤，只盼能够仗着父兄的威名吓退这个"小贼"。可惜这如意算盘打得不响，"小贼"并没给他吓走，反而迎上来了。

"好极了！"杨炎哈哈笑道："你们穆家有多厉害，我可尚未知道。正要向穆家三少爷多请教几招！"

穆志遥硬着头皮、咬紧牙根，刷刷刷刷，一口气向杨炎疾攻八剑，这八招是蹑云剑法精华所在，每一招都是招里藏招，式中套式，足可以抵得上其他剑派四五十招的变化。

杨炎早有提防，轻轻挥动衣袖，在剑气纵横之下，东飘西闪，化解了他这八招杀着。八招过后，杨炎对蹑云剑法的奥妙之处，已是略窥门径，没耐心和他纠缠下去，笑道："蹑云剑法还算不错，但与天山剑法相比，依我看来，还是远远不如！"笑声中虚劈三掌，陡地喝道："撒剑！"中指弹出，"铮"的一声，把穆志遥的长剑，弹得飞上半空！

穆志遥被擒，颤声叫道："小贼，你胆敢如此欺负我，我爹爹知道了决不与你干休。你要性命，快快放我！"

杨炎笑道："这样就叫做欺负你吗，你再嚷我捏碎你的琵琶骨！"

穆志遥见"硬"的不成，只好再来"软"的，不敢大叫大嚷，改为低声哀求："杨少侠，算我服了你。你行行好，放了我吧。今日之事，只要你不说出去，我也不会告诉我爹爹。"

杨炎听得直皱眉头，心里想道："穆扬波是北五省的武林领袖，有响当当的大侠名头，怎的生下这么一个脓包儿子！"

"你不怕丢你老子脸，我也怕了你的絮聒。告诉你吧，我硬的不吃，软的也不吃。你若还在我的耳边絮絮不休，我老大的耳刮子打你！打碎你的门牙，再捏断你的琵琶骨！”杨炎喝道。

穆志遥刚刚见过杜诚被打耳光之惨，心道：“莫说捏断我的琵琶骨，只是打落了我的门牙，我已经是没脸见人了。”一吓之下，果然他哼也不敢再哼了。

原来他是穆扬波宠妾所生的幼子，自幼被父母宠坏了，仗着父亲的名气，行走江湖，到处受人逢迎，日子稍长，连他自己都以为自己的武功当真是很了不起了。

他被杨炎提着飞跑，只觉有如腾云驾雾一般，吓得一颗心都几乎跳了出来，他闭上眼睛，忽听得有个破锣似的声音叫道：“啊呀，不好，哥哥，你瞧，那小贼追来了，被他提在手中的那个人，好像是穆家三少爷！”正是云中双煞中老二田耕的声音。

穆志遥连忙叫道：“不错，是我呀！云中双煞，你、你们、快、快——”杨炎将他高高举起，作个旋风急舞，喝道：“叫你别嚷你还要嚷，好，你想跟云中双煞，你就去吧！”

穆志遥忙道：“我不敢嚷了，你别把我摔出去！”他被杨炎一吓，倒是吓得脑筋比较清楚了，心里想道：“对呀，云中双煞的武功还不如我，我求他们有什么用。”

云中双煞看见果然是杨炎追来，跑得只恨爹娘生少两条腿。虽然拼命逃跑，杨炎手中提着一个人，也还是比他们跑得快。

说时迟，那时快，杨炎已是追到他们背后，使出龙爪手功夫凌空一抓，云中双煞不由自己地退了三步，身似陀螺疾转，转得头昏眼花。待到转定之后，定睛一瞧，正是和杨炎面对着面。

云中双煞吓得魂飞魄散，颤声说道：“小祖宗，我们冒犯了你，你老人家也已处罚我们了。这次我们可不敢和你作对，你一来我们就跑了的。你就饶了我们吧。”

杨炎笑道：“不错，不错，你们说得有一半道理。”

云中双煞正自莫名其妙，什么叫做“一半道理”，只听得杨炎继续说道：“不错，我已经打了田老二的耳光，如今只能请马老大陪这位穆少爷了。”说罢，左臂一伸就抓着了马犇。

杨炎左手抓着穆志遥，右手抓着马犇，故意不点他们哑穴。心里想道：“龙灵珠一时难找，不过白驼山可能已经有人来此，只要能够把白驼山的人引出来，对我也有帮助。”不点他们哑穴，乃是好让有呼救的“机会”。

跑了一会，穆志遥没有叫嚷，但却连连打起呵欠来了。杨炎有点奇怪：“我又没点他昏睡穴，怎的他在这样受惊的情形之下，居然会打瞌睡？”山越上越高，路越来越险，杨炎在悬崖峭壁上纵跃如飞，马犇忍不住好几次失声惊呼，反而穆志遥没有叫喊。杨炎心道：“奇怪，这位大少爷倒是比马犇还顶得住，难道他吓晕了？”

穆志遥被他抓着腰带倒提，一路上都是动也不敢一动的。此时杨炎听不见他的声音，正想察看他是否已经晕了过去，穆志遥的身子就开始动了，而且动得相当厉害，身子虽然不能翻转，却向两边摇晃，并且伸拳踢腿。杨炎这才放下心上一块石头，喝道：“你想找死么，下面是万丈深谷！”

穆志遥不敢伸拳踢腿了，只是还在直打哆嗦。杨炎心想道：“一般人在生死关头，往往会给吓得呆若木鸡，就算胆子较大，也会吓得麻木不灵，只能尖声呼叫，不能伸拳踢腿的。这位大少爷似乎是在忍受某种难以名说的痛苦，不是因难禁惊吓而打哆嗦。”他离开悬崖，走入地势比较平坦的树林，马犇安静下来了，穆志遥则果然不出他的所料，发出连续不断的呻吟。

杨炎喝道：“我又没有给你用刑，你鬼叫什么？”

穆志遥呻吟道：“我，我要……”杨炎把他身子提高，问道：“你要什么？”把耳朵凑近他的嘴边去听，这才听得清楚他要的是“神仙丸”。

杨炎道：“什么是神仙丸？”穆志遥哪里还能得说清楚，只是喃喃叫道：“神仙丸，神仙丸……”

杨炎道：“你不是生病吧？我到哪里给你找神仙丸？”

穆志遥用尽气力说道：“你放我下来，我自己找……”

杨炎谅他也不能逃出自己的掌握，便放他下来，看他怎样。一看，不觉又是好笑，又是好气。

只见他眼泪鼻涕一齐流，放了他，他也站不起来，在地上打滚。好不容易才能把手伸进衣袋摸索，半晌，忽地尖声叫道：“啊，我的神仙丸不见了！”原来他给杨炎好像倒提小鸡一样，提着飞跑，袋子里的东西早已跌落。

杨炎皱眉头道："你究竟是怎么一回事情，如丧考妣？"

穆志遥似乎忽地想起，挣扎着叫道："神仙丸，他、他身上有！杨少侠，求求你，你叫他给我！"

马犇叫道："杨少侠，你，你别听他乱说……"杨炎一巴掌打过去，喝道："我叫你说话才许你说，现在不准你说！"当下把他身上的零碎杂物都搜出来。有一个瓶子，盛满白色药丸。

杨炎说道："这瓶子里可是神仙丸？"

穆志遥喜形于色，连忙叫道："是，是，你快给我！"他看见了"神仙丸"，未曾入口，精神似乎已经稍微好了一些。

杨炎说道："我问你几句话，如实回答，我就给你。"

穆志遥道："那你快点问吧，我熬不住了！"

杨炎说道："你知道白驼山主吗？"

穆志遥道："知道。"杨炎问道："你所说的知道，是你本人见过他，还是只从旁人的口中知道他？"穆志遥道："没有见过。是云中双煞说给我听，我才知道有个白驼山主的。"

杨炎问道："他告诉你一些什么？"穆志遥神情颇为尴尬，好像不想回答。杨炎喝道："你不说，我就不把神仙丸给你！"

穆志遥叫道："我、我说，我说。他们要我奉白驼山主做主人，像他们一样唯白驼山主之命是听！"杨炎大为诧异，说道："你没见过白驼山主，只凭着云中双煞的一句话，就肯做白驼山主的奴才？是否他们带了白驼山的人来威逼你？"

穆志遥道："不是。我虽然不济，我爹爹威震江湖，有谁敢用武力来欺逼穆家的人？"他在杨炎掌握之中，可还死要面子，一把眼泪一把鼻涕的仍然夸耀自己的武学世家门第。

杨炎问道："那你为何心甘情愿作人家的奴才？"

穆志遥面红直透耳根，但却抵受不了毒瘾发作，只能讷讷说道："就因为这神仙丸！我听他们的话，才有神仙丸吃。"过了一会，只见穆志遥手舞足蹈，状若疯癫。哈哈哈大笑三声，唱起小调来了："飘、飘、飘，我在云里飘，嫦娥姐姐开月殿，清歌妙舞度良宵。"

穆志遥挣扎着叫道：“神仙丸……杨少侠，求求你，叫他快给我！”

杨炎冷笑道："一服神仙丸，快活似神仙，原来是发白日梦的神仙！好呀，马犇，你要不要这样的快活？"

马犇不敢回答，穆志遥手舞足蹈地舞到他的面前来了，大笑之后，继以大哭，哭哭笑笑扑向马犇叫道："不妙呀不妙，牛头马面追来了！黄泉路上要有人陪，马大哥，你陪我到十殿阎罗去报到！"马犇连忙使劲一推，把他推倒地上。杨炎是早已把马犇放开，料想他决计逃不出自己的掌心，因此，并没点他穴道的。

杨炎不想再看穆志遥的疯癫之状，伸指点了他的晕睡穴，冷笑说道："原来是这样的快活，如今我更明白了。"马犇情知不妙，连忙分辩："这次是他在瘾发之后，没有即时得到神仙丸，其后又服食过量，才会如此的。平时若是按时服食，适可而止。服食的药量逐渐增加，那就只会觉得快乐无穷了。"

杨炎说道："很好，我也有我的办法叫你快乐无穷！"倏地揪住马犇，将他翻转，出指在他背心的"风府穴"一点。

不过片刻，马犇只觉体内虫行蚁走，越来越是厉害，五脏六腑都好像给毒虫咬啮，禁不住倒在地下打滚，哀求杨炎："杨少侠，你饶了我吧！你要我做什么，我都愿意。"

杨炎笑道："快活享够了吧？我要你说实话！"马犇忙道："只求你免了我受这种'快活'，我知道的都告诉你！"

杨炎伸指在他身上的相应穴道轻轻一弹，稍稍减轻他几分痛苦，让他有气力说话。问道："神仙丸究竟是什么一种毒药？"

马犇说道："它不是毒药。"杨炎道："不是毒药，那是什么？"马犇说："听说是用一种名叫大麻的药草制炼的，这种药草产在中印交界的荒山野岭之间，我未曾见。"

杨炎冷笑道："它能令人迷失本性，还说不是毒药？"

马犇力图辩解，说道："杨少侠，你知道鸦片吧？"

杨炎想起云来客栈那个嗜吸鸦片的老板娘，说道："是又名福寿膏的那个东西吗？我知道。"

马犇说道："神仙丸就像鸦片那样，吃上了瘾，一天都少不了。杨少侠，你既然知道鸦片又名福寿膏，以此类推，你亦可以知道像鸦片一样的神仙丸是于人无害的了。"

杨炎哼了一声，想道：“那老板娘吃了鸦片，懒得像一头猪，这种人长命百岁，也是废物，不过他说神仙丸是和福寿膏相似的东西，这话倒可以相信。大概大麻和鸦片都是慢性毒药，所谓‘神仙丸’和‘福寿膏’不过是毒贩子编的好听字眼。”杨炎对毒品的“知识”极为浅薄，其实鸦片的祸害岂仅只是令人懒惰而已？而“神仙丸”这种迷幻药又比鸦片的毒性更烈，更易令人上瘾。不过他猜测是慢性毒药，也算虽不中亦不远矣。不过杨炎虽然不相信他的鬼话，却也没有立即驳他，接着问道：“你这神仙丸是从哪里得来的？”马犇说道：“是从白驼山得来的。”杨炎问道：“是白驼山主叫你诱人服毒的吗？当初你们怎样接上头，他诱人服毒又是有何用意，你一一细说！”

马犇踌躇未答，杨炎一掌拍下，冷冷说道：“你不回答，是不是又想快活快活？”

这一掌未拍到他的身上，他体内已是又复虫行蚁走，马犇痛苦难熬，连忙叫道：“杨少侠，你高抬贵手，我说，我说！”

杨炎停了手听他说道：“这都怪我们不好，经受不起白驼山主的威胁利诱。三年前我们运一帮私盐前往藏边，交换藏人的名贵药材，生意做得很顺利，我们赚了一笔大钱，刚要回家，却给白驼山的弟子慕容垂把我捉上白驼山去。”

“我们见了白驼山主，初时还以为他是想黑吃黑，我们愿意献出所有钱财，但求活命。哪知他听了哈哈大笑，说道：‘我非但不要你们一文钱，而且还要帮忙你们发一笔大财，你们意想不到的大财，比你贩卖私盐所得多十倍百倍！’”

杨炎说道：“想必是叫你们帮他贩毒了。”马犇说道：“和一般的贩毒有点不同，他把神仙丸交给我们，叫我们引诱武林人物服食，他不要一文钱，只要上了瘾的人听他指挥。我们不花本钱，还有赏赐。另外收钱，他也不管。我们一来害怕他的武功，二来也不合贪财，这就只能任他驱使了。”正是：

甘为瘾君子，少爷变奴才。

第十七回　毒贩妄图成霸业
牛刀小试戏妖人

强逼穆少爷戒毒

杨炎问道："崆峒派的劳家兄弟有没有服食神仙丸?"

马犇说道："他们是给白驼山主抓着把柄，收归门下的，似乎倒没上瘾。我们诱人服食此丸乃是因人而施，少林、武当、峨眉、崆峒等各大门派弟子，我们可不敢引诱。最好的是让穆志遥这样意志薄弱的少爷，上了瘾就不能摆脱我们的掌握。"

杨炎说道："白驼山主要令许多武林人物上了毒瘾，是何居心?"马犇说道："我听得他的门下弟子说，他有一门神功即将练成，准备到中原开宗立派，最后成为武林至尊。但他要想成为武林至尊，单凭武功还是不够的，必须有一帮人甘心情愿地听他驱使。"

杨炎冷笑道："这样一个毒枭，居然想要成为武林至尊，这可真是天大的笑话了!"马犇不敢搭腔只道："我知道的都已告诉你了，杨少侠，你饶了我吧。"

杨炎冷冷说道："你虽然不是罪魁祸首，也是助纣为虐的贩毒头子。我可以饶你性命，不过——"马犇颤声道："不过怎样?"杨炎说道："你不是说过一服神仙丸，快活似神仙吗? 好，我如今就让你得到大快活!"说到快活二字，一把抓着他的麻穴，趁他嘴巴张开，把那瓶神仙丸全都逼他吞下。

不过片临，只见马犇脸皮涨红，眼睛好像要喷出火来，又笑又哭，又叫又嚷，扑向杨炎。杨炎一记劈空掌把他震开，再过一会，马犇已是完全陷于疯狂状态，把自己的衣服撕得片片碎裂，脸上也抓起了无数的血痕，手舞足蹈。好似中疯疾走。

杨炎拿起一个盛满食水的皮袋，这是马犇带上山备用的。杨炎解开了穆志遥的穴道，把一袋冷水当头淋下。

穆志遥被冷水泼醒，张口就叫："我的神仙丸呢？"

杨炎冷笑道："你还要神仙丸？你看看这个马老大吧，他就是服了神仙丸得到大快活的！"就在此时，马犇已是支持不住，骨碌碌地从山坡上滚下去了。

穆志遥毛骨悚然，颤声说道："他、真的、真的是因为吃了神仙丸，弄成这个样子？"杨炎怒道："你给神仙丸害得人不像人，鬼不像鬼，到了如今，你还不信神仙丸乃是毒药？好，你要跟他一起快活，那我也只好由你！"

穆志遥只道杨炎说的是反话，连忙求饶："杨少侠，你可千万别把我弄成这样，从今之后，我再也不敢和你作对就是。"

杨炎冷冷说道："你要变人还是变鬼，完全看你自己。你要明白，是神仙丸把马犇弄成这个样子的，你不想步他后尘，唯有痛下决心，戒掉毒瘾。"穆志遥讷讷说道："杨少侠，我听你的话，以后一定戒掉它。不过，不过——"

杨炎盯着他道："不过什么？"穆志遥避开他那锐利的目光，说道："不过我必须回到家中，才能安心戒毒。"

杨炎道："为什么？"穆志遥道："从此地回到蓬莱，少说也有几千里路，我已经吃惯了神仙丸，要是没有它，恐怕走不了这么远的路。"

杨炎冷冷说道："如此说来，那神仙丸你是还想要的了？"

穆志遥道："杨少侠，求你大发慈悲把马犇吃剩的神仙丸给我，否则我恐怕回不到家里，就要倒毙路旁。我答应你，一回到家中就决心戒毒。这是最后一次要神仙丸，你相信我吧！"

杨炎气往上冲，抓起了他，喝道："你这样的人留在世上也没有用，我看你与其死在路上，倒不如死在这里！"把他的身子作了一个旋风急舞，蓄势就要抛下山谷。

穆志遥吓得魂飞天外，叫道："我，我知错了，杨少侠，你饶了我，我不敢要神仙丸了！”

杨炎一时火起，本来想把他抛下去的，此际听他求饶，不觉于心不忍，心里想道：“这个大少爷毕竟还不能算是坏人，一时糊涂，行差踏错，罪亦不至于死。好，我就做一次善事吧，做好人索性做到底，他没决心戒毒，唯有我帮他了。”

主意打定，把穆志遥拉回来，跟着拿起地上的一袋干粮，这袋干粮是马犇携带上山，准备在山中缺乏食粮用的。

杨炎带了干粮，提起穆志遥又再跑上悬崖。穆志遥不知其意何居，吓得哇哇大叫。杨炎喝道：“闭上你的鸟嘴，再叫把你抛下谷底喂狼！”这次他一鼓作气跑上一座形如笔塔的山峰，到了一块形如鸟喙横空伸出的石崖下面，才把穆志遥放了下来。石崖周围荆棘丛生，高逾人头，遮得几乎透不过阳光。

杨炎仔细审视了地形，心里想道：“这个地方，虽然难不倒轻功超卓的人，但除非他披荆斩棘，仔细寻找，否则决计不会发现这位穆家的大少爷藏在这里。”

“好，这个地方再好也不过了！”杨炎把穆志遥放了下来，哈哈大笑。穆志遥不知他葫芦里卖什么药，颤声问道：“杨少侠，你把我带来这里，是、是什么意思？”

杨炎倏地伸指点了他两处穴处，一处是哑穴，一处是麻穴，说道：“穆少爷，你听着：我留下这袋干粮给你，可以供你七天食用。我点了你的哑穴和麻穴，过了五天，穴道便可自解。在这五天当中，你虽然不能说话，手脚还是可以动的。这地方野兽也上不来，所以你不用担心性命危险。五天之后，你的穴道解开，再调养两天，功力当可恢复如初。以你的本领，那时相信你也可以自己下去了。不过对不住，那瓶神仙丸我可不能给你啦！”

做了这件事，杨炎十分得意，想道：“要是我把这次的恶作剧说给灵珠知道，她一定会笑痛肚皮。嘿、嘿，她作弄人的花样最多，但这个恶作剧其实是‘善作剧’，如此‘新招’，恐怕她也未能想得出来。”

他轻轻哼着小调，继续登山。可是想起了龙灵珠，他的那份得意又不觉化为茫然之感了。“只在此山中，云深不知处”，要在这绵延数百里的祁连山碰上龙灵珠，恐怕当真是“可遇而不可求”了。

正在他茫然不知所从之际，忽地又听见下面有说话的声音。

山路迂回，斜坡曲折，在悬崖削壁下面传来的声音虽然听得相当清楚，说话的人还是看不见的。那两个人要走到他如今所在之处，恐怕最少也还得半支香时刻。

杨炎只听见了一句话，立即被吸引住了。

他听到的第一句话是说话的人向同伴发问：“大哥，那八个字可有点古怪，‘大言炎炎，井蛙窥天。’这是什么意思?”杨炎听得不禁暗暗好笑：“这八个字是我写的，你该问我才对。”心想：“原来他们已经发现我以指刻字的那块石头了，不过看情形大概还没见着劳家兄弟，否则早就应该明白我的意思。”

心念未已，只听得那大哥说道：“这两句话有什么不好懂，那是嘲笑人自不量力，不知天高地厚的意思。”

那人说道：“这意思我懂，但我要问的不是这个意思。为什么那个人要把这八个字写在石头上?”

“大哥”说道：“这我怎么知道。我不想琢磨他的用意，我只担心这个人。这个人的指力可不在咱们的金刚指力之下!”

他的伙伴说道：“你以为这个人可能是和咱们作对的么?”

“大哥”说道：“难说。据我所知，这次前来祁连山的我们这边的人，似乎没有谁是有这种指上功夫的。”他的伙伴道：“或者是彭大遒邀来的大内高手，我们尚未知道的呢?”

“大哥”说道：“你说起彭大遒，我更担心了。他是一帮人的头领，此刻却尚未见上山!”

那人说道：“大哥，咱们有这许多人，难道还怕对付不了那小妖女?”

“大哥”苦笑道：“你把事情看得太容易了，你试想想，要是小妖女这么容易对付，咱们的师父为什么还要找这许多人跑上祁连山？难道就只是为了要他们来帮忙搜索这样简单?”那人说道：“对啦，大哥，我正想问你，这小妖女是什么来历，你可以告诉我吗?”

“大哥”说道：“你可知道咱们师父生平最忌惮的是谁?”那人

说道："师父常常自夸他的武功已是天下无敌，我可从来没有听见过他说他忌惮谁。"

"大哥"说道："不错，他老人家的武功是天下无敌，因为他最忌惮的那个人已经死了。另外一个可能胜过他的，如今亦已老迈不堪了。"

那人说道："虽然死了，我也想知道。那个人究竟是谁？"

"大哥"缓缓说道："那个人就是二十年前，曾经使得咱们师父寝食不安的那个大魔头玉龙太子！"接着说道："如今师父要咱们搜捕的这个小妖女，就是玉龙太子的女儿！"

杨炎心里想道："怎的龙灵珠的父亲有这么一个古怪的绰号？玉龙太子，总不会真的是哪一国的太子吧？"他想起龙灵珠曾经告诉过他的部分身世，对白驼山主是谁已经隐约猜到几分了。

"大哥"继续说道："玉龙太子十二年前死于非命，但他的拳经剑谱，可并没有落入外人手中。"那人说道："但听师父要咱们搜索的那个小妖女，不过十七八岁年纪。"

"大哥"哼了一声，说道："你敢看轻她年纪小？"那人说道："我不是轻视她，但她这点年纪，即使她学了家传的武功，料想也不会高明到哪里去。咱们何须忌惮一个女娃儿？"

"大哥"冷冷说道："只要她是玉龙太子的女儿，年纪再小，咱们也不能轻视。何况她的母亲可能还活着呢！"

那人说道："玉龙太子的妻子又是谁，武功可比得上他么。""大哥"说道："你知道大吉岭灵鹫峰上那个龙老怪么？"那人说道："曾经听人说过，不过灵鹫峰高入云霄，究竟那上面是否真的隐居有一位武林异人，却也没谁见过。"

"大哥"说道："你没见过，咱们的师父却是见过的。但那是多年前的事情了，据师父说，这龙老怪的武功似乎比他更胜一筹。而且他最近得到消息，这龙老怪尚还活着。"

那人恍然大悟，说道："大哥，你刚才说的另外一个可胜过师父的人，想必就是这个龙老怪了？这个龙老怪和玉龙太子的妻子有何关系？"

"大哥"说道："他的妻子，就是这个龙老怪的女儿。龙老怪如今虽然业已老迈不堪，料想不会再是师父对手。但话说回来，师父对他总也还不能不有几分忌惮的。”

杨炎听至此处，已是明白了七八分，心里想道：“原来白驼山主恐怕龙灵珠的母亲还活在世上，要是她们母女和爷爷联袂而来，白驼山主恐怕也对付不了。是以他必须动众兴师。”

“大哥”继续说道：“最糟糕的是师父目前所练的那门神功，正在到了紧要关头他老人家不能到祁连山来，彭大遒那班人只怕帮不了咱们多大的忙。”

那人说道：“师父虽然不能亲自出马，但大师兄是说好了要来的。大师兄已经得了师父的八成功夫，只要他来此主持，何愁那小妖女不俯首就擒？”“大哥”苦笑道：“我可不敢像你这样乐观，当然有大师兄在会好得多，但还是千万不能轻敌！”

戏弄双魔

他们边说边走，此时已经走近杨炎藏身之处了。杨炎倏地现出身形，说道：“两位可是白驼山的司空先生和慕容先生？”

果然不出所料，只见那“大哥”愕了一愕，睁大眼睛瞪着他道：“不错，我就是司空照，他是我的师弟慕容垂。你是谁？”

杨炎说道：“我姓云，是崆峒派一个不足轻重的小弟子。”学龙灵珠的模样，不从父姓而从母姓。慕容垂道.“你当真是崆峒派弟子？”言下大有不信之意。

杨炎不答此问，忽地朗声说道：“丹丘孟华，何足道哉？”

慕容垂吃了一惊，说道：“劳福庇、劳福荫是你的什么人？”杨炎说道：“他们是弟子的本支师叔。”

慕容垂这才相信他的“崆峒弟子”身份，说道：“原来你是劳家兄弟的心腹师侄，怪不得你知道我们是谁了。”

要知那八个字是慕容垂在诱胁劳家兄弟投靠白驼山之时，用金刚指力在石头上写出来给他们看的四言诗中的两句。杨炎说得出来，不啻暗示自己已经知道他们和劳家兄弟之间的秘密，而且向他们表明自己也是属于反对丹丘生和孟华这一派的了。

司空照迈上一步，逼视杨炎，缓缓说道：“如此说来，你也是

‘师门之耻，岂能忘怀’的崆峒派弟子了？”杨炎说道：“这八个字弟子只敢藏在心中，不敢向外人吐露。”

司空照哈哈笑道：“好，那么咱们如今已经是自己人了，咱们亲近亲近！”笑声中忽地伸掌向杨炎的肩头一拍。

原来司空照比他的师弟谨慎得多，心里想道：“对一个本支的晚辈弟子，劳家兄弟应可指挥如意，何须把这个秘密说给他听才能拉拢他呢？”正因有此怀疑故此他还要试杨炎一试。

这一掌用上了金刚掌力，要是给他结结实实地拍个正着，杨炎的琵琶骨只怕也要给他拍碎。

是闪避还是反击？这霎那间，杨炎转了好几个念头。终于还是决定冒一个险，既不闪避，亦不反击，让他的掌缘拍着自己的肩膊。这一下突如其来，弄得慕容垂都不禁大吃一惊了。

慕容垂大吃一惊，失声叫道：“师兄，不可！”话犹未了，只听杨炎“哎哟”一声，斜窜三步，前脚已经踏出悬崖，这才稳住身形。司空照哈哈笑道：“崆峒派现今的第三代弟子中，要算你的本领最强了。几乎比得上你两位师叔！”

慕容垂松了口气，说道：“师兄，原来你是试他的武功来着，但却未免弄得太惊险了。”

司空照笑道：“我自有分寸的，决不会让他失足跌下悬崖。”原来他的掌力能发能收，只打算令杨炎摔一跤，不会捏碎他的琵琶骨的。但他却不知道，杨炎的内力亦已是到了收发自如的境界，假如他当真要拍碎杨炎琵琶骨的话，他加之杨炎之身的内力，立即就会反弹回去。

杨炎这出戏做得恰到好处，他没有摔倒，而又装作抵御不住司空照的掌力，踏出去的步法又正是崆峒派的“天罗步法”，使到司空照再也没有怀疑了。

司空照心想：“原来他是崆峒派晚辈中出类拔萃的弟子，劳家兄弟要倚仗他作为心腹，把秘密告诉他也就不足为奇了。”

“你的两位劳师叔呢？”司空照问道。杨炎说道：“他们等候蓬莱穆家的三少爷，要晚一点才来。”司空照再问：“他可有话留给我们？”杨炎说道：“有的。他们正是有一件秘密要我代为禀告。”司空照道："哦，什么秘密？"杨炎说道："有关那小妖女的秘密。"

司空照不觉好奇心起，想道："那小妖女的底细，当今之世，还有谁能够比我的师父知道更多？不过倒也不妨听听他们知道多少。"便道："好，那你快点说吧。"

杨炎却慢条斯理地说道："事情可得从头说起，我先告诉你们，我们因何要去打听小妖女的秘密。这秘密不是我那两位师叔打听到的，是我们的掌门人丹丘生打听到的。"

慕容垂道："怎的丹丘生也管上这桩闲事？"杨炎说道："这可不是闲事啊，丹丘生最得意的徒弟是孟华，孟华又是天山派的记名弟子，这个想必你们亦已知道的了？"

慕容垂道："那又怎样？"

杨炎说："杨炎得罪了本门长辈，孟华奉命清理门户，他已经捉住杨炎，叫把杨炎押往柴达木，不料中途却给那小妖女劫走。你们想亦知道，在丹丘生的心目中，天山崆峒是如同一家的。出了这样一件大事，丹丘生当然要亲自出马打探那小妖女的来历了。"

他编造的"谎言"，七分是真，三分是假，属于真的这一部分，司空照亦是早已知道的。听他说得不错，自是不会怀疑，便即打断他的话道："请你长话短说，那小妖女的秘密，丹丘生打听到了一些什么？"

杨炎说道："他已经打听到那小妖女的身世之秘，你道她是谁，原来她是玉龙太子的女儿。据丹丘生说，玉龙太子是一个武功极高的'大魔头'，不过中原各大门派，对他却是知者寥寥，甚至对他的真实姓名也不知道。"司空照眉头一皱，说道："这个我们早已知道了，你们另外还知道什么？"不觉也起了一点疑心："莫非他偷听到了刚才我和慕容师弟的谈话？"

心念未已，只听得杨炎缓缓说道："丹丘生非但已经知道了那小妖女的身世之隐，而且知道了你们的师父和她有杀父之仇。她如今出现江湖，正是为了要报杀父之仇的！"

此言一出，司空照可不能不大吃一惊了。"玉龙太子"丧在白驼山主手下，这个秘密，是只有他的大师兄和他知道的。刚才他对慕容垂也未说过。他对杨炎的疑心，不觉也就烟消云散了。

慕容垂比他师兄还更吃惊，不过吃惊之中也有意外的欢喜，说道："原来玉龙太子是给师父杀掉的，那他的女儿还有什么值得咱们忌惮的。"

杨炎继续说道："丹丘生有一句话不知我该不该告诉你们，说出来只怕你们生气。"司空照道："但说无妨。"

杨炎说道："他在说到玉龙太子的时候，倒是甚表敬意。可惜在玉龙太子生前，不知道有此一人，否则早已要去和他结交了。但说到令师的时候，可、可——"慕容垂性子急躁，喝道："丹丘生到底说了我的师父什么坏话，快讲！"

杨炎忽地说道："请恕我好奇心重，我想先向你们请教一件事情。"

慕容垂虽然不大高兴，但也无法强逼杨炎先说，只好问道："你要知道什么？"

杨炎说道："玉龙太子这个诨号甚怪，不知因何而得？"

慕容垂道："我不知道，你问我的师兄吧。"

杨炎的确是因为抑制不住好奇之心而问的，司空照老于世故，也看得出他是稚气未消，心里想道："此事无关重要，告诉他也不妨。"便道："是这样的，玉龙太子的父亲以前在南海一个小岛隐居，据说是个美男子，故此绰号玉面龙王。他的儿子相貌和武功都和父亲一样，顺理成章，就给人称为玉龙太子了。他的父亲叫展南冥，他的名字则是灵鲲。"

杨炎摇头晃脑说道："南冥者，天池也。庄子《逍遥游》说：北冥有鱼，其名为鲲，化而为鸟，其名为鹏。是鸟也，海运则将徙于南冥。南冥者，天池也。齐谐者，志怪者也。谐之言曰，鹏之徙于南冥也，水击三千里，抟扶摇而上者九万里！原来他们父子的名字是典出庄子的，看来那玉面龙王可还是文武全才的呢！"

慕容垂着了恼，哼了一声说道："我们不是请你来念书的，丹丘生究竟怎样说我的师父，快讲出来！"杨炎道："好，我说，我说。但这句话得罪令师，你可千万不要迁怒于我！"

慕容垂拿他没有办法，顿足道："我不怪你就是，说吧！"

杨炎这才慢条斯理地说道："他说你们的师父是个卑鄙小人！"

慕容垂怒道："岂有此理，他竟敢如此诋毁我的师父。"

杨炎说道："丹丘生说这句话也是有他的理由的，好在你说过不怪我，否则我可不敢告诉你了。"他先抓住慕容垂的话柄，叫慕容垂只好让他说下去。

慕容垂气呼呼地道："好，你说吧！丹丘生他有什么道理？"

杨炎说道："他说据他所知，当年玉龙太子从西域回到中原之时，并不是用两条腿走路的。他是坐在一辆木头车上，由他的妻子推车，这样回到中原的。"

慕容垂道："为什么他不能走路？"

杨炎说道："他得不到岳父的欢心，他的岳父本来不想把女儿嫁给他的。翁婿二人脾气都很倔强，他的岳父说你若再来找我女儿，我就打断你的双腿。结果真的打断他的双腿，但他也终于得到心爱的妻子了。"

慕容垂道："他的双腿是他的岳父打断的，与我的师父又有何干？"

杨炎说道："不但相干，关系还大着呢。据丹丘生说，白驼山主的武功本来不是玉龙太子的对手，欺他残废，这才敢去暗算他的。但结果玉龙太子虽然是丧在他的手上，他受的伤可也不轻，听说回到了白驼山养了一年的伤，方始能够起床。"最后这两句话，是杨炎根据龙灵珠所说的她的母亲告诉她的当时交手的情形，推测出来的。其实龙灵珠的母亲也只是知道白驼山主受了重伤，并不知道他卧床多久的。

杨炎所说的事实，司空照略有所闻，慕容垂则是毫不知道。不过他虽然不知，却想起了一件往事。有一年他的师父回到山中，的确是扶病回来的。他听得同门窃窃私议，说师父其实乃是受了强仇所伤，说患病不过是掩饰这件有失面子的事而已。他当时入门未久，当然不敢向同门多问。但一算时间，和杨炎所说的却是相符。心里想道："丹丘生知道的还不够清楚，其实师父是卧在病床上一年另三个月！"

"胡说八道，这多半是丹丘生编出来的！"慕容垂心里已然相信，嘴里可不能不这样骂。

杨炎淡淡说道："不管是真是假，但咱们却失掉一个大帮手了！"

慕容垂怔了一怔，说道："失了什么帮手？"杨炎说道："丹丘生得知你们上祁连山搜捕的消息。虽然他不打算和你联手，也曾动过念头，想要亲自出马捉拿那小妖女的。但后来一想，暗算残废之人武林最为不齿，白驼山主干出这样卑鄙的事，要是他也来趁这趟浑水，只怕给人误会，他与白驼山主是一丘之貉。他可不能受这样侮辱，所以只好打消亲自出马的念头了。"

慕容垂气呼呼地道："我们何须丹丘生帮忙？丹丘、孟华，何足道哉？白驼山从来就不把他们师徒放在眼内，对付一个小妖女，我们的师父都无须出马，只要大师兄前来就已足够！"

司空照道："小妖女的身世，丹丘生可说是查得相当清楚了。但还有一个人，不知是他忽略了访查，还是你忘记了说？"

杨炎说道："是谁？"司空照道："就是那小妖女的母亲。她究竟是死是活？"

杨炎说道："不错，当年她也是负伤而逃的，但没有死。"

司空照"啊"的一声，不觉面有惧色。只听得杨炎接着说道："假如她当时便死，'小妖女'如何能够活到今天？她是过了三年，和女儿一起到了西域之后，方始病发身亡的。"

司空照大喜道："如此说来，她还是死了！"杨炎木然说道："不错。死了！"慕容垂放下心上一块石头，又复大言炎炎："丹丘、孟华都不在白驼山主眼内，何况一个受过重伤的女人？这臭婆娘纵然还在人间，咱们的大师兄出马已是绰绰有余。甚至咱们两个凑合凑合，料想也足够对付她了。"

杨炎冷冷说道："是吗？不过，你们好像还忘记了一个人！"司空照慕容垂齐声问道："谁？"杨炎说道："你们大概已经知道'小妖女'的母亲就是灵鹫峰的'龙老怪'的女儿吧？她的母亲虽然死了，她的外公可没有死！"

司空照吃一惊道："你这样说，难道那龙老怪已经来了这里？据我所知，龙老怪自从隐居灵鹫峰之后，迄今少说也有五十年，从来未下过山的！"

杨炎说道:“他并没下山，不过——”

司空照连忙问道:“不过什么?”

杨炎说道:“当年他虽然不满意女儿的婚事，但无论如何，总是骨肉之亲，怎能让别人欺侮他的外孙女儿!”

司空照道:“你刚才又说他并没下山?”杨炎说道:“不错，他是没有下山，但却另外有人替他下山了。”

司空照道:“那人是谁?”杨炎说道:“他的徒弟。”司空照再问:“他的徒弟是谁?”杨炎缓缓说道:“听说是天山派的叛徒杨炎。他离开天山之后，拜那龙老怪为师。”司空照和慕容垂听了，不约而同地哈哈大笑起来。

杨炎说道:“有什么这样好笑?”慕容垂道:“杨炎这小子曾经打伤他的本门师叔石天行，这件事我也听说了。不过这是石天行自己不济事，并非杨炎武功高明。”

杨炎说道:“石天行名列天山四大弟子之首，这‘不济事’的三字评语，似乎有点过分吧?”

慕容垂道:“天山四大弟子又怎么样，总比不上丹丘生师徒吧。”杨炎说道:“杨炎能够打伤石天行，却给孟华所擒，依此推断，石天行的武功当然是远远比不上丹丘生。”

慕容垂哈哈笑道:“你懂得依理推断，那你就应该明白我们为什么好笑了。”杨炎说道:“我还是不懂!”

慕容垂皱眉道:“你怎的这样蠢！你试想想，丹丘孟华，何足道哉！丹丘生和孟华都不放在我们眼内，何况是曾被孟华所擒的那个小子!”

杨炎点了点头，说道:“哦，原来是这样比较。如此说来，对付杨炎，是用不着你们的师父出马了?”

慕容垂又是好气，又是好笑，说道:“你的见识真是太浅陋了!杨炎这小子若然碰上了我，我都能够手到擒来，连大师兄都不用出马，更不要说要惊动我们的师父了!”

杨炎这才装作松口气道:“我本来是崆峒派一个微不足道的弟子，你说我见识浅陋，这是一点都不错的。我给杨炎的恶名吓住了，但如今我知道你们的武功如此高明，我就放心啦。”

慕容垂看看天色，说道：“怎的彭大遒这班人还不见来，不如咱们先上这座山峰等候大师兄吧。云老弟，你紧紧跟在我们后面，你上不去我们可以扶你一把。”

杨炎装作喜出望外的样子说道：“多谢两位照料，说老实话，要我爬上这座巉岩，我可当真有点害怕。”慕容垂走在前面，不时回头，看见杨炎走得虽然颇为吃力，但还是能够亦步亦趋，心里想道：“这小子的轻功倒还不坏。”

峭壁巉崖，越上越险。到了最危险之处，连慕容垂都已无法施展轻功，更莫说照顾杨炎了。不过只要能够腾身翻过这最后的一丈多高的峭壁，就可以踏足平台。但问题在于，峭壁光滑如镜，根本就找不到一个可以借力的立足之点。

险峻出乎慕容垂意料之外，他吸了一口凉气，心想：“幸亏我练成了金刚指力，否则这次只怕是泥菩萨过江，自身难保!”说道：“师兄，你帮帮云老弟的忙。云老弟，要是你当真上不来的话，那也不要勉强，待我们上到上面，再用绳子吊你上来。”他一面说话，一面使出金刚指力，五指插入石壁。此时他已是必须全神贯注，才能确保自己的安全，哪里还敢回头一望?

话犹未了，忽听得呼的一声，劲风飒然，好像一只大鸟从他头顶飞过。他以指力支持悬空的身体，一个鹞子翻身，跃上这座巉崖，待到脚踏实地，方敢定睛观看。

只见杨炎已是笑吟吟地站在他的面前。神态从容，衣裳都没沾上半点污泥。司空照亦已上来，比起满头大汗的师弟，他是从容得多，但若和杨炎相比，显然还是有所不如。

司空照冷冷说道：“师弟，你走了眼了!”

慕容垂面红耳热，说道：“云老弟，你的轻功真俊!”杨炎哈哈一笑，说道：“雕虫小技，何足道哉?要是我有资格说一句：丹丘孟华，何足道哉?那才是真正的好功夫呢。”

司空照听出有点不对，双眼盯着杨炎说道：“有资格说这句话的，当今之世，本来也只有一个人，就是我们的师父。老弟，你的心头未免太高了。”

杨炎说道：“是么?”忽地双臂张开，拦在他们前面，说道：

“两位且慢上山。”

司空照怔了一怔，说道：“云老弟，你这是什么意思?”

杨炎淡淡说道：“没什么，你们屡次夸言，丹丘孟华，何足道哉？我可有点不敢相信。”

司空照道：“小兄弟，你弄错了。说这句话的是我们的师父，不是我们。他老人家可不能和你比试，你不相信他有这样的武功，我们也没法子。”他老谋深算，看出杨炎身怀绝技，自忖没有必胜他的把握，便打定了静观其变的主意，待看准对方的“路道”之后，方始决定如何对付。

杨炎说道：“要证明这句话是真是假，白驼山主虽然不在此间，也还是有办法的!”慕容垂可没有师兄的涵养，听了此言，大怒喝道：“好个狂妄小子，你是什么东西，胆敢怀疑我们师父的武功!好，你说吧，你要怎样才能相信?”

杨炎不理他的咆哮，慢条斯理地说道：“容易得很，由我来和你们比试一下就行!”

慕容垂气极怒极，反而哈哈大笑，说道：“你这小子要和我比试武功？嘿嘿，真是可笑啊、可笑!”

杨炎冷冷说道：“这有什么好笑？不错，你们的武功当然比不上你们的师父，但我只是崆峒派一个微不足道的小弟子，比起掌门人丹丘生和大师兄孟华，武功差得更远。要是你们能够打赢我，我就相信你们的师父确是胜过丹丘生和孟华了!”

慕容垂心里想道：“原来他是气不过我们看轻他的掌门人，他虽然反对丹丘生，但毕竟他还是崆峒派的弟子。”

不过他还是不能忍受杨炎的狂妄，哼了一声说道：“小子你有志气！我必须要你心服口服地相信我们白驼山的武功乃是天下无敌，你既然提出这个办法，我就和你小试一试吧!”心想：“待会儿抓着了他，小小给他一点教训，也就是了!”

杨炎说道：“你听错了，我并不是要和你小试一试。”慕容垂大为得意：“你不敢和我比试了么？好，你赔个礼吧!”

杨炎笑道：“你完全弄错了。我不是要和你一个人比试武功，是要和你们两个人比试。而且不是‘小试’，是要你们把你们的平生所学都施展出来！是‘大试’不是‘小试’，你们并肩子上吧！”

真人露相

慕容垂大怒喝道：“好个狂妄小子，不给一点厉害你尝尝，你也不知天高地厚！”

声出招发，骈指如戟，欺身直扑杨炎。

杨炎说道：“好，你一个人上，我让你三招！”身形一晃，慕容垂扑了个空。但慕容垂掌中夹指，掌力一吐，登时把杨炎的身形震得摇摇欲坠。慕容垂重新使出金刚指力，只听得“嗤”的一声，杨炎的衣袖穿了一个小孔，脚步踉跟，给他迫到了悬崖。慕容垂哈哈大笑：“小子还不磕头求饶，叫你死无葬身之地！”他试出杨炎的功力，只道杨炎技只此矣，气焰越发嚣张。

司空照也放下了心上的石头，想道：“原来这小子只是轻功不弱，真实本领却是稀松平常！”他见杨炎连慕容垂的劈空掌力都抵挡不住，当然不能相信他是让招。要知慕容垂的金刚指乃是接着劈空掌发出的，对方身形不稳，琵琶骨也有给金刚指力戳穿之险，即使杨炎的武功确实高出对方许多，按常理来说，也决不会冒这样大的危险来让招的。

说时迟，那时快，慕容垂已是如影随形地又扑到了杨炎身边，杨炎反手一指，以指对指，化解对方金刚指力，但似乎是力有不逮，又退出两步，一只脚已是踏出悬崖了。

慕容垂喝道：“小子，你还不服输？”双掌齐出，十指如钩，向杨炎双肩抓下。

杨炎忽地说道：“我已经让了四招了。你还不知进退，这招我只好请你吃耳光啦！”

说话之际，反手一抓。

慕容垂只觉一股大力将他吸住，他的双手竟然停在半空，抓不下去。眼见杨炎的手指反抓他的琵琶骨，再闪就要跌下悬崖，只好身向后退，等于盲头乌蝇一样，送上来挨杨炎的耳光。

原来杨炎用的乃是骄兵之计，他知道慕容垂不比云中双煞，要打他的耳光，定然不能似打云中双煞的容易，故此在一开首闪避慕容垂那三招之中，只用一两分内力与他周旋，故意让他轻视自己。杨炎练有沾衣十八跌的上乘内功，即使对方真的能够抓住他的琵琶骨，他也不怕会有危险的。

杨炎深藏不露，连精明干练的司空照也想不到他有那么高明的武功，慕容垂哪想得到提防？待到第四招杨炎方始突然使出看家本领，他那一抓用的是龙家的“擒龙手”，反手打耳光的手法，则是从天山剑法的追风剑式变化出来，快如闪电！

只听得噼啪声响，慕容垂已是挨了两记耳光。就在此际，杨炎只觉背后劲风倏然，情知是司空照的武功比师弟高出许多。

杨炎不敢轻敌，避招还招。司空照左掌右指，掌力刚猛，指力阴柔，杨炎反手一掌，掌势斜飞，把他的身形带动，但没料到他那股阴柔指力夹在掌力之中突然袭来。结果司空照固然是给逼得窜过一边，杨炎胸口的璇玑穴被他指力触及，也是不禁打了个颤。幸而杨炎的内功远远比他深厚，他的指力尚未足以封闭杨炎的穴道。杨炎运气一转，胸中的烦闷之感便即全消。

司空照窜过一边，生怕杨炎还有杀手，身形未稳，先伸左掌把慕容垂一推。他这一推用的乃是巧劲，慕容垂身形腾起，飞出一丈多外，离开悬崖。他脚踏平地，这才吓出一身冷汗。

司空照跟着倒跃回来，与师弟并肩而立。他的脚步刚刚站稳，只见杨炎又已是笑吟吟地来到他的面前。“我本来要打你的师弟四记耳光，如今只打了他两记耳光，算是便宜他了。司空照，你怎么样，要不要并肩齐上，再试一试？”杨炎笑道。

司空照冷冷说道：“原来云老弟果然是真人不露相，露相不真人。我们都走了眼了！老弟，你到底是谁？”杨炎笑道：“大言炎炎，井蛙窥天。你们说我是不知天高地厚的小子，那就算我是这样的小子吧。嘿嘿，大家都是井底之蛙，彼此彼此！”

司空照不觉一怔，心里想道：“难道他就是写这八个字的那个人。原来他写这八个字是用来嘲笑我们所说的丹丘生孟华何足道哉的！”慕容垂气呼呼地道：“师兄何必问他，这小子准是奸细，咱们先宰了他！”

司空照取出了一对判官笔，说道：“恭敬不如从命，小侠既然

“刷”的一声，杨炎手中的柔枝，带着宝剑出鞘的啸声，已点到慕容垂的面门。

定要伸量我们，我们师兄弟只好再请教你高明的武功了。”

慕容垂听得很不顺耳，心里想道：“纵然这小子有几分本事，大哥也未免是太过长敌人志气，灭自己威风了。”但他刚刚吃过杨炎的大亏，心里虽然暗暗嘀咕，却也不敢再托大了，跟着师兄亮出兵器，他的兵器是一对点穴橛。原来练金刚指力的人，必然也是点穴好手的。判官笔和点穴橛都是点穴的兵器，不过判官笔较短，点穴橛除了较大较长之外，尖端有如鸭嘴微弯，还可兼作钩刺之用。武学有云：“一寸短、一寸阴，一寸长、一寸强。”两种点穴兵器，各有所长。司空照的点穴手法较为轻灵，是以爱用判官笔。慕容垂气力较大，故而喜用点穴橛。

杨炎有意激怒他们，哈哈一笑，说道：“你们既是诚心请教，我也不会太过为难你们。好吧，我就用这根树枝指教你们几招!”口中说话，随手折下一根缀有几片树叶的嫩枝。

慕容垂果然给他气得哇哇大叫：“小子欺人太甚，你以为我当真怕你不成！今日我非杀了你不可!”本来他应该与师兄配合，同时出手，一守一攻，方能发挥联手作战的威力的，此时一气之下，他也不理师兄的动作了。急步就冲上去。

司空照叫道：“师弟，沉住了气，不可轻敌!”话犹未了，杨炎已经与慕容垂交上了手。

慕容垂双橛猛插，呼呼风响，端的是有如势挟风雷，迅猛无伦，杨炎笑道：“虚有其表，失之凝练。”他不过是个十七八岁的少年，说的却是一副“倚老卖老”的口吻，把慕容垂当作是当真向他诚心讨教的后生晚辈一般。

可是慕容垂却已无暇气恼，只有吃惊的份儿了，杨炎话犹未了，只听得“刷”的一声，他手中那根柔枝已是抖得笔直，竟然带着宝剑出鞘的啸声，后发先至，点到了慕容垂的面门!

慕容垂大吃一惊，这才知道杨炎的内功精纯的确是远远在他之上，即使比不上他师父，最少也不逊于他的师兄。这树枝一刺，劲道不亚利剑，倘若给他刺中，面皮势必戳穿。大惊之下，他如何还敢攻敌，急忙把双橛回护面门。

杨炎笑道：“你不是说要拼命的么，为什么做缩头乌龟?”笑声中树枝已经点到他的面前，轻轻一撩。

杨炎使出四两拨千斤的巧劲，柔枝轻轻一撩，慕容垂的点穴橛给他拨过一边。杨炎一招“二龙抢珠”，双指点向他的一双眼睛。忽觉微风飒然，司空照的一对判官笔亦已点到了他的背心大穴。杨炎心头一凛：“这厮的涵养功夫比他师弟深得多，倒是不能太过轻敌了。”顾不得去挖慕容垂的眼珠，一个“移形易位”，避招还招。

司空照一招“横流击揖”，双笔横封，全力防守，才把杨炎“树剑”的攻势解开。杨炎说道：“不错，你的功夫是在师弟之上，但要和我打成平手，最少还得多练十年！”口中说话，手底丝毫不缓，柔枝轻拂，似左似右，虚实不定，司空照竭尽平生所学，连用几个身法，刚刚摆脱，杨炎第三招又到，司空照吓得心头鹿撞：“这小子不知是哪里钻出来的，丹丘生孟华恐怕也不过如此！”但他到底是第一流高手，虽惊不乱，百忙中使出师门的救命绝招，双笔一个盘旋，身形陀螺疾转，居然把杨炎接连两招的攻势一起化解，而且还了一招。杨炎微微一笑：“我说你要再练十年，你信不信?”树枝击下，把他的一对判官笔，全都荡开。

慕容垂惊魂稍定，连忙上来助战。他们师兄弟训练有素，配合得宜，司空照的判官笔交叉穿插，疾点杨炎带脉的四处穴道，慕容垂的点穴橛也并不慢，同一时间，一招之内，遍袭杨炎督脉的四处穴道。他们这一招“双笔双橛点八穴”的功夫仅次于山西连家的“四笔点八脉”绝招，但连家的点穴功夫是号称天下第一家的，他们的点穴功夫的不同凡响，也就可想而知了。

杨炎喝道：“来而不往非礼也，就只你们会点穴么?”柔枝轻扬，左刺“白海穴”，右刺“乳突穴”，中刺“璇玑穴”，最妙的是，司空照和慕容垂二人都是同时见到杨炎这一招是刺他们的三处穴道。原来杨炎这一招三式，快如飘云，飘忽莫测，以致他面前的两个对手，从他的“剑势”之中，都有同样三处穴道被袭的感觉。

师兄弟哪还敢进攻，连忙合力防守，好不容易方能化解了杨炎这一招攻势。杨炎一看，树枝上缀着的几片树叶已经落了两片。心里想道：“我的功夫到底未纯，要练到孟华那样境界，恐怕最少也得三年。”原来他这一招，是从孟华的“胡笳十八拍”那招变化出来。

司空照慕容垂越打越是吃惊，不知不觉给杨炎逼得退至悬崖。红日西沉，余霞散绮，幻出满天丽彩。杨炎忽地说道：“丹丘生的连环夺命剑法七十二招，最厉害的一招名为胡笳十八拍，料想你们曾经听过。可惜这一招我只学得一点皮毛……”

说到“皮毛”二字，左手衣袖一挥，右手的树枝疾刺出去。这刹那间，慕容垂只见四面八方都是青绿色的枝影。

就在这一刹那间，他已是给树枝刺着身上的七处穴道！这一招杨炎是撇开了司空照，专对付他的。

“就只这点皮毛功夫，你也抵挡不住，还说什么丹丘生孟华，何足道哉？”杨炎哈哈笑道。

他口中大笑，心里却是不禁暗暗道了一声“惭愧”。“丹丘生用这一招胡笳十八拍能够在老猿石刺出十八个窟窿，我却只能刺着他的七处穴道，还要用袖风荡开他的兵器才成！”

慕容垂闷哼一声，便似给人封住了嘴巴，叫不出来。身如断线风筝，跌下悬岩！

司空照吓得魂飞魄散，不待杨炎出招，自己跳下悬岩！

好在他是前脚跟着后脚跳下去的，半空中一抓抓着师弟的足踝。两人的体重相加，下坠之势更急了。他的武功也委实了得，在这生死一发之间，左手的判官笔插入了石壁，这才停止下坠。

司空照抱住师弟跳落平地，一看师弟并没受伤，这才放下心上的一块石头。他解开师弟的穴道，扬声叫道：“朋友，请留下万儿！”他已经看出杨炎决不是崆峒派的小弟子，按照江湖规矩，可不能不交代几句门面话。

杨炎哈哈笑道：“我就是你们认为不堪一击，何足道哉的那个‘小子’杨炎！”

这一下司空照也好像给人点了哑穴似的，说不出话来了。

杨炎笑过之后，心中亦是不禁感到一阵迷茫。正是：

只在此山中，云深不知处。

第十八回　手足相残何太忍
鸳鸯同命若为情

荒山异人

只在此山中，云深不知处。杨炎只好信步所之，走入深山密林，碰碰自己的运气了。不知不觉，白天已是变成黑夜，好在这晚月光皎洁，杨炎一鼓作气，攀上一座山峰。他不知道龙灵珠藏在哪儿，只是心中有个念头，龙灵珠多半是藏在人所难到的地方，他上山越高，就隐隐觉得是和龙灵珠多接近一步。

攀上这座山峰，月亮已过天中，杨炎也感到有点疲劳了。他找到一座平滑如镜的石台，躺下便睡。也不知过了多少时候，忽在梦中被异声惊醒。

不是猿啼，不是虎啸，却好像是小孩子的哭叫声音。

杨炎大吃一惊，睡意全消，竖起耳朵来听。

“你们这些坏蛋敢欺侮我，我就去告诉爹爹……”声音从远处传来，他只隐隐听见这两句话，后面的话就听不见了。那个孩子似乎也跑得很快。

杨炎又惊又怒，心里想道：“为什么有人在山上欺侮一个孩子，这个孩子的父亲定非常人。”他想起日前所得的那个消息，龙灵珠的父亲有个朋友住在祁连山，“这孩子的父亲会不会就是那个人呢?”他想，“若然我猜不错，这伙坏人，多半恐怕也是和白驼山那帮人有关系的了。”

隐隐又听得见有人说话的声音了，杨炎伏地听声，只听得那人说道："大师兄，何以你放走那个孩子？"

"大师兄"笑道："我是要他给我引路呀，你没听见他口口声声说要回去告诉他的爹爹么？这孩子倔强得很，让他自己回去，比咱们迫他带路要好得多。"

杨炎听得"大师兄"三字，又惊又喜，想道："原来是白驼山的第二号人物，司空照和慕容垂把他们的大师兄说得那么了得，我正好去找他的晦气。不过且先听听他们说些什么。"

先头那人说道："那为什么还不去追？"

"大师兄"笑道："你怕这孩子跑得出我的掌心吗？我要让他以为咱们追不上他，要是我马上跟在他的背后，给他发觉了反而不妙。而且我这是一石两鸟之计，你们懂吗？"

那人问道："什么一石两鸟之计？"杨炎也想知道，凝神细听。可惜他们似乎是和那人咬着耳朵说话，杨炎一点都听不见。过了一会才听见先头那人哈哈笑道："果然真是妙计！"

"大师兄"沉吟半晌，说道："云中双煞、劳家兄弟、彭大遒这班人至今未见踪迹，连司空照和慕容垂都不知去向，这事可有点古怪。你们下去看看，要是碰上了，叫他们赶快上来。虽然他们帮不了什么大忙，多少也有点用处。"只听得四个人同声答应，那"大师兄"一走，这四个人分成四路下山。

杨炎立即施展"草上飞"的轻功，循声觅迹，前去追踪那个"大师兄"。按照他的估计，那些人谈话的所在和他的距离不过半里山路之遥，他施展草上飞的轻功转瞬即到，月光又是这么明亮，要追上那个"大师兄"，料想不会有甚困难。

不料他追了半支香的时刻，兀是未发现那个"大师兄"的踪影，伏地听声，也听不见声息。

前面是一片黑压压的松林，松林后面是并列的三座山峰。根本就不知道那"大师兄"和那小孩子是跑向何方。

"这大师兄的轻功倒是不弱！"杨炎心里想道："但既然发现了这条可以找寻龙灵珠的线索，多花点功夫，也非查个水落石出不可！"

他穿过那片松林，松林并没人家，暗自思忖："一个小孩子，纵然懂得武功，在这荒山之上，也不敢离家太远的。这个孩子的家必定是在这三座山峰之一。我先上较矮的这座山峰看看。”

他跑上这座山峰，连野兽也未发现半只，正想下山，忽听见对面的山峰有声音传来。登上高处遥观，一看之下，又惊又喜。

只见对面山峰的山腰处有块草坪，草坪上正有人练武。

月明皎皎，碧空无云，望到对面的山峰，虽然不是十分清楚，也可以看得出练武的人是个三络长须的壮健老者。在这老者旁边看他练武的是个少女。

尽管面貌看不真切，从轮廓看来，他已经可以断定是龙灵珠无疑了。

不过两峰的“空际距离”虽然很近，要跑到对面的山峰，必须下山又再上山，纵然他身具超卓轻功，最少恐怕也得花一支香时刻。他本来就想过去的，但那个老者练的一套掌法，却把他的目光吸引住了。

只见那魁梧老者双掌划圈，越来越快。杨炎在这边山头虽然听不见呼呼的掌风，却可以看得见树叶纷飞，草坪四周的树木似是碰到大风一样摇动。

掌风扫落树叶还不稀奇，更奇怪的是，满空飞舞的树叶并不落在地上，而是落在半空结聚成为环形，跟着那老者的身形旋转。

杨炎看了，不由得暗暗喝彩，心里想道：“原来他练的这套掌法，不但是掌法奇妙而已，且还是兼练一种上乘的内功的。”

接着又想：“那‘大师兄’的武功，我虽然没有见过。不过从司空照与慕容垂的本领看来，他的武功纵然比他的这两个师弟高明十倍，只怕也未必是这老者的对手。他单人匹马，就敢来挑衅，还要在这老者的眼皮底下捉拿龙灵珠，可也真是太不知自量了。”

心念未已，只见那硕大无朋的草环突然拉直，好像变作了一条墨龙，转瞬间，“墨龙”在空中寸寸折断，树叶这才纷纷坠地。原来老者的这一套掌法已经练完了。

杨炎看得又是吃惊，又是佩服，心想：“要练成功他这样精纯的内功，我恐怕最少也还得再练两年。”

旁观的那个少女高声喝彩：“萧伯伯，好一套扫叶掌法。”

果然是龙灵珠的声音！

杨炎几乎忍不住就要叫她，他若是使出传音入密的内功，龙灵珠在那边山峰，用不着伏地听声，料想也可以听得清清楚楚的。

但转念一想，他终于还是忍住了。

他怕的是吓走了那个“大师兄”。他若是使出传音入密的内功，只要在武学上有点造诣的人，一听就会知道他是一流高手。“难得这厮不自量力，自己送上门来，我岂可将他吓走？嘿，嘿，他们白驼山一派，都是大言炎炎，井蛙窥天。他自以为可以胜得过这位萧老前辈，还可以轻而易举把‘小妖女’抓了去，我乐得在这边看他笑话。”

杨炎认定了这个“大师兄”是不自量力，他害怕的就不是他来，而是他不来了。“他若敢来，给抓住的一定不是龙灵珠而是他！”杨炎心想。

他忍住不作声，只听得那老者哈哈笑道：“贤侄女，你怎的手里捧着金饭碗，反而羡慕别人？”

“萧老伯，你这是什么意思，我可不懂。”龙灵珠问道。

那姓萧的老者笑道：“我不敢妄自菲薄，在这套掌法上是用了一点功夫。但比起你家传的龙形六十四式可还差得太远！”

龙灵珠道：“萧伯伯，你是哄我欢喜还是故作谦虚？我使龙形六十四式只能震落树叶，可远远不及你这套掌法的威力！”

那老者道：“这是你还不大懂得运气使劲的缘故，从今天起，每天你先看我练一套落叶掌法，然后你再练你的龙形六十四式，过了三天，或许你可以有点不同了。”龙灵珠对他的用意本来已经猜到几分，一听此言，登时领悟，欢喜得跳起来道：“萧伯伯，原来你是有心指点我的，你是要我触类旁通！”

那老者道：“指点不敢当。不过我这套掌法虽然比不上你家传的龙形六十四式，掌法所需运用的内功，两者的法门却是相同。”

原来龙灵珠是从父亲留下的拳经剑谱，无师自通，练成了龙形六十四式的。但她只是从书本上学，运功的法门，限于年幼，却还未能参透。“袭貌遗神”，练成的掌法只是神似而已。

龙灵珠想道：“怪不得前两天我把这龙形六十四式练给萧伯伯

看，他看了不置可否。原来练这掌法，还要懂得许多运气使劲的窍门！”

此时她看了一遍，已经懂得一点“窍门”，心痒难熬，说道：“萧伯伯，你再练一遍我看，请你放慢一些。”

老者笑道：“你这女娃儿这样心急，一天就想练成功吗？好吧，我就再练一遍。”他放慢拳脚，从头再练。杨炎躲在那边山头，凝神观看。他的内功造诣在龙灵珠之上，获益亦是不少。

不过那老者刚练到一半，就给人打断了。

一个小孩子气吁吁地跑上山来，叫道：“爹爹，你给我报仇、报仇！”

老者吃了一惊，说道：“报什么仇？”那孩子道：“我给坏人欺侮了。爹爹，我要你替我抓那个坏人，让我打回他一掌！”

老者道：“定儿，说清楚点，是什么样的坏人，他因何打你？”那孩子道：“他来强抢我刚刚捉到的一只小红鸟，我不给他，他就打我。我从来没有见过这个人的。”

龙灵珠道：“他打你哪里，还痛不痛？过来让我瞧瞧。”

龙灵珠虽然觉得事情有点奇怪，但见这孩子自己能跑上山来，也就不怎样担心了，心里想道：“定弟自幼练童子功，功夫已经颇有根基，寻常人打他一掌，料想他也不会受伤。”

那孩子道：“那坏蛋在我背心打了一掌，痛倒是不痛，只痒得难受。跑路的时候还好些，一停下来，就好似痕痒到骨头里去！”老者越听面色越是沉重，忽地伸手撕开儿子的上衣。

龙灵珠正想替孩子脱下衣裳，看看伤势如何，给他敷药。在她以为，纵然受伤，大不了也只是一点皮肉之伤而已，见这老者急不及待地撕破儿子衣裳，不禁大吃一惊！

只见孩子的背心有淡红色的掌印，龙灵珠又是吃惊，又是奇怪：“那人的掌力可是用得不轻呀，定弟为何不觉疼痛？”

那姓萧的老者气得咬牙说道：“天下竟然有这样狠毒的人，我与你何冤何仇，竟然对我这乳臭未干的孩子用这种阴毒的掌力！”

龙灵珠这一惊非同小可，问道：“定弟受的是什么伤，不、不至于有大碍吧。”

那老者道：“那人是用太阴掌力伤了他的奇经八脉，掌上还可能涂有毒药。但不知他是功力未到还是尚稍有天良，这孩子的经脉未给震断。目前只是瘀血充塞体内，我还能治。”

说至此处，游目四顾，不见有人上来，继续说道：“贤侄女，待会我给定儿治伤，你替我留神点儿，别让陌生人上来！”

龙灵珠刷的拔出剑来，守在崖边，说道：“伯伯，你放心替定弟治伤吧，要是有人硬要上来，我和他拼个死活！”

老者说道：“也无需这样，打不过的时候，你叫我好了！”说罢，手掌已是贴在儿子的背心，用自己数十年所练的纯阳内功、为儿子推血过宫，解毒疗伤。

过了一支香时刻，孩子脸色恢复红润，汗如雨下，流出的汗，气味带点腥臭。那孩子喜道：“爹爹，你的本领真大，我的痕痒已经止了。我、我想睡觉。”说话的声音比前微弱得多，看来已是累得不堪。

老者吁了口气，说道：“总算把这孩子的一条小命保住了！”神情困顿，似乎比孩子还更疲劳。

杨炎在这边山峰看不见他怎样运功为孩子疗伤，也看不见他此际憔悴的容颜，但却隐隐感觉到有点什么不妙。

“一石二鸟之计，一石二鸟之计！”那“大师兄”邪恶的笑声又好像在他的耳边响起来了。“一石二鸟之计”究竟是什么？他不知道。但亦已隐隐猜到几分了。

虽然他对这老者很有信心，即使他的武功已经打了折扣，他还是相信他可以打败那个“大师兄”的，但为了预防万一，他可不敢像刚才那样丝毫不以为意了。

他改变了主意，心里想道：“我可不能让这位萧老前辈中了奸人之计、我可得赶快过去与他们相会！”

可惜已经迟了，他刚刚有这念头，尚未付之行动，那边的草坪上，已是发生了他意想不到的事！

那个老者吁了口气，刚要把孩子交给龙灵珠，忽听得有个人赞道：“萧老前辈好精纯的内功，佩服，佩服！”草坪上突然多了一个人，一下子就到了那老者的身边！

龙灵珠这一惊非同小可，她一直是仗剑在崖边防守，注视着周围的动静的。这个人也不知是从哪里钻出来，她竟然丝毫没有察觉。虽说她是为了孩子的受伤分了心神，但也难辞疏忽之罪了。不过这个人已经来到了那老者的身边，来意如何，尚未知道。一时之间，她倒是拿不定主意，要不要立即动手?

那老者摆了摆手，示意叫她暂且不必动武，说道："阁下何人，因何来此?"

那白衣汉子施了一礼，缓缓说道："白驼山门下弟子宇文雷特来拜见祁连剑客萧老前辈!"

果然是那个"大师兄"来了!

杨炎本来是不怎么把这"大师兄"放在心上的，此际见了他这神出鬼没的轻功本领，亦不禁耸然动容，心里想道："司空照和慕容垂说的那番话，的确不是夸大之言，这个人的本领和他们相比，确是有天渊之别。我是太过低估他了。"

那老者怔了一怔，说道："不敢当，萧某与白驼山素无来往，可说得风马牛不相及，你找我做什么?"话犹未了，那恹恹欲睡的孩子忽地叫起来道："爹爹，他就是打伤我的那个坏人!"

那老者吃了一惊，大怒喝道："萧某与你有何冤仇，你竟然对小孩子也下毒手!"他手中抱住孩子，面对如此阴险恶毒的敌人，虽然气怒交加，也只能暂且沉住了气，凝神待敌，避免轻率出手，反遭对方所算。

宇文雷打了个哈哈，说道："萧老先生言重了！你仔细想想，要是我当真下了毒手的话，你的孩子焉能还有命在？不错，我用太阴掌力，震伤令郎的奇经八脉，下手是稍嫌重了一些，但以你萧老先生的绝世神功，何愁不能将他救活?"

老者冷笑道："好呀，那你说吧。你处心积虑，用这等卑鄙的手段来消耗我的内力，意欲何为?"

宇文雷道："没什么，只是想请你不要插手一件事情。"

老者说道："什么事情?"宇文雷道："不错，我与你是无冤无仇，但这位龙姑娘却是和家师有冤有仇……"

龙灵珠忽地喝道："你复姓宇文，宇文博是你何人?"

宇文雷道："他是我的师父，也是我的伯父。"

龙灵珠眼睛好像要喷出火来，说道："原来白驼山主就是宇文博，这就怪不得了。"刷的一剑就向宇文雷刺去。

只听得"嗤"的一声，宇文雷的衣袖给剑尖刺破，但龙灵珠却给他的袖风一拂，不由自己地退出了四五步。

那老者抢过去拦在她的身前，左掌虚接，对着宇文雷，防他续施杀手。他抱着孩子，身法快得极点。宇文雷并没追击。

那老者道："贤侄女，宇文博敢情就是——"

龙灵珠道："不错，宇文博正是我的杀父仇人！要是我早知道白驼山主是他，我已经上白驼山去了。"

宇文雷笑道："你怎配和我的师父交手，我是奉了他老人家之命，捉拿你的。你要报仇，冲着我来。"

龙灵珠挥剑复上，那老者道："且慢！"忽地把手中的孩子交给了龙灵珠。

这一下来得甚为突兀，龙灵珠不能不把孩子接了过来，孩子到了她的手中，她自是不能冲上去和宇文雷厮拼了。

老者说道："灵珠，麻烦你照料定儿，哄他睡觉。你是我的客人，这件事应该由我对付！"

龙灵珠也怕误伤了孩子，说道："萧伯伯，待会儿你抓住这个小贼，可别忙着杀他！"她对这老者的武功满怀信心，以为他纵然耗了少许内力亦是无妨。却哪里知道，这个老者并非只耗了"少许内力"，而是耗了七成以上的内力了。

龙灵珠抱着孩子走开之后，老者双眼一翻，冷冷说道："宇文雷，动手吧！"

宇文雷笑道："萧者先生，你当真要和我动手？不错，玉龙太子是你的好朋友，但死了的朋友的女儿，总比不上你自己的性命宝贵吧？"言下之意，这老者和他交手，必死无疑！

老者须眉怒张，喝道："你把我萧逸客当作何等样人？你处心积虑耗损我的内力，我豁了这条性命，也不能让你如愿。"

宇文雷道："好，你既然不听良言，那可休怪我无礼了。萧逸客，你号称祁连剑客，如今我就只凭一双肉掌，领教你的高招，你拔剑吧！”

萧逸客壮年以剑掌双绝，名闻武林。但在归隐之前数年，江湖上罕逢敌手，早已不用剑了。归隐之后，又练成了扫叶掌法，更是无需用剑。

今朝他借练掌指点龙灵珠的武功，根本就没有把宝剑带出来。即使他有剑在身，对方一个晚辈，空手向他挑战，以他的身份，也决计不能用剑。但宇文雷明明知道他身上没有藏兵刃，却还要这样说，用意何居，萧逸客当然明白。不过，虽然明白，也还是不能不中他的激将之计。

“废话少说，我不用剑也能杀你，进招吧！”萧逸客喝道。

宇文雷哈哈一笑，说道：“好，且看是谁能够杀谁？”话犹未了，双掌疾击。

萧逸客一招“拂云手”，双掌虚带，宇文雷脚步跄踉，闪过一边。萧逸客忽觉一缕甜香，沁入鼻观，有说不出的舒服。宇文雷笑道：“萧老前辈，我忘记告诉你，我的掌上是涂有炼制神仙丸的药液的，神仙丸虽然不能说是毒药，却也能够令人精神萎靡，你可要当心一点才好！”

萧逸客沉住了气，默运玄功，和他周旋数招，蓦地一声大喝，立下杀手！

这一招“涵虚吐清”乃是扫叶掌法精华所在，萧逸客全力施为，果然非同小可。

阴阳掌力，相牵相激，宇文雷恍似一叶扁舟，陷入漩涡之中，身不由己地接连打了三个盘旋，方始稳住身形。

萧逸客跃上前去，一招“疾风迅雷”击他背心。宇文雷刚刚稳住身形，反手一招“五丁开山”，以金刚掌力硬接，居然给他挡住了。萧逸客暗暗叫了一声“可惜！要是我能多恢复两分功力，这小贼已经毙在我的掌下！”这一招“涵虚吐清”，他是蓄力而发，只盼能够一击成功的，不料功亏一篑，元气更是大伤。

宇文雷几乎吃了大亏，心里也是暗暗吃惊，想道：“这老儿号称剑掌双绝，果然名不虚传。好在我是有备而战，也不忙立即就收拾他，慢慢消耗他的内力再说。”主意打定，改用绕身游斗的打法，绕着萧逸客的身子走圈圈，他的掌上涂有毒药，纵然打不着萧逸客的身体，吸了他的掌风，也是有害，萧逸客只能闭住呼吸，到了实在挨不住的时候才吸一口气。

清脆柔美的歌声从林中那间小屋传出来。

是龙灵珠的歌声，为了哄那孩子睡觉唱的儿歌。那孩子本来已是恹恹欲睡的，但记挂着父亲和坏人动手，却又不敢睡了。

星星闪闪月光光，
心肝宝贝睡在床。
不怕东山有猛虎，
不怕西山有恶狼，
娘亲守在儿身旁。
宝贝一觉睡到大天光。

这是龙灵珠小时候听得熟极而流的一支儿歌，在野地、在荒林、在雪山之上、在冰河之边，每天晚上她睡觉的时候，她的母亲最喜欢唱的一支儿歌。唱起这支儿歌，她不觉想起了自己苦难的童年，想起了曾与自己相依为命的母亲。

细心的人可以听得出，柔美的歌声中含着多少凄酸；要是更细心去听，还可以感觉得到，除了凄酸，还有激愤。

杨炎在那边山头听得呆了，心里想道："她虽然命苦，毕竟还曾经有过母亲守在她的身边，唱歌来给她听。我却是未满周岁就失去了娘亲，连这点'福气'都没有。"

歌声中萧逸客与宇文雷越斗越烈，萧逸客挂念孩子，不觉想道："眼前这个敌人，比东山猛虎、西山恶狼还更凶狠得多，我若败给了他，龙灵珠自身难保，更有谁人能护我这孩子？"

他一生不知经过多少风浪，从来不知害怕，这次却是不能不由他隐隐感到恐惧了。心里一急，就沉不住气急于要击败敌人了。用力过度吸了两口毒气，登时只觉地转天旋，冷不防给宇文雷打了一掌，"哇"的一口鲜血吐了出来。

宇文雷哈哈笑道："萧老儿，你、你——"话犹未了，忽地稳不住身形，不由自主地打了两个盘旋。一掌劈出，"蓬"的一声，劈断了一株粗如人臂的树枝，要不是收势得快，几乎撞在树上。原来萧逸客那招“扫叶掌”蕴藏有三重内力，有如暗流冲击，一波未平，一波又起，在宇文雷身上发挥了威力。

可惜萧逸客已是强弩之末，未能及时赶上去再补一掌，说时迟，那时快，宇文雷又已退而复上，攻得更加急了。杨炎在这边山头看得不大清楚，但从兔起鹘落的身影翻腾之中，亦可以看得出来，萧逸客已是只招架之功，并无还手之力。

宇文雷劈断树枝那“蓬”的一声令他从迷茫中醒了过来，“不好，萧老前辈内力损耗过甚，只怕敌不过他。我可得赶快过去助灵珠一臂之力才行。”

他只道萧逸客还可支持一会，怎知萧逸客已是到了强弩之末的田地，内力早已消耗殆尽，比他想象的更甚！

龙灵珠好不容易把孩子哄得睡了觉，连忙取了萧逸客所用的长剑出来。

只见萧逸客正在遭受猛烈攻击。宇文雷双臂箕张，手脚起处，全带劲风。周围沙飞石走，树叶纷落。萧逸客的双脚虽然仍是牢牢钉在地上，上半身却已摇摇晃晃，恍似风中之烛！

龙灵珠倒持剑柄，叫道：“萧伯伯，对付这等奸恶小人，何须和他客气，你用剑吧！”她怕萧逸客要顾身份，不肯用剑，故此先劝两句。说罢，立即将长剑向萧逸客抛去。

哪知就只这么慢了片刻，萧逸客又已接连中了两掌。金刚掌力震破了他残余的护体神功！

长剑飞来，给宇文雷劈空掌力一带，“嗤”的一声，插入了萧逸客左肩。萧逸客本已支持不住，伤上加伤，大吼一声，倒纵出三丈开外。这一纵竭尽全力，避开宇文雷最后一击，脚一沾地，人也晕倒了！

龙灵珠失声尖叫，忙向倒在地上的萧逸客奔去。

宇文雷哈哈大笑，身形一晃，拦在龙灵珠面前。“小妖女，你的靠山都已是自身难保，你乖乖跟我走吧！”龙灵珠气得双眼要喷出火来，喝道：“白驼山的小贼，我与你拼了！”

宇文雷笑道：“拼也没用！”运掌成风，荡开龙灵珠剑尖。龙灵珠紧咬银牙，心里想道：“我必须沉住了气，给萧伯伯报仇！”

她默记萧逸客刚才借“扫叶掌法”指点她的运功法门，剑法陡地一变。

剑光夭矫，沉雄迅捷，兼而有之。她把家传的掌法“龙形六十四式”，化到了剑法之中。饶是宇文雷使出了第八重的金刚掌力，也只是仅能自保。莫说不能震落她手中的剑，有几招凌厉的剑招，甚至他都险些化解不开。

宇文雷这一惊不在龙灵珠之下，心里想道：“奇怪，这丫头的功力怎的好似比刚才强了？她的这路剑法，也不知是何家何派，如此厉害！”当下重施故技，与龙灵珠绕身游斗。

龙灵珠咬紧银牙，运剑如风，钉着宇文雷丝毫不放松。

眼看她已经抢到上风，就快把宇文雷逼到悬崖了，忽地感到一阵头晕，好像喝醉了酒似的，懒洋洋的提不起劲来。

原来她虽然告诫自己“沉住了气”，却无法沉得住气。她必须呼吸，就不能不吸进宇文雷的掌风。宇文雷的双掌是涂上了从大麻提炼出来的烈性药剂的。

她的内功比不上萧逸客的深厚，新领悟的心法也还未能运用自如，一轮狂攻过后，吸进去的毒气更多，当然是支持不住了。

宇文雷蓦地喝道：“撒剑！”欺身扑进，一招“斜挂单鞭”，切她手腕。他先用劈空掌力荡歪她的剑尖，只道她已是气衰力竭，要抢她的剑易如反掌。

哪知龙灵珠练的家传内功不同凡响，不错，她是已经气衰力竭，但在紧急关头，还可以作最后的一击。

她脚步一个踉跄，好像就要跌倒，踏的却是醉八仙步法，一个移臧十位，剑尖突然从宇文雷意想不到的方位刺来。

可是她的内力毕竟还是不能透过剑尖，刺是刺中了，却只能划破宇文雷的一点皮肉，剑尖立即就给反弹开去。

宇文雷怒道：“臭丫头，我不想伤你，你反而逞凶！快快扔剑投降，否则取你性命！”正要施辣手再夺她的宝剑，即使不能遵守师父的吩咐将她活擒，也顾不得了。

就在这霎那间，忽听得“当”的一声，龙灵珠的青铜剑飞上半空！宇文雷尚未出手，当然不是他的掌力震飞的。

宇文雷呆了一呆，定睛看时，只见草坪上不知什么时候，已经多了个人，是个英气勃勃的少年。他一向以武功自负，这人突然出现，他竟丝毫都没察觉，吃惊可想而知。

殊不知宇文雷固然是大吃一惊，龙灵珠的吃惊比他更甚。

宇文雷认不得这个人，龙灵珠是认得的。

这个突如其来的人不是别人，正是杨炎的哥哥孟华！

孟华以弹指神通的功夫，弹飞了龙灵珠的剑，龙灵珠一呆，孟华迅即就点了她的穴道。

宇文雷吃惊过后，抱拳说道："多谢阁下相助，请问高姓大名。"他只道孟华是彭大遒请来助拳的人。虽然有点奇怪彭大遒怎能请得动本领这么高明的人，但见他点了龙灵珠的穴道，自是不会疑心他是敌人。

孟华反问："你是何人？"宇文雷怔了一怔，说道："彭大遒请你来，没有告诉你吗？"

孟华道："你说的是陕甘道上那个有点名气的土霸彭大遒吗？这人的名字我倒听过，你说的什么事情，我可不知。"宇文雷不禁又吃一惊，说道："那你到底是谁，为何前来助我？"

孟华冷冷说道："我是为自己的事情来的，与你们并不相干。恕我没有工夫和你多说闲话，你请便吧！"

宇文雷大为尴尬，说道，"阁下大概未知道我是谁吧？我是白驼山的宇文雷，不知配不配与阁下结交？"他以为一亮出自己的"万儿"，对方必然耸然动容，改颜相向。

哪知孟华仍然冷冷说道："我叫你走，你听见了没有？"声色比刚才更加冷峻了！

宇文雷心头大怒，恨不得立即杀了孟华。但一来他见孟华刚才露了那手武功，心中不无忌惮；二来自己刚和萧逸客拼斗一场，也不敢再斗强敌。当下只好忍住了气，说道："好，我走，我走。你敢轻视白驼山的人，将来你可别要后悔！"交代了这两句"场面话"，他便去抓业已给孟华点了穴道的龙灵珠。

他快，孟华更快，早已挡在龙灵珠面前，伸出食指，对着他的掌心。宇文雷是个武学行家，一见便知他用的是上乘点穴手法。掌心的劳宫穴是人身三十六处大穴之一，若给点个正着，纵然不至毙死，内功也要大受影响。宇文雷不敢强抢，只好止步。

“这小妖女是我们山主的仇人之女，我奉了山主之命要把她带回去的，请你交给我吧。”宇文雷忌惮孟华武功了得，这次倒是依正江湖规矩，来个先礼后兵。

但孟华可不吃这一套，喝道：“我是叫你自己滚回山去，这位龙姑娘我要留下！”

宇文雷怒火如焚，忍无可忍，喝道：“你是恃着谁的势力，胆敢与白驼山作对。这小妖女虽然是你点了她的穴道，但她本来就不是我的对手，你不来，我也一样可以抓着她的。讲道理，你也讲不过我！”孟华淡淡说道：“废话少说，她被我所擒，你要把她带走，就必须凭你自己的本事从我手中抢去！”

宇文雷涩声说道：“你到底是谁？我可不能和无名之辈交手！”孟华冷冷说道：“我并不是什么名人，不过，我的名字你们白驼山是早已知道的。丹丘孟华，何足道哉？这两句话是从你们白驼山传出来的不是？我就是孟华！”

宇文雷佯作大吃一惊，说道：“孟大侠，你误会了，这两句话是劳家兄弟造的谣，其实……”他佯作赔礼，双掌一合，忽地就向孟华偷袭！

这一招“童子拜观音”虽然是起手式，但双掌用上金刚掌力，合在一起，却是非同小可，比一般的进手招数，还更强劲。

孟华冷笑道：“不要脸！”他来不及抬起手臂发掌，随意挥袖一拂，使出了“沾衣十八跌”的上乘内功。

宇文雷双掌迅如电光石火的疾劈下去，碰着他的衣袖，就像被裹在一团棉絮之中，竟是无从发力。陡然间只觉一股柔和的力道反弹回来，宇文雷禁不住脚步踉跄，倒退三步。孟华见他没有跌倒，也似颇出意外，喝道：“来而不往非礼也，你也接我一掌！”一掌拍下，不疾不徐，无声无息，好像并未用力。

宇文雷识得厉害，他虽然也练过类似“沾衣十八跌”的借力打力功夫，但用来对龙灵珠自可，用来对付孟华则是万万不能，这点知己知彼之明，他还是有的。若不是硬碰硬接，只怕“借力”

不成，自己先给他打成一团烂泥。当下微一侧身，一招极刚猛的大摔碑手劈出，用到了第八重的金刚掌力。双掌相交声如郁雷，宇文雷又再斜窜七步，方始站稳。

孟华面色一变，冷笑说道："我只道白驼山主好歹也算是武林中一号人物，不料他的门下弟子，用的竟是这种下三滥功夫！怪不得祁连剑客着了你的道儿！"

宇文雷只道他已吸进毒气，内功受损，方有此言。心里想道，"你赶紧闭住呼吸，还好一些，居然还敢开口说话，真是活得不耐烦了。"正要扑上去再发毒掌，不料身不由己，蹬、蹬、蹬地退了三步，跟着又退三步。原来孟华那一掌蕴藏有三重内力，后面两重，此时方始相继发作。

祁连剑客萧逸客昏迷了一会子，迷迷糊糊中似乎听得有人在叫自己，恢复了一点知觉，慢慢张开眼睛。

只见人影翻腾，宇文雷正在与孟华拼第三招。这一招宇文雷使出生平所学，只能化解孟华的五成内力，他倒纵出一丈开外，只觉喉头发甜，不愿在敌人面前吐出鲜血，强咽回去。

萧逸客清醒了些，分别得出孟华是个男子不是大姑娘了。他还记得在他失掉知觉之前，龙灵珠正在把他的剑抛给他的，他本以为此际和宇文雷交手的必是龙灵珠无疑。待看清楚了不是，不禁又喜又惊。

喜者是：不知哪里来的年少英雄，居然能够替他挡住了宇文雷；惊者是：龙灵珠哪里去了？吃惊比欢喜更甚，他不禁叠声叫道："灵珠、灵珠，定儿、定儿，你，你们在哪里？"虽然用力呼喊，声音好似蚊叫。不过孟华也听得见了。

萧逸客听不见龙灵珠的回答，忽地觉得左臂疼痛，慢慢移动，右手一摸，方始发觉自己那把剑插在臂上。"难道，难道灵珠和定儿已遭毒手？唉，只怕我从此也要变成废人。这少年能挡得住宇文雷吗？"忧、疑、惊、急迸发，不觉又晕过去。

孟华心里想道："救萧逸客要紧，不能和这厮多所纠缠了。"随手折下一根树枝，喝道："你们不是说丹丘孟华何足道哉吗？好，我就让你见识一招何足道哉的剑法！"

树枝一抖，“嗤、嗤”连声，不绝于耳，宇文雷未及出招，孟华已经收回“树剑”，冷笑说道：“你自己瞧瞧！”宇文雷低头一看，只见胸腹部的上衣，密密麻麻地给戳破了两排小孔，一数，刚好是十八个。不用孟华告诉他，他亦已知道孟华使的这招剑法，乃是崆峒派的绝招“胡笳十八拍”了。这一绝招他早已闻名，但还想不到它的厉害一至如斯，不禁吓得魂飞魄散！

孟华喝道：“看在你能够接我三招份上，饶你性命，你还不快快给我滚回山去！”

宇文雷如奉谕音，逃之唯恐不速。

孟华走到萧逸客身旁，拔下插在他左臂上的剑，仔细一看，幸好没伤着筋骨。他随身带有上好的金创药，便即替他敷上。

但萧逸客的外伤虽轻，内伤却重。宇文雷的金刚掌力是已经震破他残余的护体神功，伤及他的内脏的。要救他的性命，必须用内力把他体内的瘀血化开。

孟华心想：“听师父说，这萧逸客以前虽然是介于正邪之间的人物，毕竟还是好事做得比坏事多。而且这十多年来，他一直隐居在祁连山上，更是从未为恶。我要把龙灵珠从他身边带走，也理该将他救活。”于是不惜耗损自己的内力，替萧逸客推血过宫，萧逸客功力极深，瘀血一化，真气便渐渐能够凝聚，不多一会，不但醒了过来，功力亦恢复两三分了。他一醒来，开口又是先叫“灵珠！”

孟华知他已无大碍，便即走开，过去替龙灵珠解穴。

龙灵珠瞪孟华一眼，无暇向孟华发作，先答萧逸客所问：“定儿早已熟睡了，他没事，萧伯伯，你放心。”

萧逸客坐了起来，说道：“你怎么样？”龙灵珠也不知孟华会拿她怎么样，略一迟疑，说道：“我也没事。”

萧逸客大喜过望，说道：“咱们多亏了这位少年侠士相救，你先替我多谢他吧。”孟华说道：“用不着多谢了，龙姑娘，我不想令你难堪，你自己跟我走吧！”

萧逸客愕然问道：“你是何人，因何要龙姑娘跟你走？”龙灵珠叫道：“萧伯伯，他是来抓我的。他救咱们并不是安着好心！”其实

宇文雷低头一看，只见上衣被孟华的“树剑”密密麻麻戳破了两排十八个小孔。

前半句虽没说错，后半句却是冤枉孟华了。孟华不惜耗损自己的内力救活萧逸客，如何能说不是安着好心？

孟华说道："我是天山派的记名弟子孟华，龙姑娘和我们天山派有点小小的过节，我们要着落在她的身上找一个人，萧老前辈，请你原谅，我是非得把龙姑娘带走不可！"

萧逸客不作声，暗地里默运玄功，只盼能够尽快恢复功力，多恢复一分多好一分。

龙灵珠瞿然一省："我真是糊涂，萧伯伯刚受重伤，如何还能助我？"叹口气道："孟华，我打不过你，没办法，只好跟你走啦！"说到一个"走"字，陡地剑光一闪，她拔剑出招，快如闪电，明晃晃的剑尖，已是指到了孟华咽喉。孟华冷不及防，几乎给她刺着，百忙中使出"铁板桥"功夫，一个"大弯腰、斜插柳"，弯腰贴地，这一剑几乎是贴着他的面门削过。

孟华身形一长，铮的一声，弹开龙灵珠圈回来的长剑，怒道："怪不得人家叫你小妖女！"龙灵珠道："不错，我是小妖女。但我可没惹你，谁叫你来惹我！"运剑如风，使出家传的迅猛剑法，明知打不过孟华，也要狠狠攻他一顿。

孟华心想："你没惹我，但可惜你却惹招了了我的炎弟。"对她剑法的精奇，亦是有点诧异。当下全神应付，过了十多招，摸清路数，喝道："撒剑！"五指一伸，使的虽然是很平常的空手入白刃功夫，但快捷无伦，一下子就把她的长剑夺出手去。

孟华倒持剑柄，交到龙灵珠手中，冷冷说道："我也不怕你耍什么花招，乖乖跟我走吧！"龙灵珠虎口发热，半边身子酸麻，只能勉强接过宝剑，气力已是使不出来。

就在此时，孟华忽觉背后微风飒然，未及回头，已是给人重重打了一掌。偷袭他的这个人，正是片刻之前尚是奄奄一息的萧逸客。原来他得孟华助他推血过宫，凝聚真气，此时业已恢复了两分功力。蓦然跃起，出手快极。孟华做梦也想不到这位成名的剑客，竟会"恩将仇报"，冷不及就着了他的道儿。

孟华练有"沾衣十八跌"的功夫，只剩下两分功力的萧逸客本来是伤不了他的。非但伤不了他，甚至可能害人不成反害自己。

只要孟华的护体神功一发，他加之于孟华身上的力道，就要给全部反弹回去。那时纵然不致立即身亡，恐怕也要给震得发昏章二十一了。

但孟华一遇偷袭，亦已知道偷袭这个人是他了。心念电转：“他舍身救故友之女，情有可原。我既然救了他的性命，岂能再去伤他？”因此并不运功反击，硬生生地接了他这一掌。

这一掌之力虽然仍是伤不了他，但孟华的内力却是因之耗了一半了。萧逸客涩声说道：“孟少侠，你救了我的性命，我本来不该恩将仇报的，但这位姑娘是我故人的遗孤，她来投靠我，我舍了老命也不能让坏人将她夺去。我做了对不住你的事，只要你答应放过她，我愿意自刎以谢。”孟华说道：“萧大侠，恕我不能从命。但请你放心，我决计不会伤这位龙姑娘的性命，只要冲在她的身上找一个人，找到了那个人，我就会放她回来。”

萧逸客道：“要是找不到呢？”孟华说道：“我可以三年为期，三年过后，找不到那个人，我也放她回来就是。”

他以为已是仁至义尽，不料萧逸客固执非常，仍然说道：“我受故友之托，她就等于是我亲女儿一般。说什么我也不能让她在你们手中受这三年折磨之苦。你要把她带走，先要了我的性命再说！”话一说完，又向孟华扑上。

孟华无可奈何，只好和他动手，小心翼翼，避免伤他。三十招过后，又再挨了一掌，方始点着他的穴道。

孟华把一颗药丸放在他的手心，说道：“萧老前辈，请恕冒犯。这是少林寺方丈赠与晚辈的小还丹，留与前辈稍赎罪愆。三个时辰之后，穴道解开，请你服下。以前辈内力之深厚，再得小还丹药力之助，当可很快恢复如初。”说罢，回过头来，对龙灵珠道：“龙姑娘，时候不早，请你跟我走吧。”

龙灵珠蹙起双眉，说道：“我已经是你的俘虏，本来应该听你吩咐，可惜我走不动了！”

孟华见她花容惨淡，不觉吃了一惊，心里想道：“难道我在无意之中已经伤了她么？”刚才他夺龙灵珠的剑，是曾经用上了分筋错骨的手法的。但他也曾把龙灵珠的功力估计在内，自信力度已是用得恰到好处，只是令她无法使用武功，决不至于伤了她的。她没受伤，比普通人也还强得多，就不至于不能走路。

“莫非是我估计错了，这小妖女的功力其实并没有我设想那样高。”孟华思疑不定，只好说道：“好，待我给你看看。”

他走近龙灵珠身前，心中正自盘算，如何可以不接触她的身体，给她舒筋活络。忽地寒光一闪，白刃耀眼，龙灵珠刷的一剑已是指到他的咽喉。这一剑快如电闪。孟华就站在她的面前，饶他武功再好，也是躲闪不开。

只听得“咔嚓”一声，那柄剑没刺着孟华咽喉，却插进了孟华口中。原来在这性命俄顷之际，孟华人急智生，应变也是快到极点。他霍地一个“凤点头”，张口就咬着了剑尖。跟着立即点了龙灵珠麻穴。

孟华再次夺下她的剑，幸好没有受伤，但亦已吓出一身冷汗。孟华摇了摇头，说道：“你这不识好歹的小妖女，我真是拿你没有办法！本来我不想令你难堪的，没奈何，只好用强了，最后问你一句，到底你肯不肯自己跟着我走？”说罢，仍然替她解开穴道。龙灵珠只道孟华要用强挟持她下山，叫道：“孟华，你好不识羞！”孟华怔了一怔，说道：“我怎的不识羞了？”

龙灵珠故意挤出两滴眼泪，哭着嚷道：“我是不会跟你走的。你是一个成名的侠客，用强欺侮一个小女孩，识不识羞？”

孟华哈哈一笑，说道：“你不肯走，我也不用碰着你的身体，就能把你拖下山去！”拿出一条绳子，把手一扬，绳子套上龙灵珠的皓腕。孟华走在前面，牵着绳子，龙灵珠无力抗拒，不想走也不能不跟着他移动脚步了。

龙灵珠怒道：“喂喂，你把我当作什么？把我当作畜牲还是把我当作女奴，你把我牵着走，给人看见了很好看么，我不怕人笑话，你也应该害怕别人说你欺负我！”

孟华道：“谁叫你敬酒不吃吃罚酒！”话虽如此，他却也不能不有所踌躇了，心里想道：“我且把她拖下这座山峰，看是谁先忍耐不住。要是她仍然不肯自己跟着我走，那没办法，我只好把她放了。”

试新招巧破蹑云剑

杨炎从那边山峰下来，他只看到萧逸客和宇文雷交手，胜负尚还未决，后来的事情，他自是一点也不知道。

刚刚走下这座山峰，尚未来得及上对面的山峰，只听得人声鼎沸，少说也有二三十个人向着他跑来！

这班人中有云中双煞，有彭大遒的那班人，还有他的师叔李务实和陆敢当。但走在前面的一个魁梧老者，他却没有见过。

云中双煞中的老大马犇扶着拐杖，由老二田耕牵着他走。杨炎现出身形，喝道："马老大，你的神仙丸还没吃够了吗？"

马犇恨极了他，也怕极了他。他是给那头子迫着跟来认人的。一见杨炎现身，吓得魂不附体，"啊呀"一声就跌倒了。

那老头大怒道："有我在这里，你怕什么？快说，是不是这个小子！"田耕忙把马犇扶起，马犇颤声说道："不错，把令郎抓了去的，正是这个小子！"

原来这个魁梧老者乃是那位穆家三少爷的父亲——蓬莱剑客穆扬波。他的儿子被云中双煞用神仙丸引诱，偷偷离家，前来张掖。不过两天，穆扬波的消息甚为灵通，就打听到了。虽然尚未全悉底蕴，却已知道是云中双煞诱他儿子出走。

他来到张掖，会合了彭大遒那班人上山。在山上找到了给杨炎废掉武功的彭大遒，也找到了奄奄一息的马犇，马犇给杨炎逼他服食了过量的神仙丸后，狂性大发，弄得遍体鳞伤。此时药力已过，躺在荆棘丛中，奄奄一息。好在及时给发现，把他从鬼门关上拉了回来。穆扬波让彭大遒的门客将彭大遒抬回张掖医治，但却逼使马犇继续跟他上山找人。

穆扬波听说儿子落在杨炎手上，正要冲上去动手，只听得李务实的声音隔着一个山坳传过来："杨炎这小子是我们天山派的叛徒，请让给我们清理门户！"说到"清理门户"四字，身形已是在这边山坳出现，当真是声到人到，来得快极！

彭大遒那班人恃着有穆扬波做靠山，一窝蜂的也拥上前去，纷纷喝骂："好小子，胆敢把我们的彭大哥弄成残废，非把你化骨扬灰替彭大哥报仇不可！”

杨炎冷冷笑道：“你们之中，总算得有几个是比较有身份的成名人物，你们到底是想群殴还是想车轮战，划出道来，小子奉陪就是！”此时彭大遒那班人还在“臭小子”的大骂不停。杨炎虽然带着“反嘲”的意味自称“小子”，却气不过这班“狐假虎威”之辈，陡地喝道：“李务实好歹曾经是过我的师叔，他骂我几句，我可以不予计较，你们是什么东西，也配骂我？”捏碎一块石子打将出去，打落四五个人的门牙，登时骂声尽寂。

李务实见杨炎直呼其名，大怒喝道：“你不必认我做师叔，有本领的你杀了我吧！”

穆扬波亦是怒不可遏，和李务实同时喝道：“你们都给我滚开，别丢我的脸，我用不着你们帮忙！”他是生彭大遒那班人的气，一时火起，可没想到把李务实也骂在内。

“李大侠，请卖我一个人情，这小贼和我有杀子之仇，你就先让我和他算账吧！”穆扬波话一出口，便即发觉是得罪了李务实，连忙“兜回”几句。等于是向李务实赔礼。

李务实可还是心中有气，冷冷说道：“穆老前辈，你的本领胜我十倍，李某尚有自知之明，当然是请你先上。不过万一你拿不下这小子，过后可不许再向我们讨人。”

穆扬波只道李务实看不起他，哼了一声，大踏步便上。

“快把我儿交还，否则决不与你这小贼干休！”穆扬波拔剑喝道。杨炎冷冷说道：“老匹夫，你听着！”说了这六个字，故意停顿下来，一副好整以暇的神态看看对方，好像要看他是否洗耳恭听，才肯继续说下去。

穆扬波是北五督的武林领袖人物，所到之处，无不受人尊敬，几曾碰过杨炎这样对他不客气的，不禁气得变了面色，喝道：“岂有此理，你这小贼竟敢骂我。”

杨炎笑道：“礼尚往来，你骂我是小贼，我为什么不能骂你老匹夫，现在是你求我，你要找回儿子，就得仔细听我指点！”

穆扬波虽然不敢相信他会说真话，但不管真假，他也总是想要知道儿子的消息。只好忍住了气，不敢打断杨炎的话了。

杨炎这才随手拾起一颗石子，“嗖”的一声，把这颗石子，弹得直上遥空。“你的宝贝儿子在那座山头的老鹰岩下，我可没工夫陪你，你自己去找吧！”杨炎指着石子所飞的方向，说道。

穆扬波怒道：“你把我儿丢在荒山野岭做什么?”杨炎笑道：“你这儿子不成器，我为人素来热心，是以帮你教训教训他。对他是只有好处决无坏处的，你找到了他，自然就会明白!”

穆扬波这边好几个人齐声叫道：“这是调虎离山之计，穆大侠休要上当!”

杨炎用弹指神通弹出的那颗石子，初时还不怎样惹人注意，石子越飞越高，高到凝眸注视都几乎看不见了，这才引起许多人的惊奇。此时那颗石子刚从高空落下，杨炎又发一颗石子，去势更急，“乓”的一声，两颗石子在空中碰个正着，炸得粉碎!

“我说话的时候，不喜欢别人插嘴。你们想要打架，尽管上来!”穆家的随从，登时也不敢作声了。

饶是穆扬波眼高于顶，对他显露的这手弹指神通功力，也是不禁为之心头一凛。不过，杨炎的傲气却也激怒了他。

他本来就不敢相信杨炎的话，用不着别人“提醒”，他早已怀疑这是“调虎离山”之计，当下沉声喝道：“我没工夫听你胡说八道，看剑!”剑光一闪，立即指向杨炎心窝！杨炎叫道：“嚇，好快!”脚未离地，身子已似游鱼般滑出一丈开外。

穆扬波那么迅捷的剑法，居然给他闪开，可是也不过只差半寸而已，剑锋上的寒意杨炎都已感觉到了。

穆扬波如影随形，跟踪急上，第二剑、第三剑连环刺出，宛如剥茧抽丝，绵绵不绝。杨炎虚挡两招，再退两步。

倏然间只见四面八方都是穆扬波的影子，剑光飞舞，看得人眼花缭乱。山坡上虽然只有两个人斗剑，给人的感觉却有如万马奔腾，千军追逐！双方出招都是快速之极，但兵刃始终未曾相交，似乎彼此都知道对方的厉害，敌招一变，己招亦变。互争先手，意图克制对方。但在旁观者看来，则似乎是穆扬波大占上风，业已稳操胜算。

穆扬波连发十三招，杨炎接连退了十三步。攻击有如雷霆疾发，退守也有如流水行云。不过，在一般武功较弱的人看来，却是只看到攻击一方的凛凛神威，看不到防御一方的曲尽其妙。

李务实低声和陆敢当说道：“你仔细看穆老前辈的剑法，当真是瞻之在前，忽焉在后，瞻之在左，忽焉在右，若然只论剑法的奇诡迅捷，比起咱们的追风剑法有过而无不及！”陆敢当有点担忧，说道：“这小子若落在穆扬波的手上，咱们怎办？”

李务实忽地一皱眉，“噫”了一声。陆敢当问道：“师叔，依你看——”李务实悄悄说道：“想不到这小子的武功竟然精进如斯，依我看，穆扬波只怕未必胜得了他！”话犹未了，乎只见杨炎的剑法果然变了。

杨炎急于上这座山峰与龙灵珠相会，心里想道：“这老儿的蹑云剑法果然名不虚传，我可不能和他久战下去，非得出奇制胜不行！”心念一动，剑法倏变，接连划了七八个圈圈，正圈圈、斜圈圈、大圈圈、小圈圈、圈里套圈。圈圈虚罩对方身形，兵刃仍未相接。这几个圈圈划下来，看得众人越发眼花缭乱，暗暗称奇：“这是哪一门剑法？”

原来这是杨炎采用萧逸客“扫叶掌法”的“创意”，糅合了天山剑法中“大须弥式”和“追风剑式”的精华，自行变化出来的新招。他这一招之内，包含有三种上乘剑法。莫说旁人看得莫名其妙，连穆扬波也看不懂。

众人正自看得眼花缭乱，忽见穆扬波剑势如虹，插入杨炎划成的圈圈之中，剑圈挑破，有如波心荡月，闪起千点银光，又如黑夜繁星，陨落如雨。旁观的不乏剑术名家，登时有好几个人同声喝彩：“好一招白虹贯日！”他们只道杨炎的防御已被击破，必败无疑！哪知彩声未绝，只见穆扬波已是一个鹞子翻身，倒跃出数丈开外，杨炎冷冷说道：“如今你该相信我的话了吧？”穆扬波一言不发，立即就向杨炎刚才所指的那个山头奔去。

原来穆扬波不识杨炎剑法的奥妙，勉强求胜，冒险进招，结果反招败辱，给杨炎在他胸部的衣裳，划开了三个铜钱般大小的圈圈。只因双方都快到极点，表面看来，且还是杨炎的剑圈给他挑破，是以除了李务实之外，旁人都看不出来。

旁人看不出来，穆扬波可是自己明白，假如不是杨炎手下留情，他的身子已经添了三个透明的窟窿。

杨炎既然有这样的本领，不但杀他的儿子易如反掌，就是要杀他也并不难，那么还何须闹他？他想到这一点，自是不能不相信杨炎刚才所说的话了。

不过那些人虽然不知道穆扬波刚才曾有性命之危，听了杨炎的话，见他马上就跑，亦已猜想得到，他和杨炎的交手，恐怕是已经吃了大亏了！

云中双煞乃是惊弓之鸟，马犇不顾身上的伤，拐杖撑地，首先就跑，田耕跟着追上，叫道："大哥，咱们有福同享，有祸同当！"抓起他的拐杖，拉着他跑。他倒是有点结拜手足的情分。

杨炎喝道："有谁要替彭大遒报仇的，通通给我上来，我不耐烦一个个打发！"也不知是谁吓得失声大叫"扯呼！"那班人登时一哄而散！

李务实喝道："杨炎，你叛出本门，我可容你不得，今日不是你死，便是我亡！"显然他已经知道了杨炎的本领在他之上，今日之事，乃是明知其不可为而为了。

陆敢当跟着喝道："杨炎，你犯了忤逆长辈的大罪，若然还敢逞强，那是罪上加罪！我肯饶你，你的哥哥也不肯饶你，你自己仔细想想！"色厉内荏，连声色都已发颤了。

杨炎冷冷说道："你不是我的长辈，我犯你一犯，又有何妨？"使出擒龙手功夫凌空一抓，陆敢当本来是傍着师叔的，忽地脚步一个踉跟，距离拉开数步了。

杨炎早已在左手掌心藏了一颗石子，右手施展擒龙功，左手的石子立即飞出。力透掌心，石子一分为七，前三后四，七粒碎石，分打李陆二人。李务实失声叫道："好一招北斗七星。"

原来"北斗七星"乃是天剑法追风剑式中的一招杀手绝招，以迅捷无伦的剑法同时刺出七个"剑点"，落点都是指向对方的要害穴道。这一招剑法可以同时对付两个或三个敌人。如今杨炎使出的这手暗器功夫，用碎石打穴来替代剑尖刺穴，布成的前三后四图形，可不正是这一招"北斗七星"。

李务实对本门剑法的造诣极深，这一招“北斗七星”尤其是他精研有素的得意绝招。可是他从未想过可以用暗器的功夫化为剑法的！突然看见杨炎施展出来，焉能不失声赞叹！

杨炎笑道：“多谢师叔谬赏，我不想为你所擒，也只好稍稍得罪你了！”说时迟，那时快，他的笑声未绝，四粒碎石已经打到李务实面前。

只听得一连串叮叮之声宛如繁弦急奏，李务实横剑一披，使出的剑法也正是这一招“北斗七星”。但见剑花错落，石屑纷飞，不但打向他的四粒石子在剑光之中绞成粉碎，另一粒打向陆敢当的石子也被他打落了。要不是陆敢当和他的距离已经拉开两步，他这一招“北斗七星”实是不难把七粒石子全都打落。

拔剑、回身、出招、击石，四个动作一气呵成，快如闪电，杨炎也不禁赞道：“李师叔，好剑法！”

可是陆敢当还是不能避免给两枚石子打中，两枚石子刚好打着他两边膝盖的“环跳穴”。陆敢当如何禁受得起？“哎哟”一声，双膝跪地。

杨炎朗声说道：“李师叔，莫怪我不告诉你，我这石子是用上了强劲的内力的，你必须赶快替陆师兄解穴！两个时辰之内若还不能解开，陆师兄要变成残废！”

陆敢当的喉头咕咕作声，额角黄豆般大小的汗珠一颗颗滴下来，显然正在受着痛苦的煎熬，只因穴道被封，想叫也叫喊不出。

李务实咬牙骂道：“杨炎，你好狠！”杨炎笑道：“对不住，我不想和你拼个死活，只好得罪陆师兄一次了。”不再理会李务实的怒骂，便即施展八步赶蝉轻功，奔上山去。

不出他的所料，李务实果然是不敢追来了。

李务实是个武学的大行家，一见陆敢当如此情形，便知杨炎所言不差，他如何敢让师侄变成残废？不过他口里大骂杨炎，心里却是不能不暗自想道：“要是这小子全力施力，石子打在我的身上，只怕我也禁受不起，唉，我枉为师叔，武功实是远不如他。他不伤我，已经是对我手下留情了！”

李务实功力的深浅，也早已在杨炎的估计之中。他算准了李务实必需一个时辰解穴，陆敢当是不会变成残废的。但在一个时辰之内，他可以摆脱李务实的缠绕，做什么事都可以了。

孟华牵着绳子，把龙灵珠一步一步地拉着走。龙灵珠虽然无法抗拒，孟华也无法令她快跑。除非不顾她的死活，任由她倒在地上，拖着她飞跑。但以孟华的身份，岂能这样对付一个年轻的姑娘？

孟华听觉敏锐，纠缠中已是隐隐听得见山下的叫骂声了。但因龙灵珠这时候也正在对他破口泼骂，扰乱了他的心神。山峰脚下到底发生什么事情，他还是未能听得出来。

正当他要凝神静听下面的声音之际，只见一条人影，疾若流星，刚一发现，这人已是到了龙灵珠的身边。

杨炎来得这样快，大出孟华意料之外！

“你，你是——”“炎弟”二字尚未曾说得出来，杨炎已是挥剑斩绳子！

“孟华，你要找我，我自己来了！”杨炎冷冷说道。

弟兄再次相逢，手足仍如仇敌！

面对着这个他曾找遍天山南北，找了三年的弟弟，面对着这个冷冰儿在三年之后，为他再找四年的弟弟。而这个弟弟不但对他毫无手足之情，还竟然“欺侮”了冷冰儿，甚至打伤本门长辈，犯下大逆不道的罪行！他真是伤透了心，一时之间，不知说什么好了！

“杨炎，你来得正好，你的哥哥这样欺侮我，你是亲眼见到的人，你是帮我还是帮他？”龙灵珠问道。

在孟华的心目之中，是把杨炎“欺侮”冷冰儿一事，认为最最不可饶恕的“恶行”的。他听了本门长辈石天行等人的投诉，亦是早已认定这个弟弟是甚难救药的“坏胚子”了，想不到在龙灵珠的口中，他也变成了“欺侮”弱女子的坏人！

孟华苦笑道：“龙姑娘，你不能只说别人不是，也得想想自己是否都对？”龙灵珠噘着小嘴儿道：“我有什么错了？”孟华说道：“杨炎是天山派的弟子，他犯了门规，自当接受本门惩治，外人不得插手。你不但插手，还把杨炎从押解他的丁兆鸣手中劫走，丁兆鸣是我的师叔，你能怪我对你不客气吗？”

龙灵珠道：“我才不管你们天山派的什么清规戒律呢，我只知道杨炎是我的朋友。”

孟华见她不可理喻，哼了一声，说道：“我没工夫与你胡闹，我只想告诉你，现在没你的事了，你可以走啦！”杨炎也道：“灵珠，你已经帮了我的大忙，我很感激你，你还是走吧！”

龙灵珠道：“我偏偏不走，谁叫我走，我都不走！”

孟华不理会她，说道：“炎弟，我一直盼望你能学好，你的行为实在令我太过伤心，但只要你知错能改，我还可以给你最后一个机会！”这几句话说得非常诚挚，眼圈儿都红了。

杨炎是个容易激动的人，不觉心里想道：“看来孟华倒似乎真的是对我有点手足之情！”

龙灵珠忽地又插嘴道：“孟华，我看你也是丈八灯台，只照见别人，照不见自己！”这两句话的意思，可正是和孟华刚才说她那两句话的意思一样。

杨炎心情激动，叫起来道：“灵珠，你真是我的知己！你的话没错，错的不是我！”

孟华盯着他道：“你没有错，那么是谁的错？难道反而是我错了？”

杨炎冷冷说道：“你是大英雄、大侠客，你当然没有错？不但你没错，你所相信的人，你当然也认为他们都没有错！石天行、石清泉父子没有错，李务实、陆敢当没有错，丁兆鸣、甘武维更没错，错的只是我一个人！”

孟华心头一凛：“为什么他这样愤激，莫非其中还有内情，对呀，我未曾见过冷冰儿，也不能就一口咬定他不是。”于是柔声说道：“炎弟……”

他不擅言辞，正在思量如何才能使得杨炎“心平气和”，“从实招供”，杨炎已经咆哮起来：“谁是你的弟弟，我在你的心目中不过是个十恶不赦的罪人！你刚刚说过，你不是要来捉拿我的吗，不必假惺惺了！”

孟华见他如此倔强，不禁心里叹了口气：“看来今天还是非得和他动武不行！”

兄弟比剑

杨炎逼紧一步，说道：“我如今自行投案来了，你划出道儿来吧！”

孟华说道：“那你跟我回山也好，要是你认为有什么冤枉了你的地方，你可以向掌门人辩白。你是老掌门的关门弟子，现在掌门师兄视你如弟，你纵然犯了大错，只要有一丝值得原谅的地方，料想他还是可以从轻发落的。”

杨炎冷冷说道：“不必说这许多废话，我可以按照你划出的道儿。不过，我得先问个朋友！”

龙灵珠道：“你不用问我，我当然不能同意你任由别人宰割！”

杨炎笑道：“我早知道你会这样说的，但我是想问另一位朋友。”

龙灵珠既不高兴，又觉奇怪，哼了一声，说道：“原来你不是问我，这倒是我谬托知己了。你的那位朋友呢？”

杨炎笑道：“在这里！”拔剑出鞘，轻轻一弹，长笑说道：“孟华，对不住，你要我跟你回山，可也得问过我这位朋友！”

孟华涵养再好，亦已被他激怒，不觉勃然变色，说道：“炎……杨炎，你太过分了。好吧，你一定要我动手才行，那你就进招吧！”

杨炎也不客气，喝道：“接招！”剑花一抖划了一个圈圈，立即就向孟华罩下。他这一招，包含有萧逸客“扫叶掌法”的创意，又有天山剑法中大须弥剑式和追风剑式的精华，合三为一，迅捷、雄浑、诡奇兼而有之。孟华也只能看出其中两种。

孟华又是吃惊，又是欢喜，心里想道：“炎弟真是学武的奇才，相隔不过半年多点，他的剑法竟然精进如斯！”

不过杨炎这种合三为一的自创新招，对付别人犹可，对付孟华可嫌“粗糙”了些。孟华东南西北连刺四剑，用的都是平平无奇的一招“白虹贯日”，就把他剑势划成的正圈圈、斜圈圈、大圈圈、小圈圈全都挑破了。

“上乘武学，拙能胜巧。集百家之长，但求融会贯通，举手投足，使成妙谛！无须变化太过复杂！”孟华说道。

“多谢指教！”杨炎说道。剑招倏变，前一招“黄河落日圆”，后一招“大漠孤烟直”，本来是剑势如环的突然变得其直如矢，首尾相衔，快到极点。剑法简明，许多花巧的变化全都省去，孟华赞道：“好，你的悟性之高，确是我平生仅见！”

不知不觉过了三十多招，孟华忽又说道：“大须弥剑式和追风剑式混合使用不是不行，但轻重失宜，那就反而自己露出破绽了。快慢也须调节。你这两招不但轻重不当，使得也快了些。”

龙灵珠见他真心指点杨炎的剑法，对他的敌意减了两分，好奇心起，问道：“剑法以轻灵迅捷为主，为何慢反而比快好？”

“他说得对！”杨炎一面出招，一面说道：“剑法以轻灵迅捷为主，一般而言，是不错的。但也要看对手。他的武功比我高得多，我与其以客犯主，不如以主迎客。轻灵能胜重拙，重拙有时也能胜轻灵，运用之妙，存乎一心！”

龙灵珠也是极为聪明的人，一点即透，忽地说道：“他既然说得对，那你为何还是用错？”

杨炎诧道：“我用错了什么剑法？”他自问已经改进许多，不信龙灵珠在剑法上的造诣能胜过他。

龙灵珠说道：“大须弥剑式和追风剑式都是天山剑法，他当然比你精熟得多！而且追风剑式是难以避免使得快的，如今你把快剑变出慢招，而你又未曾达到他的造诣，在他眼中看来，焉能不是破绽累累？依我说，你不如用萧伯伯的扫叶掌法和爷爷的……”

杨炎的第二个师父龙则灵本是龙灵珠的外祖父，但她在杨炎的面前是从来不肯认这个爷爷的，此时为了帮忙杨炎，无暇思索用什么称呼替代，不知不觉说出“爷爷”二字。

杨炎豁然贯通，大喜说道：“有见识！灵珠，你说得加倍的对！”这“加倍”的意思，只有龙灵珠懂得。孟华则以为单指剑法而言，倒是不觉有点纳罕。

心念未已，只见杨炎长剑抡圆，当作大刀来使，呼的一剑就劈下来。气势之猛，孟华也不能不有几分顾忌。

原来他用的是龙家所传的“龙形六十四剑”，刚健之中兼具龙飞凤舞的翔动之意，配合“扫叶掌”的运功法门，相得益彰。

孟华看得出的破绽越来越少，甚至渐渐有点吃力之感了。原来他被萧逸客打了两掌，虽说并无大碍，功力毕竟打了几分折扣。他又不忍伤害弟弟，许多杀手绝招都不敢用。有两招他使刺穴的剑法，若然功力无损，本来是可以刺中的，只因差了一点，结果也给杨炎解开了。

孟华眉头一皱，心里想道："我奉命惩治本门叛徒，若是不能把炎弟拿下，押回山去，只怕同门疑我徇私。没奈何，只好让他受点伤吧。"

孟华忽地剑法一变，朗声说道："剑术不当拘泥一格，快慢均可随心所欲。举重固然可以若轻，举轻亦可以若重。大须弥剑式重拙，追风剑式轻灵，两者本来不容易配合得宜的，但若练到我所说的这个境界，轻灵重拙也何尝不可同冶一炉?"说话之间，嚓的一剑刺出，快如闪电，正是追风剑式中的“李广射石”。杨炎侧身一闪，避招进招，以龙家剑法的“飞龙在天”反击，双方都是快招，各攻一边。哪知孟华攻如雷霆疾发。“铮”的一声，杨炎长剑弹开，人也不由自主退了两步。

龙灵珠在旁边看得又是吃惊，又是欢喜，说道："孟大侠，这番话是说给我听的吧?"要知她刚才劝告杨炎不要用追风剑式来和大须弥剑式配合，理由之一，就是他认为快剑变不出慢招，轻灵重拙亦难调和之故。在她心目之中，自是难免觉得孟华这番话乃是为她而发了。

孟华不理睬她，喝道："你仔细瞧着!"长剑一圈，俨如飙轮疾转，这一招使得极快，却是大须弥剑式的“三转法轮”；接着剑圈一展，剑尖上如坠铅块，缓缓指出，却是追风剑式的“星海浮槎”。果然是不但重拙可化为轻灵，轻灵亦可化为重拙。收发随心，无不如意。

孟华把两种剑意截然不同的剑式混合使用，忽而柔如柳絮沾衣，忽而重若泰山压顶。杨炎使出浑身本领，兀是抵挡不住。转眼之间，接连退了八步。

龙灵珠越看越是吃惊，心里想道："杨炎这龙形十八剑已是使了将近一半，要是十八剑用完，只怕他是难保不伤在哥哥剑下了！"原来龙家的"龙形六十四式"乃是可以兼用于掌法和剑法的，而"龙形十八剑"则是从"龙形六十四式"中提炼出来的精华，专用于剑法，更具绝大威力。杨炎使出"龙形十八剑"都抵敌不住，那就是必败无疑了。

殊不知龙灵珠固然吃惊，孟华则不但吃惊，更多一层忧虑。吃惊的是弟弟的本领超乎他的估计，他的功力已经打了折扣，要生擒弟弟，必须全力以赴，那就只怕难以恰到好处的使得弟弟只受轻伤了。

龙灵珠忽地喝道："孟华，你欺负了我，这口气我可不能不出！反正你也早已认定我和杨炎一党，那我必须与他有福同享，有祸同当！你是武林中的成名人物，对不住，我们可要两个打你一个了！"

孟华没有开口，杨炎却说话了："哎呀，这可使不得！灵珠，我老实告诉你吧，你帮了我，'有福同享'你别指望，'有祸同当'嘛，那倒是会立即降临你的头上了！"虽然是在十分激烈的搏斗之中，仍然嬉皮笑脸。

"刷"的一声轻响，杨炎的袖子被削去一幅，幸好未曾伤着，他又退了三步。"龙形十八剑"已经使了十四招，只剩下四招了。

说时迟，那时快，龙灵珠手中已是多了一条软鞭，右手鞭，左手剑，向孟华扑来。鞭长剑短，人未到软鞭先到。孟华此时正在迈步向前，追击杨炎。龙灵珠的软鞭一个"回风扫柳"，眼看就要卷着他的足跟。

孟华身形斜扑，一个"倒蹬腿"把她的软鞭踢开。他略一分神，杨炎反手一剑，立即解开了他的攻势。

孟华霍地转身，伸手抓她软鞭。龙灵珠飞身一跃，软鞭收成一个圈圈。孟华一抓抓空，龙灵珠左手剑倏地伸长半尺，对准了他掌心的劳宫穴。原来她的这把剑也是软剑。不用之时，和软鞭一样，都可以当作腰带的。

孟华当然不会给她刺中"劳宫穴"，但由于他还要对付一个武功比龙灵珠高明的杨炎，杨炎已经转守为攻，他无暇去夺龙灵珠的剑，只能闪避了。

龙灵珠笑道："孟大侠，你武学高明，我也要请你指点一二。"笑声中鞭剑兼施，不但鞭法极为古怪，剑法也与刚才不同了。

只见她的软鞭盘旋飞舞，时不时抖得笔直，用鞭梢来点穴道，就像刺穴的剑法一般，武学有云，枪害圆，鞭怕直。鞭是柔软的兵器，要抖得笔直，而兼具枪矛刀剑的性能，这已经是举轻若重的上乘功夫了。虽然龙灵珠的"上乘"功夫，在孟华眼中也还稀松平常，但亦已颇出他意料之外了。

她的剑法也甚古怪，由于是把软剑，忽屈忽伸，更具轻灵翔动之妙。使到疾处，剑光化成一个个大大小小的圈圈，圈里套圈，和软鞭不时也打出的鞭圈混在一起，孟华虽然不惧，亦是不禁有点眼花缭乱之感。

孟华看出她的鞭法之中夹有剑法，剑法之中也夹鞭法，招数之奇诡，往往出他意料之外。心里啧啧称奇，暗自想道："这小妖女原来还有这手功夫，我倒是把她低估了。"其实并非他刚才低估对手，而是在龙灵珠与他单打独斗之时，根本就没有机会施展她的平生所学。

孟华功力打了折扣，目前他不过比弟弟稍胜一筹而已。杨炎再加上了龙灵珠，联手斗他，优劣之势，登时逆转。孟华一咬牙根，喝道："炎弟小心了！"嚓的一剑刺出，剑花朵朵，宛如黑夜繁星，直洒下来，耀眼生缬。既不是追风剑式，也不是大须弥剑式，而是崆峒派的杀手绝招——胡笳十八拍。

他是逼于无奈，才使出这最后一招绝招的。上一次他就是用这一招，瞬息之间，刺着了杨炎的十八处穴道。

以他的武学造诣，本来可以虽用绝招，仍不伤人，上一次就是如此。

但这一次可有点不同了，是否会失手误伤杨炎，他自己也没把握。因为上次杨炎与他相差甚远，他可以挥洒自如，这一次则差不多已是旗鼓相当，他必须全力出击！

叱咤声中，剑光暴聚暴散。孟华跃出圈子，杨炎按剑凝视，龙灵珠则是站在一边，呆若木鸡。

只听得孟华黯然说道："杨炎，多谢你不忍伤我之情。不用十年，你的武功一定可以远胜于我。不过武功如水，水能载舟，亦能覆舟，盼你好自为之。"

原来孟华那一招"胡笳十八拍"并没刺着杨炎，他的衣裳却穿了七个钱眼般的小孔。

这是杨炎用的一招"北斗七星"造成的。

上一次杨炎在"胡笳十八拍"这一招吃了孟华的大亏，过后曾不断思索，如何可以抵挡他这一招。他所想的只是能够"抵挡"于愿已足，根本就不敢想到可以"破"这一招。

将近半年的揣摩，兀是想不到善法。直到他领悟了萧逸客所创的扫叶掌法的运功窍门，又得到孟华指点他的剑法之后，方始灵机一动，想到了从"龙形十八剑"的刚猛剑法突然变为轻灵的"北斗七星"一招，或者可以出奇制胜。"北斗七星"是他练得最为纯熟的"追风剑式"中的一招。由于他这次在前半段和孟华比剑的当中，以追风剑式配合大须弥剑式，未臻圆熟之境，破绽频生，经孟华指点，后半段他已改用龙家剑法，方始抵敌得住。是以他估计孟华当也料想不到他会突然又变出本门的绝招。

但尽管他是有备而战，他也是完全想不到竟然能够凭这一招打败哥哥的。

他呆了一呆，说道："上次你饶了我的性命，这次我没伤你，算是还清了你的账。胡笳十八拍与北斗七星，一招还报一招，扯了个直，谁也不用领谁的情！至于你是否还要替天山派清理门户，那就是你的事了！"

说话之时，他心里暗暗叫了一声"侥幸"，更侥幸的是："幸亏我刚刚参悟了在快剑中发收随心的法门，否则绝对不能恰到好处地，在他的衣裳上戳穿七个小孔。"

话说完了，他定着眼珠注视孟华。

孟华涩声说道："按江湖规矩，我已在你的手上栽了跟头，天山派清理门户之事，我这个记名弟子，自是撒手不管了。只盼你记着我最后一句话：善用武功，好自为之。千万不可一错再错！我去了。"

这霎那间，杨炎几要叫出“哥哥”二字，不过结果还是忍住。转眼孟华的影子已经不见，杨炎眼角沁出晶莹的泪珠。

他缓缓回过头来，只见龙灵珠还是站在原来的位置呆若木鸡。

杨炎吃了一惊，失声叫道：“你的软鞭——”

软鞭只剩下短短一截，握在她的手中。

龙灵珠此时方始惊魂稍定，如梦初醒，说道：“孟华好厉害的剑法，刚才他使出那招胡笳十八拍，我怕他伤了你，不顾一切，挥鞭伸入剑圈打他。哪知，唉……若是他有心伤我，只怕我十条小命也完了。”

刚才那闪电般的交手，杨炎全神只是注视“敌”我两方的剑尖，对周围一切，已是视而不见，听而不闻。龙灵珠怎样帮他，他根本就不知道。

此时他方始知道，原来他之所以侥幸得胜，最大的功劳还是归于龙灵珠。要不是龙灵珠助他这一臂之力，恐怕他也难免给孟华刺着了几处穴道。

但更认真地说，侥幸得胜的主要原因，也还不是龙灵珠这“一臂之力”，而是孟华不愿伤及无辜，当他受到龙灵珠干扰的时候，只能以迅捷无伦的剑法削断她的软鞭。虽然是“迅捷无伦”，这瞬息之间，已是给杨炎乘虚而入了。

杨炎吃惊过后，笑道：“不是十条小命，是十八条小命！”龙灵珠莫名其妙，说道：“十八条小命，这是什么意思？”杨炎说道：“你数一数，软鞭是不是断了十八段？”

龙灵珠仔细数一数地上作寸寸断的软鞭，果然是十八段。不觉吓得伸出舌头，说道：“好厉害的胡笳十八拍，要是戳在我的身上，果然是十八条小命都完了。”

杨炎笑道：“咱们的小命都保住了，现在应该去看看你的萧伯伯啦。”正是：

身世未明图索隐，风波迭起最惊心。

第十九回　不辨恩仇成大错
虽非骨肉胜亲生

小妖女的身世

萧逸客被孟华用独门手法点了穴道，此时已经过了一个多时辰，知觉早已恢复，但还是未能动弹。

龙灵珠俯身察视，半晌，皱起眉头说道："杨炎，你快来，我不会解你哥——"蓦地省起杨炎是不肯认孟华做哥哥的，连忙改口说道："我不会解孟华的点穴。"

杨炎走了来，目光却是首先被萧逸客掌心的一颗药丸吸住，咦了一声道："这颗药丸——"龙灵珠道："这是孟华在点了萧伯伯的穴道之后留给他的，他说这是少林寺秘制的小还丹，功能培原固本，医治内伤最为有效，却不知是真是假？"

杨炎说道："他既然这样说，那就必然是真的了！"龙灵珠笑道："不错，孟华这个人虽然有点可恶，但不仅你相信他，我也是相信他的。"

萧逸客露出异样神情，龙灵珠心中一动，拿起那颗小还丹。

杨炎一眼就看出了孟华的点穴手法，登时也放下了心上的石头，笑道："他用的是天山派大须弥式点穴手法，点的乃是丹田隐穴，一般的点穴，对身体总会或多或少有点妨碍，他的这个点穴，却可以帮助真气凝聚丹田，对身体非但无害，而且有益，他用的也不是重手法点穴，即使无人相助，三个时辰之后，亦能自解。"

龙灵珠道："我可不耐烦再等两个时辰，方能和萧伯伯说话。"

杨炎说道："当然不能让萧老前辈躺在这儿。你放心，我马上就替他解开穴道。"龙灵珠忽道："且慢！"把那颗小还丹纳入萧逸客口中。原来她熟悉这位世伯的脾气，只怕他穴道解开之后，不肯吞服孟华所赠的药物。

果然萧逸客穴道一解，便即苦笑说道："这颗小还丹一服，我又欠了孟华一份恩情。这份恩情真不知什么时候才能还得清楚了！"

龙灵珠道："萧伯伯，你的身体要紧。孟华这个人也还不能算是坏人，虽然他曾经欺负了我。你欠他的人情，我不找他报复，也算是替你还了他了。"

萧逸客笑道："真是孩子气的说话。不过我要报答也无从报答，只能暂且不去想它了。杨少侠，我应该先多谢！"龙灵珠噗嗤一笑，截断他的话道："萧伯伯，你用不着和他客气，我帮过他的忙，他这次帮我的忙是应该的。你不必把这份人情又扯到自己头上。"

萧逸客若有所思，看了看他们，微笑说道："不错，凭着我和你死去的双亲的交情，杨少侠和我也不是外人，我就不客气领他的情啦。"语带双关，龙灵珠不觉羞红了脸。

萧逸客道："我服了这枚小还丹，明天最少可以恢复三四分功力。除非有孟华这样的人物前来，那些鼠辈纵敢再来也不放在我的心上。杨少侠，你还有没有别的事情？"

杨炎说道："请萧老前辈原谅，我是还有点事情要办，准备明天一早就走。"萧逸客道："灵珠，你若急于为父报仇，那么明天你们一起走吧。用不着等我完全复原了。"

龙灵珠笑道："萧伯伯请莫为我操心，你养好身体要紧。"萧逸客忽地一拍脑袋，说道："是啊，你看我有多糊涂！"龙灵珠笑道："萧伯伯，你只知道照料别人，不知道照料自己，的确是有点糊涂。"她只道萧逸客是顺着她的口气说道，萧逸客却哈哈大笑起来。

龙灵珠怔了一怔道："萧伯伯，你笑什么？"

萧逸客笑道："我不是这个意思，我是说，嘿嘿，哈哈，如今已经有人比我更能够帮你的忙了，我还在瞎操心，这不是太糊涂么！"

龙灵珠和杨炎都知道他说的是谁，却也不便对他分辩，说明只是“普通朋友”。龙灵珠顾左右而言他：“定弟不知醒了没有，咱们还是早点回去看看他吧？萧伯伯，我的报仇之事，慢慢再谈，你现在可以走得动吗？”

萧逸客也在惦记着儿子，当下提一口气，说道：“小还丹果然是治内伤的圣药，我不但可以走得动，还可以和你比比轻功。”龙灵珠怕他过劳，笑道：“反正没几步路，也用不着比轻功啦。”

回到家中，只见孩子睡得正酣，脸色亦已恢复红润，萧逸客放下了心，说道：“我体内真气鼓荡，看来是小还丹的效力发挥了。我想做一会吐纳功夫，灵珠，你去捡一点柴火回来好不好，顺便猎两只野兔招待客人。啊，你一个人恐怕做不了这许多事情，杨少侠，你去帮帮她的忙好不好。你不是外人，我不和你客气。”

龙灵珠知道家中还有柴火，当然明白萧逸客的用心。不过她也委实是想和杨炎单独相处，说一些话，便答应了。杨炎不便以客人自居，在萧逸客说了这样的话后，自是更不能不听他“差遣”。

两人并肩同行，由于刚才一再给萧逸客拿他们取笑，一时之间，两人都不知道从哪里说起才好。

不知不觉，两人的眼光碰在一起，杨炎忽地笑了起来。

龙灵珠道：“有什么这样好笑？”

杨炎说道：“那些人都叫你小妖女——”龙灵珠插口道：“那你呢？”杨炎笑道：“说老实话，在我刚刚和你相识的时候，我也觉得你似乎是有点小妖女的味道。”

龙灵珠笑道：“不是‘似乎’，简直‘就是’！不是‘有点’，实在‘很多’！你心里其实是这样想的，对不对？”

杨炎笑道：“你倒很有自知之明。”龙灵珠板起脸孔道：“既然你也是这样想，你听得那些人说我是小妖女，还有什么好笑？”

杨炎说道：“我是在笑，他们只看见你是‘小妖女’的这一半。”龙灵珠愣了一愣，说道：“你的话越说越古怪了，我又不懂身外化身，难道还有另外一个我么？”

杨炎说道：“不是身外化身，是你本来就有另外一面。一面是小妖女，是别人眼中的你；另外一面却不是，那才是真正的你。”

龙灵珠道：“哦，那么依你所说，我的另外一面又是什么？”

杨炎说道："是一个心地善良、又活泼、又可爱的小女孩！"龙灵珠啐了一口，说道："你有多大年纪，也不知羞，说我是小女孩！不过，我倒想问你，你又怎么知道我是这样的？"她听得杨炎说她"活泼可爱"，脸上佯嗔，心里其实是甜丝丝的。

杨炎一本正经地说道："在别人心目之中，我的'妖气'只怕比你更多，所以我反而是害怕；你一旦不是小妖女了，咱们也就不能'臭味相投'了。"

龙灵珠道："胡说八道，谁和你臭味相投？但你可知道我这小妖女的名头是怎样得来的？"

杨炎笑道："你小小年纪，就到处惹事，专找武林中成名人物的麻烦，也难怪别人叫你小妖女了。不说别的，我的姑姑号称辣手观音，也曾给你捉弄得啼笑皆非。"

龙灵珠道："我捉弄了你的嫡亲姑母，你怨不怨我？"杨炎笑道："说老实话，这个姑姑我也很想打她一记耳光的，只是看在世杰表哥份上，下不得这个手而已。你捉弄了她，我高兴还来不及呢。不过，对待武林中的其他成名人物，我可不赞成你无缘无故去作弄他们。"

龙灵珠道："我是有缘故的。"杨炎怔了一怔，问道："什么缘故？"龙灵珠道："我露出家传武功，作弄成名人物，为的是要引起仇人的注意！"

杨炎恍然大悟，说道："哦，原来如此，你是因为找不到仇人，所以要让仇人自行跑来找你。"

龙灵珠道："不错。我爹爹惨遭那白驼山主毒手之时，我已经有十岁了，仇人的面貌我是记得的。但在今日之前，我却不知他是在白驼山。他要斩草除根，我料想他必定要来找我的。谁知也还是只料中了一半，他只派他的弟子前来。"

杨炎说道："这个结果，依我来看，对你倒是更有利。目前，最少你亦已知道了仇人的下落。"

龙灵珠道："不错。所以不用你规劝我，从今之后，我也不会无缘无故地再去招惹武林中的成名人物了。"

说至此处，忽地如有所思，问杨炎道："你说今日的这个结果对我有利，是什么意思？”

杨炎正自琢磨，怎样说才能不伤她的自尊心，龙灵珠已是笑起来道：“你不必顾着我的面子，我已经知道你的意思了。仇人的弟子我已经不是他的对手，要是白驼山主今日亲自出马，只怕我非但报不了仇，反而要遭他毒手。”说至此处，忽地又想起另外一件事情，问杨炎道：“大言炎炎，井蛙窥天。这八个字是你的杰作吧？”

杨炎笑道：“我是气不过白驼山主那两个弟子大言炎炎，故意在石上刻字嘲笑他们的。你为什么问起这个？”龙灵珠叹口气道：“说起来，我何尝不也是井蛙窥天？以前，我以为练了家传的武功，就可以报得了仇的。如今看了那宇文雷的武功，我要胜过他的师父，只怕再练五年也不能够！”

杨炎默然不语，过了一会，说道：“灵珠，我、我希望你能够谅解……”龙灵珠愕然道：“谅解什么？”杨炎讷讷说道：“很抱歉，我不能帮你的忙。最少是目前还不能够。将来，假如、假如……”

龙灵珠面色倏变，冷冷说道：“谁人要你帮忙？报仇是我自己的事情，我从来没有向你求过……”

杨炎说道：“话不是这样说，父母的大仇，固然应该自己亲手去报。但好朋友从旁助一臂之力，那也无须峻拒。灵珠，你曾经帮过我的大忙，免我受人之辱。这件事情、在我心目之中，是比救我的性命还更值得我的感激的。按说，这次你要报父母之仇，无论如何，我也应当助你一臂之力。不过，目前，我还要找一个人，我、我实在有不得已的苦衷……”

龙灵珠冷笑说道：“第一，我并不要你帮忙。第二，我也不敢谬托知己，你亦大可不必以我的好朋友自居。第三，你要找什么人与我无关，更用不着告诉我！”

杨炎柔声说道：“灵珠，你生了我的气吗？”龙灵珠淡淡说道：“谁有工夫生你的气。哼，你要找什么人，我早已知道。她才是你的好朋友，也只有她才配生你的气。我哪有资格生你的气！”

杨炎呆了一呆，说道：“灵珠，你误会了，你以为我是找谁？”龙灵珠道：“谁理会你去找谁？”

杨炎说道：“你以为我是要去找冷姐姐，对不对？我告诉你，这次我并不是去找她!”

龙灵珠大声说道:“谁管你去找谁?姐姐也好，妹妹也好!冷如冰也好，热如火也好，那都是你的事情!你用不着告诉我，我也不想听!”

她一面说一面跑了。

杨炎追上了她，说道:“龙姑娘，你听我说一句话好不好?”龙灵珠掩着耳朵道:“不听，不听!”杨炎说道:“你不听那也不用跑呀!”

龙灵珠道:“杨炎，你真无赖，我跑我的，你跟着我干吗?”杨炎笑道:“我是你的萧伯伯叫我跟你出来的。”

龙灵珠瞿然一省，想道:“我心里不高兴，可也不能太过着迹了。”于是语气稍为柔和，说道:“萧伯伯叫咱们做什么，你还记得吗?”

杨炎说道:“记得，记得。他要咱们猎野兔，捡柴火。”龙灵珠道:“这两件事情，咱们分头去做。我猎野兔，你捡柴火。”

杨炎笑道:“我先跟你去猎野兔，回头再捡柴火，不行吗?”龙灵珠道:“不行不行!你再嬉皮笑脸，我不理你了!”

杨炎摇了摇头，说道:“唉，你总是把难的留给我做。”但他知道龙灵珠的脾气，唯有打算待她气平之后，再向她解释了。

杨炎拾了一堆枯枝，龙灵珠亦已猎了两只野兔回来了。可是她似乎还在生杨炎的气，急急忙忙地回家，一句话也不跟他说。

萧逸客的气色倒是好得很，他刚刚做过吐纳功夫，一见他们回来，便即笑道:“小还丹果然是其效如神，如今我已是可以运气如常了。看来明天就可以恢复四、五分功力。咦，你们却怎么啦?为什么都是苦着口脸，没精打彩的。”

龙灵珠只好笑道:“没什么。我只是记挂着你，你好得这样快，我就高兴了。”

萧逸客道:“多谢你的关心。你的仇人太强，也难怪你们担忧的。不过，依我看来，假如对方只有白驼山主一人，你们两人联手，也未必斗他们不过。”

龙灵珠道:“谁说我要和他联手?”萧逸客只道是女儿家害羞，笑道:“好，好，你喜欢和谁联手，那是你的事情，也用不着我来

杨炎追了上来，龙灵珠掩着耳朵道：“不听，不听！”

多管了。”经过萧逸客一番插科打诨，气氛融洽许多。龙灵珠不想太过着迹，和杨炎恢复谈笑。

吃晚饭的时候，龙灵珠忽道：“萧伯伯，有一件事情我想问你。”萧逸客道：“什么事。”龙灵珠道：“我的爹爹当年是因何和白驼山主结下冤仇的？”

这也正是杨炎想要知道的事情，但却不便去问龙灵珠的。此时方始知道龙灵珠也不知道。

萧逸客道：“我也不大清楚。你妈死的时候，可有什么遗物留给你吗？”龙灵珠道：“她把父亲和她自己家传的拳经剑谱都留了给我。”

萧逸客道：“除了拳经剑谱，还有什么重要的物事吗？”龙灵珠怔了一怔道：“没有了。萧伯伯，何以你这样问？”

萧逸客道：“没什么。我只是在猜测而已。”龙灵珠道：“伯伯猜测什么？”萧逸客道：“那白驼山主宇文博因何要害你的爹爹？”

龙灵珠连忙问道：“伯伯猜测到的是什么原因？”萧逸客道：“你的祖父外号玉面龙王，你可知道这个外号的意思？”

龙灵珠道：“大概因为我的爷爷，年轻时候是个美男子吧？”萧逸客道：“不错。但另外还有两个意思。第一是说他武功高强，龙王是代表威武的。”

龙灵珠道：“这个意思易懂。还有一个又是什么？”

萧逸客道：“龙王也代表富贵，神话传说中不是常常谈及‘龙宫宝藏’吗？令祖是南海一个岛主，据武林前辈所说，他也是一个侠盗，纵横海上，劫富济贫，岛上的宝藏，可能富可敌国。”

龙灵珠苦笑道：“妈妈带我逃亡，那一段日子，我们经常是身无分文，我甚至曾经做过小叫化。”

萧逸客道：“但那宇文博不知，可能以为你的父亲多少还有几件家传的无价之宝，因此动了贪念，也说不定。而且除了珍宝之外，他对你爹家传拳经剑谱，可能也起了觊觎之心。”

这是最合乎“常理”的推测，龙灵珠说道：“当年横祸飞来，妈妈也不知道是因何缘故。但想来总不外是因为这两者了。宝物我们是没有的，幸好家传的拳经剑谱也没给他抢去。”

对萧逸客这合乎“常理”的推测，杨炎却有一点怀疑，暗自想道：“宇文博当年的武功，纵然比不上灵珠的父亲，应已是一等一的高手。像这样的人物，何处不可求财，似乎不应为假设中的‘宝藏’而去冒性命之险。要说为了武功秘笈，虽然较近情理，但宇文博这派的武功路子和灵珠家传的武功截然不同，他得到了龙家的秘笈，必须尽弃所学，从头练起，这可要比完全不懂武功的人新练武功更难。除非他要留给后代，否则也不值得冒那样大的险。但听他门下弟子所说，他似乎只有宇文雷这个侄儿，并没亲生儿子。”

他并没将怀疑说出来，龙灵珠又已说道：“其实什么原因并不紧要，如今我已知道了白驼山主是我的杀父仇人，对我来说，最紧要的只是今后如何报仇了！”

萧逸客道：“不错，最紧要的是如何报仇。好在你们都有学武的上佳资质，即使目前胜不过对头，三五年内要报此仇，我敢相信，亦非难事！”

他说的这番话仍是把杨炎和龙灵珠拉在一起，好像杨炎要帮龙灵珠报仇，那已经是天经地义的事。杨炎不能对萧逸客说出他的苦衷，讪讪的也不知说什么话才好。龙灵珠听了心里也满不是味儿，却也不便在萧逸客面前发作，只好装作听不懂。

萧逸客忽道：“杨少侠，你明天就要走了么？”杨炎说道：“不错，我实是有事在身，请恕我不能在此陪伴前辈了。”萧逸客道：“我不是要挽留你，只是送你一件礼物。”杨炎说道：“萧老前辈千万不要客气。”话犹未了，萧逸客已是哈哈一笑，截断他的话道：“这件礼物是你自己看中的！”

杨炎方自一怔，龙灵珠七窍玲珑，已是接着笑道：“其实这件礼物你亦早已不问自取了，你还假惺惺客气什么？”杨炎恍然大悟，说道：“原来萧老前辈说的是扫叶掌法。”

萧逸客说道：“刚才你是在对面的山头看我练的，看得恐怕不够清楚吧？”

龙灵珠笑道：“萧伯伯，我替你爽直地说出来吧，你的心意是送礼要送全套。你是在问杨炎，他是否已经完全看懂了你的这套掌法。”

杨炎的武学造诣扎根极厚，虽只是隔山偷看，对这套扫叶掌法的精神，已是了然于胸。但为了礼貌，只能说道：“萧老前辈所创的掌法博大精深，我怎敢说看得懂了，偷学的不过是一鳞半爪而已。”

萧逸客似乎颇为得意，拈须笑道：“不是我敝帚自珍，这套扫叶掌法，包含运功法门，也曾化了我不少心血。难得杨老弟赏识，我才敢拿出来当作礼物。杨老弟，请你陪我出去一趟，我想把这套掌法再演一遍给你看看，请你指正。”

杨炎说道：“老前辈肯予指点，晚辈是求之不得。不过前辈体力刚刚恢复，我可不敢让老前辈过劳。这个、这个，还是留待以后有机会……”话犹未了，萧逸客又截断他的话道：“我虽然不济，演一遍掌法这几根老骨头也还支撑得住。你要是不愿接受我的礼物，那就是看不起我的武功了。”

他这样说，杨炎自是不能再推辞了。萧逸客道：“灵珠，不是我偏心，这次我只能演给杨少侠看。因为我有另外的事情要麻烦你。”

龙灵珠笑道：“萧伯伯，你就是没有事情要我做，我也不敢和杨炎一同练的。他的悟性比我高，我和他一起练，相形见绌还不打紧，你做老师的恐怕也要不耐烦呢。”

萧逸客笑道：“难得，难得。总算有一个和你同辈分的人，是会给你佩服的了。不过我也并非借词遣开你，定儿待会儿就要醒来，麻烦你替我照料照料他。”

龙灵珠笑道：“萧伯伯，你不用多说了。我不会怪你偏心的。快快去吧，别弄得太晚了才回来。他固然明天一早就要动身，你累了一天，也该早点歇息。”

杨炎跟萧逸客走向前山草坪，途中萧逸客问他扫叶掌法的一些变化微妙的地方，看他懂得多少。杨炎对答如流，萧逸客大为高兴，说道：“你所领悟的颇有新意，有些地方，甚至是连我也未曾想到的。不过有几招涉及运功法门，我想详细一点说给你听，现在就演这几招吧。”

杨炎正是怕他过劳，说道："这样最好不过，要是我看不懂，我再问你。"萧逸客边练边说，把掌法中最深奥的运功法门，说给杨炎听。不到半个时辰，杨炎已是完全领悟。萧逸客笑道："练武最怕袭貌遗神，若能得其神髓，一理通，百理融，就是把招式都忘记了也不打紧。你现在已经到达这个境界了。"

杨炎说道："多谢萧老前辈夸奖，那么咱们可以回去了吧？"萧逸客道："不忙，不忙。午夜之前回去也不能算晚，我还有话要和你说呢。我要问你一点私事，灵珠在旁，我不便说。"

杨炎心头一跳，说道："不知老前辈想要知道什么？"萧逸客道："我想问灵珠的外公，听说你是叫他爷爷的，他老人家好吗？"

杨炎愕了一愕，说道："原来灵珠已经告诉你了。我离山的时候，爷爷精神还很健旺，想必还可以活很多年的。实不相瞒，这次爷爷叫我下山，就是想我替他找到女儿的。不料灵珠已经父母双亡，只有她是爷爷的唯一亲人了。我很希望灵珠能够认她外公，只是她不肯听我劝告。"

萧逸客道："灵珠外公对她父亲之事你是知道的了，灵珠怨恨她的外公，从来也不肯提及的。只是因为你的缘故，她要把你的来历告诉我，方始第一次和我说起。这其间恩怨纠缠，一时也难得灵珠会回心转意，慢慢再说吧。不过，现在我却要和你说另一件事情。"

萧逸客道："灵珠的父亲因何遭受杀身之祸，真正的原因，恐怕她的父母都不知道！"杨炎吃了一惊，说道："如此说来，萧老前辈，你是知道的了。"萧逸客道："不错。我最要好的朋友被人害死，我当然要查究原因。我是费了许多心力，方始知道这个绝大的秘密的！"

秘密而且是"绝大的秘密"，杨炎不禁更是惊疑，问道："她的父亲真的是有富可敌国的宝藏？"萧逸客道："不是。这个秘密所涉及的东西，若是落在普通人手中，可说是分文不值！但却可以令到当今皇上，寝食难安！"

杨炎问道："萧老前辈，何以你不告诉灵珠？"萧逸客道："我已经知道那件东西并没在她手，那就不必告诉她了。这个秘密，她知道了只有害处，没有好处。所以我才利用有关宝藏的传说，作了个似乎合于情理的推测，好让她不再查究。”

杨炎说道：“这个秘密，萧老前辈可以告诉我吗？”萧逸客道：“我要你单独陪我出来，为的就是要告诉你。我先问你，你可知道你爷爷的身世之隐？”

杨炎说道：“爷爷没有告诉我。不过我已经从灵珠口中知道了。”萧逸客道：“她怎样说？”

杨炎说道：“她说她母亲的祖先是年羹尧的心腹武士。年羹尧是康熙雍正年间的名将，帮清廷开辟疆土，是满清皇帝的‘功臣’，却是汉人眼中的国贼。后来这个‘大功臣’被雍正皇帝所杀，她外公的爷爷怕受株连，故而逃至中印边境隐居。传到她外公这一代是第三代。”

萧逸客道：“她对你真是不错，她本来是以这家世为耻的，对你也都说了。不过她说的却并不全对，最关重要的地方她说错了。”

杨炎说道：“每个人都有一些不想给别人知道的秘密，她不肯完全告诉我，那也不能怪她。”

萧逸客道：“不是她对你隐瞒，是她的外公对女儿有所隐瞒。她从母亲口中知道的‘家世’，那已经是经过她外公粉饰的了。”

杨炎说道：“那么我这位爷爷的爷爷，真正的身份究竟是——”

萧逸客道：“是年羹尧的幼子，也是唯一逃出了性命的年家的人！”

杨炎呆了一呆，说道：“怪不得爷爷要隐瞒身世，连自己的亲生女儿都不让她知道。但这个秘密和灵珠父亲的被害有何关系？”萧逸客道：“关系可大着呢，他之所以惨遭杀身之祸，就是因为他是年羹尧后代的女婿。”

杨炎说道：“灵珠的母亲都不知道自己的身世，她的父亲料想亦是不知。”萧逸客道：“他不知道，但别人却是知道的。”杨炎说道：“这我倒有点弄不懂了。年羹尧是在雍正年间被处死的，距今大约有——”萧逸客道：“七十年了。”

“经过了这么悠长的岁月，案子亦早已结束了，何以清廷还要追究？再说即使追究年家当年逃亡的后人，也该是追究灵珠的外公，不该去暗杀他的女婿呀。”杨炎满腹疑团，问道。

萧逸客说道：“这就牵涉到与当今皇上也有关系的一件大秘密了。这事是要从年羹尧在生之时说起的。

“年羹尧在雍正年间曾经手握兵权，位极人臣，你可知道他被重用的原因吗？”

杨炎说道：“听说他很会打仗。”萧逸客道：“不错，他是善于用兵。但他之所以能够权倾朝野，连雍正皇帝都要忌他几分，却是为另一个原因。他曾经帮过雍正的大忙，雍正能够做到皇帝，他的功劳最大。

“雍正的父亲是康熙皇帝，康熙儿子很多，一共有三十五个，以四皇子允祯即后来的雍正皇帝和十四皇子允禵最有才干。但允禵更得父皇信任，兵权归他掌握，年羹尧当时还不过是他手下一名将军而已。

“清帝的继承办法甚为特别，传统惯例是由皇帝预先立下遗嘱，指定继承大位的人选，密封起来，放在乾清宫的一块题为‘光明正大’的匾额之后，待皇帝驾崩之后，方由顾命大臣会合诸皇子一同打开先皇的遗嘱，事先除了皇帝之外，谁也不知道的。

“允祯想做皇帝，叫年羹尧冒了个极大的危险，到乾清宫偷看他父亲的‘传位遗诏’。年羹尧出身少林，手下能人极多，本身也会高来高飞的功夫，是他亲自去办还是叫心腹高手去办那就不知了。总之康熙的‘传位遗诏’的秘密已经给他探悉，告诉了当时还是四皇子的允祯，允祯登时凉了半截！”

杨炎听得津津有味，笑道：“想必他父亲指定的继承人不是他了？”

萧逸客道：“当然不是了。遗诏写得分明，传位十四皇子！”

杨炎问道：“那么雍正后来何以能登大宝？”萧逸客道：“是年羹尧和雍正母舅隆科多替他想出的主意，把‘十’字加多一横一勾，变成‘于’字。你念念看！”

杨炎笑道：“妙极！妙极！如此一来，‘传位十四皇子’，可就变成了‘传位于四皇子’了！”

萧逸客道：“如此这般，四皇子允祯就名正言顺地登了大宝。

变成了雍正皇帝。但年羹尧干了这件大事之后，却做了一件或许他是自鸣得意，其实却是愚蠢透顶的事。”

杨炎说道：“是什么事？”

萧逸客道：“宣读了康熙遗诏之后，他把这遗诏收起来，不交给雍正。”

杨炎问道：“遗诏是由他宣读的吗？”他虽不懂帝王之家的规矩，但想年羹尧是个汉人，“先帝”的“遗诏”似乎应该由满人的皇亲国戚宣读才合道理。

萧逸客道：“是国舅隆科多宣读，但据说当时一宣读之后，立即引起骚动。十四皇子允禵也是个武功很好的人，立即就表怀疑，冲上前去要抢遗诏审察，年羹尧制服了允禵，同时将那遗诏从隆科多手上拿了过来。以当时情形而论，他是要保护遗诏，但风波平息之后，他却不交还雍正了。那时他已经是手握重兵的大将军，雍正刚登大宝，在在要倚靠他，是以明知他存心不良，却也不敢向他讨还。”

杨炎说道：“他要这个遗诏做什么？”

萧逸客道：“当然是为了挟制雍正了，‘十’字改为‘于’字，改得虽然巧妙，若是细心审察，还是可以勘出来的。他以为握有雍正这个‘把柄’，就可以予取予携，岂知雍正比他更为阴狠，隐忍不发，直到坐稳宝座，才突然发难，叫人参劾年羹尧，把他杀掉。”

杨炎问道：“那封遗诏呢？”萧逸客道：“雍正杀了年羹尧，抄他的家，抄到的金银珠宝不计其数，就只是不见了那封遗诏。年羹尧的幼子是唯一逃脱的年家之人，雍正怀疑那封遗诏已给他的儿子带走。但查不到下落，后来也一直没有事情发生，案子才渐渐‘淡’了下来。但还是当作皇家最秘密的悬案‘存档’的，对年家后人的行踪，也还是并没有放弃侦察，不过没最初几年那么紧张而已。”

萧逸客继续说道：“雍正在位十三年，一天晚上，突然死于非命！”

杨炎吃了一惊，说道：“死于非命他是给刺杀的么？”萧逸客道：“不错，那刺客把他的脑袋也割了去！”

杨炎矫舌难下，半晌说道：“九五之尊，午夜飞头，这可真是天下第一大奇案了！不知刺客是谁？”

萧逸客道：“据武林前辈所说，刺客乃是当时最著名的女侠吕四娘。吕四娘的父亲吕留良因文字之祸被雍正所杀，她是给父亲报仇。但她夜入禁宫，神不知鬼不觉地杀了雍正，既然无人发现，大内卫士也不敢便即断定是她。因此引起了两种猜忌，一说刺客是她，另一说刺客是年羹尧那个逃脱的儿子，回来代父报仇。皇室猜疑不定，把这两个人都列为疑凶。”

杨炎叹道：“论理雍正是死有余辜，但对我爷爷的爷爷来说，却又是一个无妄之灾了。”

萧逸客道：“可不是吗？皇帝死于非命，清廷当然是秘而不宣，但暗中则是加紧侦察了。乾隆年间，查到了年羹尧那个遗孤改名换姓，叫龙灵矫，隐居在中印边境的荒山。乾隆派了几拨武士去追踪究迹，有的毫无结果，空手而回。有的更是一去如同黄鹤，永远也不会回来了。”（按：龙灵矫故事，事详拙著《冰川天女传》。）

杨炎说道：“清廷想必还不肯甘心罢手？”萧逸客道：“不，有很长一段时期，倒是放松了查究的。”杨炎说道：“那是为何？”萧逸客道：“一来是乾隆后来亦已知道杀他父亲的是女侠吕四娘了。二来龙灵矫隐居中印边境的大吉岭，他足迹不履中原，即使康熙的遗诏确是在他的手上，亦已不足为患了。既然难以找寻，乾隆只要他不到中原来和自己‘捣乱’，也就不再理会他了。”

杨炎问道：“那么后来又怎的牵涉到灵珠爹爹身上？”萧逸客道：“直到二十年前，灵珠父母回到中原的一个山村隐居，给清廷密探发现他们身份，这才重新引起当今皇帝的注意。

“当今的嘉庆帝是雍正的孙子，事情虽然隔了七十余年，按说他曾祖的传位诏书即使重现人间，对他亦已并无多大威胁，但做皇帝的人，疑心是特别重的，无论如何，他还是不放心那封遗诏落在别人手里！”

杨炎道：“何以他会疑心那封遗诏是在灵珠爹爹手中，她的爹爹可是给岳父打断双腿的啊！”

萧逸客道：“皇帝哪会知道这种‘小事’？他从大内总管报告，

知道灵珠爹爹的身份，那就非追究不可了。大内总管派出的密探业已查知，自龙灵矫这一代起，三代单传，到了你的‘爷爷’这代，更是只有一女，既然他的女儿和女婿都到了中原，要是龙家藏有康熙那封遗诏的话，那就必定是当作传家之宝，给了女婿了。官府的惯例尚且是宁可枉杀一百，不可错放一人的，何况皇帝?”

杨炎说道：“那么又怎的是由白驼山主前来下手? 据我所知，他和大内总管是有交情，但却并非替皇帝当差的。”

萧逸客道：“皇帝把查究此案的任务交给大内总管，要他秘密办案，绝对不可兴师动众。他忌惮‘玉龙太子’的武功了得，自己是决计不敢单独前往的，只能找到一个他认为合适的人代替他去。这个人就是宇文博了。宇文博当时还未曾是白驼山主。据说他的父亲本来也是南海一个岛主，而且是和灵珠的祖父‘玉面龙王’展南冥相熟的。宇文博的武功与灵珠的父亲‘玉龙太子’展灵鲲齐名，两人之间有点小小的过节，大内总管和宇文博是好朋友，大概许了他不少好处，这才请得动他。至于后来的事情，你已经知道，那我就不必说了。”

杨炎听罢，叹了口气，说道：“想不到内里缘由如此曲折。怪不得这次上山搜捕灵珠的人，也有暗中为清廷效力的大内卫士彭大遒在内了!”

萧逸客道：“那些人全都给你撵走了，但事情恐怕还不能了结呢!”

杨炎悚然一惊，说道：“你是说皇帝和大内总管疑心那封遗诏是在灵珠手中，所以他们仍是非得把灵珠抓住不可。”

萧逸客道：“是呀! 白驼山主是决不能放过灵珠的，再加上清廷的大内卫士也要逮捕她，她的处境实在是危险得很呢!”

杨炎喃喃说道：“那怎么办呢? 怎么办呢?”

萧逸客忽道：“老弟，你愿不愿意帮灵珠一个忙?”

杨炎说道：“只要我做得到的，我当然愿意。”

萧逸客道：“这个办法有可能使她减少一半仇敌，只剩下白驼山主，她就比较容易对付了。这办法只要你愿意就做得到。”

杨炎说道：“既然是我做得到的，请萧老前辈吩咐就是。”萧逸客似乎有点不便启齿的模样，望了杨炎一眼，缓缓说道："杨少侠，倘若我说错了话，请你千万不要见怪。"杨炎愕了一愕，说道："萧老前辈，咱们都是为龙姑娘好的，有话你但说无妨。"心里不禁暗暗奇怪，这样一位豪气干云的武林前辈，怎的忽然变得婆婆妈妈起来了，他要托自己做什么事呢？

萧逸客道："大内卫士之中，有一个人和彭大遒一样，他是暗中为朝廷办事，江湖上却很少人知道他已经当上大内卫士的。他比彭大遒更得大内总管的信任，甚至在皇帝面前，他也说得上话的……"

杨炎面色倏变："萧老前辈，你，你说的是谁？"萧逸客微笑道："杨少侠，你莫紧张，说来凑巧，这个人也是姓杨。不知——"

杨炎好像给人在胸口打了一拳，盯着萧逸客，嘶哑着声音说道："萧老前辈，你知道了一些什么？"

萧逸客道："杨少侠，请你不要见怪。你知道，我是把灵珠当作自己的亲生女儿一样，她和你交上朋友，我自然不能不去打听打听你的来历，我知道的不多，只知道这姓杨的卫士和你是同一籍贯，二十年前，他是保定最负盛名的武师……"

他绕着弯子说话，正自不知如何措辞才好，杨炎已在叫起来道："萧老前辈，你莫说了，我不愿意提起这个人！"

萧逸客道："为了灵珠的缘故，你都不愿见一见这个人吗？"

杨炎咬着嘴唇不说话，萧逸客缓缓说道："你的爷爷是年羹尧的后代，我想，你也不会以他的身世为可耻吧？莲出污泥而不染，一个人但求立身处世无愧于心就行。"

杨炎涩声问道："灵珠知道了么？"

萧逸客道："她不知道，我觉得也没有必要告诉她。"

杨炎说道："我不能够马上答应你，是否能够帮上灵珠这个忙。但我想知道，你要我见这个人干什么？"

萧逸客道："我要你说一个于己无损，于人有益的谎话。"

杨炎道："怎样说？"

萧逸客道："你说你的爷爷已经死了，他在临死之前，把自己的身世来历告诉你，并且当着你的面，把康熙那封传位遗诏烧了。"

杨炎说道：“谎报爷爷业已身亡，这倒是可以令他避过灾殃的一个办法，爷爷生性豁达，知道了也不会怪我的，不过他为什么要烧那封遗诏？”

萧逸客道：“年家已经绝了后，他的女儿又违背他的意旨跟人私奔，他伤心到了极点，留着这封遗诏还有何用？而且过了这几十年，他也早已觉悟，留下这封遗诏只是留下祸殃了，为何还要累你受害？”

杨炎说道：“你以为人家会相信我的谎言吗？”

萧逸客道：“你说得出年家和这封遗诏的秘密，即使大内总管亲自来盘问你，他也不能不信，何况那个人和你是、是……”

他没有说下去，不过杨炎亦已知道他要说的是什么了，不觉心里苦笑，暗自想道：“不错，依常理而言，骨肉至亲，儿子的话，父亲总是会相信的。但萧伯伯哪里知道，我们父子尚未曾相认呢。我们之间彼此也还是都有猜疑，怎能像寻常人家的父子那样无私无隐、互信不疑！”接着又想：“我去刺杀孟元超，为的正是想爹爹早日跳出火坑，不当鹰爪。如今为了灵珠的事求他，不是又把他推回火坑里吗，即使他以后还能脱身，恐怕也得多费时日了。”

萧逸客道：“你的爷爷打断女婿的双腿，皇帝不知，大内总管则已是知道的了。只要那个人相信你的说话，他和大内总管一说，大内总管料想也该相信。他手下的卫士就不会再用来对付灵珠了。这样灵珠不是减少了一半敌人吗？剩下的白驼山主武功虽然高强，你们二人联手，也未必没有取胜的把握。”

杨炎说道：“这个、这个，我、我恐怕不能在很短的时间之内，就帮灵珠的忙。”

萧逸客道：“兹事体大，我当然也不会勉强你立即去做，你慢慢考虑不迟。我劝灵珠不必急于报仇，她会听我的话的。”

杨炎说道：“我也不会和她一起下山的。”萧逸客怔了一怔，说道：“为什么？哦，我明白了，目前你还不愿意她知道你的身世之隐。不过，你将来要见那个人的时候，你可以找个藉口，不必和灵珠一起去的。”

杨炎说道：“灵珠恐怕也不会和我一起下山。”

萧逸客笑道：“她怎会不愿意跟你下山，你也真是太不懂她的心事了！”

杨炎脸上发热，却是难以“解释”，只好说道：“萧老前辈请莫取笑，我、我和龙姑娘并没什么。时候不早，老前辈倘若没有别的事情要说，咱们还是回去吧。”

萧逸客只道他少年面嫩，哈哈笑道：“好吧，咱们这就回去，免得灵珠牵挂。她的心事，还是留待她将来和你自己说罢，也用不着我这糟老头儿多嘴了。还有几招扫叶掌法。我刚才漏了演给你看，但好在那几招灵珠亦已熟习了的，你不愁没有机会与她切磋。”

虽然明天一早就要动身，但这晚杨炎却是翻来覆去睡不着觉。“灵珠真的是已经，已经爱上我吗?”“不，不会的，我已经把和冷姐姐的事情告诉她了。”“她好像不大高兴我提到冷姐姐，甚至今天我要说的本来不是冷姐姐，她也发了脾气，这又是为了什么呢?难道，难道——”“杨炎杨炎，这可是你自己瞎疑心了。她的脾气本来就是这样古怪的，她要每一个人都注重她，你怎的会以为她是在妒忌冷姐姐?”“那么萧老前辈为何也那么说?她已经向萧老前辈透露了什么心事。”“哼，你更是胡猜了！一个少女要真当真爱上了一个人，她的心事是连父母都不肯告诉的，怎能说给外人知道。嗯，这不过只是萧老前辈的胡猜！你更可笑，为了萧老前辈的胡猜而胡猜！”

他在心里自己和自己辩解，尽管他想了许多理由，不相信灵珠会爱上了他，但灵珠的心事对他却还是个谜。就像她的为人一样，有时觉得似乎可以一眼看穿，有时又好像是在云里雾里，捉摸不透！

莫说他猜不透灵珠的心事，他连自己的心事也是一样迷糊！在他内心深处，有几分恐惧，也有几分兴奋。他究竟是害怕灵珠爱上了他，还是高兴灵珠爱上了他，他自己也不知道。

不过，有一点他是自己认为确实知道了的，他对他的“冷姐姐”是真诚相爱，不管分开多久，此情仍是不渝的。“别人的心事我去猜他做什么，我已经发了誓要娶冷姐姐为妻，海枯石烂，也改变不了我的盟誓！”最后他这样想。这样一想，心情才宁静下来，天亮之前，蒙蒙眬眬睡了一觉。

一觉醒来，天刚发亮。他没见到萧逸客，也不便到内室去找龙灵珠，心里想道："反正我昨晚已经告诉了萧老前辈了，他是世外高人，我也无须与他拘礼了。"于是背起行囊就走。他以为萧逸客伤势初愈，昨晚又睡得迟，想尚还未醒，他不愿意惊动主人，只好来个不辞而别。

"灵珠不知是否还在生我的气？"想起后会无期，杨炎不禁有些怅惘。正在怅惘前行之际，忽见林中人影一闪，正是龙灵珠。

龙灵珠道："杨炎，你说清楚点，你到底是去哪里？去干什么？"

杨炎说道："去哪里我不能告诉你，找什么人我也不能告诉你。我可以告诉你的只是：我要做的事情和你一样！"

龙灵珠怔了一怔，说道："和我一样？难道、难道你也要报杀父之仇？"

杨炎说道："那个人令我一生下来就受耻辱，和杀父的仇人也差不多！"

龙灵珠道："我的身世你已经知道，你的身世我还未曾知道呢。那个人——"

杨炎截断她的话说道："灵珠，请原谅我。上一次你问我的时候，我已经和你说过，我不能告诉你，如今也还是一样。不过，要是我此去侥幸能够活着回来，那时我会告诉你的。"

龙灵珠暗自想道："他不承认孟华是哥哥，孟华的父亲想必不是他的父亲了。但依昨日的情形而论，孟华对他的手足之情，绝对不是伪装。一个姓孟，一个姓杨，他们究竟是什么关系？嗯，他的身世恐怕比我更复杂得多。"但她是一个冰雪聪明的女子，从这条线索想下去，亦已隐隐猜到几分了。

杨炎说道："现在你该明白我昨晚说的那句话的意思了吧？不是我不想帮你报仇，只是我自身难保。除非我能活着回来，否则什么都谈不上。唉，但可惜这个希望，却是极之渺茫！"

龙灵珠道："你那个仇人武功很厉害吗？"

杨炎说道："比白驼山主，恐怕厉害得多！"

龙灵珠道："你见过那个人的武功?"杨炎说道："没有见过。"龙灵珠道："那你怎么知道?"杨炎道："据我所知，那个人的武功比孟华更胜一筹，孟华的武功，你我都见过了的。"底下的话，就不必再加解释了。要知孟华的武功已经胜过白驼山主最得意的弟子宇文雷不知多少，那个人的武功既然比孟华更强，依理类推，自当胜过白驼山主。

龙灵珠若有所思，低下了头不作声，杨炎忽道："灵珠，我求你一件事情，希望你答应我。"

龙灵珠道："好，你说吧。"

杨炎说道："说了，你可不能不理睬我。"

龙灵珠道："好，你说什么，我都不会生你的气就是。"

杨炎说道："要是我不幸身亡，请你替我了却一桩心愿。"

龙灵珠嗔道："不许你说这样不吉利的话!"

杨炎说道："我也希望能够活着回来，不过这是由不得我作主的，你就当作是预防万一吧。"

龙灵珠道："好，那你姑妄言之我也姑听之吧。"

杨炎说道："不，第一、我不是姑妄言之，第二、你也不能只是抱着'姑听之'的态度。我要你切切实实地答复我。"

龙灵珠皱眉道："你这个人真是难缠，好，说吧，我答应你。"杨炎这才缓缓说道："爷爷晚景凄凉，要是我不能回去，他更不知如何伤心了。我希望你能够替我陪伴他几年!"

龙灵珠咬着嘴唇不说话。杨炎继续说道："爷爷当年是做错了事，但他也正因为自己做错了的事情而忏悔，已经受了几十年痛苦的煎熬，难道你不可以原谅他吗?"

龙灵珠眼角沁出泪珠，半晌说道："好，我答应你。"

杨炎大喜说道："灵珠，多谢你!"喜极忘形，不知不觉，紧握她的双手。

龙灵珠面上一红，说道："不过，你知道我也是要报父母之仇的——"

杨炎说道："君子报仇，十年未晚。你先回去与爷爷相认，对你的报仇一事，相信只会有利不会有损的。"

龙灵珠当然懂得他的意思，以她目前的本领，贸贸然去找白驼山主报仇，那只是以卵击石。但若在与外公相认之后，即使她不愿意要外公替她报仇，最少也可以多学几门足以帮助她报仇的本事。

但龙灵珠却是面色一沉，似乎很不高兴他的这几句话，把他的手甩开了。杨炎一怔道："灵珠，我说错了话么？"

龙灵珠道："当然说错了。我答应去见你的'爷爷'，并不是希望他替我报仇。我、我只是冲着你的情分！"

杨炎呆了一呆，笑道："真的吗？那我更要多谢你了！"

龙灵珠笑道："其实我知道我用不着履行诺言，才不怕答应你的！"

杨炎道："你这话是什么意思？"龙灵珠道："你的武功这样好，即使那人武功更胜于你，我也有信心你不会死的！"

杨炎笑道："多承贵言，我也但愿如此。不过，不过——"

龙灵珠道："用不着吞吞吐吐了，做人情做到底，我今天答应了你，你活着回来，我会更加高兴地和你一起去见你要我去见的人！"

杨炎大喜过望，不觉又抓着她的双手，说道："灵珠，你真好！"

龙灵珠的眼珠滴溜溜一转，似喜似嗔地瞅着他道："你知道我对你好就好！时候不早，我也没有话和你说了，你走吧！"

杨炎解开了心头上的一个结，满怀欢喜下山。龙灵珠的影子早已看不见了，她的声音笑语却好似还在耳畔眼前。"真是无独有偶，想不到我们的身世和遭遇竟然有这许多相同的地方。而我们这两个身世奇特的孤儿，竟会偶然碰在一起！"他虽然不相信命运，却也不由得暗暗慨叹造化的弄人了。

蓦地瞿然一省："为什么她对我这样好，难道她的心事真的是如萧逸客所说那样？唉，但我却怎能背弃我和冷姐姐的盟誓？"

但接着再想："我活着回来的希望极为渺茫，恩恩怨怨，都似烟云。冷姐姐也好，龙姑娘也好，我欠她们的情，今生都是不能偿还的了，我还是早点到柴达木去吧。早一天死了，早一天免除烦恼！"但要是真的"侥幸不死"呢？他不敢想下去了。

无独有偶，此时此际，另一个人也是像杨炎一样，想起了冷冰儿。

同样的是在快马奔驰，同样的是在前往柴达木的路上。也同样的是为了去找孟元超。

齐世杰赶去报讯

不过杨炎是为了赶去报仇，而这个人却是为了赶去报讯。

这个人用不着笔者来说，看官料想亦该知道是齐世杰了。

他的坐骑是江上云所赠的名驹，这天他已是踏入青海境内，在西宁北面贡什阿山区的黄土高原上奔驰了。

大地苍茫，夕阳如血，晚风吹来，已是多少有点寒意。但他心里却是热乎乎的。

他想起了江上云与他一见如故的友谊，尤其令得他感觉兴奋的，是从江上云口中听到的，关东大侠尉迟炯对他的期望。尉迟炯非但没有因为他的"冒犯"对他敌视，反而对他甚有好感，在江上云尚未与他相识之前，就为他辟谣，为他做过的错事辩护，并且对他深具信心，相信他必将成为侠义道中的后起之秀。

"他们这样信任我，我可不能辜负他们对我的期望！母亲的话我固然不能不听，但孟元超的性命我更是非救不可。倘若两者不能兼顾，我只有违背慈亲之命一次了。"

本来孟元超乃是齐、杨两家所憎恨的人，他的母亲为了孟元超与她弟妇当年之事，对孟元超尤其不能谅解。但如今齐世杰却是不惜数千里奔波，甚至可能冒很大的危险，去救他们两家的"仇人"。虽然他因自小受母亲的影响，对孟元超的偏见也还未能完全消除。但如今他最少已经懂得，母亲憎恨孟元超的只是他的"私德有亏"，而他去救孟元超则是与侠义道祸福攸关的公事。

"孟元超和尉迟大侠是同一类的人，我岂可为了私怨任他遭受可能会发生的性命之危？我又岂可任由表弟受舅舅之骗，越来越是误入歧途？"他想。

他想到了许多人，许多事，但最为震撼他的心灵，他不愿意而又不能不想的人则是冷冰儿，是他和冷冰儿之间恩怨难分的一段情！

“冷姑娘此际不知会不会在柴达木呢？”

“唉，娘亲曾令她那样难堪，纵然她不怪我，我也愧对她了。但愿她不在柴达木才好。”想起冷冰儿给他母亲气走之事，齐世杰实是无颜再去见她。

“不过即使没有发生这件事情，恐怕她也不会喜欢我的，她早已有了心上人了。”想起冷冰儿的心上人竟然就是自己的表弟，齐世杰不由得更是心头苦笑了。

“其实除了年龄稍嫌不大登对之外，她和表弟结为夫妇，那也没有什么不好。只盼我这次能够及时赶到，把炎弟从歧路上拉回来，这样也才可以帮忙炎弟获得美满的姻缘！”冷冰儿的性格他是知道的，要是他放任杨炎去行刺孟元超，有心让杨炎铸成大错，冷冰儿是决计是不会嫁给杨炎的了。

想到这层，他摒弃私心杂念，加速前行。

他可不知，冷冰儿此际也正是在前往柴达木的途中。

他们三个人走的是一条路，可惜却都没有碰上。

杨炎已经来到柴达木了。

如何行刺孟元超，杨炎想过许多种不同的办法，是光明正大地向他挑战呢？还是暗中下手呢？是用“杨炎”的名字求见呢，还是暂且隐瞒自己的身份。

结果他采取了折中的办法，暂且隐瞒自己的身份，改容易貌，前去求见孟元超。他的“爷爷”杂学甚多，改容易貌之术亦是其中之一。杨炎扮成一个带点土气的乡下少年，看起来要比他原来的年纪大几岁。

他之所以要改容易貌，为的是怕在见到孟元超之前，就有人认得他。他知道孟华已经回天山去了，不会在柴达木，但最少还有一个人认得他，那人就是曾经受孟华之托，与丁兆鸣一起将他押解回柴达木的邵鹤年。那次龙灵珠在半路拦途截劫，从丁邵二人手中将他抢去，邵鹤年受的伤比丁兆鸣重一些，但料想他回到柴达木这许多时候，伤也应该养好了。

事情进行得很顺利，他到了柴达木的第一天，在一家农家借宿，说起自己有事要见孟元超，问那农家有没有相识的义军。（他到了柴达木，根本就没有见过穿军装的人，义军和普通百姓完全一样，外人根本无从识别。）他一说那农家就笑了起来。

那农夫笑道："你说的这位孟头领和我就很相熟，我几乎每天都碰上他的。只不知你找他何事？"

杨炎又喜又惊，说道："老伯，敢情你也是义军中的头目？"

那农夫笑道："我倒是很想当个义军，可惜孟头领嫌我年纪太大，不肯要我。你是觉得奇怪我为什么和他相熟吧，那是因为他每天晚上回家的时候，都从我的门前经过。孟头领十分和气，碰上了他，他总会和我聊几句的。"

杨炎说道："我是他的一位姓范的朋友叫我来见他的，有件紧要的事情，必须向他当面禀告。"

孟元超在义军中的地位仅次于冷铁樵，各地反清的帮会派来和义军联络的人经常会去找他。这农夫见杨炎说是有要事向孟元超当面禀报，就不便再问下去了。

"既然你有急事，我这就带你去找他吧。你待会儿，等我点个灯笼。"那农夫道。

杨炎想不到事情这样顺利，心里暗暗欢喜，口头上不能不客气几句，说道："多谢老伯帮忙，只不过这么晚了，劳烦你老人家，可真是有点不好意思。"

那农夫道："不必客气，孟头领的住处就在附近，用不着走多久的。只不过我年纪大了，眼睛不好，要是早几年，我摸黑也能走路。"

他一面唠叨，一面找灯笼，灯笼却找不见。过了一会，方始省起，说道："你瞧我有多糊涂，前两天我的外甥在我这里吃过晚饭，他没带灯笼来，偏巧那晚没有月光，又刚下过雨，我怕他路上跌倒，把灯笼借了给他，他要下次来的时候才能还给我。我都忘记这件事了。不过也不要紧，我找一束松枝吧。"

杨炎一来是等得不耐烦，二来怎样下手行刺孟元超，他也未曾拿定主意。要是暗中下手的话，那就没人陪伴更好。想了一想，说道："既然孟头领就住在附近，我自己去找他就行了。老伯，请你指点怎样走法，今晚月亮很好，我又是走惯夜路的，用不着灯笼。”

那农夫是个老实人，听杨炎这么说，便道：“也好。你是有急事在身，我走得慢，反而误了你的事。你只须走过前面那个山坳，看见的第一栋房子就是孟头领的家了。”

杨炎把坐骑留在那家农家，那农夫道：“你放心，坐骑我会给你照料。啊，有件事忘记告诉你。”

杨炎道：“什么事？”

那农夫道：“孟头领本来没有卫士的，但今年年初，有几位外地来投奔义军的弟兄没地方住，和孟头领住在一起。因此冷头领还强逼他多盖两座房子呢。”

杨炎笑道：“老伯，请你长话短说吧。”

那农夫瞿然一省，说道：“对，对，你是有急事的。我这唠叨的脾气总改不了。好，长话短说，孟头领虽然不要卫士，但那几位弟兄，自动做他的卫士。你半夜敲门，要是有人问你怎么知道这个地方，你说是我包老汉告诉你就行。否则碰上其中一两位脾气暴躁的弟兄，恐怕多少会给你一点麻烦。”

杨炎连忙截断他的话：“知道了，多谢你啦。”

离开农家，果然不过半支香时刻，便走过那个山坳，明亮的月光下，看得见那栋房屋了。

杨炎心头怦怦地跳，暗自想道：“现在未到三更，不如等待三更过后，我再去行刺。只是孟元超据说是快刀天下第一，暗中行刺，恐怕也未必容易得手。但要是用诡计的话，这个，这个，嗯，岂非比暗中行刺更加不是好汉所为。”

心念未已，忽听得有人喝道：“哪条线上的朋友？”

一听声音好熟，定睛看时，却原来正是邵鹤年。

好在邵鹤年不认识他。

杨炎捏着嗓子说道：“我有事情要见孟大侠，这个地方是包老汉告诉我的。”

邵鹤年道：“什么事情？”

杨炎把刚才对那农夫所说的话再说一遍。

邵鹤年“哦”了一声，似乎觉得有点奇怪似的。

杨炎说道："不是我不敢相信你，只因这件事情，我那朋友交代，必须当面和孟大侠说的。"

邵鹤年道："我并不是要你告诉我，不过我只想问你一件事，要是你不愿意说，那也不必勉强。"

杨炎说道："请问。"邵鹤年道："你那姓范的朋友多大年纪？"

杨炎这个"姓范"的朋友，倒也并非完全捏造的。他是想到了范魁，方始决定要他这个"朋友"姓范的。

他知道邵鹤年一定认识范魁，心想："就让他知道是范魁好了。好在他只问年龄，我用不着另外编造谎言。保定的事情，料想也不会这样快就传到这里的。"当下说道："我没问过他的年龄，大概是三十岁不到吧。"

邵鹤年点了点头，说道："好，那你跟我来吧。"

暗中行刺的计划是不能实行了，杨炎一面跟着他走，一面飞快地动着念头。用什么办法才能够杀孟元超，必须马上决定了。

心乱如麻，不知不觉冷冰儿的影子就似跟在他身边似的。

他心里叹了口气，暗自想道："孟元超是她最尊敬的人，我杀了他，冷姐姐是决不会原谅我的。但我不杀他，又如何能够洗脱我所蒙受的耻辱？"

爱恨交织，不知何去何从？他咬了咬牙，想道："与其在有生之日，都要忍受痛苦的折磨，不如战死在孟元超手上！我要数说孟元超的罪状，光明正大地与他决一死生！"

但转念又想："这个办法，我虽然可以充当好汉，但决战结果，多半只是我死在他的刀下，他不会在我的剑下身亡。杀不了仇人，反被仇人所杀，我又岂能心甘？而且我是答应了爹爹取孟元超首级的，这件事办不到，我死了不打紧，爹爹他日死了也不能瞑目！"

人天交战，他性格中坏的一面终于冒了出来，想道"量小非君子，无毒不丈夫"，孟元超要骗我做他的儿子，我就假装尚未知道自己的身世，与他父子相识，冷不防地刺杀他！

"不过邵鹤年是已经有点知道我业已知道自己的身世的，这条计策恐怕未必行得通。"

"但好在邵鹤年现在尚未识破我本来面目，待会儿我要求单独见孟元超，那就比较容易下手了。冷姐姐说过，孟元超对我的爱护比爱护他的亲生儿子孟华更甚，这话虽然不知道有几分是真，几分是假，但孟元超由于心中有愧，愧对我死去的母亲，或许有六七分是真也说不定。若然如此，纵然他亦已有了怀疑，怀疑我已经知道身世之隐，只要我在他面前表示我有悔改之意，他也就很有可能仍然把我当作儿子。”

“我杀了他，那时我再自刎。这样我就对得住爹爹、对得住冷姐姐，也可以洗雪我认贼作父的耻辱了。对，就这么办!”

但这么办真的就是“对”么?

“冷姐姐若然知道我用这种手段，我在她的心目中岂不变成了卑鄙小人，纵然一个人也不知道，我自己是知道的。做了卑鄙小人方始自杀，自杀了灵魂也要蒙羞!”

短短一段路程，他已不知转了多少次念头。不知不觉到了孟家门前了。

大门早已打开。有人出来迎接，看见邵鹤年和一个陌生少年同来，那人似乎怔了一怔，说道:“邵大哥，我们正等着你呢，这位是——”

邵鹤年道:“他也是来求见孟大侠的。”

那人道:“哦，又一个——”说至此处，似乎怕泄露什么秘密，忽地停止。

杨炎从他们的谈话中这才知道，原来邵鹤年不是和孟元超同住的。似乎是因为孟元超临时有事，才请他来。

那人带领杨炎进入一间厢房，说道:“我姓封，你贵姓?”杨炎说道:“我姓云。”他虽然未满周岁，母亲便即身亡，对母亲可说是毫无印象，但自从知道母亲是人们尊敬的女侠之后，就以母亲为荣。故而在他要捏造一个姓名的时候，不假思索，就跟母姓。

那姓封的说道:“云兄弟，你来得不巧，孟大侠今晚有事，你恐怕明天才能见着他了。”

杨炎说道:“听说孟大侠的习惯是很晚才睡觉的。”

姓封的道:“不错，但却不知他什么时候才能有空。如今已是将近三更的时分了，你不如先睡一觉。”

杨炎说道："我不困，我可以在这里等他。"

姓封的道："也好，你够精神就等吧。邵头领，你——"

邵鹤年道："我进去看看，看看孟大侠那件事办得如何，你替我在这里陪客。"说罢就走。

杨炎和那姓封的汉子说了几句客套话，忽地隐隐听得邵鹤年在外间和人说话的声音。

杨炎打了一个呵欠，装作精神疲倦，闭目养神。

邵鹤年是在隔着两间房子的小庭院和一个人低声说话的。杨炎是第一流的内功造诣，听觉敏锐，远胜常人。他隐约听得见，那姓封的汉子则听不见了。

只听得邵鹤年问道："那小伙子在哪里？"

那人说道："用不着你去见他了。"

邵鹤年似乎吃了一惊的模样，问道："孟大侠已经接见他了？"

大概他们是边说边走，杨炎凝神细听，下面的话，可听不见了。

杨炎张开眼睛，说道："对不住，我打了个盹，真是失礼。"

那姓封的汉子笑道："小兄弟，你熬不着，你先睡吧。我不知道你有什么紧急的事，但明天再说，也不迟吧？依我看，孟大侠今晚恐怕是没空见你的了。"

杨炎说道："孟大侠现在正在会客，对吧？"

那姓封的怔了一怔，说道："你怎么知道？"

杨炎说道："我还知道这个人和我一样，他的事情不肯和你们说，必须和孟大侠当面说的。对不对？"

姓封的道："不错。如此说来，你是知道那人是谁的了？"

杨炎故作神秘，说道："我当然知道，要不是为了那小子，我还不会来呢！"

姓封的听他叫那个人做"小子"，不禁相信几分。要知那个人假如是老头的话，别人不论怎样憎恶他，也不会斥之为"小子"的。姓封的心里想道："最少是年龄说对了。我们正想知道那个人的来历，难得就有一个知道他的人来到。"于是便即说道："你既然知道他是谁，可以告诉我吗？"他哪知道，杨炎因为刚刚偷听到邵鹤年和另一个人的谈话，才知道那个先他而来的客人，是个小伙子的。

杨炎说道："我知道你们正在怀疑那小子，对不对？你们怀疑他是何等样人？"故意不先回答，却反问对方。

姓封的汉子说道："我们对他毫无所知，因此根本无从猜测他的身份。不过我们却不能不提防他对孟大侠有所不利。"

杨炎虽然欠缺处世经验，却是个极为精灵的人，观言察色，立即便知这姓封的汉子所言不尽不实。试想孟元超是何等武功，假如来的是个普普通通的"小子"，孟元超的手下又何须害怕来人对他不利？

杨炎说道："对不住，我必须当面和孟大侠说。要是孟大侠如今已在会见那小子，我更必须赶快见到孟大侠了。"

姓封的汉子见他说得这样着急，心想："宁可信其有，不可信其无。"便道："好像正在你来的时候，叫那小子进去的。也不知孟大侠见着他没有，我拚着受点担带，带你进去看看吧。"原来孟元超早有吩咐，在他会客的时候，不许任何人打扰的。

杨炎说道："用不着了，我自己会去！"说到一个"去"字，伸指一点，立即点了姓封的穴道。

孟元超住的这栋房屋有内外两进院子，有七八座平房，比普通农家当然大得多，但却绝非什么庭院深深、重门叠叠的巨宅，杨炎自忖要寻找孟元超应当不会有多大困难。尤其在这三更半夜的时分，别人都已睡了，孟元超会客的地方，必定会有灯火。

他施展超卓的轻功，身如一叶飞坠，落处无声。进了第二重院子，果然便看见有一个房子灯火明亮，纸糊的窗子上隐约看见两个人的影子。

更妙的是在这间房子后面，有一颗枣树，杨炎飞身跃上树上，正好可以从后窗俯瞰屋内情景。

一看之下，杨炎不禁吃了一惊。

父子都是冒牌货

坐在主位，面向窗户这个人并不是孟元超！

杨炎没见过孟元超，但这个人却是和他关系最深的人。认真说来，当今之世，也只有他才能算得是杨炎独一无二的“亲人”！

从杨炎开始牙牙学语的刚满周岁时候，就是这个人，一身兼任杨炎父母的职责，全力保护他，悉心照料他，不但尽了一般父母的抚养责任，而且不辞跋涉，不惧险艰，将他从兵荒马乱之中带到一个可以称为世外桃源的所在，为他找到了名师。

这个人是他的养父缪长风。要不是有缪长风将他带上天山，他根本不会认识冷冰儿，甚至根本就不可能还有今日的杨炎。

不错，他对冷冰儿也许会感觉更加“亲近”，但那是另一种感情。他和冷冰儿虽然自小以姐弟相称，毕竟也还不是真正的姐弟。而缪长风做他的养父，则是“名正言顺”，受他母亲临终的嘱托的。

在他知道自己的身世之前，他一直是把缪长风当作自己的亲生父亲一样的。

如今他虽然知道了自己的身世，也见过自己的生身之父，但在他心目之中，生父的地位仍然是远远不能和养父相比的。甚至根本不能相提并论！

由于受了杨牧的欺骗，在他内心深处，或许有点可怜生父，但却没有一般孩子对父亲应有的尊敬。和尊敬刚刚相反，生父的出现，只能令他感觉羞耻。因此，尽管他愿意为父亲刺杀仇人，企图“挽救”他的父亲，但那次会面，他自始至终就没有亲口叫过一声“爹爹”。

他对义父的感情，只有两个师父差堪比拟。不过也还“隔”了一层。唐经天已经死了不说，他的“爷爷”对他的恩惠、爱护是不在义父之下的，但他和爷爷的遇合乃是偶然的“机缘”，不比缪长风是将他从母亲手中接过来的。他最尊敬他的母亲，因此在他心目之中，缪长风不仅是他的养父，而且是他和死去的母亲之间唯一可以联系的纽带。这是一种非常复杂的感情，也只有像他这样早熟的孩子才会具有的感情。

他早已从李务实的口中知道缪长风已回天山，并且准备要寻找他，但却想不到会在这里碰上！这是一件完全出乎他的意料之外的事情，有他的义父在这里，他还能够刺杀孟元超吗？

这霎那间，他不禁呆了，忽听得缪长风说道："炎儿，你真的是我的炎儿吗？"

杨炎大吃一惊，只道义父已经发现了他。但听得义父这么亲切的呼唤，却也禁不住心头一热，几乎就要把卷在舌尖上的"干爹"这两个字叫出声来！

幸亏他没有出声，另一个人已在叫"爹爹"了。

只见那个客人"卜通"跪倒，叫道："爹爹，请恕孩儿不孝之罪。爹爹，你肯原谅孩儿了么？"

杨炎定了定神，这才知道有人在冒充他。

这个人的扮相和他很像，他本来应该早就注意到的了。只因突然发现义父而引起的激动还未过去，在他心头眼底，心中所想、眼中所见，就只有他的义父一人。如今心神稍定，方始如梦初醒。

他一开始注意这个人，立即就知道这个人是谁了。

这个人正是曾经冒充过他，给他在通古斯峡撞见过一次的那个欧阳承。

杨炎心里暗暗好笑："活该这小子倒霉，今次又是假李逵碰上了真李逵。不过，我这个真李逵却是不便露出真面目去拆破他。冷姐姐曾经受过他的骗，但愿干爹不要上他的当才好。"

缪长风怔了一怔，说道："你叫我什么？"

杨炎一听，就知道他的义父不会上当了。要知义父在他心中的地位虽然比生父还亲，但他却是从来只叫缪长风做干爹的。

其实缪长风早就有点怀疑，否则他也不会这样问这个冒牌的杨炎，是不是他真的炎儿。

欧阳承只知道孟元超父子从未见过面，却想不到接见他的人并非孟元超。他自以为从未见过杨炎的孟元超理该有此一问。

于是他继续装作后悔不及的模样向"孟元超"求饶："爹爹，孩儿不合误信人言，上次孟华大哥奉爹爹之命要我回来听爹爹教导，我非但不听他的话，还和他动了手。但求爹爹恕孩儿无知之罪！"

缪长风道："好，只要你说真话，我自然不会怪责你。你听了什么人的话，说了些什么？”

欧阳承道：“是段剑青捏造了一些有关孩儿身世的不堪入耳的谰言，孩儿一时受了他的煽惑。如今已知错了！”

杨炎心想：“这小子准备行刺孟元超的计划倒是和我曾经想过的那个计划相同，连忏悔的言辞都和我打好的腹稿一模一样！”不禁羞愧得面红耳赤。欧阳承本来是他鄙视的卑鄙小人，但这个卑鄙小人却像一面镜子，照出了他丑陋的那一面形象。

缪长风道：“知错能改，固然是好。但你又怎知道段剑青说的乃是无稽谰言？”

欧阳承道：“因为现在我已经知道他是清廷的鹰爪，鹰爪的话还怎能相信？”

缪长风道：“那也未必尽然，聪明的鹰爪，为了要取得别人相信，说的话最少也有几分真的。假如我告诉你，他所说的有关你身世部分，竟有七八分是真的，那又如何？”

欧阳承吃了一惊，心里想道：“孟元超虽然没有识破我冒充杨炎的破绽，但他却已知道杨炎知道自己的身世之谜，如今他要当面说穿，事情就不好办了。不过这是他对杨炎的不放心，我要怎样才能使得他相信‘杨炎’是真心忏悔的呢？”

他也的确有点急智，登时流下两行热泪，说道：“爹爹，你是因为我做的错事太多，不肯要我这个不肖的儿子么？但不管你要我也好，不要我也好；也不管段剑青的话有几分是真，有几分是假，无论如何，你都是我心中尊敬的爹爹，我也得以做你的儿子为荣！”

缪长风缓缓说道：“假如我告诉，你另有生身之父，孟元超不是你的父亲。你也仍然这样说吗？”

欧阳承不假思索，立即说道：“纵然真是这样，我也仍然把你当作爹爹！”

缪长风道：“为什么？”

欧阳承道：“有情就是真，无情就是假。你对我的父子之情是比真金还真的，义父曾经告诉我，冷姐姐曾经告诉我，我自己也知道，那年大哥奉你之命到天山接我；我失踪那几年，你叫大哥到处找我，我都知道。纵然我真的另有一个生身之父，那人抛弃我，对我从来不闻不问，那么他对我既然毫无父子之情，我又何必认他为父？再说，那个人是什么样的人，我一点不知，如果他是坏人，难道我也要认贼作父？”

躲在外面偷听的杨炎，明知他是“做戏”，却也禁不住被他这番话说得心灵震颤，好像说到了自己的心里去一样！

缪长风似乎亦是深受感动，他站了起来，面向后窗，背向欧阳承，幽幽叹了口气，说道：“有情就是真，无情就是假，你这两句话倒是说得真好！唉，只可惜——”

欧阳承心头卜卜地跳，要暗算“孟元超”，这可是最好的时机了，他叫了一声：“爹爹！”佯作心情激动，缓缓向缪长风走去，说道：“爹，你肯原谅我就好。还可惜什么？”

缪长风轻轻说道：“可惜我不是孟元超，你也不是杨炎！”

欧阳承这一惊非同小可，趁他尚未回头，把早就藏在手中的一把喂毒梅花针立即射出。

虽然他尚未知道缪长风是谁，但料想有资格替孟元超来试他的，自必是一流高手无疑。梅花针一飞出去，无暇察看是否能够暗算成功，转身便逃。

不料他一转身，只见一个人已是拦在门口，淡淡说道：“小伙子，你来此大不容易，既然来了，何必又要走得这样匆忙？坐下来谈谈吧，你不是要找孟元超的么？……”

欧阳承哪耐烦听他说完，呼的一掌就劈出去！

这一掌打在那人的胸膛上，那人神色自如，声调都没丝毫变化：“我就是孟元超！”平平淡淡地把话说完，片刻也没停顿。好像他受攻击这件事情根本未曾发生过一样。

杨炎心头一震，几乎从树上跌下来，“卡”的一声响，一枝树枝给他不知不觉地捏断了。

孟元超却似乎并没发觉外面躲藏有人，头也不回，便即走进屋子。

欧阳承所受的震动比杨炎更大！说也奇怪，他一掌打中孟元超的胸膛，孟元超似乎毫无知觉，反而是他突然感觉胸口一阵闷热，几乎连气也透不过来。但这种感觉却又不是受到外力震撼的那种感觉，亦即是说孟元超根本未曾运劲反击。

欧阳承惊魂未定，耳边又听得缪长风一声叹息："你的话说得很好，可惜你说的不是真心话！"缪长风仍然站在窗前，不过已经是面向着他了。他一抖衣袖，闪闪发光的一堆粉末洒了满地，那是被他的太清气功震得粉碎的梅花针。

"他是孟元超，你是谁？"欧阳承情知决计难逃，反而比较镇定了。他看得出孟元超并无杀他之意，心中暗暗盘算，如何骗得孟元超放他。

缪长风哈哈一笑道："我就是你的义父，你刚刚才提起我！"

欧阳承又是一惊："你，你就是缪大侠！"想起刚才当着他的面扯谎，恨不得有个地洞钻进去。

缪长风道："不错，你现在已经知道我是谁，不用再叫我做爹爹了。你是什么人？"

欧阳承的谎话尚未编好，孟元超笑道："也用不着问他了。他是欧阳家的人。"

缪长风道："对，他打你的那掌用的是雷神掌功夫。不过我还是有点怀疑。"

孟元超道："你是怀疑他这雷神掌好像用得不大对，是吗？"

缪长风道："不是用得不对，而是他混杂了别的功夫。啊，对、对！"

孟元超笑道："怎的你又说对，又说不对？"

缪长风道："孟兄，还是你说得对。他的雷神掌虽然是欧阳伯和家传的心法，但混杂了别的功夫，就不能说是对了。雷神掌本来是没有毒的，他却兼练了毒掌。"

孟元超点了点头，说道："他练的是当年那个女魔头韩紫烟的毒掌功夫。以雷神掌而兼练毒掌，虽然更为狠毒，但祸害却是不小。幸亏他练这毒掌大概只有一年火候，要是再过几年，功夫练得深了，自身亦将中毒。那时两种功夫互为水火，寒热交侵。不但变作废人，而且在苟延残喘的余生，每天都要忍受无穷无尽的痛苦！"

欧阳承站在一旁，听他们议论自己这门雷神掌的功夫，不禁惊疑不定。

吃惊的是，他只打了孟元超一掌，不但身受者的孟元超立即知道他功夫的底细，连旁观者的缪长风也是如数家珍。疑惑的是：他们所说的祸害不知是真是假？

“莫非他们是在吓我？我已落在他们手中，他们要杀我不过举手之劳，又何须吓我？”

心念未已，只听得缪长风问孟元超道：“听说韩紫烟这女魔头临死之前，她的毒功秘笈已给段剑青这小贼骗去，此事可是真的？”

孟元超道：“此事华儿知得清楚，料想不会是假。”

缪长风一直没有理会欧阳承，此时方始回过头来，冷冷问他道：“欧阳业是你什么人？你和段剑青又是什么关系？”欧阳业乃是欧阳伯和的儿子，雷神掌的衣钵传人。

欧阳承不敢隐瞒，说道：“欧阳业乃是先伯。段剑青是我的朋友，他用毒掌的练法与我交换雷神掌功夫。”

缪长风道：“这对就了。倘若欧阳伯和在生，他是个有见识的人，一定不会让你兼练毒掌的。”

欧阳承“卜通”跪了下来，说道：“实不相瞒，我就是受了段剑青这小贼的挟制，他要我冒充杨炎来刺杀孟大侠的。要是我不这么干的话，他就杀我！请孟大侠、缪大侠饶我一命，我知错了。”

孟元超道：“知错就好，你走吧！”

欧阳承想不到他一口应承，倒是不敢相信，战战兢兢地问道：“孟大侠当真肯让我走？”

孟元超道：“我岂有说话不算数。不过——”

欧阳承不禁又是心头一凛，连忙问道：“不过什么？”只道孟元超是拿他消遣，即使愿意放他，恐怕也会给他出个难题。

孟元超道：“你要走就走，没人将你留难。不过，刚才你打我的那一掌之力，已是回之自身。你试吸一口气瞧瞧。”

欧阳承正在觉得胸口有点作闷，依言试行运气，只觉胸中火热，顿时头昏脑涨。这一惊非同小可！

他是知道兼练毒功的雷神掌的厉害的，这一掌之力，回之自身，等于自己打伤自己。目前已有中毒的迹象，时间一长，只怕剧毒还会侵入脏腑！

孟元超缓缓说道："你现在该当明白练这种邪恶的功夫对自身是有害无益了吧？碰上功力比你高的人，固然是害人不成反害自己，即使没有碰上，过两年你功夫较深，它自己也会发作的。"

欧阳承福至心灵，立即又再跪下，说道："我不合冒犯孟大侠，请孟大侠救我一命！"

孟元超道："好，只要你从今之后，当真能够洗心革面，我就助你一臂之力，让你得以平安度过这次灾难吧。"说罢，拉他起来，轻轻一掌，印在他的胸膛，不过片刻，欧阳承只觉气机顺畅，翳闷顿消。有如猪八戒吃了人参果一样，八万四千个毛孔，无一个毛孔不舒服。

孟元超道："行了，你以后虽然不能再练这门功夫，但也无须忧虑反受其害了。你好自为之吧。"

欧阳承因祸得福，说道："多谢孟大侠将我从鬼门关上拉了回来，从今之后，我也不敢妄图利禄功名了。我会找一个人迹罕到的地方躲起来，江湖上从此没有我这号人物。"

杨炎把这件事看在眼里，心里想道："这小子处心积虑要想刺杀孟元超，孟元超尚且以德报怨，像他这样的为人，世间实是少有。他怎能作出如我爹爹所说的那种卑鄙事情？"要为爹爹报仇的念头不觉渐渐动摇。

欧阳承走后，缪长风叹了口气，说道："可惜不是炎儿。"

孟元超却笑道："我早就知道不会是炎儿了。我也正庆幸他不是炎儿。"

缪长风道："对，要是炎儿当真要来行刺你的话，那我也不知要如何伤心了。但你怎会一早就猜得着他不是炎儿呢？"

孟元超道："虽然我没见过他，但我相信他一定不会行刺我的！"

缪长风笑道："你对他倒很有信心。"

孟元超道："欧阳承和你说的那些话我都已听见了。"

缪长风怔了一怔，说道："他是冒充炎儿，说的也不是真心话。因何你从他的违心之论却得到了对炎儿的信心？"

孟元超道："那假炎儿说的虽然不是真心话，道理却是对的。"

说至此处，望出窗外，若有所思。

缪长风点了点头，说道：“不错。他的那番话包含两种道理，有情就是真，无情就是假，立身处世，讲究的应该是大是大非，纵然亲生骨肉，也不能认贼作父，不过，可惜这不是炎儿亲口说的。”

孟元超道：“那假炎儿都懂得说这种话来骗取你的信任，真的炎儿，我想他也必定会懂得这些道理的。他是紫萝的儿子，禀性应该有乃母的遗传，他又是你的义儿，唐老掌门的关门弟子，后天所受的教养更比一般儿童要好得多。再坏也坏不到哪里去。纵然他受人家蒙蔽于一时，一旦明白真相自必会分辨是非。我是这样的想，因此我相信他。假如欧阳承那番话是从他的口里说出来，那就一定是他真心的说话了。”

缪长风笑道：“俗语说：知子莫若父，你虽然从没有见过他，这句话还是一样适用。”

杨炎是个性格容易冲动的人，他躲在窗外的枣树上，听见了孟元超说得这样恳切，不觉心头发热，暗暗后悔，“我来错了，我来错了。纵然我不能认他做父亲，我也不应该把他当作仇人的！”

缪长风叹了口气，笑道：“他的禀性本来不坏，但也稍嫌偏激了些。不过这也怪我不好，我一直未能将他的身世隐秘告诉他。如今他从旁人口中知道了自己的身世，说不定他连我也会怪上。”

孟元超道：“这怎能怪你，他失踪那年，才不过十一岁。”

缪长风叹道：“我一回来，就听到石天行要追究他欺师灭祖之罪，真是令我心烦。”

孟元超道：“是呀，有一件事我还未曾和你说呢。今日日间，我接到李务实从张掖托丐帮捎来的书信，所谓炎儿背叛师门这件事情似乎是越闹越大了。真不知如何收拾才好。”

缪长风道：“此事我在途中亦已略有所闻，不知李务实的信怎样说？”

孟元超道：“据说炎儿被一个小妖女迷惑，和许多武林人士作对，正邪各派都有。被炎儿所伤的有云中双煞、崆峒派劳家兄弟和彭大遒等人……”

缪长风道：“这些人都不是什么好人，尤其那个彭大遒更坏，据我所知，他就似当年的杨牧一样，早已暗中投靠清廷。”

孟元超道：“我尚未说完呢，给炎儿所伤的还有蓬莱蹑云剑穆扬波，穆志遥父子。”

缪长风道：“我在路上也曾听得有人谈及此事，不过说法却又有点不大相同。据说那位穆家三少爷误交妖人，他虽然吃了炎儿的大亏，却也因此摆脱了妖人的绕缠。老穆后来明白真相，对炎儿还曾表示感谢呢。李务实大概不是十分清楚其中曲折。”其实并非李务实不明真相，而是这封托丐帮捎来给孟元超的书信，是陆敢当借用师叔的名义发的。

孟元超道：“炎儿得罪了这些人还不打紧，最令我心焦的是他在张掖又伤了天山派的一个弟子。”

缪长风道：“你说的敢情是李务实的师侄陆敢当。”

孟元超道：“不错。陆敢当是石天行最得意的弟子，炎儿割了他儿子的舌头，如今又打伤了他的得意弟子，怨越结越深，恐怕更难化解了。”接着长长叹了口气，说道：“我也不能完全偏袒炎儿，我也不懂他为什么会这样胡作非为，竟然打伤本门长辈于前，又残害同门于后。他们还说炎儿做出很见不得人的事，唉，我也不便开口！……”

缪长风道：“我倒不是偏袒炎儿，我只觉得其中定有蹊跷。你听到的他们控诉炎儿的罪名，其中是否有一项和冷冰儿有关的？”

孟元超似乎不愿多说，默默点了点头。

缪长风道：“石天行此人貌似严正，其实私心自用，我一向看着他就不顺眼。依我说，他大可列入虽无过错，面目可憎一类。他那宝贝儿子据我所知，是曾向冷冰儿求婚不遂的。我这次回来，尚未见着冰儿。我猜其中定有别情，炎儿纵然犯了过错，未必就像他们说的那样不可收拾。不过，我也知道，这件事却是令你为难了。石天行自己宠坏儿子，却不许你‘包庇’炎儿。”

孟元超道：“缪兄，如何替炎儿化解，全仗你了。”

缪长风道：“化解当然是不容易的，但无论如何，我总不能让他们难为我的炎儿，大不了我与他都不回天山便了。唉，但只不知道我什么时候才能见着炎儿？许多事情，必须见着了他才能想法的。唉，炎儿，炎儿，你可知道我与你的爹爹怎样操心，为你牵肠挂肚么？”正是：

侠骨柔肠真不假，虽非骨肉胜亲生。

第二十回　欲退心魔求棒喝
难挥慧剑令钗分

亲情不假、热泪盈眶

杨炎心头一酸，热泪夺眶而出，几乎忍不住叫出声来：“干爹，你知不知道，我也是在想念你呀！”

但他终于还是忍住了，因为他听到了第三个人的声音。这个人是邵鹤年。

邵鹤年上气不接下气地跑了进来，一见着孟元超便即叫道：“孟大哥，不好了！”

孟元超道：“邵兄何事大惊小怪？”

邵鹤年喘过口气，说道：“那小子已经跑了！我还以为他跑来行刺你呢，幸好你没遭他毒手。”

孟元超笑道：“他已经行刺过了，是我放他走的！”

邵鹤年道：“你为什么将他放了？你知道他是谁没有？”

孟元超道：“我已经知道他是冒充的炎儿！”

邵鹤年道：“不，他是真的杨炎！”

缪长风旁观者清，笑道：“你们说的恐怕不是同一个人吧？”

两人不约而同地问道：“你说的是谁？”

孟元超道：“我说的是那个冒充炎儿的欧阳承，他是雷神掌欧阳伯和的侄孙。”

邵鹤年道：“我说的是那个在外面门房等候你召见的小子，他虽然已改容易貌，但我认得他确是杨炎无疑！”

孟元超道：“你怎么知道他是炎儿，或者他是因为等得不耐烦先走了呢。”

邵鹤年道：“不是的。他是点了封大哥的穴道才逃跑的，这分明是作贼心虚！”

孟元超道：“如果这小子是要来行刺我，他就不会是真的炎儿。”

邵鹤年道：“孟大哥，你还是这样相信杨炎这小子。俗语说，龙生龙，凤生凤，老鼠的儿子会打洞！”

孟元超沉着脸道：“邵兄，你别忘了炎儿也是云紫萝的亲生儿子！”

邵鹤年道：“可惜他不是肖母而是肖父！孟大哥，我知道你爱屋及乌，但你可不能太过姑息他了。李务实的信说得分明，他和那小妖女在祁连山上几乎伤了孟华，他不认哥哥，心目中自也不会有你这个父亲！他改容易貌来此，不是为了行刺你是为了什么？李务实托丐帮飞鸽传书叫你提防，你怎可完全当作耳边风？”

杨炎心里想道：“原来那封信还说了这许多事情，他、他不把这些事情告诉干爹，恐怕不仅仅是为了避免干爹伤心吧？”

孟元超叹口气道：“我负紫萝太多，他是紫萝的儿子，也就是我的儿子。我不相信他会行刺我。”这几句话出于肺腑，说得诚挚之极。

杨炎心里也禁不住为之感动，但随即想道：“听他的口气，似乎真的曾与我娘……”他不愿意想下去，但杨牧对他说过的那些中伤孟元超的话，却又像毒蛇一样，从阴暗角落里钻出来啮他的心了。虽然他不敢想下去，但他已经知道孟元超和他母亲有过私情的事是真的。

但谁才是真正爱护他的人呢？是他的生父还是孟元超？这答案他也是不用想就知道的了。他知道孟元超对他的爱护决不在他的义父之下。

心乱如麻，什么是对，什么是错，他已是一片茫然。不过混沌之中也有两分清醒，他知道这个时候还不是他和孟元超可以相见的时候，即使他不再把孟元超当作仇人。“纵然他和义父都相信我，旁人是不会相信我的，何况，我其实也真的想过行刺孟元超。”心乱如麻，不知不觉又捏断了一根树枝。

邵鹤年喝道：“谁在外面！”立即就跑出去。

只见一条黑影已经掠上瓦面。转瞬就飞过墙头。邵鹤年自知轻功不及此人，但一看之下，亦已知道此人是杨炎了。

“缪大侠，孟大侠，你们快出来！”

孟元超道：“什么事?”

邵鹤年道：“杨炎这小子刚才还躲在这里，你该相信他是图谋行刺你了吧?”

孟元超知道杨炎已经逃走，这才说道：“我早就知道他躲在这棵树上了。”

“那你为何——”邵鹤年说到一半已然省悟，“哦，原来你是想以至诚来感化他。不过——”

孟元超道：“不错，我们还是应该将他追回来，不过我去不大合适。缪兄，你走一趟吧，不要太着痕迹。”

缪长风笑道：“炎儿的脾气我最熟悉，我懂得的。”大袖一展，话犹未了，已是疾如鹰隼地掠过墙头。

他自命对杨炎最为熟悉，但有一件事却颇出他的意料之外。杨炎的武功已经远远超乎他的估计了。

他以为很快就会追上杨炎，结果追了一程，还未发现杨炎的踪迹。

杨炎提一口气，飞快地跑回那家农家。他是想取回坐骑，便即离开此地。义父会来找他，他亦是早已料想得的了。

义父、生父、孟元超的影子，走马灯似的在他心头流转，他情绪混乱到无以复加，终于咬了咬牙，作了一个决定：“义父，不是我狠心舍得离开你，我必须去办一件事情，还个心愿。如愿以偿，那时我才能够心安理得地和你会面。”

他知道自己的轻功是赛不过义父的，目前虽然未见义父追来，但时间一长，必定会给义父追上。他的坐骑是夺自彭大遒手中的大宛名驹，只有跨上坐骑，才能摆脱义父的追踪。

相隔不过一个山坳，没有多久，他就回到那家农家了。此时已是曙光初现的时分。

刚到门前，便听见马嘶，似是欢迎他的回来。

他的那匹坐骑是关在柴房中的，柴房里有新鲜的稻草，可以当作饲料，杨炎不打算惊动主人，径自便进柴房。

那匹马一声长嘶刚刚停止，杨炎忽地心头一动："奇怪，它的叫声好像是受到什么惊吓的模样？"

推开柴房的板门，一股血腥气味扑鼻而来。杨炎定睛一瞧，不禁吓得呆了。

他不想惊动主人，主人却躺在稻草堆上。脚旁一束尚在燃烧着的松枝，火光摇曳不定，幸好没有烧着稻草。

杨炎失声叫道："老伯，老伯！"只是那老农夫两只眼睛睁得大大的，可是动也不会一动。显然是在临死之前受到过度的惊恐。他的头颅开了个洞，鲜血尚在汩汩流出。杨炎是个武学的行家，一看就知是受到铁砂掌、金刚手之类的刚猛掌力所伤。

杨炎无暇思索，连忙弯腰俯视，想看是否还可救治。虽然明知希望甚属渺茫，但在未曾证实这老农夫确已气绝之前，心里总存着一线希望。

就在此时，突然发生了他意想不到的变化。

那满面血污的老农夫突然跃起，就像民间传说中的"尸变"一样，双手平伸，双脚也是直挺挺地跳弹而起，向他扑下。

杨炎一掌拍出，陡然间只觉掌心、眉心、左肩的肩井穴同时好像被利针所刺。农夫的尸体"卜通"倒下，另外一个人却已出现在他的面前。

原来这个人是利用农夫的尸体作为掩盖，向杨炎偷施暗算的。

杨炎中了三枚细如牛毛的梅花针。梅花针虽小，却是喂了剧毒的。

那人侧身一闪，冷笑说道："杨炎，你睁大眼睛瞧瞧，看我是谁？嘿、嘿，你这小子终须还是落在我的手上！"

天色虽然尚未大亮，杨炎已经认出这个人了。

八年前，冷冰儿带他下山，当时孟元超正率领一支义军，在回疆与清军作战。冷冰儿是想把他送往义军之中，好让他们"父子"

团圆的。

不料还未见到孟元超，在途中忽然碰到一股溃逃的清军，杨炎被一个军官捉了去（事详拙著《牧野流星》）。后来幸亏碰上了龙灵珠的外公，方始将他从这个军官手中，救了出来。

这次意外，可说是改变了杨炎一生的命运。倘若没有这次的意外事情发生，恐怕他早已认孟元超为父，也不会有今天的事情来困扰他了。

他也不知这件意外事情对他是祸是福，但对这个折磨过他的清军军官，却当然是恨之入骨的。只可惜对他的姓名来历，一点都不知道，想要报仇，也不知往哪里寻找。

杨炎做梦也想不到，他所痛恨的仇人忽然出现在他的面前。而自己又一次的遭了他的暗算。

杨炎又惊又怒，喝道："恶贼，今日不是你死，便是我亡!"他中了三枚毒针，不敢多说，扑上前去，呼呼便是三掌!

这三掌是他"爷爷"所传的龙爪手绝招，掌力刚猛，变化奇幻，只听得"卜"的一声，饶是这军官武功不弱，肩头也着了他的一掌。

可惜他中了毒针，内力不济，那军官只是晃了一晃，便即哈哈笑道："小子，你想和我拼命，那是决不可能的了，不如求我饶命吧!"

杨炎眼睛发黑，兀自咬牙狠斗。那军官不禁亦是暗暗吃惊。心里想道："幸亏他中了我的妙计所算，否则只怕我当真不是这小子的对手。"

杨炎又一掌打着那人，这次力道更弱，那人反手一抓就抓着了杨炎的脉门。杨炎登时晕了过去。

那军官一看天色已经大亮，急忙把杨炎抱起，跨上杨炎那匹坐骑。

他怕路上碰上义军，不敢将杨炎捆缚，这匹马跑得非常快，他用一只手扶着杨炎的腰，只要让他端端正正地坐在马上，不加捆缚，就不会惹人注目。

跑了一程，只觉杨炎的身体渐渐僵冷，这军官心里想道："这小子可还不能让他送命。”当下把一发药丸塞入他的口中，这不是解药，但可以阻止毒气的蔓延，保全他的性命。

过了片刻，只见杨炎身躯颤动，发出低沉的呻吟，军官好生惊异，想道：“这小子的内功委实了得？居然这样快就复苏了。”不过杨炎苏醒过来，他可以放下心上的一块石头了。

正行走间，忽见一骑快马迎面而来，初时只见一团红影，转瞬之间，距离已是不过百步之遥，看得清楚是一匹四蹄雪白，毛色火红的骏马了。

这军官暗喝声，心道：“好一匹骏马！比我这匹坐骑还好得多，可惜我现在不便惹事，只好放过他吧。”心念未已，那匹红鬃马又近了许多，骑在马背上的人也看得更加清楚了。是个年纪大约不过十七八岁的小姑娘。

军官不禁又是暗喝彩：“好标致的小姑娘！”倘若不是因为他不能放弃杨炎，他早已忍不住要把美人名马都抢过来。

不料他不敢惹事，那小姑娘却来惹他了。

说时迟，那时快，正在他心里大呼“可惜”之际，那匹红鬃马已是旋风也似的来到，而且对他竟似视若无睹！这条山路虽然勉强可以容得两匹马并驰，但像她这样扑冲直撞而来，撞上的危险仍是非常之大的！

军官喝道：“你这丫头要找死么！”正想提缰闪避！那小姑娘一鞭就向他横扫过来。

这一下事先毫无征兆，来得当真是快如闪电。莫说这军官并无防备，就算他有提防，也想不到一条短短的马鞭突然就会打到他的面门。

原来小姑娘这条“马鞭”不是普通的马鞭，而是一条银丝软鞭，可以圈成一团的。她圈了一半握在掌心，此时突然将它伸长，刚好够得着缠上那军官的咽喉。

这军官是个武学的大行家，一听鞭声呼响，就知这小姑娘的内力竟是非同小可，而且用的是锁喉鞭的杀手绝招。

若论真实的本领，这个军官虽然不及杨炎，比这小姑娘可要稍胜一筹。但此际冷不及防，却给她闹个手忙脚乱。

军官一抓抓空，软鞭活似灵蛇，已缠上杨炎身体，倏地就把他卷了过来。

百忙中无暇思索，他只好放开杨炎，腾出来赶忙去抓鞭梢。

软鞭活似灵蛇，军官一抓抓空，那条软鞭已是缠上杨炎的身体，在他即将坠马之际，倏地就把他卷了过去。

红鬃马已经越过前头，那军官刚弄清楚是怎么一回事情，那小姑娘将手一扬，喝道："让你也尝尝我的暗器滋味!"三枝短箭射了过来!

那军官恐防她射来的乃是毒箭，不敢用手去接，百忙中一个斜挂雕鞍，只用足尖勾着马鞍，悬空使出铁板桥功夫，三枝短箭几乎是贴着他的背脊飞过。他的坐骑本来就不及小姑娘骑的那匹红鬃马。这么受阻片刻两人的距离又已在百步开外。

他怎舍得到口的馒头给人抢去，当下一声吆喝，忙拨转马头去追。只盼那匹马驮着两个人，自己或许还有可能追上。

不料不知怎的，那匹马竟然不听使唤，蓦地一头撞在一株大树之上，把军官抛了起来，只听得一声凄厉的嘶鸣，马已倒在地上，头上满是鲜血。原来小姑娘所发的暗器之中，除了那三枝短箭，还有两枚小小的梅花针。她的梅花针是没有毒的，料想即使能够打中那个军官，对他亦是毫无影响，故此用来射瞎他的坐骑。

军官气得七窍生烟，正自不知如何是好，忽听得一声长啸，隔山传来，震得他耳嗡嗡作响。长啸过后，跟着叫道："炎儿!炎儿!"

那军官这一惊更是非同小可，心里想道："此人功力胜我十倍，他叫这小子做炎儿，恐怕不是孟元超就是缪长风了。"心惊胆战，哪里还敢逗留，赶忙悄悄溜走。

他料得不错，这个人正是来找寻义子的缪长风。

缪长风的啸声，那小姑娘也听见了。听见了他的啸声，她越发催马急行。

杨炎已经恢复了一点知觉，只觉好像腾云驾雾一般。也不知过了多久，方始脚落实地。有一个软绵绵、暖烘烘的身体偎倚着他。

"炎哥，你醒醒，醒醒!"小姑娘在他耳边柔声呼唤。

杨炎吸一口气，胸口似乎没有刚才那么郁闷了，他张开了眼睛，定睛一看，不由得又喜又惊，失声叫道："灵珠，是你!我、我是在做梦吧?”

龙灵珠道:“那三枚毒针，我已用磁石吸出来了，你觉得好一点吗?”

杨炎说道:“多谢你，你快走吧。恐怕还会有人来找我的。”他想到的是：孟元超和他的义父虽然不知道龙灵珠的姓名，但已经知道她是“小妖女”了。他们当然会相信邵鹤年和李务实的话，把他“误入歧途”的过错，都推到他们心目中这个“小妖女”头上。他知道要是孟元超和缪长风找着他，对他是决计无妨的，但要是龙灵珠给他们碰上，那可就难说得很了。

不过他此际已是有气无力，纵然不怕伤龙灵珠的心，他亦已没法和她细说了。

龙灵珠道:“我不走，要走咱们一起走。你先别说话!”一双软绵绵的小手伸了过来，握着杨炎双手。

他们所练的内功同出一源，龙灵珠用家传的内功心法助他凝聚真气，倒是有点效果。不过他中毒太深，纵然能够稍稍凝聚真气，亦是无补于事。

杨炎苦笑道:“你不要浪费真力了，得不到解药，没有用的。你还是走吧!”

龙灵珠道:“你不是说过吗，爷爷传给你的内功，就有自行祛毒的办法。只要你恢复几分功力，没有解药，也会好起来的。”

杨炎苦笑道:“那最少也得恢复七分功力才行，纵然有你全力相助，我要恢复七分功力，恐怕最少也得在三日之后。”

龙灵珠道:“不，要走咱们一起走；要死咱们也一块儿死!”

杨炎说道:“你不用替我担心，我不会死的。倒是你，我、我——”

说至此处，忽觉丹田发热，这是真气开始纳入丹田的现象。杨炎只能暂且停止说话，以待真气凝聚。其实，他就是能够分出心神说话，也不知怎样说下去才好。

过了一会，杨炎吐出一口浊气，龙灵珠问道:“是否舒服一些?”

杨炎说道:“好多了。但真气一点一滴地凝聚，还是不行的。

你可不宜在这里耽搁太多时候——”

龙灵珠知道他又要劝自己离开，不待他把话说完，便即笑道：“已经开始好转，那就好了。无须你自己能够运功祛毒，只要你恢复两分功力，那我就可以和你作伴离开此地了。恢复两分功力，恐怕明天就可以了，对不对？”

杨炎说道：“这里是什么地方？”

龙灵珠道：“是在一座高山上的森林里，看来是人迹罕到之地。”

杨炎说道：“还是在柴达木境内的吧？”

龙灵珠道：“不错，这座山和柴达木首府的距离不过十多里。”

几番离合 未了情缘

杨炎问道：“灵珠，你怎么也会来到此地？”龙灵珠笑道：“我有未卜先知之能，预知你今日有难。”

杨炎道：“我是和你说正经的，别开玩笑。”

龙灵珠道：“说正经的，我虽然不是诸葛亮，但你今日之难，却确实是早已在我意料之中！”

杨炎道：“你怎么知道？”

龙灵珠道：“你告诉我的！”

杨炎摇了摇头，笑道：“你又来开玩笑了，我几时告诉过你？”

龙灵珠道：“你忘记了那一天分手的时候，你和我说过的话么，你说你不能助我报仇，是因为你和我一样，都要报仇。我报的是杀父之仇，而你的那个仇人令你一生下来就受耻辱，和杀父的仇人也差不多！”

杨炎听她复述自己当时的想法，禁不住心中苦笑。

龙灵珠继续说道：“你说你的身世有难言之隐，而你又不肯认孟华做哥哥。你虽然没有告诉我你的仇人是谁，我也猜想得到一定是孟华之父孟元超了。你那天一下祁连山，我跟着就赶来柴达木。”

杨炎叹道：“你不该来的！”

龙灵珠道：“你不是说过，我的爷爷也就是你的爷爷，在你未曾认识我之前，你已经把我当作亲人了。难道你说的都是假话，在你的心目中，只有冷姐姐才是你的亲人?"

杨炎泪盈于睫，又是感激，又是欢喜，说道："你们一个是我的姐姐，一个是我的妹妹，都是我的亲人。珠妹，我非常高兴听见你这番说话，那么，你是愿意认你的外公了?"

龙灵珠道："我不想骗你，我的心里还是有点恨他的。虽然恨得已经没有从前厉害了。"

杨炎心想："我对孟元超何尝不也是如此!"说道："是啊，爷爷早已后悔他做过的错事，他晚年的处境也实在寂寞可怜，对你这个他从未见过面的外孙女，他是只有思念，只有热爱的，你是不该再恨他了。"说至此处，不觉心里暗自想道："那么我呢?我是不是也不该再恨孟元超了?他是否做过像爷爷那样的大错事我不知道，但他对我的思念和爱护我却是已经知道了的。"

龙灵珠道："与生俱来的恨恐怕不是立即就能从心上抹去的，但我愿意为了你的缘故，和你一起回到咱们爷爷的身边。"

杨炎听见"与生俱来的恨"这一句话，不觉心弦颤抖。这句话出自龙灵珠口中，但也好像是替他说的一样。

龙灵珠道："炎哥，你在想些什么，你不愿意和我一起回去?"

杨炎沉吟半晌，说道："这本是我求之不得的事，不过现在、我恐怕还不能……"

龙灵珠柔声说道："炎哥，你还要留在此地报仇么?不错，孟元超对你那么狠毒，也难怪你要报仇。不过，这也是你劝过我的：君子报仇，十年未晚。咱们一起回去陪伴爷爷吧!你养好了伤，学会了爷爷的武功，那时咱们再下山报仇吧。这样，既可以安慰爷爷的晚年，咱们也可以远离争斗，无忧无虑过几年日子，而几年之后，报仇也更有把握，这不是一举三得吗?"

杨炎虽然精神好了一些，还是不能说太多的话的，而他此际却正是心中有太多的话要说，也不知从何说起。他只能说道："不，珠妹，你猜错了。我并不想留在此地报仇，甚至在我的心里，我也已经不想把孟元超当作我的仇人了。"

龙灵珠一直以为孟元超把他打得伤成这样的，突然听得他改变主意，心里自是不禁甚为诧异。但只要能够保全杨炎的性命，她倒是乐于听见杨炎愿意放弃报仇的。纵然只是暂时的放弃也好。

“既然你已经不想向孟元超报仇，那你为何不肯与我离开此地?”龙灵珠问道。

杨炎正自不知如何回答，忽听得一声长啸，宛若龙吟。长啸过后，有个极其熟悉的声音叫道：“炎儿、炎儿，你听见我在叫你么?你不要躲避我啊!”

杨炎几乎就要出声回答，蓦地想起龙灵珠在他身旁，而龙灵珠在义父的心目之中乃是一个害人的“小妖女”的，他抑制住自己激动的心情，轻轻说道：“珠妹，你快骑马走吧！不必为我担忧，他们绝对不会杀我的。”

话犹未了，缪长风呼唤他的声音已经是好像近在耳边了。龙灵珠听得出他正是朝着他们藏身之处跑来。

龙灵珠并没有跨上坐骑，而是躲在离开杨炎数丈开外的一棵大树背后。

刚刚藏好身躯，缪长风已经出现在他们的面前。缪长风是跟着他们这匹坐骑的蹄印找到这个地方来的。

杨炎虽然改容易貌，但还是瞒不过缪长风的眼睛。他发现杨炎，大喜叫道：“炎儿，果然是你！咦，你怎么啦?你不肯认我吗?是不是受了伤了?”他见杨炎靠着大树，形容憔悴，似乎动也不能动的模样，不觉大吃一惊。

他正要跑过去看，忽听得暗器破空之声，就在他身旁的一棵大树后面，三枝短箭射了出来!

杨炎惊呼：“珠妹不可——”

只听得噼噼啪啪声响，三枝箭断成了十几截落在地上。不错，距离如此之近，暗箭突袭，是没有不中之理的。这三枝短箭都射着了缪长风，但一碰着他的身体，箭杆便即寸寸断了!

杨炎知道以义父的武功，决不会被龙灵珠的暗箭所伤，但却还想不到义父的护体神功的厉害一至于斯！此时他担心的不是龙灵珠伤他义父，而是在义父一怒之下，只怕龙灵珠性命难保了。

他动弹不得，根本无法阻拦，说时迟，那时快，龙灵珠已经扑上前去，左鞭右剑，猛烈攻击。

缪长风衣袖轻轻一拂，龙灵珠左手银丝软鞭反荡回去，恰好缠上了她右手所持的长剑。

龙灵珠叫道：“我不能眼睁睁地看着杨炎在我的面前受你伤害，我打不过你，你先杀了我吧！”

杨炎见义父并没施展杀手，这才松了口气。

缪长风哼了一声，说道：“胡说八道，我怎会害我的炎儿。你是何人，因何暗箭伤我？”心里想道：“炎儿叫她珠妹，伤炎儿的想必不会是她。”原来缪长风在遭受偷袭之时，本意是想把那三支短箭反震回去的，幸亏杨炎这一声“珠妹”叫得及时，这才救了龙灵珠一命。否则只怕她不死也得重伤。

龙灵珠冷笑道：“你不知道我，我可知道你。你骗不了杨炎，也骗不了我！”

缪长风一怔道：“哦，你知道我是谁？”

龙灵珠道：“我知道你是心狠手辣的孟元超！”

缪长风道：“请问孟元超怎样心狠手辣？”

龙灵珠道：“你还说你不会伤害杨炎，那是谁打伤他的？不是你亲自动手，也一定是你叫部下打伤他的。亏你还敢厚颜无耻地来欺骗他！”

杨炎叫道：“珠妹，你错了！”

缪长风冷冷说道：“我也知道你是谁了！”

龙灵珠道：“你知道我是谁？”

缪长风道：“我知道你是把我的炎儿害得身败名裂的那个小妖女！”

龙灵珠叫道：“不错，我是小妖女，你是大英雄、大好汉，你杀了我吧！”她故意强调“大英雄、大好汉”这六个字，其实正是要使得孟元超不好意思杀她。说了之后，心里惴惴不安，生怕“孟元超”不中她的激将之计，不顾身份，当真“以大欺小”，把她和杨炎一起杀掉，那就糟糕透顶了！

缪长风冷冷说道：“我不杀你，但不许你再缠杨炎！”呼的一掌拍出。

杨炎武功消失，武学并没消失，一看缪长风的劈空掌势，就知他是要废龙灵珠的武功，吓得连忙大叫："干爹手下留情！"声音都嘶哑了！

缪长风也不知是否听见杨炎的呼叫，仍然对着龙灵珠大喝："给我滚开！"大喝声中，又是一掌拍出。

龙灵珠好像皮球一样抛了起来，却不是身形向上直升，而是一路翻着筋斗向上，去势不急，翻腾而上的身法却是怪异无比！

这霎那间杨炎吓得几乎晕了过去。

幸好立即就听得缪长风喝道："看在炎儿份上，这次放过了你，你走得越远越好，下次若是给我碰上，可就没有这样便宜的事了！"

龙灵珠在空中翻了三个筋斗，刚好跌落马背上。

原来缪长风本意是要废掉她的武功的，后来加上的那一掌，乃是转移前一掌的力道，两股力道互相牵引，好像龙卷风一样，把龙灵珠卷上空中。落在马背上，并非凑巧，而是他算准了的。

杨炎看着龙灵珠骑着那匹照夜狮子跑出树林，这才放下心上一块石头，但余悸犹存，心头兀是有如鹿撞。

缪长风走到他的身边，一看之下，不由得大吃一惊："炎儿，你中了毒？"

杨炎刚刚松了口气，神智不觉有点迷糊，说道："不是她伤我的。龙姑娘并没害我，她、她是曾经几次救过我的性命的。"

缪长风俯身察看他的伤势，眉头一皱，说道："龙姑娘？你说那小妖女？"

杨炎叫道："她不是小妖女，她是我的朋友，她是好人！"

缪长风道："哦，她是好人？"

杨炎说道："小妖女那是别人中伤她的，不错，她和我一样，有许多事情做错了，但我知道，她是好人！干爹，你相信不相信我，我也不想做坏人的！虽然我自已也不知道，我现在究竟还能不能够算是好人？"他心情激动，说得已是有点"语无伦次"。

缪长风微笑道："炎儿，干爹相信你是好人。"但随即想起一个问题，不禁心里又是忐忑不安，柔声问道："炎儿，你是不是很喜欢这位龙姑娘？"

杨炎说道："她是我的亲人，她是我的妹妹，我未认识她，就把她当作我的妹妹了。干爹，我不能喜欢她吗？”

缪长风听得莫名其妙，心里想道：“我一回到天山，就听到有关他和冷冰儿的谣言，但石天行言之凿凿，也不知是真是假？不过，先不论是非，他总不能同时爱上两个女子！如今他好像有点心智失常，我可不便盘问他。嗯，且待冰儿回来再说吧。好在据冷铁樵说只是差她去探听一件事情的，过两天她也应该回来了。”

此时他已察觉杨炎是中了剧毒，毒针虽然拔出，毒性并未稍减，而且脉象之中出现肝火松结之象。

“干爹，我有许多话要和你说，却不知从何说起！”杨炎嘶哑着声音说道。

缪长风微笑道：“那你就别忙着说话，待你好了，咱们爹儿俩说个三天三夜。”

“不，我——”刚说得两个单字，只觉一股热气霎那间已是流遍全身。

缪长风缓缓说道：“神游象外，意存丹田，露台明净，毋痴毋嗔！”这是正宗内功心法的要决，即使内力完全消失，也能以意导气，自行疗治，再加上有外力相助，那就好得更快了。

但杨炎却怎能保持灵台明净，毋痴毋嗔？

缪长风默运玄功，把真气输入他的体内，立即发现，非但不能与杨炎本身的真气水乳交融，反而有抗拒的迹象。他改变方法，想助杨炎将真气道入丹田，结果却是愈理愈乱！

“炎儿，你的身体要紧，别再胡思乱想了！”缪长风柔声说道。

杨炎双颊火红，断断续续说道：“干爹，我、我静不下来。我、我好像被带进不见天日的幽谷，眼前一片浓雾。我不知怎样走出来。我有话要告诉你，也有话想要问你！”

缪长风是过来人，他也曾经受过激情的冲击，有过迷茫的日子。或许当年他的激动情怀不如杨炎今日之甚，但已足够令他感受这种好像迷失了自己的苦味了。

“他的心情不能平静下来，要是我强行运用太清气功，约束他的真气，恐怕反而对他有害。嗯，要治好他的创伤，看来是只有一个办法了，替他解开心上的结！”

缪长风停止运功，说道：“好，炎儿，那你说吧。把你想要说的都说出来！”杨炎说道：“干爹，我是刚才从你们那里逃出来的。”

缪长风道：“我知道。”

杨炎沉声说道：“我是来行刺孟元超的！”

缪长风道：“我和孟元超也早已知道了！”

杨炎呆了一呆，说道：“那为什么他还是那样说？”

缪长风道：“你听见他说了些什么？”

杨炎说道：“你们说的话我都听见了。他说，他决不相信我会行刺他！可是，我，我——”

缪长风微笑道：“你不是终于没有行刺他吗？他对你的信任，并没错啊！”

杨炎嚷道：“他明明知道我不是他的儿子，为什么他对我那样好？是不是因为他做错了事，内疚于心？”

缪长风道：“不，做错了事的不是他，应该感觉惭愧却仍然厚着脸皮要认你做儿子也不是他！”

杨炎道：“那是谁？”

缪长风道：“是一个名叫杨牧的人。”

杨炎身躯颤抖，咬着嘴唇说道：“干爹，你对我说实话，我的父亲究竟是谁？”

缪长风道：“你的生身之父就是这个名叫杨牧的人！但真正把你当作亲身儿子一样疼爱的是孟元超！”

杨炎颤声说道：“我、我已经、见、见过这个人了。”

缪长风道：“这件事情我虽然还未知道，亦已猜想得到，否则你不会跑来行刺孟元超！”

杨炎说道：“但这、这个人对我说的，和你、和你……”他的面色红里泛青，似乎没有勇气说下去了。缪长风却是松了口气，他知道“险难”已经度过，这个险是冒得对了。杨炎听了他的说话，果然耻于把杨牧唤作爹爹。

缪长风道：“和我说的完全两样，是吗？炎儿，你相信我还是相信他？”

杨炎一咬牙根，说道：“干爹，你把真相告诉我吧，我相信你！”

缪长风道：“好，你相信我，我也相信你有勇气面对真相！

“我不知道他怎样和你说，但也可以猜想得到，他是把自己说成受害者，把孟元超说成恃强凌弱的人！是不是这样？”

杨炎没有作声，但心跳的声音，缪长风已是可以听得见！

缪长风大声说道：“我告诉你，受害的不是他。是孟元超和你的母亲，还有你！”

从杨炎的眼睛缪长风看得出他是在半信半疑。于是继续说道：“我知道你心里在想什么，你是想，他既然这样坏，你的母亲为什么会嫁给他？”

杨炎叫道：“干爹，我不要听下去了！”

缪长风大声说道：“你要听！我告诉你，你的娘亲是受了他的骗的！

“孟元超和你的母亲本来是一对爱侣，而且是即将成亲的爱侣！

“一件意外的事情突然发生，孟元超必须和你的母亲分手，往小金川去帮助义军。此去生死难卜，临别前夕，或许他们是因此一时糊涂，于是你的母亲怀了孕，后来生下来的就是你同母异父的哥哥孟华了。

“孟元超没有如期回来，却来了一个杨牧。

“那个时候的杨牧还是个混在侠义道中的伪君子，你的外婆要面子，他又假意答应你的母亲，愿意和她做一对有名无实的夫妇，等待孟元超回来，就这样，你的母亲上了他的当。

“几年过去了，孟元超一直没有回来。传来的消息，却越来越是对义军不利。小金川的基地已经给清军攻占，最后是传来了孟元超不幸战死的消息。

“在那几年当中，杨牧倒是能守诺言，骗得你的母亲相信。孟元超战死，她断了指望，而另一方面，杨牧又对她这样‘好’，最后的结果当然是不能怪她的，挂名的夫妻成了真正的夫妻。

“其实孟元超并没有死，那个消息是杨牧串通别人，捏造出来骗你的母亲的。

“待你母亲明白真相之时，一切都已经迟了。

“杨牧的真面目越发显露了，他从侠义道变成了清廷的鹰爪。

“你的母亲逼得与他分开，他则利用此事诬蔑孟元超，把一切罪名加在孟元超身上，害得孟元超几乎身败名裂！也害得你们母子几乎丧生。那时你还没有出世，你的母亲驮着你流浪江湖……”

故事没有说完，杨炎已是放声大哭！

缪长风道：“后来的事情你也知道了，虽然杨牧没有杀你母亲，你的母亲实是因他而死！

“好，炎儿，你哭吧，哭个痛快吧！但在你哭过之后，你必须挺起胸膛做人，人总不能伤心一辈子的！”

泪流干了，杨炎的心里充满恨！可是不管杨牧如何可恨，他总是自己生身之父。“我怎么办？我该怎么办呢？”

缪长风似乎知道他的心思，缓缓说道：“你该怎么办呢？你已经不是小孩子了，我不想勉强你照我的意思去办，你应该有你自己的主意了！”

“你已经不是小孩子了，”缪长风重复说道：“真假是非，你也应该懂得分辨了！

“是的，你是做错了事，幸好还未铸成大错。孟元超相信你会变好，当然他也会原谅你的过错。

“他不仅愿意原谅你的过错，甚至他愿意原谅杨牧。只要杨牧肯改过自新。

“他是为了你的缘故许下这个诺言的，他说因为你受的创伤已经太多，不忍见你的心灵再受创了！

“他抱着这么一个希望，但愿这个希望不是无垠的幻想。他说虎毒不食儿，何况是人？杨牧只有你这个儿子，或许会因为你的劝告，重新回到正路上来。

“他说无需杨牧与他走同样的路，只要杨牧不再充当清廷的鹰爪，他就决不计较旧仇，他也愿意见到你们父子相认！”

杨炎已经收了眼泪，但声音早已哭得哑了，他叫道：“不，我不要见他，不要再见到他！不要，不要，不——要——，干爹，我感激你，我、我、我也感激、感激孟伯伯。”他不自觉地冲口而出，从直呼孟元超之名，改称“孟伯伯”了。

缪长风轻轻给他抹去脸上的泪痕，柔声说道：“炎儿，世事多变，人也会变，你也不必马上作出决定。”

“你的孟伯伯等着你回去见他，还有许多事情等你去做。因此，你必须赶快把身心所受的伤全部治好，你明白吗？”

杨炎心里在想：“我不愿意见到害死我娘亲的人，但我也不愿意回去见孟元超。唉，除了干爹，如今我唯一愿意见到的人只是冷姐姐。我没有听她的话，不知她肯不肯像干爹一样原谅我？”

“对，还有一个人我是希望再见的，‘小妖女’龙灵珠！不过干爹却不准她再见我了。”

“唉，人与人之间总是难免有误解的，干爹肯原谅我，总有一天，他也肯收回成命吧？要是他也像别人一样把龙灵珠当作小妖女，那对龙灵珠实在是太不公平了！”

缪长风道：“炎儿，你在想些什么？你听见我刚说的话？”

杨炎说道：“我听见了，你是盼望我好起来。”

缪长风道：“不错，你要好起来，就不能有太多的杂念了！你明白吗？”

杨炎低声说道：“我明白！”

缪长风道：“明白就好！”说罢，手掌贴在杨炎胸膛，从头开始，给他治伤。

杨炎大哭一场过后，身体是更加虚弱了，但心头尘垢，却也给泪水冲洗干净了。

虽然尚未天明气清，眼前的迷雾已经消失！

迷雾消失，阳光就可以射入幽谷。

缪长风的真气输入他的体内，也没有阻力了。

过了一支香时刻，杨炎大汗淋漓，头上都冒出了热腾腾的白气。

缪长风的太清气功有了用武之地，大显威力，虽然杨炎还未能够运功和他配合，体内的毒质已是逐渐排出体外，化为汗水蒸发了。

杨炎不知不觉闭上眼睛，好像虚脱似的，身体软绵绵地靠着义父。

缪长风脱下外衣，铺在地上，让杨炎睡觉。心里想道："元超一定等得十分焦急了，可惜我不能马上回去把这个喜讯告诉他。"

原来他用太清气功替杨炎拔毒，等于高明的大夫为求病人速愈而用重药。大夫对病人的体质充分明了，用重药亦无妨害，但却必须有一段时间让病人静养才能复原。在这段时间，是绝对不能搬动病人的。故此缪长风只能等待杨炎这一觉睡醒之后，才能够将他平安地送回去。

他摸一摸杨炎脉息，心里甚为欢喜，想道："炎儿的内功造诣在我估计之上，待他这一觉醒来，可能用不着找人帮忙抬他下山了。"不过他仍然准备做一副担架，以备必要时用。

就在此时，忽听得有人骑马上山。缪长风听见蹄声急骤共有两骑，显然都是骏马，心里想道："莫非是那小妖女找来了帮手，我可不能让她惊醒炎儿!"

齐世杰与冷冰儿并辔驱驰，正在这座山下经过。他们是昨天在路上相遇的。

冷冰儿道："过了这座山，只须再走十多里路，就到柴达木了。"

齐世杰看看天色，说道："那么咱们在日落之前，也可以见到孟大侠了。但愿他平安无事才好。"

冷冰儿忐忑不安，暗自想道："要是炎弟当真做出糊涂的事来，我怎么办?"

齐世杰似乎知道她的心思，说道："我看他在保定的所作所为，向善嫉恶之心还是有的。要是有人劝他，他定会悬崖勒马。"

冷冰儿道："他的心地本来不坏，就只怕他性情偏激，受人蒙蔽。孟大侠身边，又没有能够劝得动他的人。"

齐世杰蓦地想了起来，说道："对啦，冷姑娘，有一件事我忘记告诉你。"

冷冰儿道："什么事?"

齐世杰说道："尉迟大侠曾告诉我，说是杨炎有一位义父，是十多年来名震江湖的缪长风、缪大侠。杨炎受他这位义父之恩，恩深如海！”

冷冰儿道：“不错，缪大侠就是当年把炎弟从襁褓之中携上天山的人。他怎么样？”

齐世杰说道：“尉迟大侠说，他离开柴达木的时候，已经得到消息：缪长风为了找寻义子，即将来与孟元超会面。消息若然不假，缪长风应该来到了柴达木了。”

冷冰儿喜出望外，说道：“要是缪大侠在柴达木，那就再好也没有了。

“炎弟的身世之隐，孟元超是不便和盘托出的，我的顾忌少些，但也还比不上他的义父可以直言无忌。他的义父才是最适宜于劝告他的人。”

齐世杰道：“依你看，他的义父能够劝得他悬崖勒马吗？”

冷冰儿道：“恩情加上亲情，我想炎弟一定会听他的话的！”

说罢，如有所思，过了好一会儿，方再说道：“但愿他们爹儿俩此际已经在柴达木见上了面，那我就可以避免去见炎弟了。”

齐世杰道：“你还要维持你定下的那条禁约：七年之内，不许杨炎见你？”

冷冰儿道：“不错。要不是因为害怕他做出大错之事，我早就避开他了。”

齐世杰忽道：“有一句话我不知该不该说？”

冷冰儿道：“但说无妨。”

齐世杰道：“要是他能够迷途知返，和你一样，回到了侠义道来，你又何必要维持这七年的禁约？”

冷冰儿道：“我不愿意害他一生！”

齐世杰道：“依我看，你即使，即使（冷冰儿瞪他一眼，他本来想说的‘嫁给他’这三个字不敢说出来。）和他一起，顶多也不过招来些闲言闲语，又何至于害他一生这么严重？”

冷冰儿道：“我有我的隐衷，你不明白的。”

齐世杰叹道：“你不愿意害他一生，可就苦了你的一生了！”

冷冰儿冷冷说道：“我本来是个苦命人，早已经苦惯了！”

齐世杰道：“你真的相信有命中注定这一回事？”

冷冰儿道："我本来不相信的，但我觉得有些事情也只能顺其自然，人力不能勉强。"

齐世杰道："你是根本躲避，并非明知力所不逮的勉强。嗯，我说得太过率直，你不是恼我吧？"冷冰儿的面色很不自然，他已经注意到了。

冷冰儿道："我欢迎你说出心里的话，怎会恼你？"她不知道，她在不知不觉之中，也说出了自己的心里话了。

齐世杰道："你不恼我，我想多说一句。"

冷冰儿道："好，你说吧。"

齐世杰道："我只想劝你不必好像春蚕一样，作茧自缚！"

冷冰儿默然不语，齐世杰惴惴不安地跟在她的后面。冷冰儿忽地回过头来说道："你只知道劝我，那么你自己呢？"

齐世杰怔了一怔，说道："我怎么样？"

冷冰儿道："你跟母亲回家之后的情况，我也略知一二。听说在那一段日子里，你非常意气消沉！"

齐世杰面上发烧，问道："是尉迟大侠告诉你的吗？"

冷冰儿道："你不必管是谁告诉我，我只要你老实告诉我，是不是这样？"

齐世杰低下了头，说道："是的。"

冷冰儿叹道："那你何尝不也是作茧自缚？"

齐世杰道："我知道我不该这样。但请你相信我，我会慢慢好起来的。"

冷冰儿忽道："你是独子吧？"

齐世杰道："不错，父母只生我一人。"

冷冰儿道："我也是并无兄弟姊妹。"

齐世杰道："啊，我明白你的意思了。"心中有一股说不出的滋味，也不知是欢喜还是悲伤？

冷冰儿缓缓说道："你明白就好。我把杨炎当作弟弟，也愿意把你当作哥哥。"

两人并辔同行，不知不觉四目交投。冷冰儿伸出手来与他一握，说道："我相信你，大哥，你振作起来吧！"

齐世杰心里明白这不是爱情，但心里已是感到丝丝甜意，他握着冷冰儿的手说道：“贤妹，多谢你鼓励我，希望你也是一样。”

忽听得有人格格娇笑，说道：“好亲热的哥哥和妹妹啊！”

只见一匹四蹄雪白毛色火红的骏马其来如风，骑在马背上的是个年约十七八岁的少女。

齐世杰喝道：“好呀，我正要找你这小妖女算账！”

龙灵珠从山坡上疾驰而下，笑声未绝，已是从齐世杰身旁驰过，刷的一鞭，劈面打来。

这一鞭包含了四种精妙的鞭法，圈、打、抽、扫，凌厉无比。齐世杰焉能让她打中，马背上霍地一个凤点头，伸手就抓鞭梢。

龙灵珠正要改扫为圈，圈住齐世杰的手腕，把他拖下马来，只听得“咔嚓”一声，银丝密缠的鞭梢已是给他双指挟断！龙灵珠叫道：“好俊的龙象功！”从他身边过去了。齐世杰夺不下她的软鞭，不由得也是心头一凛：“这小妖女的鞭法固然了得，功力亦颇不凡。”

齐世杰喝道：“给我滚下马来！”拨转马头，反手一掌。刚才那一抓他不过使用第三重的龙象功，这一掌则已用尽全力，使出了第八重的龙象功了。他只道这一记劈空掌之力，当能令她受震落马，心里还有点忐忑不安，只怕将她伤得太重。

龙灵珠的马跑得快，霎那间双方的距离已在三十步开外。但见龙灵珠身形不过微微一晃，便即坐稳雕鞍，娇声笑道：“可惜你的龙象功未练到第九重，对不住，我可要失陪啦！”她受齐世杰的掌力所震，其实亦已颇为吃惊：“幸亏我的马跑得快，要是距离在十步之内，只怕当真会跌下马来。”她忌惮齐世杰的武功了得，不敢反唇相讥，慌忙快马加鞭。

冷冰儿望着龙灵珠的背影，却向齐世杰问道：“听说江湖上最近发生的大事，乃是杨炎和一位年轻的姑娘在祁连山被各路人物搜索。那位姑娘也是被称为小妖女的……”

齐世杰道：“这又怎样？”

冷冰儿道：“你以为咱们现在碰上的这位姑娘就是那小妖女？”

齐世杰道：“我想十之九是了。否则她不会识得我的龙象功。”

冷冰儿道："但在她未曾喝破你的龙象功之前，你已经骂她小妖女了。"

齐世杰道："这小妖女曾经和我的母亲交过手，家母也曾对我描述过她的武功、形貌。你以为不是她吗？"

冷冰儿道："我相信她就是和杨炎在祁连山被人围攻的那位姑娘，但这位龙姑娘我相信她不是妖女，最少不像旁人说得那样坏。"

齐世杰道："何以你这样相信她？对啦，你还知道她的姓名，这又是谁告诉你的？"

冷冰儿道："都是杨炎告诉我的。"说至此处，忽然停了下来，齐世杰道："你刚刚开了个头，为何不说下去？"

冷冰儿道："好吧，我说。但要是我的话令得你不高兴，希望你原谅。"

齐世杰不觉冲口而出："不管你说些什么，我都是喜欢听的，怎会生你的气？"话出了口，方始发觉说得太过"亲热"，脸都红了。

冷冰儿装作并未察觉，继续说道："我以前也未见过这位龙姑娘，不过杨炎已经把她的身世告诉了我。"

齐世杰听罢她的复述，说道："如此说来，这位龙姑娘的身世倒是可怜，也怪不得她和杨炎的性情都是一样偏激。"

冷冰儿道："我并非对令堂怀有成见，不过我也相信杨炎的话，她和杨炎一样，性情虽然偏激，却都不是坏人。"

齐世杰点了点头，默然不语。要知"小妖女"曾得罪过他的母亲，但他的母亲也曾做过令冷冰儿十分难堪的事，故此冷冰儿为"小妖女"辩护固然有所顾忌，而他想起那件事情则是更加尴尬、更加不安了。

冷冰儿叹道："人与人之间总是难以避免有误会的，不说也罢。当务之急，是赶快找到杨炎！"

齐世杰怔了一怔，说道："你以为杨炎就在附近？"

冷冰儿道："不错，我看恐怕就在这座山上。"

齐世杰瞿然一省，说道："不错，那小、小——龙姑娘是从山上跑下来的。但却不见杨炎下来，自必是还在山上了。但何以只她一人——”说至此处，只见冷冰儿眉头深锁，脸带愁容，齐世杰心头一跳，登时醒悟她是在忧虑什么了。

要知杨龙二人在祁连山上经过这一场灾难，任谁都会如此猜想：假如杨炎当真要行刺孟元超的话，不用说龙灵珠自必是他的帮手了。孟元超武功比杨炎高得多，杨炎行刺不成反而受伤，那也是意料中事。也只有这样才能解释为什么只见龙灵珠一个人从山上跑下来。

冷冰儿心里想道：“要是孟叔叔知道他是杨炎，自然不会伤他，最怕他根本不知，黑夜中他的快刀如电，杨炎的武功再好，恐怕也躲避不开。”

她在脑海里描绘出一幅假想的图画：杨炎乘黑行刺，给孟元超一刀斩伤。龙灵珠与受了重伤的杨炎合乘一骑，跑到这座山上。杨炎支持不住了，龙灵珠只好把他放下来，自己下山去找食物，准备带回去让杨炎可以躲在山上养伤。她怀着惴惴不安的心情与齐世杰一同上山寻找。

缪长风一声长啸，吓得他们的坐骑都跳了起来。

齐世杰不知来者何人，给缪长风的狮子吼功震得耳鼓嗡嗡作响，生怕这是一种可用强音夺魄的功夫，连忙也运内功作了一声大吼。

冷冰儿笑道：“你要和我的缪叔叔比赛谁的声音大吗？劝你别献丑了。”

齐世杰怔了一怔，说道：“你说的是……”

话犹未了，缪长风已是声到人到。

冷冰儿喜出望外，连忙问道：“缪叔叔，杨炎怎么样了，你知道吗？”

缪长风也在同时问道：“他是何人？”

冷冰儿这才省起未曾介绍齐世杰，说道：“他是杨炎的表哥……”

名字尚未说出，缪长风已在冷冷说道：“哦，原来你就是齐世杰吗。”

齐世杰道：“是，晚辈齐世杰拜见缪大侠。”

缪长风哼了一声道:“不敢当，尉迟炯都败在你的手里，我如何敢受你的拜见!”

齐世杰大吃一惊，来不及解释，缪长风已是一抓向他抓来。这一抓的力道非同小可，齐世杰无可奈何，只好使出了第八重的龙象功。

缪长风那一抓抓下无声无息，齐世杰这一掌拍出却是隐隐挟着风雷之声，但双掌一交，齐世杰不由自己地退了三步，缪长风只是身形一晃。

冷冰儿连忙叫道:“缪叔叔，他早已是咱们的朋友了，这次就是尉迟大侠叫我与他先回来的。”

齐世杰也在同时说道:“那次冒犯尉迟大侠虎威之事……”

话犹未了，缪长风已在哈哈笑道:“你们不用和我解释，尉迟大侠早已告诉我了。你的龙象功果然不凡，怪不得他那么称赞你。”

冷冰儿心上的一块石头落下地，说道:“原来你是试他的武功的。”

缪长风道:“不仅为了试他武功，也是为了杨炎。”

冷冰儿又惊又喜，忙问:“杨炎呢?”

缪长风道:“就在这里，你跟我来。”

回到原处，只见杨炎仍然熟睡，缪长风听得见在他背后的冷冰儿心跳的声音。

缪长风低声说道:“炎儿是受了点伤，并无大碍。”冷冰儿见他身上没有伤痕，已知不是孟元超快刀所伤，问道:“炎弟受的敢情乃是毒伤，谁伤他的?”

缪长风道:“现在尚未知道，听炎儿所说，似乎是当年将他掳去的那个人。他中的毒针那小妖女已经替他吸出来了。她刚刚从这里逃走，你们可曾碰见?”

冷冰儿道:“我们就是因为碰上了她，才想起要到这山上找寻杨炎。”

缪长风继续说道:“我用太清气功为他疗毒，大概还有一点点余毒未清而已，性命是绝对无忧的了。不过要想令他尽快恢复，还得请齐老弟帮个忙。”

齐世杰道：“请缪大侠吩咐。”

缪长风道：“他的真气尚未能凝聚，用你的龙象功替他约束体内流窜的真气收效最快。”当下立即传授了齐世杰一套指压穴道的疗法，叫他用龙象功依法施为。

缪长风看了片刻，见齐世杰对这套指压疗法已是能够运用自如，便与冷冰儿说道：“冰儿，我有些话要和你说。咱们到那边的树林里去。免得惊醒炎儿。”原来这套指压疗法对病者毫无痛苦，在他睡梦之中一样可以收效。因此非但不会令杨炎惊醒，反而会令他睡得更沉。

冷冰儿冰雪聪明，心里想道：“用太清气功约束真气，虽然不及龙象功之快，也慢不了多少的。缪叔叔恐怕是为了要避开齐世杰和我说话。”

心念未已，果然便听得缪长风说道：“冰儿，我与你情如叔侄，我想我们之间，似乎不必避讳什么。有件事情，我想问你。”

冷冰儿道：“缪叔叔，你要问什么请尽管问。”

缪长风道：“这次我一回到天山，就听到炎儿‘背叛师门’之事，心里十分难过。听说这件事情因你而起，石天行父子他们把炎儿的行为说得如同禽兽，我想知道这究竟是怎么一回事？”

冷冰儿淡淡说道：“其实也没什么，炎弟他是光明正大地向我求婚。”

缪长风道：“你答应了没有？”

冷冰儿道：“没有答应，也没有拒绝。”

缪长风道：“此话怎说？”

冷冰儿道：“七年之内，不许他见我。”

缪长风是过来人，一听便知冷冰儿的用心，说道：“炎儿是个性格容易冲动的人，你是想用七年的时间，冷却他对你的这份情感？”

冷冰儿默认。

缪长风道：“要是七年之后，他对你仍然始终如一呢？”

冷冰儿道：“七年的时间不算太长，也不算太短，我相信一定会有变化的。”

缪长风微笑道："冰儿，你是故意避开我的话题。"

冷冰儿道："事情已经闹得天翻地覆，石师叔他们坚持要按照武林规矩清理门户，把炎弟当作了本派的叛徒了。你想我与他还能谈及婚嫁之事么？那样，我岂不是也要变成罪人？"

缪长风道："这样说，你是为了人言可畏，才不敢答应炎儿？"

冷冰儿道："并不是我怕变成罪人，最紧要的是我不愿意害了炎弟一生。"

缪长风道："我的看法和你不一样。不过，是否害他这一点姑且不谈，我想知道的是，你别怪我问得坦率，你是否对他也有点情意？"

冷冰儿道："缪叔叔，你知道的，自从他上天山那天起，我就把他当作自己的弟弟一般，我们之间，当然会有姐弟之情。"

缪长风道："除了姐弟之情呢？"

冷冰儿低下了头，说道："我没有想过，真的，从来没有想过。我、我不知道。"其实她并非没有想过，不过她的确是自己也不知道。

缪长风道："其实你和他也不是真正的姐弟，就是结为夫妇，那也不是什么离经叛道的事情。只要你们二人真心相爱，旁人的言语，大可不必理会。"

冷冰儿低垂粉颈，说道："我只愿与他永为姐弟，他应该找一个比我更适合他的佳偶。"缪长风眉头一皱，说道："你是说那姓龙的小妖女？"

冷冰儿道："哦，你已经知道她和炎弟的事情了？"

缪长风道："江湖上正邪各派人物在祁连山搜捕他们，却给他们打得一败涂地，这样大的一件事情，我怎能不知？"

冷冰儿道："这位龙姑娘不是妖女，她的身世其实也是很可怜的，虽然我不知道她因何结下那许多仇家，但从炎弟的例子，我敢相信未必一定就是她的过错。"

缪长风道："炎儿也是这样和我说，不过他也和我说，他与那位龙姑娘只有兄妹之情。"

冷冰儿道："要是让他们有机会常在一起，异姓兄妹何尝不也可变为夫妇?”

缪长风半晌不语，忽地问道：“冰儿，齐世杰似乎对你甚为爱慕，我看得出来。只不知你对他怎样?”

冷冰儿道：“他是一个可以信赖的朋友，别的就谈不上了。”

缪长风道：“我听得尉迟炯说，他很孝顺母亲，那次他和尉迟炯比武的事情，就是因为他的母亲而起。”

冷冰儿道：“不错，他是个很听话的好儿子。”

缪长风虽然不知道她和齐世杰母亲之间的过节，但从她的语气之中亦已知道，她对杨大姑颇为不满。于是微笑说道：“按说齐世杰的武功和人品都很不错，可惜他的母亲号称辣手观音，恐怕很难相处。”

冷冰儿面上一红，说道：“我又不想嫁给齐世杰，他的母亲很难相处，与我何关?”

缪长风道：“好，那就不谈他们母子了，咱们回去看看炎儿吧。”

原来在缪长风的心里，纵然他相信龙灵珠不是妖女，他也是宁愿杨炎娶冷冰儿的。

他对杨炎有一份父爱，对冷冰儿也有一份如同家人的感情，因此他虽然知道爱情不能勉强，但对他们的婚姻大事，却免不了多少存有一点“私心”。

杨炎性格容易冲动，乱子已经闹出不少，他希望杨炎娶一个能够管束他的好妻子，而不是娶一个纵然不是小妖女，也是野性难驯的“野女郎”。从这方面着想，冷冰儿当然比龙灵珠好得多了。

冷冰儿在爱情上受过严重的创伤，缪长风更希望她得到一个好归宿。

“齐世杰与她年纪相若，依常理来说，是比炎儿更适合她的。不过他有那么一个恶名远播的母亲，冰儿嫁了过去，只怕要受婆婆的气。”

“嗯，姻缘、姻缘，讲究的是个缘字，她嫁给谁将来更有幸福，那也难说得很。只是她若肯嫁给炎儿，对我来说，倒是可以放心一些。”

缪长风翻来覆去地想，主意未曾打定，不知不觉，已是回到原来的地方了。

齐世杰迎上前来，说道："缪大侠，我依你的所授，运龙象功替他约束体内乱窜的真气，果然见效甚快，如今他已是气沉丹田了。他睡得很沉，说话大声一些，料想也不会吵醒他了。"

缪长风替杨炎把了脉，说道："不错，这一觉醒来，功力最少可以恢复三、四分。不过这一觉可能睡得很长，冰儿，你留在这里替我照料他吧。我和齐老弟先回去向孟大侠报个讯，他等炎儿的消息，一定等得非常心焦了。"

冷冰儿七窍玲珑，一听就知缪长风的用意。她定下了七年之内不许杨炎见她的"禁约"，如今缪长风要她单独陪伴杨炎，那是要她自行打破这个禁约了。

但一来杨炎确是需人看护，二来她也愿意杨炎在她身边多一会儿，对缪长风的要求，她自是不能拒绝了。

为了赶路，缪长风借了她的坐骑，与齐世杰一起回去。

冷冰儿留在杨炎身边，思潮起伏不定。

杨炎呼吸均匀，本来苍白的脸庞已经恢复几分红润。冷冰儿凝视他这张稚气的脸，不觉心中充满怜惜之情，就像大姐姐怜惜小弟弟一样，轻轻抚摸他的脸孔。

杨炎动了一下，忽地喃喃说道："冷姐姐，我、我对不住你！"

冷冰儿道："炎弟，你——"定睛再看，杨炎眼睛仍然闭着，翻了个身，又睡着了。原来是说梦话。

冷冰儿想起那日她与杨炎定情的情景，药力过后，杨炎一开口说的就是这句话，不觉粉脸通红。

杨炎翻了个身，又在说梦话了："珠妹，你说得对，咱们还是回去陪伴爷爷的好。"

就在此时，忽听得有脚步声走进这片树林，缪长风不应该回来得这样快的，冷冰儿喝道："是谁？"

一个清脆的少女声音格格笑道："小妖女又回来了，你想不到吧？"

冷冰儿道："不，你猜错了，我早已知道你会回来的。"

龙灵珠秀眉一扬，说道："好，那你愿意怎样？"

冷冰儿道："我不懂你的意思，什么叫做愿意怎样？"

龙灵珠道："你既然知道我会回来，难道不知我的来意？老实告诉你吧，我是为了杨炎回来的。"冷冰儿道："我知道。"

龙灵珠道："我这个人说话喜欢爽快，你也老实告诉我吧，你到底是想要哥哥还是想要弟弟？"

冷冰儿满面通红，斥道："你胡说什么？"她心里当然明白，龙灵珠说的"哥哥"是指齐世杰，弟弟是指杨炎。

龙灵珠冷笑道："我不相信你真的不懂，我看你是假装不懂。咱们打开天窗说亮话，我问你，齐世杰和杨炎这两个人，你到底——"

冷冰儿道："你只是为了杨炎而来，不必扯上不相干的人。"

龙灵珠道："好，你说齐世杰不相干就不相干，我也乐得少说些话。我告诉你，我不只是要回来看一看你的炎弟的，我是要把他带走！"

冷冰儿心乱如麻，半晌说道："我知道，不过——"

龙灵珠冷笑道："你有了哥哥，何必还要弟弟？好吧，你不愿意放他，那就拔剑吧！我倒想见识见识你的冰魄寒光剑有如何厉害！"

冷冰儿道："你错了，我不想和你比剑，也并非要留下杨炎。不过……"

龙灵珠道："哪还有什么不过？"

冷冰儿道："你知道的，孟元超虽然不是他的生身之父，但爱他有逾亲生。最少你得让他们见上一面。"

龙灵珠道："他们已经见过了。孟元超是否爱他有逾亲生，我不知道。但我知道杨炎最少在目前是不愿再见他了。"

冷冰儿道："他对你这样说的？"

龙灵珠道："当然是了。你要不要等他醒来了亲口问他？不过，这样的话，你可要违背自己定下的七年之内不许见你的禁约了。”

冷冰儿心乱如麻，终于一咬银牙，说道：“好，那你将他带走吧！不过——”

龙灵珠道：“又有什么不过？”

冷冰儿道：“他毒伤未愈，如何能够马上就走？”

龙灵珠走过去给杨炎把了把脉，冷冷说道：“你骗不了我的。”

“我骗你什么？”冷冰儿道。

龙灵珠道：“他的毒早已解了，而且我还知道他的真气业已纳入丹田，只待醒来，就可最少恢复一半功力。如今我带他走，对他的身体已是毫无妨碍。”

她说的前半段，缪长风也是这样说的。不过冷冰儿仍是有点放心不下，因为缪长风并没有告诉她，在杨炎未醒之前就可以将他移动。

龙灵珠似乎看出她的心思，继续说道：“你无谓担心，你别忘了他的内功是跟我爷爷学的，我一把他的脉就知他已是完全脱离危险，我说无妨，就是无妨！”

冷冰儿踌躇难决，说道：“可是孟大侠就要和他的义父来接他的，你不能让他们见一面？”

龙灵珠冷笑道：“你的年纪虽然比他大些，也还不能算老，怎的这样婆婆妈妈？我早已告诉你，他亲口和我说的，他现在不想见孟元超！除非你有心自毁禁约，否则我看不出有什么理由，你不能让我将他带走！”

冷冰儿心里一酸，终于咬了咬牙，说道：“好，你将他带走吧！”

杨炎一觉醒来，已经是在山下。

耳边风声呼声，好像腾云驾雾一般。他发觉是骑在马上，一只软绵绵的手抱着他的腰。

刚刚张开眼睛，还有点蒙蒙胧胧，杨炎开口说道：“冷姐姐，我不要回去！”

冷冰儿刚在他的梦中消失，他也并不知道冷冰儿在他作梦的时候确实是在他的身边。但从触觉中他知道是女子的手，龙灵珠已经给他的义父赶跑了，那么不是冷冰儿还能是谁?

龙灵珠噗嗤一笑，说道:“你就只知道有冷姐姐，有了姐姐就把妹妹忘了!”

杨炎回头一看，失声叫道:“啊呀，珠妹，原来是你，你怎的又回来了!”

龙灵珠勒住坐骑，缓缓说道:“你以为我给缪长风一吓就不敢回来么?我知道你不想见孟元超，当然要回来将你带走!”

杨炎说道:“可是你怎能劝服我的干爹?”

龙灵珠道:“他回去找孟元超，我乘机就来找你。”

杨炎半信半疑，说道:“真的?”龙灵珠撅着嘴巴说道:“我只问你是愿意跟我走还是愿意回到孟元超那儿?”

杨炎叹口气道:“我不是和你说过了吗，如今我已不想报仇了，我只想早点离开这儿。一切恩恩怨怨，都只能留待将来再说了。”

龙灵珠道:“好，既然你不愿意回到孟元超那儿，那也就无须多问了。总之现在已经是没有人能够阻拦你走，你管我是用什么法子把你从你的义父身边带出来?”

杨炎说道:“多谢你又一次帮了我的忙，不过——”

龙灵珠道:“还有什么不过?炎哥，我听你的话，咱们就回去陪伴爷爷好不好?”

杨炎说道:“不，我只希望你能够回去陪伴他。”

龙灵珠嗔道:“我是听你的劝才肯回去的，你反而又不肯和我一起回去了。”

杨炎说道:“不是不肯，是我还有别的事情。”

龙灵珠道:“什么事情?”

杨炎说道:“我想到北京一趟。”

龙灵珠道:“好呀，京师是皇帝所在之地，我也想去开开眼界。”

杨炎说道:“不，不，我不是去玩的。”

龙灵珠道:“那你去做什么?”

杨炎说道:“请原谅我还是那句老话，目前还不能告诉你。”

龙灵珠噗嗤一笑，说道:“不用你告诉我，我也知道。”

杨炎一怔道："你知道什么？"

龙灵珠道："我知道你要去寻找一个杨牧的人，他和你有很不寻常的关系。这个人是清廷的大内侍卫，你不愿意他充当下去。"

杨炎呆了片刻，说道："我的身世，原来你早已知道？"

龙灵珠道："也不是太早，那天你和萧伯伯在树林里说话，对不住，我偷听了。刚才你和义父的说话，我也听见了。炎哥，你怪不怪我？"

杨炎道："我不怪你，但你既然知道我是去干什么，这事你是帮不了忙的，你还——"

话犹未了，龙灵珠已经是又噗嗤一笑，说道："错了，错了。你是门缝里瞧人，把人瞧扁了。"

杨炎说道："你是说你可以帮我的忙？"

龙灵珠道："不错。你要做的事情，正是非得我帮忙不可。"

杨炎道："你——"龙灵珠笑道："你不相信吗，请看这件东西。"拿出一个纸筒，慢慢打开给杨炎看。

打开来看，只见纸上只是写着一行大字，朕百年后传位于四皇子。左下方盖着一个大印，印文不知什么字体，杨炎可不认识了。

杨炎又惊又喜，说道："这是康熙的遗诏？"

龙灵珠笑道："我想大概应该是吧，你看这个'于'字，上面的一横，下面的一勾，墨迹浓淡是不是和中间那一横一竖稍有不同？"

杨炎说道："不错了。我虽然不懂书法，也看得出来了。这个'于'字是从'十'字增添笔划改成的。那个十字的墨迹浓淡则和别的字一样。想不到七十多年之前，雍正改他父亲遗诏的证据却是落在你的手中。"

龙灵珠笑道："这个玩意对你有用处吧？"

杨炎说道："要是萧逸客的看法对的话，不但对我有用，对你也有好处。他说当今皇上乃是雍正孙儿，虽然事情已经隔了七十多年，他的祖父篡改的遗诏要是落在别人手上，他也还是不放心的。让我设法叫人把这遗诏送回去给他，清廷的鹰爪想必就不会再找你的麻烦，你也就可以专心对付大仇人的白驼山主了。"

龙灵珠道："那个人立了这个大功，他愿意做什么，不愿意做什么，大概也可以随心所欲了。嗯，你这个主意倒是打得很高明呀!"

杨炎笑道："你已经偷听了我和你的萧伯伯那晚所说的话，我也无须瞒你了。这个办法是你的萧伯伯替我想出来的。我的生父现在是大内侍卫，他想辞官不干也是不行的。但有这个玩意儿给他'赎身'，或许就可以行了。"

龙灵珠道："好，那么你肯帮我去京师了吧?"

杨炎笑道："我要倚仗你的帮忙，不肯也不行了。不过据萧伯伯说，他曾经问过你，你的父母曾有什么遗物给你的，那么你还没有发现雍正篡改的这道遗诏的，怎的现在找出来了是你当时没说实话吧?"

龙灵珠道："这倒不是，我可以对任何人说谎，嘿嘿，你别生气，'任何人'是包括你在内的，却不能对萧伯伯说谎。我是给他的话触发的。我想起娘亲临终之时交给我的一件皮袄，她说这是我的爹爹去世之前留给她的。当时我爹已受重伤，不能多说，只告诉她千万别把这件皮袄丢了。她也不知道皮袄里藏有什么东西，见爹爹说得这样郑重，故此在她临终之时，也就特别嘱咐于我，要我珍惜这件皮袄。我藏着它本来只是作为对父母的纪念的，想不到这遗诏就是藏在皮袄之中。"

杨炎说道："多谢你灵机一触，帮了我这个大忙。好，咱们走吧。"

龙灵珠笑道："你不怕我这小妖女骗你吗?"

杨炎说道："我知道你纵然骗我也是为了我的好。只盼你今后对我说真话就行。"

龙灵珠格格一笑："那可保不定啊!"笑声中快马加鞭，绝尘而去。

跑了一程，碰上并辔驱驰的一男一女，男的是个中年书生，腰悬长剑，女的年纪和他差不多，是个半老徐娘，但英姿飒爽，不掩其刚健婀娜的当年风韵。看他们亲热的神情，似乎是一对夫妇。

那中年书生忽地咦了一声，说道："娘子，你看这少年好像、好像——”

那美妇人道：“你是说他像咱们一位老朋友。”

那中年书生道：“不错，尤其他的一双眼睛，更为神似！”

美妇人道：“回去问他好不好？”

书生道：“只怕认错了人不好意思。而且倘若他真的是咱们那位老朋友的儿子，他的身世也是有难言之隐的，咱们也不便冒昧问他。不如去问冷冰儿，反正冷冰儿昨天已经来到柴达木了，今晚咱们就可以见得着她。”

原来这对夫妇乃是宋腾霄和吕思美，他们是杨炎母亲云紫萝生前的好朋友。

他们和杨炎的距离已有半里之遥，以为杨炎听不见他们谈话，哪知杨炎内功造诣甚高，听觉异于常人，都已听见了。

最令杨炎心弦震动的是听到冷冰儿的消息。

“原来冷姐姐已经到了这里，那么我刚才究竟是不是在做梦呢？”

杨炎疑幻疑真，不知不觉把眼睛瞪龙灵珠。

龙灵珠笑道：“你别恼我，我是怕你伤心，不敢说给你听。我已经碰上你的冷姐姐了，不过她是和齐世杰在一起的。”

杨炎呆了一呆，说道：“你不是骗我吧？”

龙灵珠叹口气道：“我本来想骗你的，但想了又想，还是把实话告诉你的好。你并不是做梦，在我将你带走的时候，你的冷姐姐的确在你的身边的。”杨炎听罢她的所说，心中也不知是什么滋味，唯有苦笑。龙灵珠柔声说道：“炎哥，刚才我对你说谎，你不怪我吧？”

杨炎呆呆出神，好像对周围一切，视而不见，听而不闻。

龙灵珠吓得慌了，说道：“炎哥，你怎么啦？嗯，都是我的不好，早知你对冷姐姐如此深情，我、我不该……”

杨炎脑海中出现一幅图画，他的冷姐姐和齐世杰并辔驱驰，离开他越来越远，渐渐影子也模糊了。

杨炎忽地叹了口气，像是从梦中醒来似的，喃喃自语：“那也好！”

龙灵珠怔了一怔，说道："什么那也好？"

杨炎说道："我只盼冷姐姐得到幸福，要是她和别的人在一起比我更幸福，那不是也很好吗？"

龙灵珠正是要他这句话，大喜说道："那么，你不怪我？"

杨炎说道："你和冷姐姐一样，我不会怪她，当然也不会怪你。"

龙灵珠不觉又是一怔，说道："你不是说过我和冷姐姐一个好像是火，一个好像是冰，性格截然不同的吗？怎的现在可一样了？"

杨炎说道："我说的是你们对我都一样的好。你骗过我，冷姐姐也曾骗过我的。但你们骗我，尽管各自的想法不同，却也都是为我的好的。"

龙灵珠一双明如秋水的眼睛望着杨炎，好像要看透他的内心深处，又好像小妹妹向大哥撒娇一般，说道："你当真不怪我，那你为何脸色这样沉重？你笑一笑吧，笑一笑我就相信你！"

杨炎不觉给她逗得笑了起来，说道："你这个顽皮的小妖女，我真是拿你没有办法，别瞎缠了，走吧！"

但在他笑过之后，龙灵珠仍然发现在他眉宇之间隐藏的忧郁并未消失。她心里暗暗叹了口气，开始感觉到爱情的苦味了。

感觉到爱情苦味的不仅是她，还有齐世杰。

杨炎以为他和冷冰儿，却不知此际正是他们分手的时候。

他和孟元超、缪长风一起回到原来的地方，杨炎已经不见。

孟元超大吃一惊，问道："炎儿呢？"

冷冰儿道："孟叔叔，我要请你原谅，我，我让他走了！"

缪长风已经猜到几分，问道："他和谁一起走的？"

冷冰儿道："那位龙姑娘和他一起走的。她说炎弟本来和她约好了一同回去的。她知道炎弟目前还不愿意留在此地。"

齐世杰眉头一皱，说道："你怎么可以相信这——"

"小妖女"三字未曾出口，只听得冷冰儿已在缓缓说道："那位龙姑娘对他的关心，只有在我之上，决不在我之下，我把炎弟交给她，很是放心。"言之下意，我都可以放心，你还担心什么。

齐世杰碰了个钉子，心里想道："其实只要那位龙姑娘并非真的像旁人所说的‘小妖女’，这样的结果又有什么坏处？非但没有坏处，反而对炎弟更好也说不定。最少比起他与冷冰儿的姐弟相恋，可以减少别人闲话。嗯，冰儿成全他们，倒是可以替自己解开一个结了。”其实真正感到欣悦的是自己解开了一个心上的结，只不过他不敢触及自己内心深处的思想罢了。

孟元超叹了口气，说道：“冰儿，我不怪你。虽然我与炎儿未相处过，他的性格我也已知道一些。他目前还不愿意见我，勉强他反而不妙。”

缪长风道：“不过我仍是担心一件事情。”

孟元超道：“什么事情？”

缪长风道：“他的性格易于冲动，我担心他受人一骗再骗。”

冷冰儿道：“那位龙姑娘不会骗他的！”

缪长风道：“不，我说的不是龙姑娘。”

冷冰儿一听，立即便知道他担心的那个骗子是谁了，没有再问下去。

缪长风忽道：“孟兄，你不是要派人到京师去走一趟么，人选定了没有？”

孟元超道：“快活张明天回来，我想请他去走一趟。”原来解洪与方亮因为在保定出了事，后来虽然得杨炎暗中相助，得以摆脱囹圄之困，但已耽误日期。他们是到京师替义军采购药材的，冷铁樵和孟元超恐怕他们由于在保定已经引起注意，难保在京师不再发生意外，故此要找个人去接应他们。

缪长风道：“快活张轻功超卓，又精于改容易貌之术，他去自是十分适当。不过假如多一个人陪他，或许更安全些。”

冷冰儿懂得缪长风的意思，缪长风是希望她和快活张到北京去走一趟，以防杨炎被他生父所骗。杨炎很可能去北京劝说他的父亲，这是早在缪长风意料之中的。

冷冰儿心乱如麻，她只能假装不懂。

她已经答应了龙灵珠，她不能自毁禁约。

“快活张是孟叔叔的好朋友，他到了北京，决不会让炎弟上杨牧的当的。我去也帮不了什么忙，唉，相见不如不见，我又何必再去自寻烦恼?”

主意打定，她忽地说道:“缪叔叔，我想明天就回天山。”

缪长风对她的决定似乎颇感意外，半晌说道:“现在似乎还未是你回转天山的时候。”

冷冰儿道:“我知道，他们正在说我和炎弟的闲话，但我也正是为了要替炎弟辩诬，必须回去!”

缪长风道:“据我所知，石天行他们是把一切罪名都加在炎儿身上，对你倒还没有什么怪话，不过假如你替他辩护，恐怕就会受了牵连了。”

冷冰儿道:“我不怕。我一定要把事情的真相告诉掌门。炎弟他打伤石师叔的罪我不能偏袒他，但我要令掌门知道，第一、炎弟并没欺负我；第二、更紧要的是，炎弟并不是十恶不赦的坏人。他也曾经做过有利于侠义道的事情，例如在保定救了解洪和方亮的事情就是。他叛出本门，有一大半原因也是被逼的。我想唐掌门总不至于像石师叔父子他们一样，眼中所见，只是见到炎弟坏的一面吧?”

缪长风道:“但石天行乃是四大长老之首，而炎儿确实也有过错，掌门人恐怕也难收回成命。”

冷冰儿道:“但无论如何，我也得让他明了真相。但求能够减轻炎弟一分罪过，我也可以稍为安心。”

缪长风道:“好，你既然有这勇气，我更不能任由别人随便定炎儿的罪，我和你一起回去吧。”

齐世杰暗暗觉得惭愧，他刚才还在胡思乱想，现在他才明白，冷冰儿和杨炎纵然只是姐弟之情，但还是不会把感情移到他的身上的。

杨炎决意和龙灵珠同回北京，这个时候，正是冷冰儿和齐世杰分手的时候。

身世之谜虽已解，但却给他带来更多的烦恼。至于感情的结，那是更难解开了。忽听得雷声隆隆，暴风雨眼看就要来了。

杨炎苦笑道:“真是天有不测之风云，唉，世情的变幻恐怕也是如此!”

杨炎决意和龙灵珠同回北京，忽听得雷声隆隆，不禁感叹：世情变幻有如天之不测风云。

他和龙灵珠都还未满二十岁，倘若按照佛门说法，百岁光阴也不过一弹指的话，他们这点小小的年纪，实在是经历太多的忧患与风波了。一弹指间曾有多少闪电惊雷！正是：

惘惘情怀难自解，于无声处听沉雷。

（全书完，请续看《绝塞传烽录》）